El aroma del crimen

Novela
Crimen y Misterio

Xabier Gutiérrez

El aroma del crimen

DESTINO

El papel utilizado para la impresión de este libro es cien por cien libre de cloro y está calificado como **papel ecológico**.

Ediciones Destino, un sello editorial de Editorial Planeta, S. A.
Avda. Diagonal, 662-664, 08034 Barcelona (España)
www.edestino.es
www.planetadelibros.com

Adaptación de la cubierta: Booket / Área Editorial Grupo Planeta
Fotografía de la cubierta: © Jill Battaglia / Trevillion Images
Fotografía del autor: © Eduardo Gutiérrez
Primera edición en Colección Booket: febrero de 2016

Depósito legal: B. 29.257-2015
ISBN: 978-84-233-5038-4
Impresión y encuadernación: CPI (Barcelona)
Printed in Spain - Impreso en España

Biografía

Xabier Gutiérrez (San Sebastián, 1960) es cocinero, psicólogo y escritor. Dirige desde 1990 el departamento de innovación del Restaurante Arzak en San Sebastián, además de colaborar con distintos medios de comunicación, asesorar a empresas del sector de la alimentación e impartir clases en el máster de innovación y gestión de restaurantes del Basque Culinary Center. Ha publicado doce libros de cocina y cinco ensayos sobre estética culinaria. Diez de sus obras han sido premiadas con galardones tan prestigiosos como el Best World Cookbook Award y el Premio Nacional de Gastronomía. Es autor de las novelas *El aroma del crimen* y *El bouquet del miedo*.

www.xabiergutierrezcocinero.com

Aita, sé que te hubiera gustado leerla
pero también sé que la leerás.

La fuerza de la casa se diluye, rasgada
por la lluvia de acero, se vuelve inmó-
vil bajo tu mirada perdida de sangre.
El hierro está templado por el agua.
Las gotas caen despacio por el canalón.

O

Isla de Delos. Mar Egeo. Mediterráneo Oriental.
Junio de 1996. Solsticio de verano. 22 horas

La noche se dormía. El mar estaba en calma. Una barca atravesó un horizonte cada vez más oscuro en el que las únicas luces visibles eran las de las casas de la cercana isla de Mikonos. La estela que dejaban los dos motores agitaba la tranquila superficie.

Cuando llegó a la altura de la boca, Alicia Montesinos reaccionó e intentó chillar, pero una nueva bocanada de agua inundó su garganta. Intentó quitarse la chaqueta. Sin embargo, una dulce sensación caliente la distrajo.

Era su propia sangre.

No sintió miedo, el golpe la había dejado tan aturdida que dudaba de su propia situación. Intentó nadar, pero el corte en el hombro, producido por las hélices de la motora, era tan profundo que no podía moverlo. Sintió que perdía sensibilidad en las manos. Apenas podía chapotear en círculos con uno de sus brazos.

La popa de la motora era un lejano punto blanco. Su cuerpo se hundió en la noche sin testigos, desapareciendo con la misma sencillez con que había vivido. Ajena a los avatares del mundo.

La luna empezó a asomar, intentando con su luz solidarizarse con ella y lanzar algo de claridad a la escena. Pero llegó tarde.

Cuarenta y ocho horas después encontraron el cadáver.

I

Donostia-San Sebastián. Noviembre de 2014

Elena nunca se hubiera podido imaginar que el telediario que se disponía a ver, acomodada en su sillón favorito, sería el último de su vida. Sólo cinco minutos más y dejaría de existir.

Mientras bajaba con cuidado las escaleras del primer piso de la suntuosa casa donde vivía, se tocó el pelo, aún húmedo después de la ducha. Se ajustó la bata, se sentó frente al televisor, se colocó las gafas de ver de lejos que se encontraban en la mesita y se arropó con los dos cojines de plumas blancos y azules que tanto le gustaban. Mientras encendía el gran aparato que presidía el salón miró la hora. Eran las nueve menos cinco de la noche. Cogió el móvil y comprobó que no había mensajes sin leer. Lo depositó al lado de la fuente de manzanas que acababa de traer Samuel, el jardinero, y se quedó mirando la pantalla.

Desde que nació, Elena siempre había vivido en esa misma casa, una villa con paredes blancas y tejado granate, un amplio porche rodeado por un hermoso jardín en el que conversaban dos olivos centenarios y unos cuantos manzanos. Más alejados, los pinos se repartían protagonismo con algún roble antiguo y una higuera generosa. Eran muchas las veces que Elena Castaño había recogido higos y brevas para preparar con su padre la mermelada que luego envasaban en tarros de cristal, y que después regalarían a tíos, primos y amigos.

Pero este año no había sido así. No estaba con el humor necesario y había dejado que la fruta cayese y se pudriera, para deleite de los pájaros. En realidad, desde la ausencia de su padre no había vuelto a hacerlo. Estaba melancólica y con el ánimo desganado. Su última colección la había dejado algo insatisfecha.

Tampoco su alocado, o más bien díscolo, novio ayudaba. Aunque era bueno, también era demasiado soñador, un loco genialmente cariñoso pero poco trabajador. Y no sabía por qué seguía enamorada, quizá fuera porque no había otro candidato. Era una persona maravillosa, sonreía intentando convencerse a sí misma. «Si no viajara tanto...», pensaba a menudo. Hacía ya tres semanas que se había marchado con una conocida ONG para atender y ayudar a ese prójimo desconocido, la justificación ideal para sentirse bien consigo mismo.

Las imágenes violentas del telediario que acababa de empezar la llevaron a cambiar de cadena, y se detuvo en un estúpido programa de chismorreos al que no prestó atención. Seguía pensando en su novio. Con la diferencia de horario, seguro que se acababa de levantar. «Prefiere estar con otros antes que con su novia», pensaba.

A las nueve pasadas oyó que llegaba un vehículo. Cuando el motor se detuvo el silencio se hizo casi corpóreo. El callejón daba acceso exclusivo a su casa y por eso mismo pensó que sería el coche de su hermana, que la visitaba con frecuencia. Elena dejó de mirar la televisión, instintivamente quitó el sonido del aparato y a través de la ventana del salón miró hacia el jardín, al mismo tiempo que sonaba el timbre. Aún se encontraba convaleciente de la gripe que acababa de pasar, se sentía débil y le costaba moverse. Le dolía todo el cuerpo... Se levantó, se ató la bata verde estampada con pequeñas hojas blancas, se arregló el pelo alborotado, se puso las zapatillas y llegó al telefonillo que abría la puerta que daba acceso, a través de un pequeño jardín, a la casa, y sin esperar contestación abrió. Un error que pagaría con su vida.

Dejó la puerta entornada para volver a acomodarse en el sillón mirando sin hacer caso las imágenes mudas de la televisión y absorta en sus pensamientos. Escuchó como la puerta se abría lentamente para después cerrarse.

No supo por qué, pero notó una sensación extraña, un miedo íntimo que crecía con la suave brisa fría, casi helada, que provenía de la puerta que acababa de cerrarse. Volvió la cabeza con rapidez al recordar que su hermana tenía llaves de la casa y que nunca llamaba, pero se tranquilizó cuando le vio.

—¿Qué haces tú por aquí? —preguntó Elena, un poco sorprendida mientras veía con extrañeza que la visita no hacía ademán de quitarse los guantes que llevaba puestos.

Las miradas se cruzaron. No hubo respuesta, y entonces sí que sintió un miedo extremo. Su cuerpo se estremeció.

Elena no tuvo tiempo de ver qué era lo que su asaltante sacaba del bolsillo interior del abrigo mientras se abalanzaba sobre ella. Gritó, y todo pasó en apenas unos segundos. Ella se movió con rapidez por instinto, evitando así la embestida. A pesar de ello, el impacto fue tremendo.

Cayeron al suelo y volcaron la butaca sobre la tarima de madera. Las gafas salieron volando, saltaron los botones de la bata. El móvil se estrelló contra el zócalo de la pared perdiendo la batería. El televisor era la única fuente de luz que iluminaba la escena. La lámpara halógena se precipitó contra el suelo y la bombilla estalló en mil pedazos. El estruendo sordo y violento del encuentro marcó el inicio de los siguientes segundos.

Aturdida, y mientras trataba de recuperarse del primer golpe, Elena creyó estar en una pesadilla en la que estaba siendo atacada por alguien a quien conocía bien. «¿Qué está pasando? ¿Qué está pasando...?», pensaba mientras volvía en sí e intentaba reponerse del primer envite.

Con un rápido movimiento, se desembarazó de su agresor; sus gritos llenaban toda la estancia. Por un momento, el tiempo se detuvo para transcurrir después a cámara lenta. Pudo entonces pensar en su padre, fallecido hacía apenas un año; en su novio, dónde cojones estaba; en su madre... Apretó los dientes con rabia y pánico.

«Corre, huye hacia el jardín, corre, corre», se dijo a sí misma mientras su corazón latía a mil por hora.

El agresor leyó su pensamiento y se levantó antes que ella, bloqueando la salida. En ese momento Elena vio algo que hasta entonces no había advertido: la hoja resplandeciente de un gran cuchillo. El terror se apoderó por completo de ella.

Sacó las fuerzas que no tenía e intentó empujar a su atacante hacia atrás, pero sintió un frío intenso en el costado, y también calor. Mucho calor. La sangre salía a borbotones. La visión se le nubló, estaba a punto de desmayarse. El cuchillo había rasgado todo lo que había encontrado en su camino: pulmón, intestinos... Sin apenas poder respirar, se apretó la herida con una mano e intentó esconderse en una habitación. Su agresor la siguió cerca, muy de cerca, blandiendo el cuchillo manchado de sangre.

Elena gritaba, imploraba socorro, ayuda. Y lo hacía allí donde nadie podía oírla. Porque era una casa alejada de todo y de todos. La soledad y la tranquilidad que le gustaba disfrutar se habían vuelto en su contra. El tiempo se estaba acabando. Sin embargo, aún no se iba a dar por vencida. Abrió la puerta de su habitación, pero su atacante estaba ya sobre ella y de nuevo volvió a sentir frío. El calor fue brutal y la sangre se derramaba por todos lados. Cayó en el suelo, delante de su cama. El frío y el calor la inmovilizaron. Su agresor se retiró mientras ella intentaba levantarse y manchaba de sangre todo lo que tocaba.

En un último y desesperado intento quiso zafarse de su agresor clavándole las uñas, pero no pudo: una última puñalada, por la espalda, le llegó al corazón. Elena se volvió balbuceando palabras ininteligibles. Sintió un dolor agudo, intenso. Una punzada invadía su cuerpo. Ya no sentía frío ni calor, sólo un horror inimaginable. Apretó los dientes hasta casi romperlos. De la nariz goteaba sangre. Sintió la muerte llegando rápido.

Había recibido tres puñaladas mortales. Y cayó desplomada.

En apenas cinco minutos, el dormitorio de un hogar tranquilo se había trasformado en un escenario sangriento, en el que las figuras del agresor y la víctima componían un bodegón de pesadilla. Un fresco pintado violentamente sobre el parqué y la alfombra. Un lienzo de horror. Un retablo de asesinato en primer grado en el que ella estaba en el suelo y su agresor de pie, contemplando la terrible obra, con el cuchillo todavía en la mano, goteando.

Los ojos de Elena estaban abiertos, se salían de sus órbitas. La boca intentaba respirar algo de aire que le atara a la vida que se le escapaba. Un hilo de sangre corría por entre sus dientes. Su melena le desdibujaba el rostro en una mueca de terror indescriptible. Intentó levantar una mano hacia ninguna parte. La dejó caer lentamente. La escena había terminado. Su escena. La última de su vida.

Un intenso silencio ocupó la casa.

El cuerpo permanecía sobre un gran charco de sangre al lado de la cama, las zapatillas abandonadas en el primer encontronazo en la butaca. Su cojín de plumas perdido tras el sofá volcado, las gafas bajo el mueble del televisor, el móvil sin batería. Y su cuerpo, inerte y húmedo de sangre. Su vida perdida.

El atacante levantó la mirada y, sin quitarse los finos guantes de cuero negro, echó un vistazo al cuchillo con el corazón desbocado. Sudaba mucho y los ojos no dejaban de parpadear. Su respiración entrecortada parecía una sinfonía de horror. La mano izquierda le temblaba en un movimiento oscilante.

La visión del cadáver le tranquilizó. Ya estaba hecho lo que durante los últimos seis meses le había perseguido noche tras noche. Aquello que durante tanto tiempo había imaginado y que estaba convencido de que nunca tendría el valor de hacer. Pero se había equivocado. Y se sorprendió a sí mismo.

Con cautela, salió de la habitación y se dirigió al cuarto de baño. Limpió el filo del cuchillo poniéndolo bajo el chorro del grifo. Abrió el agua caliente para una limpieza pulcra. Se quitó las gafas, manchadas por la sangre de Elena, y las aclaró. Con un trozo de papel limpió los guantes. Hizo lo propio con su abrigo. Cuando terminó, tiró el papel en la taza del váter y vio como el agua lo hacía desaparecer. Con parsimonia y sangre fría, esperó a que la cisterna se cargara de nuevo y volvió a tirar de ella. Guardó el cuchillo en el bolsillo interior del abrigo.

Se secó la frente con más papel. Sabía que no podía usar las toallas. Esta vez no lo tiró, sino que se lo guardó en el bolsillo. «Date prisa, llevas demasiado tiempo en la casa», se dijo.

Salió del baño y, con cuidado, volvió a la habitación donde se encontraba el cadáver. Nada se había movido. Estaba muerta.

Entró en la cocina, encendió la luz fluorescente y abrió varios cajones. En uno de ellos encontró lo que buscaba. Un pequeño destornillador. Se dirigió a la puerta de entrada y manipuló la cerradura. Guardó la herramienta en el otro bolsillo. Después volvió a la sala y vació, volcándolos, todos los cajones que había en ella. Entró en el vestidor y alborotó y tiró al suelo la ropa. Repitió la misma operación en la habitación contigua y vació parte del contenido de un joyero en los bolsillos de su abrigo. «Es suficiente», se dijo.

Apagó todas las luces de la casa mientras echaba un último vistazo a la sala. El televisor seguía encendido y sin sonido, mudo testigo del crimen. En la pantalla, un empalagoso concurso en el que todo eran sonrisas, gente contenta, una felicidad de contenidos vacíos, huecos como las palabras que articulaban los mudos presentadores. Todo era color y alegría, y a este lado sólo terror y sangre. El escenario, únicamente iluminado por el resplandor catódico, con un aire de luz de hoguera, quedaba convertido en un lugar aún más tétrico.

Un instante, un soplo, una décima de segundo entre estar presente y estar ausente.

Pensó en apagar el aparato pero desistió de la idea. «No toques nada más», se dijo a sí mismo. Se acercó a la puerta y se sintió tranquilo, como si se hubiera quitado un peso de encima. Se miró durante unos segundos en el espejo que había en la entrada de la casa y no se reconoció. Se infundió respeto a sí mismo, no se llegaba a creer lo que acababa de hacer. Salió al porche y entornó la puerta con suavidad, pero sin cerrarla. Volvió a mirar la cerradura. Comprobó que estaba visiblemente arañada, forzada. Miró la hora y vio que eran las nueve y diez de la noche. Las farolas que iluminaban el jardín seguían encendidas y así permanecerían el resto de la noche, no pensaba alterarlo.

Salió al jardín y comprobó que había empezado a llover suavemente. Se quitó los guantes y los guardó; se subió la capucha y se alejó con paso rápido hacia su vehículo. Echó un vistazo alrededor, cerciorándose de que no hubiera nadie por las inmediaciones.

Entró en el coche y miró durante un instante la casa, iluminada como un escenario, un teatro de tragedia. Las luces del jardín se encargaban de dar al lugar un aspecto de plató de cine. Era una noche cerrada y negra. El color del coche se mimetizaba con ella.

Respiró profundamente varias veces, arrancó el

motor y, sin encender los faros durante unos metros, se alejó.

Las luces rojas de posición del vehículo alejándose fueron el epílogo a tanta sangre. Un toque de humor negro a tanta barbarie.

Dobló la esquina del callejón y desapareció.

2

El intenso viento otoñal barría las hojas caídas de los árboles. Eolo, su dios, reverenciaba su presencia alfombrando cemento y adoquines con las recién llegadas. Vicente sonreía mientras caminaba con fuerte cadencia al imaginar a una deidad a su servicio. Se acercó al portal de su casa y sacó las llaves del bolsillo. Estaba casi anocheciendo. En realidad, las llevaba en la mano ya preparadas. Le gustaba anticiparse a las situaciones. Introdujo la llave en la cerradura, dio un pequeño giro forzando la oxidada manilla y entró en su portal. Cerró la puerta con gesto rápido, al tiempo que con el pie impedía el paso de algunas hojas que el viento intentaba colar en el portal. Avanzó con paso lento por el pasillo que daba al ascensor. Se detuvo ante el buzón, lo abrió y miró las cartas. Siempre que lo hacía tenía la sensación de que le esperaban malas noticias, de que abría la caja de las sorpresas desagradables: Hacienda reclamándole algo de su declaración, multas, un banco comunicándole que su cuenta se había quedado al descubierto... Por eso, y a pesar de que todas esas situaciones eran muy poco frecuentes, al ver que la publicidad era lo único que se acumulaba en el cajetín sentía siempre cierto alivio. Era su maldita obsesión de tenerlo todo como él quería, bajo control.

Despreocupado, llamó al ascensor y esperó jugueteando con el manojo de llaves en la mano a que bajara. Mientras ojeaba la publicidad, sonrió con uno de los folletos, desde el que le llamaban tonto por no comprar en su tienda. El ascensor llegó y abriendo de par en par sus puertas le invitó a introducirse en la cabina. Apretó el botón del piso número 5 y las puertas se cerraron con lentitud. Vicente Parra notó la sutil aceleración de la subida. Regresaba tras tres semanas de vacaciones y el comienzo de la rutina diaria era algo que le gustaba. Vicente era oficial instructor de la Ertzaintza con sede en el Antiguo, uno de los barrios de San Sebastián que a medida que crecía se alejaba en todos los sentidos del centro. Acababa de cumplir el medio siglo y aunque no le gustaba el color blanco de su pelo éste era abundante. Su estatura, por encima de la media, se veía acrecentada por un cuerpo delgado y le hacía así dar la impresión de ser más alto de lo que en realidad era. En su frente, una pequeña cicatriz en forma de uve que de joven intentaba ocultar y que con la edad fue importándole cada vez menos, vestigio de una juventud intensa en los estudios y en la diversión.

Vestía siempre con cazadora, hiciera el tiempo que hiciese. Con ella, más que del frío, se resguardaba de los demás. La gorra que a veces le cubría le ayudaba a concentrarse en sus pensamientos. Tener la cabeza calentita significa que estaba trabajando. ¿Acaso los corredores no calientan sus músculos antes de una carrera? Pues de igual modo procedía él con su cerebro.

Tenía una gran capacidad para ausentarse mentalmente de los lugares que le aburrían. Una película soporífera se convertía en dos horas de trabajo que avanzaba. En una comida en la que se hablaba de política podía adelantar la tarea de una semana. En una reunión de vecinos podía preparar bastantes asuntos. «Como porque hay que comer, por supervivencia», solía afirmar. Y es que era lo contrario a un *gourmet*, y ése era el motivo de ocasionales y tirantes conversaciones con su mujer, Françoise.

Vivía en un bloque de viviendas del barrio de Amara, tan parecido a esos vecindarios de grandes edificios de los países de la antigua Europa Oriental, anodino y gris, cerca del campo de fútbol. Colmenas de silenciosos y sumisos trabajadores. En muchas ocasiones el lugar de residencia es fiel reflejo de sus inquilinos, y éste era muy apropiado a la personalidad de Vicente, al que le gustaba pasar inadvertido. En su portal prácticamente nadie sabía a qué se dedicaba. Entre sus vecinos tenía fama de ser una persona introvertida, correcta y educada, pero muy celosa de su intimidad. Ignoraban cualquier detalle mayor, y eso en una comunidad de vecinos cotillas como la suya tenía un gran mérito. Las reuniones eran asunto de su mujer. Ella era su conexión con el mundo.

Tras esa imagen exterior se encontraba una persona inteligente y sagaz, que vivía su profesión como un reto en el que su fina intuición se situaba frente a los criminales. Proponía su trabajo como una partida de ajedrez, qué movimientos debería hacer para conseguir que el adversario cayera en su trampa. En comisaría se le veía a menudo inmerso en papeles, mirando fotografías, tratando de ver un resquicio en las pruebas, aquel que le llevase a descubrir a su némesis. Su procedimiento era trabajar como si todos los datos que sus compañeros de trabajo habían dado por correctos fuesen erróneos. Tenía la capacidad de ver donde otros no lo hacían. También la de poner nerviosos a muchos de sus colegas, que con frecuencia le tildaban de obsesivo.

Le gustaba pasear solo, entretenido con sus propios pensamientos, ignorando a las personas con las que se cruzaba. Poco le importaba que lloviera, que hiciese frío o calor, en contadas ocasiones al caer la tarde se quedaba en casa. Era una manera como cualquier otra de estar solo y pensar de modo más eficaz en los casos que tenía entre manos.

Apenas tenía *hobbies*; le gustaba sin exceso el cine,

aunque en realidad iba más por acompañar a su mujer que por la película. Pensaba que las imágenes eran demasiado irreales y él prefería soñar lo justo. Le gustaban los puzles grandes, le remitían a su trabajo, y con frecuencia afirmaba que resolver un crimen era como unir un puzle con las fichas giradas hacia abajo. Las pruebas estaban ahí, sólo hacía falta darles la vuelta. Encajarlas y saber cuáles eran resultaba sencillo. El problema siempre era darles la vuelta. Porque las piezas cobran significado cuando están juntas. Por separado, son únicamente formas curvas sin sentido, circunvalaciones absurdas que, como las pistas para aclarar un asesinato, sólo tienen lógica si están reunidas.

Su mujer, Françoise Clavert, era de París, de madre española y padre francés, de un pueblecito cercano a Lille. Ella nació en la capital francesa porque así lo decidió su padre, deseoso de que su hija fuese de la Ciudad de la Luz. Con un cuerpo bien proporcionado y más alta que la media, poseía una personalidad que llamaba la atención. De pelo corto y color caoba claro, su mirada le daba un aspecto sensual. Sus manos eran finas y delicadas. Su piel, no excesivamente morena, casaba con el color de su pelo, y tenía unas piernas largas que cuando se enfundaban en unos vaqueros eran poderosamente atractivas. No necesitaba llevar gafas porque su miopía era mínima, pero le gustaba jugar con ellas, mirar por encima, golpear con suavidad las patillas contra los dientes. Sus labios eran finos y delicados, y fieles a la manteca de cacao que los mantenía brillantes. El cuello siempre lucía cercado por un collar fino o algún colgante mexicano, colorido y fuerte pero elegante. No le faltaba mucho para llegar a los cincuenta, aunque mantenía el aspecto de alguien diez años menor. Llevaba más de dos décadas fuera de Francia y aún conservaba el acento característico, con esas erres que se arrastran. Apenas dos años menor que él, era la parte diplomática del matrimonio.

Trabajaba en la pequeña y cualificada Escuela Kunsthal de Arte y Diseño en el centro de Irún, la ciudad fronteriza con Francia, a apenas veinte minutos de su casa. La pasión de Françoise era el arte. Sus ojos brillaban cuando hablaba de aquello que mejor conocía y su hablar se volvía cautivadoramente dulce. Especialista en civilizaciones mesoamericanas, mayas, aztecas, toltecas, podías, mientras la escuchabas, pasear mentalmente por la pirámide del adivino en Uxmal, revolcarte en la piedra del Cuadrángulo de las Monjas, sentir las plumas de Quetzalcóatl haciéndote cosquillas y oír los golpes de los orfebres tallando la obsidiana. Podías ser espectador virtual del mágico juego de la pelota en Monte Albán, bordear el mar y su brisa delante de Chichén Itzá, notar el polvo fino y el sol mientras te veías absorbido por los Atlantes de Tula o sentirte pequeño junto a las gigantescas cabezas olmecas.

Françoise conectaba de verdad con la gente, y eso era algo que los alumnos sabían, por eso se llenaban sus clases. Los dos años que pasó desarrollando su especialidad en la ciudad mexicana de Mérida, cercana a Uxmal, donde conoció a su primer marido, Claude Miraud, fueron los más felices de su vida.

Vicente y Françoise se conocieron por casualidad. Fue en Vitoria casi veintidós años atrás. En aquel tiempo ella trabajaba en París, en el Museo de Orsay, como encargada de las exposiciones temporales. Por entonces se trasladaba con frecuencia a dar clases de arte a la Universidad del País Vasco, donde él se sacaba un extra dando charlas de criminología. Coincidieron en más de una ocasión en 1986, y entre historias de cafeterías y facultades, de alumnos, bedeles y profesores, las miradas y las complicidades les juntaron. Los dos se necesitaban por distintas razones.

Tenían un hijo en común, Alberto, que rondaba los diecinueve, estudiaba en la Escuela de Cocina de Luis

Irizar y hacía prácticas en los restaurantes de la zona. El chaval siempre había sido una persona más de acción que de reflexión, la teoría la aplicaba después, tras los batacazos que podía haberse ahorrado. Pero era así, y no se enfadaba en exceso por mucho que su padre le dijera lo contrario.

Le gustaba el calor de la cocina, la tensión de los servicios y, sobre todo, le gustaba comer y hacer catas. Era capaz de distinguir ingredientes que a otros compañeros les resultaban imposibles. Tenía lo que llaman un morro fino.

—Este hijo lo es sobre todo tuyo, Françoise —le comentaba Vicente cada vez que comían juntos. Su conocimiento de los sabores, sin apenas haberlos estudiado, era sorprendente.

El hijo del anterior matrimonio de Françoise, Pierre Miraud, no vivía con ellos. Era biólogo, había comenzado a trabajar en una empresa de alimentación asociada a una gran multinacional y vivía en un pueblecito a las afueras de París. Estaba muy unido a su madre, pues ésta enviudó cuando él tenía apenas cuatro años. Un estúpido accidente de coche la dejó en la miseria sentimental más absoluta. Françoise estaba muy unida a su primer marido y su vacío era una espina clavada imposible de retirar, con la que había aprendido a vivir. La imagen de Vicente muchas veces conseguía que no se notara.

La presencia de su hijo la ayudó a sobrellevarlo, salió adelante y durante cuatro años supo hacerse fuerte y ver las cosas de una manera muy diferente a como lo había hecho hasta entonces. Vivió momentos muy malos, sola con una criatura tan pequeña; una hermana con la que no se llevaba demasiado bien fue su único asidero. Hasta que conoció a su segundo marido.

Françoise y Vicente se casaron en secreto, sin avisar a nadie, tan sólo una pareja de amigos fueron los testigos de su unión. Ella ni siquiera quiso que estuviera su hijo Pierre, y éste nunca supo por qué.

Aquella mañana, Vicente se levantó y, al mirar por la ventana, vio que llovía muy fino; entonces, mientras revolvía despacio el café con leche que se había preparado, pensó que debería haber limpiado las tomateras ya secas que tenía en la terraza. En verano habían brotado tomates pequeños pero muy sabrosos. Los plantaba y cuidaba para contentar a su mujer, no porque apreciara de verdad la diferencia con los tomates de invernadero.

Apuró su taza y vio de reojo a Françoise, que se acababa de levantar. Miró la hora en el reloj de la cocina, las ocho menos cuarto. En realidad no era esa hora. Le gustaba tener el reloj cinco minutos adelantado, le daba la sensación de tener un margen de tiempo que le salvaba de muchas situaciones. Un autoengaño que le funcionaba. Un pequeño lapso que se concedía a sí mismo para andar más tranquilo. Ganaba por la mano. Vivía con unos minutos de adelanto. Le gustaba.

Se terminó de vestir con la cazadora gris que se había comprado en las rebajas. Al igual que le ocurría con la comida, vestía por pura necesidad. Metió la mano en el bolsillo y miró el móvil, que parpadeaba por dos razones. La primera era que apenas le quedaban dos rayas de batería y dudaba que ésta le aguantara toda la mañana. La segunda era un mensaje. Apretó el icono de los mensajes mirando con un gesto de desdén. Era su superior, el subcomisario Javier Gress, al que todos en comisaria llamaban Lozas, un juego socarrón con su apellido. Era una persona afable y cordial que se llevaba bien con Vicente. Para ser jefe tenía una virtud, y era que sólo le llamaba si verdaderamente le necesitaba. No le gustaba perder el tiempo. Si había un mensaje era por algo importante. Este era de ayer, casi de madrugada: «Vicente, me tienes que dedicar media hora, es algo importante, ¿te parece bien a las doce? Me dices algo mañana».

Bloqueó el teclado y devolvió el móvil a su bolsillo. Miró por la ventana de la sala que daba a la terraza pensando qué demonios le pasaría a su jefe. No recordaba un mensaje así que no estuviera relacionado con problemas. Se volvió hacia la cocina.

—Françoise, al mediodía igual llego tarde. Tengo un mensaje del jefe y no sé qué le pasa. Quiere tener una reunión. O sea que no sé a qué hora volveré, ¿ok, guapa?

Ella se acercó con su pelo corto alborotado y el pijama que aún llevaba puesto. ¡Dios, cómo le gustaba verla con el pelo así y con ese pijama amplio a medio abrochar, que permitía a la vez ver y no ver!

Ella le besó con dulzura y le contestó:

—Yo también tengo una reunión, le diré a Alberto que cuando llegue de la escuela igual no estamos ninguno de los dos. Tiene la comida en el frigo, que se la prepare.

—Que tengas un buen día, Françoise —le dijo él mientras la besaba en los labios a la vez que alborotaba aún más su pelo. Eso le encantaba. Ella le agarró por la cintura y le despidió con un cariñoso beso.

Dio un pequeño portazo y desapareció escaleras abajo. Atravesó la calle y bajó al garaje que tenía justo enfrente de casa. Cogió las llaves del vetusto Megane, arrancó y salió a la calle por la empinada rampa. En cuanto atravesó con cuidado la acera puso en funcionamiento el limpiaparabrisas.

3

Sus compañeros de mesa se levantaron excusándose por dejarlo solo, tenían quirófano y les gustaba estar allí con antelación para comprobar que todo en él estaba a punto. El doctor Álvaro Odriozola, jefe del Departamento de Nefrología del Hospital Universitario de Donostia-San Sebastián, levantó la mano en un gesto de despedida y volvió la mirada hacia el plato de postre. Terminó de comer el flan de vainilla que le había traído la camarera y dio por concluida la comida, chupando con pasión la cucharilla untada en el caramelo líquido que aún quedaba en el platillo. Era muy goloso. No podía remediarlo. Pidió un cortado y se quedó mirando el azucarero, absorto en sus pensamientos.

Se levantó pensando que cada día se comía mejor en la cafetería del hospital. ¿Sería por el cambio de jefe de cocina? Le gustaba mucho comer. Era un verdadero *gourmet* al que encantaba tanto cocinar como ir de buenos restaurantes. Gran parte de sus ingresos se iban en exquisiteces. Las pagas y otros ingresos extras generados por ocasionales conferencias y libros solían dedicarse a *delicatessen*. Siempre. Y su mujer lo apoyaba.

Pagó el ajustado precio del menú, que no llegaba a nueve euros, y se alejó en dirección al despacho.

Subió las escaleras del enorme edificio enfundado en una bata blanca impoluta que llevaba su nombre bordado en ella. Aún seguía pensando en lo bien frito que estaba el lenguado, con sus espinitas laterales bien crujientes. Miró a ambos lados del pasillo y casi se dio de bruces con la enfermera de guardia.

—Miren, estaré en el despacho hasta las seis. Si no es estrictamente necesario no me llames —le dijo en voz baja. Era su manera habitual de hablar, con suavidad y en tono apenas audible.

—Acaba de pasar su colega por las habitaciones, no se preocupe —respondió la enfermera—. La cosa estará tranquila —apostilló.

Álvaro le sonrió, dio media vuelta y se alejó por el largo pasillo en dirección a su despacho. Aunque el trabajo en el laboratorio le liberaba de atender a los enfermos, siempre decía a las jefas de planta que si tenían un apuro le llamaran. En todos los años que llevaba trabajando sólo lo habían hecho en tres ocasiones.

Miren Salaberria vio alejarse al doctor, con el vuelo de su bata a contraluz, y pensó que a pesar de sus cincuenta y dos años, y de una estatura más parecida a la de un *jockey* que a la de un jugador de baloncesto, era un tipo apetecible e interesante. Mientras se alejaba fantaseó con la idea de estar con él entre las sábanas de una cama *king size* en la habitación de un hotel paradisíacamente perdido. Le acariciaría el escaso pelo blanco, le quitaría las gafas de pasta negra con ceremonia y le pasaría la lengua por todos los sitios por los que pudiera. Antes, por supuesto, le habría recortado la barba, que, en su opinión, era un poquito más larga de lo ideal. Aunque estaba felizmente casada y bajo ningún concepto cambiaría de pareja, adoraba fantasear. Además el doctor tenía algo sensual, emanaba atracción.

Parpadeó y contempló las gasas que llevaba en la mano. Las dejó en su sitio. Bajó la mirada justo en el instante en que el teléfono de aviso de una habitación parpadeaba.

Álvaro sacó la llave de su despacho y entró. Encendió

la luz y fue directo al archivador. Rescató los expedientes de tres personas con casos de enfermedades nefrológicas y se sentó a la mesa de trabajo.

Eran casos de insuficiencia renal severa atribuidos a distintas causas. Trabajó dos horas más. Le gustaba repasar el historial de los pacientes, en él se encontraba la solución a muchos problemas. Una buena anamnesis garantizaba patrones de enfermedad que podían ayudar a resolver futuros casos.

Al día siguiente tenía la reunión semestral del equipo de investigación de enfermedades hepáticas y nefrológicas que él mismo dirigía y en ella valorarían problemas, experimentos, soluciones, y plantearían las líneas de trabajo que se llevarían a cabo durante los siguientes seis meses. Eran reuniones interesantes, puesto que componían un grupo de investigación cohesionado en el que apenas había roces entre sus miembros; y en el caso de haberlos, él sabía arreglarlos, dirigiendo y liderando.

Odriozola poseía varios reconocimientos, entre los más destacados el acreditado Premio de Investigación Científica otorgado por la Fundación Renal Íñigo Álvarez de Toledo y el Premio de Investigación de la Sociedad Española de Enfermería Nefrológica. Ambos reconocían su trabajo en nuevos procesos y, aunque en su momento le habían abierto puertas, no le gustaba hablar de ellos. Decía que lo más interesante en investigación estaba siempre por llegar. Su humildad escondía una gran timidez.

«Creo que lo tengo todo preparado para mañana», pensó. Informes, entrevistas con pacientes, analítica, datos de los colegas del laboratorio, publicidad sobre novedades en instrumental dialítico de Estados Unidos. Casi todo estaba listo, aunque faltaba lo más importante: la reunión con su equipo, en la que podría cotejar todo el trabajo.

Recogió los papeles y los metió en una carpeta de

cuero negro ajada por los años y el uso pero por la que tenía un especial cariño. No quería desprenderse de ella, se la había regalado su mujer al enterarse de la concesión de un premio. Una vez más, se la acercó a la nariz y la olió. Cuero viejo, un olor estimulante. El aroma que le recordaba a ella y al momento en que se la regaló, envuelta en un papel plateado y con una nota: «Para la mejor parte de mi vida. Paula».

La apoyó sobre la mesa para cerrarla con la gruesa hebilla y se la colocó bajo el brazo. Apagó la luz y salió del despacho. Al cerrar la puerta comprobó que ya era noche cerrada. Cuando pasó por el mostrador vio que Miren se había ido. El nuevo turno ya había llegado y en su lugar estaba Pablo, un chaval que apenas llevaba cuatro meses en el hospital.

—Hasta luego, don Álvaro —le dijo el nuevo enfermero.

No le gustaba que le llamase así, pero todavía no se atrevía a decírselo.

—Buenas noches, Pablo, que tengas una buena guardia —contestó sin apenas mirar.

Comenzó a bajar lentamente las escaleras mientras su estómago, con un par de indiscretos sonidos, le recordó que el menú de mediodía hacía tiempo que había dejado de existir. Intentó recordar lo que le había comentado su mujer al salir de casa esa mañana. Se quedó en blanco mirando las escaleras y ralentizando el paso. Sí, algo de unos salmonetes de tamaño adecuado y bien fritos. Le encantaban tanto los grandes como los pequeños. Estos peces tenían uno de los sabores más delicados y al mismo tiempo más potentes del mundo marino. En una peculiar asociación entre sexo y gastronomía se imaginó haciendo el amor con su mujer. Paula era un ángel sensual que se encontró cuando creía que se quedaría para vestir santos, pues sus treinta y siete años apuntaban en esa dirección y él lo admitía como algo lógico, dada la extrema dedicación a su trabajo. Pero no. Llegó ella, enviada por algún dios del destino, a, como le gustaba decir a su mujer, enamorar a un hombre bajito, no muy guapo y obsesionado con sus logros médicos. Qué bonito fue. Paula Aduna, de su misma edad, psicóloga, licenciada por la entonces Facultad de Filosofía y Ciencias de la Educación de San Sebastián, apareció en el momento oportuno para colarse en su vida. Juntos se trasmitían seguridad, y un apoyo mutuo que con el tiempo crecía y crecía.

Volvió a imaginarse a Paula con el sujetador rojo que le gustaba y los vaqueros raídos ajustados marcando un culo perfecto, su delgada y proporcionada figura llena de curvas. La media melena castaña, lisa y sedosa. Su imagen se volvía nítida mientras aceleraba levemente el paso, deseando estar ya en casa, abrazarla, besar sus pechos, apretarla contra sí. Desnudarla y olerla y lamerla por todo el cuerpo. Le gustaba tanto su olor.

«Aunque primero nos comeremos los salmonetes», pensó.

Bajó al aparcamiento del hospital. Se cruzó con un par de colegas, a los que saludó mecánicamente antes de llegar a su plaza reservada. Abrió el coche con el mando a distancia y sintió el agradable olor del cuero de la tapicería en cuanto se introdujo en él. Eso, y la sensación de volver a casa. Arrancó el motor, que rugió con suavidad, y puso un poco de música en la radio. Nada más salir del garaje se percató de que empezaba a chispear. Los salmonetes, del tamaño adecuado. Encendió las luces de xenón de su BMW, puso el intermitente y se incorporó a la calzada, para acelerar suavemente por la carretera que circunvalaba el edificio. Puso en marcha el limpiaparabrisas y se perdió en la oscuridad de la noche.

4

Su preciso mecanismo biológico le avisó de que era la hora de levantarse. Tenía la exactitud de un reloj suizo y aún faltaba un buen rato para que el despertador digital sonara. Juan Carlos Zurida tenía un cuerpo atlético y musculoso, además de un nada desdeñable metro ochenta y cinco de estatura. Sentado en la cama, completamente desnudo, sintió el frescor de la mañana de finales de otoño. Se restregó los ojos con fuerza y parsimonia. Se vistió a oscuras, tanteando la ropa que el día anterior había dejado preparada, y, aprovechando la escasa luz que entraba por debajo de la puerta, se levantó y salió con sigilo. Creyó haberlo conseguido. Había burlado el radar que él tenía por orejas. Bajó las escaleras del dúplex de manera casi automática. En su intento de no hacer ruido, casi olvidó que los peldaños de madera no iban a ser sus aliados en su compromiso de silencio. No pudo ser, y la voz de Rodrigo, su novio, rompió el silencio de la mañana:

—Tienes la chaquetilla planchada en la habitación pequeña. No te olvides de traerme la sucia —gritó.

—Ok. Creía que todavía dormías. Un beso, que llego tarde —contestó Juan Carlos.

—Y llévate la chaqueta gorda, que hará frío —dijo Rodrigo desde lejos, con una voz casi imperceptible.

Juan Carlos se acercó al armario, buscó la chupa y se la colocó por encima. Fue a la cocina y comió con brusquedad dos galletas. Odiaba desayunar. Lo hacía para que en el trayecto en moto hasta su restaurante no le cogiese una pájara. Hasta casi media mañana no sentía necesidad de probar bocado. El desayuno no era su fuerte, aunque a menudo, si en sus numerosas intervenciones públicas surgía el tema, pregonaba lo contrario.

Miró por la ventana. Aunque estaba mojado no llovía. Bien. Metió la chaquetilla en una bolsa de plástico y ésta en la mochila negra. Tanteó los guantes para comprobar si estaban secos, y aún no lo estaban, por lo que optó por coger los gruesos de verdad. Con ellos no tenía tanto tacto como con los otros, pero el frío de aquella mañana los hacía aconsejables. Hasta su trabajo tenía una tirada y no quería llegar con las manos heladas. Miró el reloj y vio que todavía no habían dado las nueve. Sonrió con malicia para sí mismo y con la chupa puesta subió como una exhalación las escaleras de dos en dos. Entró en la habitación y se tiró en la cama para meterse por debajo de las sábanas. Empezó a besarle los brazos, las manos, el tupido pecho mientras Rodrigo protestaba.

—Déjame, pesado, que vas a llegar tarde al curro —dijo éste entre risas—. ¡Que me haces cosquillas, idiota! Aparta, petardo. —Volvió a reír.

Cogiéndolo con fuerza por su melena castaña, Juan Carlos lo besó en la boca. Metió la mano en el interior del pantalón del pijama y cogió su polla con fuerza y delicadeza, susurrando al oído:

—Dile a ésta que se prepare para la siesta.

—Claro. Estará toda para ti —contestó Rodrigo meloso.

Le pasó la lengua por el bigote. Sabía que le encantaba, que era su punto débil. Intentó hacerlo también en la oreja, pero él lo apartó con decisión.

—Márchate de una vez, Juancar, que no llegas —le dijo sonriendo.

—Joder, sólo un beso más —le suplicó.

—¡Márchate! —repitió Rodrigo intentando controlar la risa.

Juan Carlos se levantó con rapidez y salió de la habitación meneando el culo. Con andares de payaso rechazado, bajó los escalones haciendo ruido, fingiendo que tropezaba.

—Te vas a romper la crisma, ¡idiota! —le chilló Rodrigo.

—¡*Ciao amore*! —le gritó Juancar mientras daba un sonoro y violento portazo. Siempre lo hacía así. Parecía querer que todo el mundo se enterara de su partida.

«Un día este descerebrado tira la puerta», pensó Rodrigo desde la cama.

Juan Carlos entró en el garaje y abrió la puerta del jardín que daba acceso a la calle. Se cerró bien la chupa, se ciñó los guantes, se embutió el casco y se subió a la flamante Yamaha R6 negra con toques laterales de color plateado mate. Metió las llaves en el contacto. La máquina se autochequeó y se encendió el dispositivo de puesta en marcha, una pequeña luz verde. Apretó el botón de arranque y la moto rugió de manera acompasada y relajada. Dos acelerones bastaron para que adquiriera un aspecto más agresivo. El tubo de escape escupía humo y sonido. Era música celestial.

Metió primera y con el embrague dado se quedó unos instantes pensando en el polvo que le echaría a su novio cuando volviera. Aunque no estaba enamorado de él, llevaban ya casi seis años y su presencia le tranquilizaba, relajaba su carácter alocado y echado para delante. Rodrigo era tan cerebral que encajaba con su manera de ser de una forma casi perfecta. Tenían sus peleas, como todas las parejas, pero eran pequeñas y las solían arreglar en la cama. Rodrigo sabía que a Juancar también le iban las mujeres, y que a veces, durante ese tiempo que llevaban juntos, había mantenido aventuras con más de una mujer, aunque él hacía como si no le importase, sabía que el único hombre que había en su vida era él. Sus infidelidades con las mujeres curiosamente no contaban.

Nunca hubiera pensado que llegarían tan lejos. Rodrigo dudó mucho, a menudo creyó que le ocultaba cosas. Pero con el tiempo esas dudas se fueron desvaneciendo, haciendo que la relación se consolidara. «Disfrutemos mientras dure» era lo que pensaba.

Se habían conocido de jóvenes, trabajando en un restaurante a las órdenes de un negrero del que no le gustaba ni recordar el nombre. Luego anduvieron cada uno por su lado y seis años atrás habían vuelto a encontrarse y decidieron vivir juntos.

Aquella época fue muy dura. Tenían un sueldo mísero y apenas un par de días de fiesta al mes, siempre con la promesa de su jefe de contratar más personal para que pudieran andar más relajados. Pero aquello nunca se cumplió.

—Eso no es cocina, eso son gilipolleces —le recriminaba el negrero cada vez que intentaba aportar algo a la carta. Siempre menospreciaba su trabajo.

Y no solamente se metía con él, también se ensañaba con los más débiles. Y eso a Juancar le superaba. Las mayores broncas no fueron por problemas entre ellos, sino por salir en defensa de algún compañero. La gota que colmó el vaso fue un percance con uno de los encargados del fregadero.

Había sido un día muy duro. Era agosto y habían reventado el comedor doblando casi todas las mesas. No pudieron volver a casa a descansar por la tarde. Por la noche también estaba lleno y el servicio de la mañana había vaciado todas las cámaras frigoríficas. Había que sacar tiempo de donde fuera para dar el servicio de la noche. Se llegó a duras penas, pero se hizo un buen trabajo, impecable. A pesar de todo el jefe no estaba contento y Juancar intuía problemas. Que si sólo eran parejitas, que habían llenado el comedor con la mitad de la capacidad, mascullaba.

Estaban terminando de limpiar cuando, bien pasada la medianoche, Juancar levantó la mirada y vio que el jefe se dirigía a gritos al ecuatoriano que estaba en el fregadero y que llevaba más de dos años trabajando para él:

—Eres un guarro, mira cómo está esta cazuela, te lo vengo diciendo todos los putos días —le espetó al tiempo que la levantaba en el aire.

La dejó con brusquedad en la encimera. Se dio media vuelta y cogió de la estantería diez cazos medianos y limpios, y los lleno de azúcar. Los puso sobre la plancha y con frialdad esperó a que se quemaran. Humeaban negros llenándolo todo con un repugnante olor a quemado. Los agarró y con todo el desprecio del mundo los lanzó al fregadero al grito de «No sales de aquí hasta que no estén limpios», proferido con rabia y los ojos desorbitados mientras se le hinchaban las venas del cuello.

Juan Carlos observó la escena de reojo y no pudo reprimirse. Le entró con decisión. Rescató un par del fregadero y, mientras el ecuatoriano lo miraba entre temeroso y medio sonriente, le soltó al jefe con una curiosa voz entre enérgica y pausada:

—Tú las has ensuciado, tú las limpias. Porque seas el jefe no me das miedo, hijo puta —replicó con dureza.

Ante la atónita mirada del resto de los compañeros, que permanecieron petrificados, aquellas palabras resonaron por la cocina como un grito de guerra. Juancar se quitó el delantal y se lo tiró a la cara del jefe.

El dueño del local y del negocio no daba crédito a lo que oía. Mientras Juan Carlos salía de la cocina le amenazó con el despido.

—No vuelvas mañana a trabajar, estás despedido. Imbécil. Tú qué te crees. No eres más que un cocinero de mierda que no sabe un pijo de cómo llevar una cocina —le aulló, con las miradas de los compañeros detenidas en el espacio y el tiempo.

Al día siguiente, Juancar regresó al trabajo porque

Rodrigo, con sensatez y buen criterio, le convenció. Tenía que acabar pero no de esa manera, le dijo. La relación laboral estaba herida de muerte y, aunque no aguantaron mucho allí, las duras y crueles batallas fortalecieron su relación.

Qué distinto era todo ahora. Si aquel imbécil de jefe pudiera ver dónde había llegado Juan Carlos en el mundo de la cocina sentiría vergüenza. Verlo en el top de los cocineros mundiales le habría humillado. Pero eso era agua pasada. El tiempo pone a cada uno en su sitio.

Parpadeó varias veces como queriendo volver a donde estaba. Soltó lentamente el embrague y salió a la calle a través del jardín. Se detuvo manteniendo la marcha engranada para observar como el automatismo cerraba la puerta. Siempre lo hacía pensando que el día que alguien quisiera entrar a robar no tenía más que saltar el ridículo seto que rodeaba los adosados. No se podía marchar hasta que la puerta no se cerrase del todo. Nunca lo hacía de otro modo.

Miró la ventana de la habitación, aún con la persiana bajada, y pensó que su novio se tendría que levantar pronto. Le envolvió una sensación agradable al pensar que su compañero se quedaba en la cama un rato más, calentito bajo las mantas. Fuera hacía bastante frío y ello acentuaba esa placentera sensación. Se sentía bien protegiéndolo.

Comenzó a moverse y se alejó entre la hojarasca del avanzado otoño. Con la temperatura que hacía, el vaho de su aliento terminaría empañando su visión. En el visor de su casco notó como comenzaba a caer un fino sirimiri. Se parapetó tímidamente sobre el escaso carenado del vehículo, aceleró y se perdió por la calle que atravesaba la urbanización.

5

La capucha bajada hacía imposible su identificación. Resbalaba alguna gota de lluvia por ella y caía sobre su cara interrumpiéndose así su camino al suelo. Había conseguido abrir la puerta de la calle sin levantar sospechas.

Se encontraba en una casa tan antigua como sus inquilinos, con techos tan altos como sus edades y la pintura de la escalera marcada por el paso del tiempo. El ascensor, envuelto en una vistosa verja de hierro con formas de pequeñas hojas de roble, traqueteaba tanto como los recuerdos de los propietarios.

Llevaba ya un buen rato sentado en el ángulo muerto que formaba el último tramo de escalones junto al hueco del ascensor. Esperaba que el tráfico de personas se calmara. Era la hora de actuar. La escalera se encontraba en total oscuridad.

Se levantó haciendo el menor ruido posible. Sacudió silenciosamente algunas gotas de agua que todavía permanecían en su abrigo y se puso los finos guantes de cuero negro. Pisando con suavidad los peldaños de madera oscura, desgastados por el ir y venir de sus inquilinos, comenzó a subir.

Llegó hasta el tercero en completa oscuridad, guiado por el pasamanos que rodeaba el ascensor y atento a cualquier ruido extraño que pudiera sorprenderle.

Desde el segundo piso, la voz de una mujer que estaba abriendo la puerta de su casa y despidiéndose de una amiga lo paralizó. Se hizo la luz e instintivamente se arrimó a la pared, en un intento de mimetizarse con ella. El forjado de la barandilla sombreó su rostro propiciando un perfecto camuflaje en blanco y negro. Su corazón latía desbocado.

Alertó su oído.

Quieto.

Escuchó sin moverse como hablaban durante un rato de nimiedades, a un tono de voz que le pareció como si chillaran. Apretaron el interruptor de la luz de la escalera más de media docena de veces, un tiempo que le pareció una eternidad. Finalmente, la visita se despidió e introduciéndose en el ascensor cerró la puerta y comenzó a descender. Se oyó el ruido del motor deslizando los cables por las guías.

En medio minuto, el silencio se hizo de nuevo. Las gotas de lluvia golpeaban la claraboya y en la oscuridad su ruido resonaba aún más. Se despegó literalmente de la pared y ascendió al cuarto piso. Con delicadeza, extrajo del bolsillo un plástico duro del tamaño de un cuarto de folio. Se acercó a la puerta. 4ºA. Con habilidad, lo introdujo a la altura de la cerradura y comenzó a moverlo.

—Vamos —se dijo a sí mismo—. Tienes que hacerlo. Tienes que conseguirlo.

Sus dedos enfundados se afanaban en hacerla ceder.

Clack. Silencio.

La puerta cedió con un suave chasquido. Miraba a través de la oscuridad intentando calmar su imaginación, que había transformado un pequeño ruido en el estallido de un trueno. Los goznes chirriaron delicadamente. Se adentró con suavidad y dejó la puerta entornada.

El interior estaba oscuro. No quiso encender la luz. Metió la mano en el abrigo y rescató de su bolsillo una linterna. La encendió y con paso sigiloso repasó una a una todas las habitaciones.

Pero el sonido de la puerta al abrirse no pasó desapercibido para todo el mundo.

La luz del recibidor de la casa se encendió de repente.

—¿Cris? ¿Eres tú? Te has dejado la puerta de la calle abierta. ¿Cristina? ¿Ya has alquilado el piso? —Se oyó desde la entrada.

El intruso se asomó con cautela desde la habitación en la que se encontraba y vio a una mujer bajita y mayor en bata.

«¡Mierda!», pensó. Con rapidez, sacó la navaja que tenía en el bolsillo y la abrió. La agarraba con fuerza mientras se parapetaba detrás de una puerta.

Paralizado. Inmóvil. Temió parpadear.

Se encontraba en la habitación del fondo y escuchó los pasos de la mujer acercándose. Una gota de sudor recorría su rostro con lentitud. Por un momento pensó que los latidos de su corazón le delatarían.

A medida que avanzaba por el largo pasillo, la mujer revisaba todas las habitaciones. Sólo quedaba la suya, era la que estaba al final. Notó su respiración cerca. Sintió que la puerta se abría. Las bisagras hicieron un leve ruido.

—Cristina, ¿estás ahí? —insistió la mujer asomando la cabeza por el quicio de la puerta.

No pudo ver venir el brutal golpe que recibió en la cara.

Sólo notó un dolor intenso en la base de la mejilla antes de caer desplomada. Tampoco sintió los dos golpes propinados con rabia cuando ya estaba en el suelo, porque hacía una décima de segundo que estaba inconsciente. La sangre brotó de cada una de las heridas. El agresor corrió por el pasillo, sin importarle ya el ruido, sólo pensaba en salir de allí. Bajó las escaleras de dos en dos y en unos segundos estaba en la puerta de la calle.

Cuando salió seguía lloviendo. Se detuvo unos instantes, miró hacia atrás y vio que la luz de la escalera se encendía; algún vecino debía de haber salido al descansillo alertado por los ruidos, pero él ya estaba fuera y nadie le había visto. Aceleró el paso y se perdió por las callejuelas. Se sorprendió a sí mismo pensando que no había utilizado la navaja. Sin sacarla del bolsillo la cerró. No había logrado su objetivo.

«¡Maldita vieja!», pensó.

Cuando al día siguiente la mujer habló con la policía, sólo pudo decir que no vio a la persona que la había agredido.

—Pensé que mi vecina se había dejado la puerta abierta. Desde que se murió su anterior inquilino, Cristian José, está intentando alquilarlo —comentó con dificultad postrada en la cama del hospital.

6

Aún era noche cerrada cuando Marc llegó a la lonja de pescadores, apenas había algún atisbo del amanecer. Aparcó la furgoneta, se cerró la chupa y se puso los guantes, la temperatura y el local lleno de hielo al que iba auguraban un buen rato de frío. Entró en el local y encontró menos gente de la esperada. El verano, la temporada fuerte, acababa de pasar, y el otoño trascurría con normalidad, sin excesivo trabajo. A pesar de todo, el local estaba concurrido.

Cincuenta, cuarenta y nueve, cuarenta y ocho, cuarenta y siete, cuarenta y seis, cuarenta y cinco, cuarenta y cuatro, cuarenta y tres, cuarenta y dos, cuarenta y uno, cuarenta , treinta y nueve, treinta y ocho, treinta y siete, treinta y seis...

Al cabo de unos minutos, y varios euros por debajo, Marc Ogiategui levantó la mano en un gesto apenas perceptible. La caja que había en el suelo, por la que había pujado y al final pagado unos considerables dieciséis euros el kilo, era de dos doradas de aproximadamente tres kilos. Brillantes y tersas. Apenas llevarían cuatro horas fuera del agua.

El encargado se acercó y dejó su nombre en un papel encima de la caja. «No tenía que haber cortado la subasta —pensó—. Estos no tenían aspecto de pujar hasta llegar a los quince euros. Me da igual, las doradas tienen una pinta fuera de serie.»

La siguiente era una caja de preciosos salmonetes. La dejó pasar. Veintitrés, veintidós, veinte, diecinueve, dieciocho, diecisiete, dieciséis, quince, catorce, trece, doce...

La siguiente sí que le pareció interesante. Cuatro chipirones de anzuelo muy grandes: cinco kilos doscientos gramos. «Vaya piezas más hermosas», se dijo. Conservaban la piel punteada cambiando de color, señal inequívoca de frescura. Los cromatóforos actuaban como un semáforo.

Comenzó en quince euros y en un santiamén paró la subasta en once.

«No me importa el precio al que lo compro. Lo que importa es la calidad. Mis clientes quieren ver producto de primera. Igual tenía que haber esperado a los nueve», pensó al mismo tiempo que se contradecía.

Vio terminar la subasta. No tenía prisa. Ante él pasaron cazones, verdeles, lenguados de ración, krabarrokas y gallos. Estos últimos muy pequeños para su gusto.

«Ya está bien por hoy. Nos vamos para el restaurante a ver si vendemos lo que llevamos», se dijo a sí mismo.

Con tranquilidad, se acercó al encargado, que le hizo las cuentas, pagó en efectivo y cargó las cajas en la furgoneta no sin antes tomar un café en el bar de Toño. Amanecía y el cielo estaba cargado de nubes.

El local tenía varias mesas y una gran barra en la que se encontraban media docena de taciturnos clientes. Presidía una enorme bandera azul y blanca de la Real Sociedad. Era cliente habitual y buen amigo de su dueño. Su amistad se intensificó después del divorcio de Marc, hacía ahora apenas dos años. Desde entonces él había cambiado. Antes creía tenerlo todo controlado. Hasta que una mañana de invierno parecida a la de hoy, su mujer, Fátima Arrese, le anunció que se iba de casa. Que quería el divorcio. Así, de repente. Si bien era cierto que habían tenido sus problemas a lo largo de los dieciocho años que llevaban casados, siempre los habían superado. Pero aquellos roces cada vez más frecuentes, y que Marc luego daba tranquilamente por zanjados, en ella dejaban marca, poso, se acumulaban, y así la relación comenzó a hacer aguas. Fátima creía que era imposible arreglarlo, que la única salida era la separación. Y él no se lo podía creer. Ella era su apoyo y guía. Difícilmente olvidaría lo que dijo:

—Marc, ¿qué ocurre? ¿No te lo esperabas? —le requirió ella con aire desafiante—. No me lo puedo creer —continuó—. Yo me enamoré, estaba ilusionada, y ahora nuestra relación es una pura rutina en la que no nos aportamos nada.

Marc no se atrevía a mirarla a los ojos. Y aceptó. La ausencia de descendencia casi le convenció de que era lo mejor.

Cuando recordaba el momento en que ella le dijo que había otro hombre inmediatamente rechazaba el recuerdo y pensaba con rapidez en otra cosa que le devolviera la sonrisa.

«¿Dónde estaba?, no me di ni cuenta, sumido en el maldito restaurante pensaba que mi negocio era más importante que mi propia vida. Atendiendo a clientes a los que irremediablemente tenía que sonreír, falsas amistades mezcladas con necesidades de negocio. ¿Prefería estar con ellos? No. Sí. ¿Dónde están ellos ahora? Era mi trabajo y me gustaba. Y aún me gusta. He aguantado críticas y elogios por hacer lo más elemental: dar de comer.»

Los clientes que se quedaban hasta las tantas de charloteo, apalancados en los sofás de la entrada, como si no tuvieran otra cosa que hacer, eso es lo que Marc recordaba. Preparándoles las mejores copas. Arreglando el mundo. Discutiendo cosas absurdas, como si les fuera la vida en ello. Y así todos los malditos días de la semana. Uno tras otro. Y nunca regresaba a casa antes de las tres. Además, siempre caían un par de gin-tonics por noche, si no eran tres. Y volvía a casa medio tocado. ¿Qué esperaba, que una mujer sensible como Fátima aguardase el regreso de un príncipe azulado por el alcohol y oliendo a noche? ¿Y dónde estaba ella?, ¿dónde había estado?, ¿con quién?, ¿desde cuándo?

Y en situaciones así el corazón se rompe. Fue tarde para lamentos.

Fátima había sido su primera novia. Para ella también fue su primera vez. Se conocieron cuando apenas tenían dieciocho años. Compartían amistades y no fue un flechazo. Descubrieron que estaban a gusto juntos.

Ahora habían pasado ya dos años y sólo aparentemente lo había podido superar. Era una cuestión de fuerza de voluntad.

Hacía tiempo que Toño no le preguntaba sobre su estado de ánimo. Le veía más contento, pero también era verdad que cada vez que hablaban de mujeres él se ponía más tenso de lo habitual.

—¿Qué te pongo, Marc?, ¿lo de siempre?

—Claro, que con este frío me lo vas a tener que echar por encima —respondió el otro jocoso.

Un carajillo cargado de coñac bien flambeado. Bien caliente. Lo bebió con calma, soplando para no quemarse. Le encantaba hablar de fútbol. Apenas estuvo veinte minutos. Se despidió, salió del local y se acercó a la furgoneta. Llegaría a su restaurante, Fonda Perelu, alrededor de las nueve y media. Le gustaba llegar el primero, recibir a los empleados, era una forma de dar ejemplo, de marcar la autoridad afablemente.

Arrancó el diésel de la furgoneta. Llegó a la cabina de acceso al recinto, sacó la tarjeta autorizada para acceder y la introdujo en la ranura. Se levantó la barrera. Aceleró con suavidad. Vio que empezaba a llover pero pensó que sería mejor, a no ser que cayera más fuerte, evitar dar al limpiaparabrisas porque éste estaba lleno de mosquitos. «Ojalá caiga con más fuerza y lo pueda poner en marcha», pensó. Aceleró mientras empe llover más intensamente. Una vez en la variante a con suavidad mientras la lluvia golpeaba con f Puso el manos libres y llamó a Samuel, la person desde hacía mucho tiempo se encargaba de traerle en exclusiva, las mejores verduras para su restaurante.

1

El sonido de la azada había terminado de golpear la tierra. Pasó un paño por la parte manchada de barro y la guardó junto al resto de las herramientas. Se secó el sudor con una toalla vieja, que dejó extendida encima de un tenderete en compañía de un trapo ya seco. Samuel García salió y cerró la verja de madera sujeta con una cuerda. Terminó de cargar el maletero y puso dirección a Fonda Perelu llevando las últimas hojas y brotes recogidos en el pequeño invernadero enclavado en la huerta heredada de su padre.

Eran casi doscientos metros cuadrados de terreno muy fértil a las afueras de la ciudad. Llevaba también un sencillo ramo de cuatro rosas envueltas en papel de estraza. Se lo acercó y aspiró la suave fragancia. Sonó el móvil con decisión en el momento en que se disponía a entrar en el coche.

—Aúpa, Samuel, soy Marc.

—En este preciso instante iba para tu casa. Tardaré media hora, tengo que hacer un encargo primero —contestó.

—¿Traes algún tomate?

—Sólo cuatro, ya la temporada no da para más. Son feos pero tienen buen olor. Aguantan porque tengo un par de matas en el invernadero, aunque ya son los últimos. Te llevo algo de menta también. Todavía está buena.

—Fenómeno. La necesito para los postres, y yo creo que con los tomates ya me arreglaré.

—También te llevo las últimas guindillas. Te las he guardado. Son casi un kilo.

—Bien, vale, luego estamos.

Samuel arrancó el coche y condujo por la pista un par de minutos hasta salir a la carretera general.

Al llegar a la ciudad se acercó hasta la zona alta, donde se encontraba el cementerio de Polloe. Aparcó el coche en batería y, cogiendo el ramo de flores y un pequeño paquete envuelto en papel de aluminio, se adentró en él. Estaba vacío, no eran ni las ocho de la mañana. El tiempo gris y cargado de nubes coloreaba tenuemente el ambiente.

Samuel avanzó por la calle principal rodeado de panteones hasta llegar a la zona donde se amontonaban los nichos. Se acercó a una de las lápidas de la derecha.

JAIME GARCÍA
1937-2012
Tu bondad nos hizo fuertes

Alargó el brazo y con un gesto delicado depositó el ramo allí donde estaba el nombre de su padre. A su lado, el paquete envuelto en aluminio que contenía un trozo de bizcocho de canela. Dio un paso atrás, respiró muy hondo y comenzó a rezar.

El tiempo se detuvo entre un avemaría y un padrenuestro. Después, en voz muy baja, comenzó a hablar.

—*Aita*, la huerta sigue bien cuidada. Ahora es invierno y no hay mucho que hacer hasta que llegue la primavera. He empezado a limpiar la zona a la que menos le da el sol para que pueda crecer mejor alguna planta nueva. Te he traído un trozo de bizcocho, de los que te gustaban. Lo hice ayer.

La escena era relajada y extrañamente lógica.

Él de pie, hablando con los muertos.

—También estoy podando la higuera de la casa de Elena. Este año ha dado unos higos muy grandes.

La voz se le notaba quebrada.

Enmudeció unos segundos y cogió aire como para decir algo más, pero no se atrevió.

Sencillamente, se acercó a las flores y las acarició. Se besó los dedos y los puso con cuidado sobre el nombre. Miró la hora y pensó que debería llegar donde Marc cuanto antes, para después entrar a trabajar en casa de Elena.

Cuando arrancó el coche tuvo la sensación de haber sido un cobarde.

8

Con un leve puñetazo en la mesa Ion maldijo con rotundidad, y un par de tacos, cuando se dio cuenta de que la próxima semana era fiesta el jueves y que no había llamado a Carmen, la extra de los festivos, una profesional que le salvaba de muchos problemas.

Ella no necesitaba el dinero, trabajaba simplemente por estar ocupada. Su marido era un famoso arquitecto con el que se había casado hacía más de veinte años. El matrimonio se había enfriado y entre ellos mantenían una relación correcta, pulcra, de amistad, en la que, resuelto el problema económico, procuraban hacer su vida cada uno por separado. La emancipación de los hijos acentuó la necesidad de Carmen Aguirre de estar ocupada. Cuando se casó dejó de trabajar y muchas veces recordaba sus trabajos de *maître* en importantes restaurantes de la zona, y también la temporada maravillosa que pasó en Londres, donde perfeccionó su inglés y descubrió los encantos del trabajo duro.

Pero también recordaba que su amor por su maridito, como le gustaba llamarle, fue de los de verdad, un auténtico flechazo. Un amor urgente, que le hacía contar los minutos y segundos que faltaban para que él volviera con los compañeros del estudio de arquitectura al restaurante en el que ella trabajaba. Por aquel entonces, todos los días miraba con atención el libro de reservas en busca del nombre al que se hacían las reservas, Bamasor Associated Architects, pero no siempre aparecía entre ellos y su ansia se incrementaba. Era la esperanza tonta que le arreglaba el día.

Sin embargo, la asombrosa intensidad de los comienzos se disolvió con el implacable paso del tiempo, que diluye todo lo que toca. Aunque eso a ella no le obsesionaba. Siempre pensó que su marido le había aportado mucho, y el hecho de que ahora la magia que los había unido no existiera no le preocupaba en exceso. Más bien nada. Se consideraba afortunada con una separación civilizada, sin gritos ni malos rollos. La relación se había acabado. Seguían juntos para guardar las apariencias, él aparecía con frecuencia en los medios, pero cada uno hacía su propia vida. Compartían techo, aunque sin cama ni ilusiones. Además, él se ausentaba por largos períodos, viajaba con frecuencia allí donde tuviera proyectos en marcha, y eso facilitaba las cosas. El acuerdo al que llegaron fue sencillo: respeto mutuo y dinero abundante en las cartillas de ahorro para ella y sus hijos. Carmen creía que tuvo suerte por tener la cabeza fría y llegar a este simple acuerdo, ni divorcio ni separación de bienes. Así de sencillo. Un matrimonio aparentemente feliz.

Sus hijos eran el maravilloso don del que se sentía orgullosa. Siempre pensaba en ellos con una sonrisa en los labios y le gustaba que la llamasen desde París, donde estudiaban interiorismo, el mayor, e ingeniería, el pequeño. Apenas se llevaban entre ellos un año y un mes, y su relación era excelente.

Ion agarró con rapidez el móvil; mientras marcaba el teléfono de Carmen le vinieron a la cabeza sus palabras:

—Ion, acuérdate de que esa semana bajaré a visitar a los *aitas*, no me necesitarás, ¿no?

«El teléfono al que llama está apagado o fuera de cobertura...» Ion González Malo lo dejó sobre la barra del bar que regentaba desde hacía ya seis años. Su local, Con Tierra Blanca, CTB, en mitad de la calle Euskalherria, en la parte vieja donostiarra, se había convertido en un lugar de moda y siempre estaba lleno. Treintañeros con dinero y ganas de gastarlo; frikis de distintas edades con poder adquisitivo medio-alto; góticos y enteradillos... Incluso había logrado que lo frecuentaran cuadrillas de chiquiteros. No eran los más habituales pero los había.

El lugar era una preciosidad, diseñado por un buen amigo suyo, y la luz bañaba con un acogedor color blanco el local, forrado de fragmentos de cristal y piezas de metal distribuidas por el techo. Las líneas rectas no existían. Todo era curvo. El local irradiaba personalidad.

La larga barra zigzagueaba recorriendo el espacio para terminar en un comedor protegido por unas altas barandillas que funcionaban como biombos. Tan sólo siete mesas, en las que daba de comer un curioso mix entre cocina de vanguardia y tradicional, divertida y desenfadada. Era necesario tener la mente muy abierta para comer allí. Igual podías disfrutar de unos platos sencillos de apenas dos elementos que de verdaderos *revivals* de barrocos platos antiguos. Ion introducía paisajes culinarios asiáticos y otro día presentaba cocina tropical, tanto daba. Dominaba los platos a la perfección, no en vano era una persona viajada que conocía muchas culturas.

Cogió el móvil pero rehusó volver a llamar. Apenas habían transcurrido cinco minutos desde la anterior llamada y la situación no habría variado sustancialmente, pensó mientras dejaba el teléfono en el interior del bolsillo de la cazadora.

«Y si se ha marchado tendré que arreglármelas..., pero ¿con quién?» Carmen fallaba poco, no recordaba la última vez que le había dejado tirado. Se había acostumbrado a ella, olvidando que sólo estaba con él los días de mucho trabajo. Recordó cuando le ofreció estar fija en la plantilla y ella rehusó, recordándole que si trabajaba no era por dinero sino por gusto.

Miró el libro de reservas de nuevo, completo para el puente. Tenía varios frentes abiertos y a un encargado de baja desde hacía dos semanas. Racos Mendizábal era una persona que podía organizar las reservas tan bien y con tanta exactitud como cualquier profesional titulado. Le bastaban sus años de oficio, su capacidad y, sobre todo, lo bien que se llevaba con su jefe, Ion, para llevar la barra entera y llena de gente con eficacia, educación y mano izquierda. Tenía tanto instinto que podía manejar los pedidos orientándolos según las necesidades de la cocina, para que esta fuese lo más eficaz y rápida posible.

«Una joya. Y está de baja, ¡qué bien!, ¡qué mierda!, y quien le sustituye no le llega ni a la suela de los zapatos. Por eso estoy como estoy», pensó Ion.

Miró el reloj y vio que eran ya las diez. Agarró el teléfono y marcó el número de Racos. Cada tres días solía hacerlo para ver cómo iba, y de paso saber cuándo se podría reincorporar. Intentaba que esto último no se le notara demasiado. No le parecía bien, pero el pretexto de su amistad, que era real, se lo permitía.

Dio un par de tonos y enseguida respondió.

—Dime, Ion —le dijo Racos al leer su nombre en la pantalla del móvil.

—¿Qué tal andas? ¿No estarías en la cama? —afirmó más que preguntó Ion con aire desenfadado.

—¡Qué va!, estoy terminando de vestirme para ir a rehabilitación. Es un rollo, pero dice el médico que es imprescindible para fortalecer la pierna. Con un poco de suerte será la última semana de ir al hospital —comentó Racos dándose ánimos—. Y en otra más podré empezar a trabajar. Me sigue doliendo, aunque cada vez menos —apostilló.

—¡Tranquilo! —mintió Ion—, tenemos el tema muy controlado por aquí. Tómate tu tiempo.

Racos vivía solo y guardaba celosamente su intimidad, quizá por eso no había logrado tener pareja estable.

Muchas novias sí, pero ninguna de larga duración. Su consolidada faceta de juerguista no dejaba lugar a otro tipo de relación que no fuera la esporádica. Quizá ahora, con treinta y cinco años y la lesión de la pierna, un estúpido accidente con una caja de botellas que aterrizó sobre su tobillo izquierdo, que le había permitido un reflexivo mes con una movilidad reducida, empezaba a ver las cosas de otra manera. Aunque en realidad sus pensamientos no habían cambiado mucho; o más bien nada.

—Ok, Ion. Has llamado a Carmen para los días de fiesta de la semana que viene, ¿no?

—Tú no te preocupes, Racos, que está todo bajo control —contestó Ion poniendo los ojos en blanco y volviendo a mentir. Ambos pensaron «si tú supieras».

—Venga, chato, tengo que colgar —dijo Ion—, y cuídate esa pierna. Un beso.

—Un beso, Ion —contestó Racos—. Estamos en contacto.

Ion cortó la comunicación y se quedó mirando la pantalla del móvil. Por un momento pensó que tendría que haberle contado la verdad: que sin él lo estaban pasando mal en el restaurante. Pero Racos no se merecía eso. Ion era el jefe y había sido incapaz de encontrar un sustituto para estas ocasiones, se había acomodado y parecía ajeno a la posibilidad de un percance o eventualidad como la de una baja por enfermedad o accidente. Y eso era responsabilidad exclusiva de él. Racos era su amigo, ¿no? ¿O sólo lo era por su propio interés? No, se mentía piadosamente, es mi amigo.

«Intentemos solucionar las cosas una a una —pensó—. Dentro de un rato volveré a llamar a Carmen a ver si la localizo». Volvió a su oficina y cogió una cazadora de cuero negro a la que tenía especial cariño. Miró un papel con las gestiones que debía realizar esa mañana. La primera, ir al abogado para terminar el finiquito de un camarero que les dejaba. «Está aquí al lado», se dijo.

«Y llamar a Carmen cuanto antes, que-no-se-te-olvide», se repitió.

Cuando llegó a la puerta de su local miró al cielo y lo vio oscuro. Sacó la mano y la extendió. Unos leves pinchazos confirmaron sus pensamientos. Llovía. Volvió dentro para coger un paraguas. Salió a la calle, lo abrió y se perdió caminando entre las calles.

9

Vicente Parra avanzó por la avenida de la Libertad en dirección a la comisaría de la Ertzaintza del barrio del Antiguo. Llegó a la calle que circundaba el edificio con forma de proa de barco y pasó el control de acceso, haciendo un gesto al ertzaina que, con su impecable uniforme, se encontraba en una de las ventanas. Aparcó el coche cerca del edificio de tres pisos de altura, una construcción con el exterior de piedra y grandes canalones de salida de agua, ideal para una ciudad como ésa. En la fachada de color gris se observaban desconchados bajo los tres ventanales que hacían esquina, que delataban el tiempo transcurrido desde la última mano de pintura. Pero eran pequeños y no afeaban el aspecto general. Las ventanas eran de cristal oscuro y otorgaban al edificio el aspecto de lo que era. La puerta principal era grande y doble, y otro policía controlaba su acceso. Abundantes cámaras de seguridad circundaban todo el perímetro.

Salió del automóvil, subió apenas cinco escalones y entró en el vestíbulo, que se encontraba en la calma habitual. Saludó a dos policías de paisano, antiguos compañeros, que se encontraban en una esquina al lado de la nueva máquina de café, enfrascados en una distendida conversación sobre fútbol mientras esperaban a entrar en el despacho de Javier Gress. Sostenían vasos de papel y bebían a sorbos su a todas luces caliente contenido. Uno de ellos levantó la mano. Vicente se acercó y le habló cordialmente:

—¿Qué pasa, Vicente? ¿Qué tal tu hijo Alberto? El otro día le vimos en un reportaje en la tele, al fondo, ayudando a elaborar un plato —le comentó uno de ellos.

—Sí, chico, cada vez se le ve más convencido de lo que está haciendo. Su madre está encantada, con lo que le gusta la cocina. ¿Qué hacéis? ¿Esperando a Javier? —preguntó el oficial.

—Sí, estamos preparando una redada en un local y tenemos que ultimar detalles.

—Ok, pues no tardéis mucho que luego, a las doce, he quedado con él.

—¡Joder, Vicente!, espero que hayamos acabado antes —contestó sonriendo uno de ellos, al tiempo que miraba su reloj.

—Venga, chicos, nos vemos —comentó éste, alejándose en dirección a su despacho.

Vicente entró en el que era su despacho desde hacía ya diez años, desde que las últimas obras convirtieron una superficie diáfana, con un gran mostrador en un lado, en otra más pequeña, con el mostrador reducido a la mínima expresión y la aparición de despachos, no demasiado grandes pero muy prácticos. Se ganó en privacidad. Y en una comisaría, esto último era más importante que lo primero. Los asuntos que se discutían entre esas paredes eran lo suficientemente confidenciales como para justificar la obra que hizo cambiar el aspecto de la parte central de la comisaría.

Encendió su ordenador y esperó pacientemente a que se pusiera en marcha. Mientras tanto comenzó a pasar páginas de los tres periódicos impresos que cada mañana, con puntualidad, le solían dejar sobre la mesa. Ojeó buscando algún artículo de fondo que pudiera interesarle, aunque sabía que las noticias más recientes se las serviría su ordenador cuando terminara de arrancar.

«Este trasto es de la época de las obras en la oficina, y diez años para un ordenador es una eternidad», pensó mientras aquél se afanaba en presentar la pantalla de inicio. «Tengo unas tres horas hasta la reunión con Javier», musitó para sí a la vez que empezaba a entrar en las carpetas que daban acceso a sus archivos. Se quedó enfrascado en ellos mientras el hilo musical susurraba suaves canciones en las que no reparaba en absoluto.

Cuando levantó la vista de la pantalla del ordenador se dio cuenta de que apenas quedaban quince minutos para la cita con su superior, Javier Gress. En apenas un par de minutos se levantó y se volvió a sentar. Por un momento había olvidado que vivía con cinco minutos de adelanto, los que, voluntariamente, le contaba de más su reloj. Apagó con calma el ordenador y salió del despacho, no sin antes cerrar con llave. Atravesó el recibidor y llamó a la puerta de Javier.

—Adelante —se escuchó de forma casi imperceptible.

Vicente entró y saludó con un gesto a su superior.

—¿Qué tal, Vicente? Enseguida estoy contigo —le dijo Javier al mismo tiempo que dejaba una carpeta sobre la mesa.

Javier, el subcomisario, era una persona a la que le gustaba ir al grano. Andarse sin rodeos era una de sus señas de identidad.

—No voy a andarme con preámbulos. Tengo dos muertes, una es un asesinato evidente y la otra quiero que la investigues. Creo que podrían estar relacionadas. Es una corazonada, pero se dan una serie de detalles que me hacen pensar que hay algo extraño. Te adelanto que no tengo ningún sospechoso.

»El primer caso es la muerte de un tal Cristian José, bedel de la Facultad de Químicas de San Sebastián. Joven, de treinta y ocho años, creo. Ingresó en la unidad de cuidados intensivos del Hospital Universitario de Donostia pero nada se pudo hacer por él. Murió de insuficiencia renal y hepática severa.

»El otro caso es más evidente. Hace unos días, mientras tú estabas de vacaciones, encontramos el cuerpo de una mujer acuchillada salvajemente: Elena Castaño.

—Lo sé, lo leí pero no pensé que nos tocase a nosotros —interrumpió Vicente.

—Lo que quizá no sepas son los detalles —puntualizó Javier—. Te los resumiré.

—Sí, por favor.

—La muerta, como te he dicho, se llamaba Elena Castaño, y es la famosa diseñadora, la dueña de la tienda de ropa de toda la vida en el centro de San Sebastián. Ya sabes, era muy conocida y se codeaba con artistas de cine, a los que vestía. El cuerpo se encontró en su propia casa. A primera vista parece un asesinato por robo.

El subcomisario le pasó el grueso expediente del caso de Elena, que contenía abundante documentación, fotografías, informes y diversos documentos. Vicente abrió el dossier y empezó a ojearlo. Se hizo un silencio absoluto. Las fotografías del cadáver eran impresionantes. También se incluía un croquis con la disposición del cuerpo y un plano de la casa. El oficial observaba todo con detenimiento y leyó unas líneas del primer folio.

—¿Quién descubrió el cadáver? —quiso saber.

—El jardinero que iba todos los martes y jueves a la casa. Nos llamó el jueves por teléfono, muy alterado, casi gritando. Eran las nueve de la mañana más o menos. Si quieres puedes oír la grabación. Por ahora es al único al que hemos interrogado y en todo momento se ha mostrado distante. No tiene coartada pero tampoco tiene móvil aparente que no sea la posibilidad nada halagüeña de quedarse en paro después de la muerte de su jefa. Es un señor de cincuenta años muy enamorado de la jardinería. En fin, creo que deberíamos volver a hablar con él. No hay que descartarlo, y nos puede dar información sobre quién frecuentaba la casa o algún otro detalle.

»Cuando llegamos al cabo de diez minutos de la llamada, el jardinero, que se llama... —contuvo el habla, rebuscando entre los papeles de la ficha—, a ver si lo encuentro..., ya está, Samuel García, esperaba en la entrada. Estaba muy afectado. Nos acompañó hasta la puerta de la casa pero no quiso entrar. Encontramos el cuerpo en lo que era su habitación, en medio de un charco de sangre. Le habían apuñalado tres veces, un par por el costado y una más por la espalda. Esta última puñalada fue mortal de necesidad. Había sangre por toda la planta baja, en la entrada, en el salón, en la puerta de su habitación y en la colcha de su cama. En la sala, el sofá y las lámparas estaban volcados. En fin, un cuadro. Y además no tenemos el arma del crimen. Por el tipo de corte, creemos que podría ser un cuchillo muy afilado y grande, pero no deja de ser una suposición.

—O sea que la víctima se defendió —concluyó Vicente.

—Sí, en efecto, debió de ser una escena salvaje.

—¿Qué dijo el forense?

—Que el cuerpo llevaba unas doce horas muerto. Eso nos sitúa la acción aproximadamente al comienzo de la noche. Podría ser entre las nueve y las diez de la noche del miércoles. Ya sabes, siempre más o menos —apostilló Javier—. Toda la acción se desarrolló en el piso de abajo. El de arriba está aparentemente intacto. Las luces estaban apagadas pero curiosamente el televisor estaba encendido y sin sonido.

—¿Sin sonido?

—Sí, el jardinero nos juró que no había tocado nada y confirmó que el televisor estaba encendido y sin sonido. La puerta que daba acceso al jardín estaba cerrada. No es difícil saltarla.

—¿Crees que puede ser un dato? —preguntó Vicente.

—No creo, no lo sé —titubeó Javier.

—¿Huellas?

—Pues sí, lógicamente de la víctima, sobre todo, y dos más: una del jardinero y otra más que estamos cotejando. Todas en los sitios habituales, manillas, pomos, etc. Estamos analizando el mando a distancia del televisor, por si hubiera sido el agresor quien, por alguna extraña razón, quitara el sonido. Sin huellas tampoco en los cajones volcados, lo que nos hace pensar que el asesino llevaba guantes. Miramos en el interruptor del baño por si el asesino se hubiese limpiado allí, pero las únicas que encontramos fueron de la dueña de la casa —aseguró Javier.

—¿Dónde vivía? —preguntó el oficial.

—En una villa a las afueras de la ciudad. Te adelanto que, por desgracia, no tenemos la más mínima pista. Aparentemente no tenía enemigos conocidos, no se movía en ambientes de droga y no tenía amantes despechados. Nada de nada. Su novio estaba fuera, de viaje, y se le llamó el mismo día de la aparición del cadáver.

»En principio —añadió el subcomisario— dudamos de que haya sido por robo, puesto que encontramos joyas de valor entre el desbarajuste que dejó el asesino. Había un joyero volcado y vacío. Me da la impresión de que intenta hacernos creer que iba a robar. Sí, como has podido comprobar, es verdad que la cerradura estaba forzada, pero podría ser que intentara hacernos creer eso. No sé, no tengo más que ese pequeño detalle para pensar así.

—Podría ser que forzara la cerradura después —contestó Vicente—. Y que la víctima conociera a su asesino. O puede que fuera un aficionado que iba a robar de verdad y se puso tan nervioso que no vio parte de las joyas, eso no lo podemos descartar.

—Ya, ya, tienes razón, pero creo que vamos a centrarnos en esta pequeña sospecha, porque de tratarse de un robo al azar, simplemente para sustraer objetos de valor, los posibles culpables serían muchos —afirmó Javier.

—Eso significa... —mantuvo la frase sostenida— lo que me estoy imaginando, ¿no? —preguntó Vicente.

—Sí, querido colega, quiero que investigues en los próximos días todo el entorno cercano de la víctima: hermanos, primos, vecinos, amigos, cuñados, en fin, toda persona con la que Elena Castaño estuviera relacionada. La verdad es que es una suposición un poco cogida por los pelos porque no sabemos nada más. Puede ser completamente errónea, puesto que no disponemos de ningún dato sobre la víctima y no sabemos si lo que el asesino se dejó no fueron sino las migajas de un botín mucho mayor del que desconocemos la existencia.

—Así que el asesino entró en la casa para robar forzando la cerradura, fue descubierto por la víctima en plena faena y, ante la sorpresa de encontrar a la dueña en casa, la mata. Después se hace con un supuesto gran alijo y lo que deja por entre las ropas no es nada comparado con lo que se lleva... —resumió Vicente.

El subcomisario se quedó callado un instante, pensativo, mirando por la ventana y de espaldas a él, asintiendo con la cabeza. Repiqueteó con los dedos en el cristal y dándose la vuelta contestó.

—Quizá, no es del todo improbable —dijo pausando su respuesta.

—En este caso, lo primero que deberíamos averiguar, a través de su entorno más cercano, es si la víctima poseía joyas u objetos de valor.

—No lo veo tan descabellado. Sin ir más lejos, yo desconozco si mi cuñada tiene la casa repleta de anillos de diamantes —afirmó Javier con media sonrisa—. O si mi hermano tiene en su casa de las afueras litografías de Picasso valoradas en una millonada. Lo primero es comprobar la existencia de cajas de seguridad en bancos, la gente a veces reparte sus joyas para que en caso de robo las pérdidas sean las mínimas.

»Resumiendo: hay que averiguar a través de familiares si tenía dinero negro, joyas, etc. En una semana volvemos a reunirnos y en caso de no obtener resultados esperanzadores nos centraremos en el plan B. De momento pasamos por alto la cerradura forzada y nos concentramos en el entorno de la víctima suponiendo que asesino y víctima se conocían. ¿Ok?

—Vale —contestó Vicente.

—Por supuesto, ándate con cuidado y deja claro entre la gente que interrogues que la investigación se centra exclusivamente en un robo con asesinato, y que las actuaciones son las habituales en estos casos. Evitaremos así espantar al verdadero asesino en caso de que éste se encuentre en el entorno cercano de la víctima —recalcó Javier.

—De acuerdo, jefe. Y el otro qué. ¿Cómo se llamaba? ¿Tenemos que investigar también a la gente que se muere porque tiene fallos renales? —preguntó levemente irónico el oficial.

—Te explico, no vayas tan deprisa —cortó el subcomisario—. Hace una semana tuvimos una llamada de una mujer. Era la madre de Cristian José. Nos contó por teléfono que quería vernos para hablar de un asesinato, del asesinato de su hijo, palabras textuales. Le pregunté a qué se refería y me dijo que prefería hacerlo en persona. Le repliqué que no tenía constancia de que hubiera sido asesinado. Bueno, el caso es que, no me preguntes por qué, pero me pareció que le debíamos dar una oportunidad y la cité para la semana siguiente.

—Pero vamos a ver —preguntó Vicente—. ¿Este señor cuándo se murió?

—Hace un mes y medio más o menos —contestó el subcomisario—. Si te soy sincero, le dije que la vería por dos razones. No puedo descartar a nadie porque en principio la historia que me cuente no me termine de encajar. Tengo, por narices, que dedicarle unos minutos me guste o no, y más si se trata de un posible asesinato.

—¿Y la otra razón? —preguntó el oficial.

—Sí, la segunda razón es porque su voz me recordó a mi difunta madre y eso me conmovió. Una madre reclamando la vida de un hijo. No sé, me llegó —terminó Javier alargando la frase—. Igual me estoy haciendo mayor para este oficio.

—¿Qué te contó la señora en cuestión? —preguntó el oficial incorporándose.

10

Aquella noche ella había cambiado las sábanas y en la pequeña habitación se respiraba un agradable olor a limpio. Esa cama invitaba al sexo, lo solían decir los dos.

El piso de Paula y Álvaro era un amplio apartamento situado en la colina donde la ciudad de San Sebastián concentraba sus centros hospitalarios. En apenas diez minutos en coche él estaba en su trabajo y, si el día era bueno, veinticinco minutos de suave caminata lo separaban de su despacho. El piso formaba parte de una villa de tres plantas. Ellos ocupaban la más alta y desde allí veían en la lejanía la mítica bahía de la Concha. Un piso de ensueño. Los dos trabajaban y sus sueldos eran buenos, en especial el de él. Eso, unido a la ausencia de hijos por mutuo acuerdo, daba respuesta a su acomodada situación económica.

Como buenos vascos, la cocina era la parte más importante de la casa. Grande y equipada, presidida por una mesa de trabajo de mármol blanco en el centro mientras hornos y cachivaches se disponían a lo largo de la encimera. Un banco corrido y una mesa de buena y gruesa madera, con capacidad para doce personas, rivalizaban en importancia. Completaban la cocina unos grandes ventanales que daban a la estancia una luz muy agradable para trabajar en ella.

Paula llevaba un delantal negro con peto y limpiaba los salmonetes. Los disponía sobre una esquina de la encimera y luego, ya sin la tripa, en un plato. Cortesía de su pescadero amigo, José Mari Sorondo, tenían el tamaño ideal para freír: catorce piezas en un kilo. Ni muy grandes ni muy pequeños. Los pasó por agua muy fría y los secó a conciencia con un paño. Así evitaría que cuando los friera salpicase el aceite, pensaba mientras apretaba con firmeza y suavidad cada pez. Miró si quedaban restos de escamas, aunque como iba a hacerlos fritos eso no importaba mucho. Las escamas, si están fritas, no sólo no molestan sino que dan un plus de crujiente muy agradable. Lo sabía de oírselo decir a su marido. Los tapó con un trapo blanco y miró la hora. Las nueve de la noche.

—Álvaro estará al caer. Últimamente no llega nunca antes de esta hora —musitó entre dientes.

Se asomó a la ventana y observó la calle justo en el momento en que un moderno coche iluminaba la entrada del garaje comunitario. Sacó la cabeza un poco más para asegurarse de que era el de su marido. Sí, efectivamente, era Álvaro. Se quedó un instante pensativa.

Si tuvieran que atentar contra él, con lo metódico que era resultaría lo más fácil del mundo, sonrió Paula para sí misma. Pasaba por los mismos sitios todos los días a las mismas horas, los márgenes de error serían mínimos.

Volvió a la cocina y abrió la nevera. Rescató del frío un hermoso tomate, arrugado de presencia pero de un sabor excelente. Bajo el chorro de agua fría pensó si pelarlo o no. No me cuesta nada, se dijo. Con una puntilla empezó a retirarle la piel en círculos. Paula empezó a trocearlo justo en el instante en que se oían las llaves tintineantes de su marido, que entraba.

—¿Hay alguien en casa? —preguntó irónico el doctor—. Llega el violador de las nueve, con un pelín de retraso —insistió.

—Aquí, en la cocina —respondió su mujer.

Álvaro se quitó el abrigo en el recibidor y dejó la cartera encima de la silla de la entrada. Con aire decidido, entró en la cocina y situándose detrás de Paula la rodeó con sus brazos y la besó con suavidad en el cuello.

—Hola a la señora más guapa de la casa —susurró en su oído izquierdo.

Ella, echando la cabeza levemente hacia atrás y sin dejar de cortar pequeños trocitos de tomate recién pelado, respondió con una amplia sonrisa.

—¡Hola, *itsusi*! Gracias por el título, no hay mucha competencia con la que rivalizar.

—Tenía ganas de verte, amor —le replicó el doctor mientras le magreaba el pecho por encima del delantal.

—¿A que no sabes qué hay para cenar? —le preguntó Paula mientras dejaba de cortar el tomate e inclinaba su cabeza hacia atrás.

Álvaro, haciéndose el sorprendido, preguntó:

—¿Los has conseguido?

—¿Conseguido qué? —respondió ella siguiendo el juego, fingiendo no saber de qué hablaba. Dejó el cuchillo, se secó las manos y se dio la vuelta para mirar de frente a su marido, obsequiándole con una larga sonrisa, un abrazo y un beso.

Él miró alrededor.

—Los huelo, los huelo —decía mientras con aire divertido miraba la encimera.

—Los pescados sólo huelen a distancia cuando están pasados —rio Paula.

—Venga, no me vaciles, o es que no te acuerdas de lo que hablamos ayer —afirmó el doctor mientras besaba y mordisqueaba con suavidad sus labios—. ¿Qué hay debajo de ese trapo blanco? —insistió haciendo un ademán de acercarse al plato.

Ella se cogió con fuerza a su cintura y sin dejar que se moviera le dijo:

—Siéntate y no husmees por aquí, que hoy cocino yo.

—Ya veo que los has conseguido. Y del tamaño perfecto.

—Sólo mirarlos..., ¡por favor! —suplicó librándose de los brazos de su marido.

Éste, con aire misterioso, levantó el trapo y exclamó al ver seis salmonetes limpios y brillantes:

—Madre mía, qué pinta y qué tamaño más... exacto.

—Venga, vete por ahí, que en un cuarto de hora están listos —ordenó Paula. El doctor se volvió a ella y mirando la tira del sujetador que asomaba la abrazó con suavidad a la vez que le susurraba al oído.

—Esto merece premio.

—Eso espero, pero primero habrá que coger fuerzas —le contestó su mujer mientras se abrochaba los botones de la camisa, se mordía el labio inferior y se humedecía los labios queriendo mostrarse recatada al mismo tiempo que lo provocaba.

Álvaro se dio media vuelta y se alejó haciendo ver que desfallecía.

—No tardes, que me caigo.

A ella le encantaban las dos facetas de su marido. Serio, excesivamente tieso y huraño en su trabajo, cuando regresaba a casa mostraba su lado más infantil, amable y divertido. Gastaba bromas, estaba de buen humor y siempre deseaba hacer el amor. Su faceta pública era la del investigador médico, la gente aplaudía en sus conferencias, era un gran profesional; pero en la privada era un hombre bromista, cariñoso y del que su mujer estaba muy enamorada... Todo esto lo convertía en un hombre muy interesante.

Paula terminó de arreglar el tomate con una buena dosis de aceite de oliva virgen extra de primera prensada en frío Pagos de Toral, algo de sal y pimienta recién molida. No necesita vinagre, pensó. Es más, lo que sí necesita es algo de azúcar glas. Echó una pizca y dejando el tomate ya preparado se dirigió hacia los salmonetes. Cortó sus cabezas con un cuchillo sobre la tabla de madera que tenía reservada para el pescado y, con destreza, los abrió por la mitad en forma de abanico y los dejó apartados en un plato pequeño.

Puso una sartén grande con aceite de oliva donde cupieran los seis pescados y la calentó en la vitrocerámica a la máxima potencia. Acercó los salmonetes, los saló y los depositó con cuidado en el aceite caliente. Comenzaron a chisporrotear con fuerza y les dio media vuelta. Bajó el fuego al cuatro y al cabo de un par de minutos más rescató del graso infierno a los pobres desdichados. Estaban bien doraditos y crujientes. «De cine», pensó Paula.

Bajó aún más el fuego, al tres, y depositó, en la misma sartén y con el mismo aceite, las cabezas, para dejarlas haciéndose durante casi ocho minutos. Ella sabía que el cuerpo de los salmonetes necesitaba calor fuerte para dejarlos crujientes por fuera y a la vez jugosos por dentro, al contrario que las cabezas, que necesitan calor medio uniforme para que toda ella cruja.

Puso ambos platos en la bandeja y los acercó a la mesa de mármol. Cuando el doctor vio llegar a Paula exclamó poniendo cara, o más bien mueca, de placer:

—Hum, qué pinta tiene esto y qué monocromo al rojo tienen. —Sonreía con mirada de apetito.

—Por cierto —interrumpió Paula—, ha llamado Matías.

—¿Matías? ¿Qué Matías? —replicó frunciendo el ceño. Por un momento el buen rollo se cortó, pero sólo fueron unos instantes.

—¿Cuántos Matías conoces? —replicó su mujer.

—Pues varios, pero resumiendo tres. Mi primo, un paciente que tengo ahora con el que he hecho buena amistad y el director del hospital.

—Era Matías Collado, el director del hospital.

—¿Collado? —preguntó con cara de asco—. ¿Y qué quería? —dijo Álvaro con una mirada que mezclaba preocupación y repulsión.

—Pues lo normal, hablar contigo. Ha dicho que si

podía volvería a llamar y que si no te buscaría mañana en el despacho.

Álvaro se quedó pensativo mirando los salmonetes.

—Pues que le den —dijo volviendo a poner cara de felicidad.

—Doctor, señor doctor, ¿cómo puede usted decir esto? —le replicó su mujer acercándose con una sonrisa.

—Si es que es verdad, joder, me tiene todo el día allí en el despacho y basta que me vaya para que se acuerde de mí. Será alguna gilipollez. ¿Le llamo? —titubeó Álvaro en voz alta—. Qué narices, que espere.

—Venga, venga, vamos a cenar y olvídate de eso hasta mañana —intervino Paula.

—Tienes razón —respondió al tiempo que sonreía.

Ambos empezaron a degustar el tomate acompañado de los salmonetes, intercalando bocados con el plato de las cabezas crujientes y con un buen Marqués de Vargas tinto. Le encantaba a los dos. Eran un par de *gourmets*.

Cuando acabaron dieron buena cuenta de un trozo de queso de Idiazábal, sin ahumar, que con muy buen criterio Paula había sacado del frigorífico media hora antes para atemperarlo y dejar que desarrollara todo su aroma. Era la mejor manera de degustarlo. En frío las cosas saben, pero poco; en cambio, el calor potencia y subraya los sabores, repetía con acierto el doctor.

Un bombón de chocolate con leche remataba la cena, y un dulce con trocitos de avellana y una cubierta de café molido con polvo de naranja seco daba un contraste perfecto al bocado.

El bombón era la clave y ambos lo sabían. El chocolate es erótico, sexual, untuoso, lascivo, elegante y también canalla. El alimento que enlaza las caricias. Paula abrió con cuidado uno de ellos y se lo metió en la boca. Se acercó a su marido y haciendo el ademán de darle un beso le pasó el bombón cuando éste empezaba a derretirse. Se mantuvo un instante mordisqueándole los labios. Él hizo un gesto de sorpresa pero se dejó hacer. Comenzó a morder lo que quedaba del bombón mientras sujetaba la cintura de Paula para alargar la situación y ella pasaba la lengua por los labios buscando el sabor del chocolate fundido. Paula se retiró durante unos segundos, lo miró con una sonrisa y volvió a besarle en la boca aprovechando su extraordinario aroma y el sabor del chocolate que todavía permanecía en ella.

Ambos alargaron tanto el beso que el doctor notó como la sangre le provocaba una erección que no pasó inadvertida a Paula, que bajó la mano por el pantalón palpando el bulto, que se ponía cada vez más duro.

—A éste parece que le gusta —informó irónica Paula.

—A mí también —contestó Álvaro siguiéndole el juego.

Mientras la mantenía cogida por la cintura comenzó a acariciar sus muslos por la cara interna.

—Qué te parece si pasamos al sofá... —susurró ella.

—Perfecto —contestó él.

La comida es sexo. Son los placeres más primarios. La cena había sido sexual y comenzaba la parte final.

Era un sofá grande de cuero de color blanco. Muy mullido, formaba una ele y daba calor a la estancia. El contraste lo proporcionaban doce cojines de colores fuertes, que daban una sensación aún más acogedora. Paula y Álvaro se sentaron. Se abrazaron y se volvieron a besar. Aún mantenían el gusto del bombón, no en vano el chocolate es el producto con más profundidad de sabor que existe.

Él comenzó a desnudarla. Le desató el delantal negro que todavía llevaba puesto y empezó a desabrocharle los botones de la camisa con lentitud, dejando a la vista sus pechos envueltos en un sujetador rojizo. De color salmonete, pensó.

Ella le desabrochó el pantalón, metió la mano por debajo de los calzoncillos negros y con habilidad rescató de su nicho oscuro lo que a estas alturas era ya una verga dura, tiesa y sonrosada. Alargó la mano hasta la mesita cercana y agarró una pequeña botella de aceite de oliva.

«Me río yo de los lubricantes», pensó Paula con una sonrisa.

Se echó un poco en las manos y le frotó el sexo con suavidad. Brillaba como un faro. Se agachó para comenzar a chupársela. Le gustaba jugar con ella, era divertido hacerlo con algo tan duro y frágil a la vez. La mordisqueaba con cuidado, se la metía toda en su boca hasta quedar sin respiración mientras su media melena le cubría la cara y él le apartaba el pelo para deleitarse con la escena mientras empezaba a gemir de placer.

Hicieron el amor con el sabor del chocolate y del aceite llenando su boca. Se fundieron con la intensidad del cacao en una boca caliente. El aroma del chocolate incitaba al sexo. Pero también lo hacía el del aceite, o el de unos salmonetes, o un Idiazábal bien curado. El olor del sexo es el olor de la comida. Los dos son la supervivencia.

«¿A qué sabrá la propia vida?», se preguntó el doctor estirado en el sofá. Leyéndole el pensamiento, su mujer le susurró:

—No sabría definirlo, pero a mí me gusta el aroma de tu semen mezclado con aceite y chocolate.

—A mí más —sonrió el doctor.

Se quedaron abrazados unos instantes. Ella le besó en la mejilla.

La escena del sofá se detuvo: pantalones arrugados, bragas y camisas en el reposabrazos. El sujetador en el suelo. La habitación en silencio.

—Necesito una ducha —dijo Paula.

Lo hicieron juntos. Se manosearon, se volvieron a besar. Bebían el uno del otro. Se enfundaron en los albornoces blancos con olor a jabón.

Era casi medianoche. Se apagaron las luces y la estancia caliente invitó a dormir. Se metieron en la cama desnudos y cerraron los ojos abrazados. Qué suerte tenerse el uno al otro, pensaron ambos justo antes de quedarse dormidos en silencio mientras los brazos del dios del sueño se encargaban de llevárselos.

«Matías no ha vuelto a llamar... Sería alguna chorrada», pensó Álvaro.

Morfeo tiró con más decisión para terminar de llevarse al doctor.

II

—Ella fue puntual —comenzó relatando el subcomisario mientras Vicente ponía todos sus sentidos en él—. Es una persona con buena presencia. Menuda y con el pelo corto teñido de caoba. Vestía un abrigo gris y llevaba pantalones, no falda. Me sorprendió el hecho de que conversara con calma, en contraposición al leve tono nervioso que noté en la llamada telefónica previa a nuestro encuentro. Me recordó a mi madre.

—Pero ¿qué te contó exactamente? —cortó Vicente.

—Básicamente afirmó que lo de su hijo no había sido una muerte natural, que lo habían asesinado.

—Me has dicho antes que el supuesto asesinado lo es desde...

—Hace ya cuarenta días, un poco más de un mes... —contestó Javier.

—Eso es. ¿Y cómo defendió su teoría? —preguntó el oficial.

—Bueno, contó que temía que su hijo, desde hacía más o menos dos años, estuviera metido en algún lío que le aportaba dinero —contestó el subcomisario—. Te adelanto que no sé nada de nada ni he investigado. Quería hablar contigo y conocer tu opinión porque no sé si se trata de una chaladura o si tiene una base de verdad. Así, Vicente, que en caso de investigar habrá que empezar de cero.

—Pues convénceme de que es un crimen —cortó el aludido.

—No es fácil. La mujer contó que desde hacía un año y medio su hijo vivía en casa con ella..., bueno, vivía y no vivía, porque aunque desde hace dos años tenía alquilada una casa, como era viuda solía estar mucho en la de su madre. Comía o cenaba con ella e incluso conservaba su habitación, y más de cuatro o cinco noches al mes las pasaba allí. Un buen hijo, se podría decir. Pero este último año y medio ella se dio cuenta de que él tenía más dinero del habitual.

—¿Te dijo en qué lo notaba? —cortó el oficial.

—Cambió de coche, cada día se le veía con ropa cara y nueva, se fue de vacaciones a sitios exóticos.

Ambos se quedaron callados. El subcomisario continuó.

—Y dice estar convencida de que su enfermedad fue provocada. Quiere que se exhume el cadáver.

—¿Qué? —Sacudió la cabeza Vicente.

—Sí, que se le haga una autopsia; dice que si se busca bien aparecerá la verdadera razón de la muerte de una persona joven y sana como su hijo. Según ella, su sueldo de bedel de universidad no daba para el tren de vida que llevaba —añadió el subcomisario.

Ambos se volvieron a quedar en silencio.

—Vamos, Vicente, dime algo.

—Qué quieres que te diga, Javier. Dame tiempo para reaccionar. No sé. Un juez no te exhuma un cuerpo así como así.

—Lo sé, lo sé.

—Simplemente podría haber conseguido otro curro y disponía de ese plus de dinero porque podía —especuló el oficial—. Igual se había echado una novia con tela y gastaba el dinero de ella con alegría, yo qué sé —comentó el oficial.

—¿Y por qué se lo ocultaría a su madre? —inquirió el subcomisario.

—No lo sé, no lo sé. ¿Igual porque era ilegal? Es posible, y si andaba, por ejemplo, liado con temas de drogas bien podría ser un ajuste de cuentas.

—Espera, espera —interrumpió el subcomisario—, no te olvides de que este señor murió de una enfermedad. El hampa de las drogas no es tan sutil, te pega un par de tiros y punto.

Por un momento ambos sonrieron.

—Sí, claro.

—La clave será poder proporcionarle una buena razón al juez para desenterrar un muertito de hace mes y medio. Ni más, ni menos.

—Primero tendremos que creerlo nosotros, ¿no? —preguntó Vicente.

—Sí, pero yo a ella, no sé muy bien por qué, la creo. Igual es una chaladura, no lo sé.

Vicente bajó la mirada, se levantó y en silencio se acercó a la ventana del despacho, donde se quedó un momento mirando al infinito. Resopló y le dijo al subcomisario:

—Tú tienes ese pálpito, y conociéndote puede que sea verdad.

Se detuvo delante de la mesa, giró sobre sí mismo y esperó unos segundos en silencio mirando al suelo. Levantando la mirada, se acercó a su jefe.

—Voy a hablar con la señora, ¿te parece?

—Sí, era lo que te iba a ordenar. —Sonrió de medio lado—. Enseguida prepararé una cita. Esta vez quiero más información; le diré que la reunión la haremos en su casa. Veamos si conocer el entorno nos sirve para aclarar el panorama.

—Ok, Javier.

—En cuanto tenga la cita te llamo. Se llama María —rebuscaba entre unos papeles—, María Teresa Gómez. Por lo demás, el asunto que por ahora es un asesinato es el de Elena Castaño; tenemos que proceder como hemos dicho, interrogando a los allegados para saber más de cómo era su vida. Sin levantar sospechas.

—Perfecto —contestó Vicente.

—El expediente de Elena es una copia, así que te lo puedes llevar. Están todos los números de teléfono de familiares. Tienes por dónde empezar.

Vicente le dio la mano a Javier y con un seco «hasta luego» abrió la puerta del despacho. Se detuvo un instante, giró la cabeza y mirando al subcomisario le dijo:

—Jefe, ¿sabes de algún médico especializado que nos explique la supuesta muerte natural de Cristian José?

—No, pero te pasaré el número del director del hospital. Él nos conseguirá a la persona adecuada.

Vicente dio media vuelta y cerró con suavidad la puerta. Mientras se dirigía a su despacho vio la hora. Casi la una. Dejó el expediente sobre su mesa y pensó que ya tenía las piezas de un nuevo puzle. Para ser más exactos, de dos. Sólo tenía que empezar, poco a poco, a girar las piezas. Su curiosidad natural le invitaba a estar más interesado por el supuesto asesinato que por el flagrante. Lo difícil es más divertido que lo fácil.

Siempre.

12

Juancar puso el intermitente y aparcó la moto a un lado del restaurante, justo donde acababa el camino asfaltado. Recientemente habían habilitado un espacio donde poder dejarlas, más por los trabajadores que por los clientes.

La candó con una pinza en el freno de disco delantero y se guardó la llave en el bolsillo con cremallera que tenía en el costado izquierdo. Se quitó los guantes pero no se desabrochó la chupa hasta que llegó al restaurante. El frío era intenso.

El restaurante era de su propiedad. Arriesgó mucho pero funcionó de maravilla. Habían pasado ya diez años y hoy, peregrinos gastronómicos procedentes de todos los puntos del planeta se acercaban para conocer su cocina. Recordaba con una sonrisa la cara de póquer que le ponían la mayoría de los banqueros a los que visitaba. Cómo habían cambiado las cosas. Pandilla de hijos de puta, señalaba cuando hablaba de ellos.

El restaurante estaba en un caserón en las afueras de la ciudad, a medio camino entre caserío y villa de lujo. Su recibidor era una mezcla de madera, piedra y acero corten. Las vetas de éste aparecían entre la piedra original y cruzaban a varias alturas. La madera era la protagonista en el suelo del comedor y ocupaba detalles en las paredes, haciendo de la estancia un sitio mágico, minimalista pero acogedor.

El trabajo de Juancar en la cocina era puro asombro, una obra de teatro gastronómico que a sus escasos treinta y ocho años le había consolidado ya como uno de los cocineros más reconocidos en todo el mundo.

La cocina estaba ocupada por los aparatos más sofisticados, traídos de laboratorios de medicina o talleres de ingeniería, y presentaba dos zonas. La más grande, la principal, daba de comer a apenas cuarenta comensales; y había otra más pequeña, dedicada a trabajos de innovación y que colaboraba con universidades y empresas del sector alimentario.

El salón principal era diáfano, con dos grandes mesas de trabajo de acero inoxidable e iluminado por luces regulables en altura. Un sistema de control de temperatura por zonas se ajustaba según las necesidades.

Eran las diez menos cuarto de la mañana cuando abrió la puerta del restaurante. El personal de limpieza había comenzado a las ocho.

Saludó a Sandra y Mario, que se afanaban en el desgrasado de un horno.

—Buenos días, pareja.

—¡*Egun on*, jefe! —contestaron al unísono.

Se fue directo al libro de reservas. «Dieciséis para comer y veintitrés para cenar. Bueno, no está del todo mal para ser un miércoles», pensó. Repasó con detalle los nombres por si hubiera alguna persona conocida o especial. No conocía a nadie.

Se cambió y se puso la chaquetilla.

Todo su personal llegaría en apenas quince minutos.

Cuando no estaba de viaje su rutina de trabajo era precisa: a las once reunión con Paco, el jefe de cocina. A las doce, con Jorge, el jefe del laboratorio.

Con el primero, el encuentro era básicamente para saber si disponían de todo lo necesario, si los platos habían tenido algún problema en el comedor y para solucionar los posibles retrasos de recepción de algún producto especial y tener disposición para reemplazarlo por otro. Paco era encantador. Sabía lo que se traía entre manos y, a pesar de ser mayor que el dueño, soportaba bien la jerarquía. Le idolatraba, estaba convencido de estar con él. Se colocaba en el pase y no dejaba salir un plato que no fuese de su agrado. Con él Juancar tenía un auténtico aliado en la cocina.

Con Jorge la relación era más fría pero al mismo tiempo más tempestuosa. Era un cocinero muy impulsivo y a menudo chocaba con Juancar, que era quien marcaba las líneas de innovación.

Le gustaba estar allí en esas horas previas a la reunión con Jorge. Era entonces cuando llegaban las mercancías, y él tenía obsesión por la fruta, la verdura y el pescado. Le encantaba mirar los tomates y obligaba a los proveedores a esperar; si un mango tenía consistencia de patata se lo devolvía en el acto. Esos eran los follones más habituales.

Juancar se sentó en su pequeño despacho, una habitación rodeada de libros de cocina, algún diccionario y revistas de gastronomía. Era su mundo, su obsesión, su *hobby* y su pasión. Vivía para eso. Una fotografía de un enorme ajo presidía el techo de la cocina. Un fotógrafo noruego amigo suyo afincado en España, Kilme Olason, era el autor. De esa y de los cientos de ellas recogidas en sus doce libros. Eran muy buenos amigos y la química se notaba a la hora de elaborar las fotos. Kilme iba los días de fiesta y hacía sesiones de cuatro a cinco fotos, que tomaban en apenas dos horas. Se miraban entre ellos y ya sabían el enfoque, el encuadre que necesitaban. Las fotos eran obras de arte que decían más de lo que parecía en un primer momento. Varios premios jalonaban su carrera. Hacía ya muchos años que el fotógrafo había echado raíces, le gustaba la juerga que no encontraba en Oslo.

Se levantó de la silla y vio desfilar a todos sus empleados y a sus ayudantes.

—¡Aúpa, Juancar!

—¡*Kaixo, mutil*!, ¡*kaixo, neska*! —respondía con una sonrisa a cada uno de los cocineros, camareras y demás empleados, que con exquisita puntualidad desfilaban delante del despacho.

El teléfono fijo sonó en ese instante.

—Restaurante Filo, dígame —respondió con rapidez.

—¿Juancar? Soy Marc Ogiategui.

—Anda, chaval —contestó—, no te había conocido. Tienes una voz muy grave. ¿Fue larga la noche ayer o qué?

—No, qué va, si hoy tocaba mercado y ya estoy de vuelta. Nada, te llamaba porque tuvimos un servicio flojísimo. ¿Cómo anduviste ayer? ¿Cuántos diste?

—Flojo también. Yo creo que fue el partido de la selección de los cojones.

—Será eso, porque la semana hemos andado bien salvo ayer. Sería el partido, sí.

—A este paso me veo poniendo una tele en el comedor —bromeó Juancar.

—Pues nada, te dejo currar. Un beso y tenemos que quedar, que por cierto ya hace casi un año de mi última visita a tu casa y ya sabes que me gusta ver las cosas nuevas que vas haciendo.

—Cuando quieras. Mi casa es la tuya, ya lo sabes.

—Un beso, Juancar, y otro para Rodrigo.

—Venga, de tu parte, agur, agur.

Juancar colgó el teléfono y se quedó pensando en lo agradable que era tener como amigo a un compañero de trabajo que hacía una cocina muy distinta a la suya pero que le comprendía y le respetaba. Se entendían a las mil maravillas.

—¡Juancaaaar!, llega el frutero —chilló Paco desde el otro extremo de la cocina.

—Vale, vale, voy.

Éste pasaba todos los días el examen meticuloso de Juancar y le temía. Las mayores broncas por el género las tenía con él. La única razón por la que seguía siendo proveedor suyo era por la publicidad que significaba servir a uno de los mejores restaurantes del mundo. Siempre que había una televisión ahí estaba Juancar con su frutero. Aunque a veces dudaba de si merecía el esfuerzo.

Ese día llegó con manzanas errezila, mangos y algún pomelo rojo, amén de pimientos, cebollas y apios.

—Aúpa, ¿qué?

—¿Trajiste lichis? —preguntó sin saludar.

—No me los pediste.

—¡Hostia!, siempre te he dicho que me traigas lo primero de la temporada aunque no te lo pida, joder. ¿No será la primera puta vez que te lo digo, no? Parece que me relaciono con tontos, ¡me *cagüen* la puta! —espetó Juancar con rabia.

—Ya te los conseguiré para mañana —balbuceó el frutero.

—Pero esto tiene que salir de ti, ¡coño!, ¿o es que tengo yo que estar detrás de todo el jodido mundo incluido tú? Me dan ganas de empezar a pedir a otro tío, ¡hostia!

Detrás de él reinaba el silencio. La cocina se movía más despacio mientras el jefe descargaba una ira absurda.

—Y otra cosa, las manzanas del otro día tenían más puntos que un mensaje en morse. Venga, deja todo y mañana hablamos —contestó dándose la vuelta y alejándose.

El frutero hizo ademán de despedida mirando a Paco, que le contestó con la mano y con una mueca de no pasa nada; quería quitarle importancia a la bronca. Más de una vez había tenido que decirle «ya sabes cómo es el jefe».

Paco dedujo que la reunión diaria de las once sería movidita, pero se equivocó y se mantuvo dentro de la normalidad. Se revisó toda la carta, se hizo algún cambio y en diez minutos habían acabado. Hasta la siguiente reunión con Jorge a las doce Juancar estuvo al teléfono.

Subió las escaleras que daban acceso al laboratorio y estuvieron una hora hablando sobre la nueva línea de trabajo basada en los fractales. Tenían buenas ideas pero no terminaban de estandarizar el proceso. Jorge seguía en contacto con los químicos para que le ayudaran.

El servicio transcurrió con normalidad. Casi todos los comensales elogiaron el trabajo y en una mesa la tertulia se alargó un poco.

A las cinco y media de la tarde cogió la moto y volvió a su casa. Había despejado un poco pero el cielo seguía amenazando lluvia.

Volvía enfadado y no sabía muy bien por qué.

13

Marc estaba preparando el menú de los platos fuera de carta. Habían entrado unos hongos traídos por un colega jubilado amigo suyo, unas kokotxas de bacalao y las doradas y los calamares que él mismo había comprado.

Miró el resto de la carta y, comprobando que había de todo, se dispuso a escribir a mano la lista para dársela a su camarera jefa, Arantxa. La carta normal la mantenía con productos que se encontraban todo el año, jamón, ensaladas, merluza, txangurros, langostinos, rape, chuletón, solomillo, etc., pero con la que ofrecía de viva voz era con lo que le gustaba jugar.

Faltaban quince minutos para las doce del mediodía. Las camareras ya habían llegado y estaban preparándose para comer. La comida del personal era algo sagrado en la Fonda Perelu. Marc la cuidaba porque, entre otras cosas, él comía de ella. No pasaba una. Eran platos sencillos pero muy bien preparados. Ese día había lentejas y pollo asado. Cada semana un cocinero era el encargado de hacer, además de su partida, la comida del personal, que incluía al jefe. Y en la comida del día el pollo estaba un pelín crudo.

—Ya puedes darle más horno a ese pollo si no quieres que la tengamos —le dijo el jefe de cocina, Álex, a uno de sus jefes de partida.

—A mí me gusta así.

—Venga, no digas chorradas —insistió.

Sin rechistar, el cocinero metió el pollo al horno durante casi veinte minutos más.

A las doce del mediodía la actividad estaba parada en la cocina. Camareros y cocineros compartían una pequeña mesa. Las lentejas estaban buenas, ni muy caldosas ni muy espesas, en el justo medio. Y el pollo, con unos pimientos de lata, muy correcto.

Marc comía cuando todos acababan.

El jefe llamó a Arantxa y a Álex.

—Hoy fuera de carta, los chipis grandes, simplemente a la plancha con vainas salteadas —dijo dirigiéndose a Álex mientras ambos tomaban notas.

»Las kokotxas fritas, y por supuesto al pilpil —prosiguió el jefe.

—¿A la plancha no? —preguntó Álex.

—No, no, déjate —replicó el jefe con seriedad—, fritas y en salsa, que el otro día se me quejaron de que estaban poco hechas y eso es porque se quedan con aspecto crudo, y la textura gelatinosa... ¡Un follón!

—Vale, vale —contestaron al unísono.

—Los hongos igual, horno y en revuelto. Las doradas, a la brasa con refrito de ajitos bien dorados y algo de vinagre.

—¿Hacemos algo aprovechando la salsa negra de los chipirones en salsa y la convertimos en una vinagreta para el calamar grande a la plancha? —preguntó el jefe de cocina.

Marc se quedó mirando al techo un momento.

—Vale, sí, ok.

—Eso no me cuesta nada —afirmó Álex—. Y así tenemos un plato más.

—Sí, vale, vale. Apunta, Arantxa: chipirones plancha con vainas y chipirones con vinagreta negra. Los hongos, las doradas y las kokotxas.

Ella miró con cara de asentimiento. Álex, levantándose y apretándose el delantal, preguntó:

—¿Algo más, jefe?

—Nada, venga, acabad de comer.

Marc también se sentó a comer y cuando estaba trinchando el muslo de pollo le gritó al jefe de cocina.

—Álex, a este pollo no le vendría nada mal un poco más de horno.

Éste y el cocinero nuevo se miraron con los ojos muy abiertos.

—Y tú querías sacarlo del horno antes —le espetó Álex a su cocinero mientras pasaba cerca de él.

Marc terminó de comer y volvió a la barra del recibidor a mirar el libro de reservas. Veinticinco para comer. Bien. Y una de las mesas era de unos conocidos, cuatro amigos que trabajaban en la Cámara de Comercio. «Buenos clientes pero un poco pesados», pensó.

La hora de abrir el comedor se acercaba. Era la una menos cinco. Pero, a juzgar por las reservas, nadie llegaría antes de las dos. Marc decidió aprovechar para repasar algunas facturas.

Tal y como estaba previsto, la primera mesa entró a las dos menos diez de la tarde. Arantxa les acomodó mientras desde el fondo del comedor observaba como su compañera Patricia hacía lo propio con dos parejas más. «Como siempre, todos a la vez, y es que lo peor que puede pasar en un restaurante, cocina y comedor es que entren todos al mismo tiempo. Parece que se reúnan en la puerta y, cuando ya están juntos, entren en tropel para colapsarlo», no pudo evitar pensar.

—Les dejo la carta para que vayan mirando —dijo Arantxa con su mejor sonrisa—. Fuera de carta tenemos: hongos plancha o en revuelto maravillosos traídos hoy mismo; una dorada digna de los dioses con su refrito de ajos; chipirones de anzuelo, o bien en vinagreta de salsa negra o salteados con vainas tiernas, y kokotxas al pilpil o fritas. Enseguida vuelvo —terminó la camarera sin apenas respirar.

Los clientes se quedaron recordándose unos a otros la retahíla de platos que les había contado sin comas. Ayudada por su compañera, en apenas unos minutos tenían controlada la sala y las comandas comenzaban a llegar a la cocina.

Álex y sus cocineros se encargaban de ir sacando platos.

—Quiero el besugo pero YA, para la siete. Y dos ensaladas de cabeza de cordero para la dos. ¿Me oyes, Álex? —preguntaba Arantxa.

—Las tengo, las tengo. Y dile a Patricia que se pase que tiene los segundos de la tres.

—Ok, voy a tomar la cuatro. Te dejo la comanda de la seis. Dos revueltos de hongos y una dorada con refrito para compartir.

El ballet del comedor se movía con habilidad al ritmo de la sala, mientras los bailarines de la cocina hacían lo propio acompasándose a sus directrices. Marc dirigía ambos lados, cocina y comedor, pero desde que llegó Arantxa, hacía ya tres años, se limitaba a controlar la cocina sin llegar a meterse en ella salvo en contadas ocasiones, cuando había algún problema en particular que podía solucionar.

El restaurante Fonda Perelu se había convertido en un sólido referente de cocina tradicional. Eran las cuatro de la tarde y se había hecho una buena caja. Además de las reservas, habían entrado tres mesas más de dos personas, lo que hacía un total de treinta y un cubiertos, que, para ser un mediodía entre semana de finales de noviembre, no estaba nada mal.

—¿Se puede saber dónde están esos arroces con leche? —preguntó el jefe dirigiéndose a Edu, el repostero—. Los necesito para hoy. ¿Qué pasa? ¿Los estás haciendo ahora? —rio con sorna.

—Aquí están, Álex, y los hojaldres de pera de la mesa nueve, y el plato de quesos para la diez —contestó Edu.

—A este plato de quesos hay que añadir alguna mermelada o alguna nuez.

—Ok —contestó el repostero—. Ahora mismo la traigo.

—Y de ahora en adelante van a salir siempre con unas poquitas nueces y la mermelada, ¿ok?

—A sus órdenes —contestó el joven repostero, haciendo un gesto de asentimiento.

Las últimas mesas en salir se despidieron de Marc entre risas y en la misma puerta éste le dio la mano a cada uno de los comensales.

—Eres un crack, Marc. Hemos comido muy bien. Como siempre. La dorada estaba de diez —aseguraron mientras se despedían.

Eso le encantaba, que le halagaran, que le dijeran lo bien que hacía su trabajo. Esperaba todos los días ese momento. Su ego se llenaba cada vez que oía decir a los comensales lo bueno que era.

La mañana había acabado. Quedaba el servicio de la noche. Recogió las facturas y las ordenó mientras en la cocina se esmeraban en limpiar y dejar todo recogido para el siguiente turno.

El teléfono del restaurante sonó con un pitido sordo. Eran las cuatro y media de la tarde del jueves veintisiete de noviembre.

Había dejado de llover y, aunque el sol lucía tímidamente, se preveía que de nuevo volviera a jarrear con fuerza.

—Restaurante Fonda Perelu, buenas tardes, dígame —replicó Arantxa desde la centralita de teléfono del restaurante.

Marc la miró desde la distancia de su despacho y vio que ponía una cara rara. Ella le hizo un gesto diciéndole que la llamada era para él.

Y él, también por señas, le hizo el habitual ademán de que le pasara la llamada a su despacho.

Dejó que sonara una vez y descolgó el aparato.

—¿Quién es?

Una voz entrecortada habló sin apenas tono. No se podía entender lo que decía.

—Sí, ¿con quién hablo? —volvió a preguntar.

—Soy... Fá... tima —balbuceó la voz sollozante en un tono apenas audible.

Su corazón se aceleró. Se incorporó sobre la silla en la que estaba sentado de un respingo y preguntó.

—Fátima, ¿eres tú? ¿Qué te ocurre?

Arantxa miraba un poco sorprendida por la reacción de su jefe. Ahora no se oían más que sollozos y el murmullo de gente hablando de fondo, un barullo que no hacía más que entorpecer la comunicación.

—Fátima, ¿quieres responder? ¿Estás ahí?

Un hilo de voz le respondió.

—Han... asesinado... a Elena.

—¿Qué? Apenas te oigo. ¿Qué coño dices? —le instó impaciente.

Los lamentos de Fátima eran ahora bien audibles. Parecía como si todos los ruidos de fondo hubieran desaparecido en un instante. Daba la impresión de que el momentáneo silencio reforzaba la trágica escena.

La frase final, fría y escueta, fue perfectamente audible.

—Marc, han asesinado a mi hermana.

14

Carmen Aguirre salió del portal de casa de sus padres y se dirigió a su coche. Su anciana madre salió al balcón del primer piso a despedirla. Ella agitó la mano diciendo adiós.

Programó el GPS con la orden de volver a casa. A pesar de haber amanecido hacía casi dos horas, el ambiente seguía gélido. Como casi todas las mañanas de noviembre, aquella era seca y fría. Se quedó unos instantes mirando como el aparato desarrollaba el cálculo y en la pantalla apareció el número de los kilómetros que le quedaban, trescientos quince, y la hora aproximada de llegada, las dos del mediodía.

Ambos datos los sabía sobradamente. Había hecho el viaje cientos de veces. La única razón por la que tenía el aparato funcionando era para recordarle la ubicación de los radares.

Antes de arrancar el coche pensó en encender el móvil. Nada más hacerlo recordó que la cobertura no era demasiado buena, así que esperaría a la primera parada en alguna gasolinera para ponerlo en marcha. Pasados diez kilómetros estaba ya en la estación de servicio, donde cargó gasolina para todo el viaje. Se sentó en la barra del pequeño bar de la estación de servicio y mientras tomaba un café americano encendió el móvil.

Miró con perplejidad que tenía cinco llamadas perdidas. Una era de uno de sus hijos en París, casi seguro que pidiendo dinero, pensó. Las otras cuatro eran del móvil de Ion García. Todas en un lapso relativamente corto.

«A ver qué narices le pasará a éste, si ya le dije que hasta el viernes no volvía. El día que deje de meterse polvos blancos por la nariz todo irá bastante mejor», sonrió amargamente. «¿Le llamo ahora o espero?», dudó Carmen.

«Mejor no le llamo porque voy a ir nerviosa todo el camino... ¿Y si le pasa algo de verdad?», dudaba. Al final optó por llamarle.

Una voz dulce le reclamó que fuera tan amable de dejar su mensaje después de la señal.

—Ion, soy Carmen, tengo cuatro llamadas perdidas tuyas. He adelantado mi vuelta pero este fin de semana ya sabes que no voy a estar en el restaurante. Llámame cuando puedas, venga, ¡agur!

Apuró el café, pagó y se volvió a meter en el automóvil. Encendió la música y al ritmo de la melodía que sonaba salió de la gasolinera y se incorporó a la autovía.

Mientras la monótona carretera pasaba ante sus ojos pensó que tendría que ir contemplando la posibilidad de dejar el trabajo. Se le hacía difícil trabajar con una persona tan inestable. La imagen de sus padres, ya muy mayores, le hacía pensar en la muerte; mientras, las líneas continuas y discontinuas avanzaban por su mente mimetizadas con las del asfalto.

15

El oficial Vicente Parra comió un bocadillo de supervivencia y se quedó toda la tarde en su despacho estudiando la información que su jefe, el Lozas, le había proporcionado.

Volvió a mirar los dos expedientes que tenía entre manos. El primero, el de Elena Castaño, estaba lleno de folios. En el segundo sólo había uno con un escueto nombre y un número de teléfono: el de la madre de Cristian José, María Teresa Gómez. Uno era un asesinato flagrante. El otro, toda una incógnita. Siempre le había gustado empezar por lo más difícil.

Eran casi la seis de la tarde cuando Vicente cogió el teléfono y marcó el número. El aparato sonó apenas dos veces.

—Sí, ¿quién es? —preguntó una voz de mujer.

—¿María Teresa Gómez? —preguntó el policía con su mejor voz.

—Sí, soy yo.

—Mire, soy Vicente Parra, oficial instructor de la Ertzaintza de San Sebastián. Javier Gress, el subcomisario, con quien estuvo usted hablando el otro día, me ha facilitado su número de teléfono. ¿Lo recuerda?

—Cómo no me voy a acordar —cortó la señora con educación y dureza al mismo tiempo—, no hago otra cosa que esperar una llamada suya.

Aquello sonó como un reproche.

—Hemos decidido tener una segunda reunión con usted. ¿Le parece bien que vaya a su casa y hablemos con calma sobre el asunto de su hijo? —preguntó él.

—¿Y no es mejor que vaya yo a la comisaría? —apuntó la señora.

—Como prefiera, pero en su casa conseguiremos de una forma natural conocerla mejor a usted; y también a su hijo.

—¿Cómo sé que es usted quien dice que es? —preguntó la señora más con dureza que con miedo.

—Mire, vamos a hacer una cosa, llame a la comisa...

—¡Perdón, perdón! —cortó ella—, desde lo de mi hijo desconfío de todo y de todos, pienso que los asesinos están por ahí tan campantes. Puede venir cuando quiera, y cuanto antes mejor. Vivo en la plaza del Ensanche número 6, 5° izquierda. ¿Va a venir ahora? —le instó de repente.

Vicente dio un pequeño respingo. En apenas unos segundos le había arrebatado las riendas del asunto.

—¿Eh?, pues, espere..., ¿ahora? —balbuceó el oficial.

—¿No puede? —preguntó ella.

Mirando el reloj, que marcaba las cinco de la tarde, Vicente asintió descentrado.

—De acuerdo, perfecto, cojo el coche y en media hora estoy allí —contestó algo dubitativo.

—Le espero.

Vicente se quedó un poco descolocado pensando qué le contaría. Recogió con rapidez su cazadora, agarró su bloc y salió a por su coche. En apenas veinticinco minutos había llegado al lugar. La plaza del Ensanche era el centro de un barrio de clase humilde de las afueras. Bloques de casas se apilaban sin control y en muchos balcones había ropa tendida. Aparcó el coche y se dirigió al número 6 de la plaza. En apenas media hora anochecería. Apretó el botón del portero automático.

—¿Sí?

—Soy el oficial Parra, de la Ertzaintza, ¿me puede abrir?

El sordo e inconfundible sonido del cerrojo abrió la puerta mientras el oficial la acompañaba con un empujón. El portal y el ascensor estaban un poco descuidados. Una pintada en una de las paredes del arranque de las escaleras que nadie se había molestado en borrar afeaba aún más la portería. Cuando llegó al quinto piso, salió al descansillo y vio a María Teresa esperándole. Ella le abrió la puerta con una tenue sonrisa, un «pase usted, señor oficial» y un vestido granate bastante elegante que con toda seguridad se acababa de poner. Vicente avanzó desabrochándose la cazadora por un estrecho pasillo que daba a una salita de estar.

16

El oficial se sentó en la butaca del pequeño salón habitado por muebles viejos y hules de plástico. Lo presidía una figura de la Virgen María, que en proporción a la estancia era de un considerable tamaño; a sus pies, una vela iluminaba la figura. La ventana daba a un patio de manzana grande y desde ella se podía hacer un particular *remake* de la película de Hitchcock *La ventana indiscreta*. Los sillones eran de color granate oscuro, con brazos y reposacabezas cubiertos de tapetes rectangulares de ganchillo.

—Tome asiento, por favor —dijo la mujer—. ¿Le apetece un café?

—Se lo agradezco, la verdad es que sí que me apetece —mintió el oficial. Aquello no era más que una estrategia para ganar tiempo y reparar en los detalles y, sobre todo, respirar un momento después de esa precipitada cita.

Sobre la cómoda de la izquierda había varias fotografías en sus marcos plateados. Pero al oficial le llamó la atención una grande en un marco dorado, con la figura de un joven de pelo rizado de unos veinte años que con una mirada y actitud sonrientes llenaba el marco y también la estancia. Vicente se acercó para mirarla más de cerca. Vestía chaquetilla de cocinero y se apoyaba en el quicio de una puerta que parecía la entrada a una cocina. Tenía el pelo un poco alborotado y sujetaba en una de sus manos lo que parecía una manzana. Se intuía a su derecha el hombro de otra persona también vestida de cocinero. La foto parecía ya antigua. Vicente la cogió con cuidado con las dos manos y se la quedó mirando para asegurarse de lo que intuía. El rizos de la foto era el tal Cristian, estaba seguro.

—Uy, esa foto es de hace ya mucho tiempo —dijo la señora, apareciendo de repente con una bandeja con dos cafés humeantes y unas galletas de mantequilla hechas por ella misma.

Se inclinó sobre la mesita, dejó la bandeja y se sentó.

—De cuando estaba trabajando en el hotel Astoria 7..., estaba muy guapo —puntualizó—. ¿Quiere azúcar? —preguntó María Teresa reclinándose sobre el azucarero.

—Por favor, una cucharadita, gracias.

Ella echó el azúcar y le ofreció el café al oficial. Éste dio dos sorbos y lo dejó. Metió la mano en la cazadora que se acababa de quitar y sacó un bloc de notas y un lápiz.

—Señor oficial, estoy convencida de que mi hijo ha sido asesinado —empezó con frialdad la madre.

—Bien —contestó el oficial—, vamos por partes. La foto que estaba mirando es de Cristian, ¿correcto?

—Sí, sí.

—¿Tiene usted más hijos?

—No, sólo tenía a mi Cristian.

—Su hijo trabajaba de bedel en la universidad, ¿verdad? ¿Desde hace cuánto tiempo?

—Ahora habría hecho un año.

—Por la fotografía deduzco que estudió cocina o trabajó de cocinero o...

—Siempre le gustó cocinar —interrumpió María Teresa—; durante tres años estudió cocina y después se puso a trabajar en varios restaurantes. Al principio le enganchó, pero luego terminó muy quemado, y con treinta y cuatro años le ofrecieron el puesto de bedel y no lo dudó, lo aceptó sin pensárselo mucho.

—Señora, intente darme todos los detalles posibles, nosotros haremos la composición de lugar sobre lo que es importante y lo que no. ¿Su hijo tenía enemigos, alguna persona que le debiera dinero o algo parecido?

—No, que yo sepa.

—¿Alguna compañía que usted conociese que pudiera tener algún problema con él? —insistió Vicente.

—No, no. Tenía amigos pero no salía mucho con ellos.

—¿Amigos de la facultad donde trabajaba?

—No, de la época de cocinero. Pero apenas les veía.

—¿Cristian estaba soltero? ¿Tenía novia?

—La tuvo durante un tiempo pero lo dejaron. Era de una familia conocida, una chica muy agradable. Sonia, se llamaba. Era muy cariñosa. Me quería mucho. No sé muy bien por qué lo dejaron. Me acuerdo mucho de ella, y ahora aún más.

—Bien, señora, ya sé que se lo explicó a mi superior, el subcomisario Javier Gress, pero le voy a pedir que me diga de nuevo por qué cree usted que su hijo fue asesinado.

María Teresa le repitió una a una sus sospechas, que se resumían en dos puntos. El ritmo de vida de su hijo en los últimos tiempos, concretamente en el último año y medio, y su extraña enfermedad cuando, según ella, él nunca había tenido el más mínimo problema con su salud.

—Señora, todos tenemos buena salud hasta que dejamos de tenerla. Unos antes que otros, pero la vida es así —argumentó el policía.

María Teresa miró hacia abajo negando con la cabeza.

—No con su edad —puntualizó—. Mi hijo estaba sano. Alguien lo ha matado —replicó obsesivamente mientras sacaba un pañuelo de papel.

—Mire, señora. Yo estoy de su parte, pero tendrá que darme algo más para convencerme. Tiene que entender que necesito alguna prueba de peso que confirme sus sospechas. Después tengo que ir al juez y pelearme con él para que autorice todas las acciones de investigación que necesitemos. Y la primera de ellas mucho me temo que deberá ser la exhumación del cadáver, y eso no se permite más que en casos muy especiales. Si voy donde el magistrado con una mera sospecha denegará todo lo que solicite.

Ambos se quedaron mudos entre dos miradas, triste la de ella, expectante la de él. Sin decir nada, la mujer se levantó y desapareció en dirección al pasillo. Él la miró con inquietud. Se echó el pelo para atrás y resopló con fuerza. «No sé si esta mujer está majareta o si la muerte de su hijo la ha vuelto así», pensó fijando la mirada de nuevo en la fotografía del hijo.

En menos de un minuto ella estaba de vuelta. Llevaba en las manos un sobre de color marrón.

—No le voy a dar una razón para que lo haga —le espetó María Teresa—, le voy a dar veinte mil.

Lo depositó en la mesa y se sentó en la butaca.

—Por favor, mire en su interior, oficial.

Vicente se quedó un poco cortado, se daba cuenta de que se encontraba ante una señora valiente que llevaba la iniciativa desde el mismo momento en que se habían conocido. Alargó el brazo con una mezcla de sorpresa y curiosidad, abrió el sobre y sacó lo que había dentro. Un fajo de billetes. Miró a su interlocutora con cara de incredulidad.

—¿Qué es esto?

—Dinero.

—Eso ya lo veo, y por lo que intuyo mucho.

—Más de veinte mil euros —contestó ella.

Se hizo el silencio absoluto. Era un fajo muy grande. Había varios billetes de quinientos, otros de doscientos y otros tantos de cincuenta. Incluso algunos, pocos, de veinte.

—¿Lo entiende ahora?

—Si me lo explica, lo haré —contestó el oficial con sorna.

—Cuando mi hijo falleció me llamó por teléfono la dueña del piso que él tenía alquilado. Me dijo que por favor pasase a retirar las cosas que tenía Cristian allí.

»Yo no tenía valor en ese momento. Pensé que las paredes de su casa llena de sus cosas se me caerían encima. Le pedí que por favor esperara una semana. La señora al principio se sorprendió, pero enseguida accedió con amabilidad.

Dando una profunda aspiración prosiguió el relato.

—Fue muy doloroso. Ver morir a un hijo es una situación antinatural. Se te rompe el corazón y no dejas de preguntarte por qué entre tantos millones de personas que habitan este planeta me ha tenido que tocar precisamente a mí.

La voz se le quebró varias veces. Vicente intervino.

—Tómese su tiempo. Termine el café —le instó el oficial intentando dar un respiro a la mujer. La curiosidad por lo que iba a contar le hizo reacomodarse en el asiento.

—El día que quedé con ella para ver el piso y recoger las cosas de Cristian fui sin bolsas. Pensaba llevarme lo más personal, lo que más me recordara su imagen: el reloj que le dio su difunto padre cuando consiguió su primer trabajo, una pulsera que le regaló su novia el día de su cumpleaños..., ya sabe, recuerdos para poder estar más cerca de él. Para poder oler su ausencia.

La señora respiró con profundidad y prosiguió.

—El piso se lo alquilaron vacío, todo lo que había allí era de él. Pero yo no quería sus muebles y no me apetecía revenderlos. Era demasiado triste. Se me partiría el corazón.

Una lágrima recorrió la mejilla de la señora. Con gesto rápido, se la secó con el pañuelo que tenía en la mano.

—¿Usted encontró esto en casa de su hijo? —preguntó el oficial señalando el fajo de billetes.

—En un armario de su habitación, debajo de unas cajas de zapatos. Pensé que podían ser fotografías. Y eso era algo que me apetecía tener, fotos de él, de sus excursiones, de su pasado. Era lo único que podría quedarme. Cuando lo vi, lo entendí todo. Lo oculté en el bolso y me marché. Esto confirmaba mis sospechas.

—¿Sabe usted lo que ganaba su hijo trabajando en la facultad?

—Con la última subida, mil trescientos euros. Es imposible que pudiera tener esa cantidad. Yo vivo de mi pensión y hasta no hace nada, año y medio, él venía a comer a casa algunos días porque le costaba llegar a fin de mes. Pero este último año y medio se le veía muy desahogado. Hasta había cambiado de coche, ¿sabe?

—Lo sé, lo sé. Dígame, ¿cuánto pagaba de alquiler por el piso? —preguntó el oficial.

—Seiscientos euros. Y a eso añádale usted el teléfono, la comida, el trasporte, la ropa... ¡Es imposible! Más de veinte mil euros, es imposible —repitió ella.

El oficial volvió a coger el fajo de billetes. Lo sostuvo y lo sopesó.

—Además, no lo quiero. Es un dinero que alguien le daba por hacer algo que no sé lo que era. Hay una sangre, por lo menos la de Cristian, que se ha derramado por este dinero. No lo quiero.

Vicente estaba desconcertado. La mujer estaba rechazando el dinero. Eso no le había pasado nunca. No era una cantidad desorbitada de dinero aunque la señora tenía razón: alguien que vive del pequeño sueldo que gana es imposible que pueda tener en el armario de su casa más de veinte mil euros en billetes.

—Vamos a hacer una cosa, señora Gómez. Lo primero es saber si este dinero es falso. A primera vista parece que no, pero nunca se sabe. Después cotejaremos los números de serie por si pudieran estar marcados y rastrearemos así su procedencia. Le voy a pedir que mañana mismo los lleve a la comisaría para analizarlos, ¿le parece bien? Estarán un tiempo y después se lo devolveremos.

—Bien, pero le repito que no quiero ese dinero. —Ella se quedó titubeando—. Espero que no estuviese metido en una red de falsificación de dinero.

—No descartamos nada, aunque precisamente por esa razón vamos a analizarlo. A primera vista parece de verdad, pero, vamos, que nunca se sabe. He visto dinero de pega que con tranquilidad pasaría como de verdad.

El oficial cogió un billete de quinientos y lo miró al trasluz. Parecía de verdad.

—¿Mañana podría pasar por la comisaría? —preguntó el oficial.

—No le quepa la menor duda —respondió ella.

—La espero a las diez, y tenga cuidado en cómo lleva el dinero.

—No se preocupe. Lo tendré.

—¿Tiene algo más que decirme? —preguntó Vicente.

—No, pero por la mirada que veo en sus ojos intuyo que me cree más de lo que lo hacía cuando entró —contestó ella con una leve sonrisa.

El oficial en un primer momento no respondió. Simplemente devolvió la sonrisa. Después musitó un «no sé, no sé» mientras ojeaba su libreta intentando encontrar algo más que preguntar.

—Ah, sí, se me olvidaba algo. —El oficial respiró profundamente—. Antes ha mencionado que su hijo había comprado un coche nuevo hacía pocos meses. ¿Dispone usted de los papeles del vehículo?

—Sí, claro, los tenía en su casa y los recogí. Pensé que tendría que hacerme cargo de él. Lo aparcaba en mi garaje, ¿quiere verlo?

—En principio no, pero no descarto hacerlo —dijo dudando de su afirmación.

Ella se levantó y abrió un cajón de la cómoda de la sala. Rebuscó unos instantes y se los dio.

—Un coche muy caro para su sueldo. Me dijo que lo

estaba pagando a plazos a través de la financiera del concesionario, pero cuando quise saber más datos desvió la conversación. Creo que me mintió. Nunca lo comprobé. ¿Por qué me mentiría? —dijo la señora con un rictus de tristeza.

María Teresa bajó la cabeza con expresión de dolor.

—Era lo único que tenía en la vida y ahora me lo han arrebatado. ¿Para qué quiero seguir viviendo? ¿Para qué? Nadie va a devolverme a Cristian, nadie —repitió con amargura.

Una lágrima recorrió con rapidez su mejilla izquierda. Vicente le cogió la mano, en un vano intento de suavizar tanto sufrimiento. El silencio roto por los sollozos de la mujer era denso y duro, una piedra fría, mármol blanco y mudo varado en un mar en calma.

—Tranquila, le aseguro que haremos lo que esté en nuestra mano para aclarar esto.

El oficial apuntó los datos del coche en su libreta: un Toyota, comprado en el concesionario oficial. No había ningún papel que indicara una financiación, pero ese extremo tendría que comprobarlo.

—Bueno, señora María Teresa, por ahora tengo suficiente —dijo el oficial con un gesto amable—. Lo dicho, mañana la esperamos en las oficinas de la comisaría. A las diez, ¿de acuerdo?

Ella asintió con la cabeza sin decir palabra.

—Una cosa más, algo obvio. ¿Nunca le preguntó a su hijo de dónde salía el dinero que gastaba?

—Llámeme idiota, señor oficial, pero no. Procuraba que las veces que venía a casa estuviera contento. Y el último año no venía ya mucho. No quería causarle problemas, era su vida. ¡Cómo me arrepiento de no haberlo hecho! Nunca hubiera podido imaginar que esto acabaría así, o que ese dinero pudiera... No sé.

El oficial le preguntó por los bancos con los que trabajaba su hijo. Ella sólo sabía de uno.

—Tendremos que mirar esto también —le dijo él con parsimonia—. Hay una cosa que debe saber. Antes ya se la he comentado pero por si acaso se la repito.

Vicente hizo una pausa larga, como si no le gustase nada lo que iba a decir:

—En el supuesto de que esto vaya adelante, y le repito que todavía no lo sabemos, y que se inicien las investigaciones, el primer paso será la exhumación del cadáver y una posterior autopsia. Para ambas actuaciones necesitaríamos dos autorizaciones, una la del juez y otra la de su familiar más cercano, en este caso usted. Por lo general, con la autorización del juez es suficiente, pero a mí me gustaría tener la suya, ¿me comprende?

Ella asintió con la cabeza sin decir nada.

—Le adelanto que un trámite como el de la autopsia no es muy agradable, y quiero que esté convencida de ello. Me gustaría que, si se intenta, todos estemos convencidos de lo que se va a hacer.

—Lo he pensado mucho. No dejar descansar a mi hijo no es una idea que me seduzca, pero quiero saber la verdad. No puedo vivir sin saber lo que ha pasado —afirmó María Teresa.

La mujer se tapó la nariz unos instantes con el pañuelo.

—No me queda nada más que decirle —dijo Vicente sonriéndole, intentando así romper el tenso momento que se había creado.

Se levantó para despedirse dándole un protocolario apretón de manos. Antes de que se fuera, ella agarró su brazo y con frialdad le dijo:

—Oficial, puede que mi hijo hiciera algo malo, no lo sé, pero le aseguro que no merecía morir.

Sus palabras resonaron en la cabeza del policía como el eco de una sentencia. Una frase concisa, sin florituras ni llantos, que bien podría resumir todo lo que había sucedido en la vida de Cristian durante el último año y medio.

Ahora tocaba descubrir qué es lo que había pasado e intentar convencer a los demás de algo que el oficial, según tenía más datos, se encontraba más inclinado a creer. Cristian no murió de muerte natural: fue asesinado.

Ella le acompañó hasta el descansillo y en un gesto de cortesía esperó a que se metiera en el ascensor para cerrar la puerta de su casa. Vicente notó que el veterano ascensor bajaba traqueteando. Cerró los ojos y pensó: «Puede que sea un asesinato. Ella no parece una chiflada».

17

A Marc le subieron las pulsaciones. Continuaban los sollozos y la confusión era mucho mayor.

—¿Qué ha pasado, Fátima?

—No lo sé, no lo sé, Samuel la ha encontrado. La han acuchillado. Creo que mañana saldrá en los periódicos.

—Si necesitas algo... —se ofreció Marc.

—Sólo quería que lo supieras.

—Estás con al...

La comunicación se cortó abruptamente. Marc intentaba saber si estaba con alguien, desde dónde llamaba, pero no pudo ser. Ella había cortado la comunicación.

¿Por qué lo llamaba a él? Abogados y notarios aparte, apenas habían tenido relación desde la separación. Y con su hermana, ¿qué relación habían tenido? Tan sólo un par de cenas con la famosa diseñadora Elena Castaño. Marc se quedó con la mirada perdida. Inmóvil. Arantxa se le acercó preocupada.

—¿Qué pasa Marc?, ¿estás bien?

—Sí, sí... —contestó él absolutamente ausente—. Han asesinado a la hermana de mi ex.

—¿Que la han asesinado? —repitió la camarera con cara de horror—. ¿Aquí?

— Sí, en su casa.

—¡Qué espanto! ¿Qué vas a hacer?

—¿Qué quieres que haga? Nada, no sé, me ha dicho

que mañana saldrá en los periódicos. No se podía hablar con ella... Estaban muy unidas —añadió con la mirada perdida.

Arantxa se alejó para ir a recoger las últimas copas que quedaban en las mesas y terminar de poner los manteles.

Marc cogió el teléfono y al descolgarlo se quedó paralizado en sus pensamientos. Colgó sin llegar a llamar. ¿Quién podía desear la muerte de una persona como la hermana de Fátima? «Quizá estuviera metida en asuntos turbios, aunque cuando se habla de otros es fácil decir cosas como que si está muerto será por algo. Nos da miedo pensar que el azar puede llevarnos a una situación como ésa... Pero ¿quién era ella? —se repetía—. «Fue mi cuñada, con la que no me llevaba ni bien ni mal, y parecía más equilibrada que mi ex.»

No recordaba la última vez que la vio con vida.

18

ASESINADA LA DISEÑADORA
ELENA CASTAÑO

La víctima fue hallada en su habitación en medio de un gran charco de sangre.

A primera hora de ayer fue descubierto por un empleado de la casa el cuerpo sin vida de la empresaria Elena Castaño. El cadáver presentaba varias heridas mortales causadas por arma blanca. El portavoz de la policía ha declarado que la víctima se encontraba sola en la casa en el momento de la agresión. El barrio residencial donde se encuentra la vivienda está conmocionado por el suceso.

Asimismo, los mandos policiales no descartan ninguna hipótesis de trabajo. La agresión se produjo con un arma blanca y la primera hipótesis apunta a que podría tratarse de un robo con violencia, pero no han trascendido más detalles.

En las próximas horas la familia nombrará un portavoz que en rueda de prensa informará de todos los detalles. El cadáver fue levantado tras la llegada del juez. Los familiares que se han acercado a la casa han declinado hacer declaraciones. Uno de ellos ha tenido que ser atendido por los servicios sanitarios debido a un fuerte ataque de ansiedad. El cuerpo ha sido trasladado al Instituto Anatómico Forense para realizarle la autopsia, en busca de algún indicio que ayude a aclarar este triste suceso.

A la espera de nuevas noticias, devolvemos la conexión a nuestros estudios centrales.

Almudena Torres para Todo-Noticias.

Apagó el televisor con el mando a distancia y el silencio se apoderó de la habitación. Juancar llevaba una cerveza en la mano, las zapatillas de casa puestas y la boca abierta. No daba crédito a lo que estaba escuchando. Ella era la hermana de la ex de Marc. La diseñadora de los famosos delantales. ¿Qué había pasado? ¿Qué significaba esto? ¿Por qué?

—¡La hostia! —exclamó en voz alta, y volvió a repetirlo, en un intento de atraer la atención de Rodrigo. Éste asomó por la puerta de la cocina, que conectaba con el salón.

—¿Qué pasa? ¿Hay algo interesante en la tele? —preguntó su novio—. Pero si la has apagado, ¿qué pasa?

—Han asesinado a la hermana de la ex de Marc.

—¿Marc Ogiategui, el del restaurante? A ver... ¿Estás hablando de la diseñadora, de Elena? —preguntó con cara de preocupación.

—Conozco a varios Marc, pero con ese apellido ninguno más —contestó Juancar con la mirada perdida—. Sí, la diseñadora de los vestidos de novia y todo eso. La de los putos delantales, joder.

Rodrigo se quedó sin habla. La tarde estaba ya bien entrada, era casi de noche, y tenía que volver al restaurante. Juancar se quedó quieto delante del móvil, lo miró, lo agarró y dándole un beso a Rodrigo le dijo:

—Me voy. Si me entero de algo nuevo te lo cuento.

—¿Nuevo? Si no me has contado nada —se quejó su novio.

—Pon la tele, que lo estarán dando en todas las noticias. La han asesinado pero no saben nada más —le dijo mientras cogía su casco y se marchaba precipitadamente.

—¿Le vas a llamar? —gritó Rodrigo justo cuando su novio desaparecía de escena.

—No sé, no sé, ya pensaré algo —respondió en voz alta ya desde la puerta.

Ocultó decirle que el suceso había ocurrido en una casa con jardín un poco apartada, parecida a la de ellos pero sin vecinos adosados, no quería que se asustase. Ya se enteraría.

Rodrigo encendió el televisor y sintonizó el canal que continuamente emitía noticias. Se quedó paralizado mirando la pantalla. Elena Castaño había sido asesinada en su casa. No podía creer lo que estaba oyendo. Ella había diseñado los delantales de trabajo que durante una época todos llevaban en el restaurante de Juancar. Se acordaba de ellos. Eran de color marrón y asimétricos. Los pliegues eran pronunciados y caían con elegancia del lado derecho. La asimetría redondeaba el diseño y convertía un sencillo delantal en un traje, una genialidad de Elena que mereció la portada de una conocida revista de moda. Pero no sólo Elena había sido la responsable de ese trabajo.

Y ese detalle nunca se dio a conocer.

19

A primera hora de la mañana, Vicente se dirigió al concesionario de Toyota. Estaba a las afueras de la ciudad. Era grande, de dos pisos y muy luminoso.

Entró en las dependencias y preguntó por el encargado. Éste se presentó al cabo de un tiempo que Vicente consideró excesivo. Mientras, se dedicó a husmear los flamantes coches.

—Sí, ¿en qué puedo ayudarle? —preguntó el encargado con excesiva educación.

—Soy Vicente Parra, oficial de policía —dijo mientras le enseñaba la placa de identificación—. ¿Puedo hacerle algunas preguntas? Si es posible, en un sitio reservado.

El encargado se quedó sorprendido unos instantes, aunque no perdió la sonrisa. Con un rictus expectante, le hizo pasar a su despacho y cerró la puerta con delicadeza.

Mientras ambos se sentaban, el hombre, en tono distendido, le preguntó si pensaban hacer un pedido de coches para renovar la flota de vehículos policiales.

—No, no es eso —sonrió Vicente—. Necesito información sobre una persona que compró un coche de su marca.

El encargado puso cara de póquer.

—No se preocupe —siguió el oficial—. Está obligado a facilitárnosla, así que, repito, no se preocupe..., lo digo por la cara de sorpresa que acaba de poner.

—No, no —cortó el encargado—, ha sido... eso, de sorpresa simplemente —replicó con una sonrisa desproporcionada.

—Vamos a ver —dijo el oficial mirando su bloc de notas—. Era un Toyota Auris 120 D Advance comprado hace aproximadamente unos ocho meses por Cristian José; sí, el apellido es José. El coche se matriculó a su nombre, así que lo encontrarán rápido, ¿verdad?

—¿Y qué tipo de información necesita, oficial?

—Quiero saber el precio final del vehículo, si se financió y cómo se hizo el pago.

—Bueno, eso es sencillo, en administración tendrán la ficha. ¿Le parece que le haga una copia?

—Perfecto, y una cosa más, me gustaría hablar con el vendedor que hizo la operación de venta. Sólo se lo robaré cinco minutos.

—Sin problema. En diez minutos estoy de vuelta —dijo el encargado levantándose.

Salió del despacho y se perdió entre coches relucientes. Al cabo de unos matemáticos diez minutos regresó con varios folios grapados. Mientras se sentaba, puso los papeles sobre la mesa.

—Es un coche fantástico, ¿no habrá tenido ningún problema? —dijo abriendo la ficha de venta.

Tras la mirada seria del oficial declinó hacer más comentarios absurdos.

—El precio final fue de 24.300 euros. El coche no es tan caro, pero el comprador incluyó varios extras y el precio subió. La tapicería de cuero, un volante ergonómico y unos cristales tintados. ¡Ah!, y un sofisticado sistema antirrobo que permite localizar en todo momento dónde se encuentra el vehículo o si se ha movido sin la llave puesta. Una alarma muy eficaz, nada usual, pero el dueño se empeñó en tenerla. Todo eso aumentó el precio, aunque el coche tal y como viene de fábrica está increíble —afirmó como si estuviera vendiéndoselo—. Por lo demás, pagó el vehículo al contado. Y el coche está a su nombre, matriculado el 3 de marzo de este año. El seguro lo hizo a través de nuestra compañía, a todo riesgo. En fin, nada digno de reseñar. Un buen cliente. ¿Le ha pasado algo?

El oficial sonrió con benevolencia y sin decir una palabra siguió mirando los papeles.

—El vendedor fue José Ángel Elizalde, nosotros le llamamos Eli, y por lo que veo está libre —prosiguió subiendo la cabeza y mirando por encima de su hombro a través de los paneles de cristal del despacho—. ¿Quiere que le llame?

—No, mejor iré yo a su despacho.

—Sí, mire, dese la vuelta un segundo. Es el del fondo del todo, el que está allí, con bigote y un jersey granate —dijo señalando el final de la nave.

El oficial se levantó indicando que se llevaba los papeles. El encargado hizo un gesto de asentimiento, le dio la mano y lo miró, mientras abría la puerta del despacho con cara de extrañeza.

—No comente esto con nadie, se lo ruego. Recuerde que si lo hace podría ser acusado de obstrucción a la justicia —afirmó categórico—. Y eso es algo que le puede traer muchas complicaciones.

—Por supuesto —contestó el otro sorprendido—. Por cierto, señor oficial, ¿no le apetece que le haga una buena oferta por el vetusto coche con el que ha venido a cambio de un flamante Toyota? Le aseguro un precio de escándalo.

—En otra ocasión, en otra ocasión... —contestó Vicente sonriendo mientras pensaba «¡Joder, cómo controla el tipo este!».

Se alejó, dejando pensativo al encargado: «Espero que no tengamos que hacer una llamada colectiva de revisión mecánica a todos estos vehículos. Pero, claro, si se tratase de eso no preguntaría por una unidad en particular, ¿no? ¿O sí?».

El oficial se dirigió hacia donde se encontraba Eli, el vendedor, sin dejar de ser observado ni un solo momento por el encargado. Desde la distancia, éste pudo ver como hablaban de pie alrededor de cinco minutos. Luego se dieron la mano y el policía abandonó el concesionario.

¿Qué narices buscaba ese poli?

Mientras, el oficial Vicente Parra se metía en su coche pensando que era ya hora de volver a reunirse con su superior.

20

Álvaro había tenido un día bastante ajetreado y no estaba con el humor necesario para ver al director del hospital. Aquella mañana tenía dos llamadas desde la centralita, pero él no respondía llamadas cuando estaba reunido y ese día había tenido dos reuniones muy largas, una con cada uno de los grupos de investigación, y en ellas siempre estaba muy a gusto.

«Le llamaré después», pensó. Lo fue dejando hasta bien entrada la tarde, cuando no le quedó más remedio que llamarle.

El teléfono sonó dos veces por la línea interna.

—¿Matías?, Álvaro Odriozola.

—Hombre, Álvaro, qué difícil eres de localizar —exclamó su interlocutor.

—Sí, sí, lo sé, he andado muy liado y te pido disculpas. Ayer noche me llamaste pero hasta ahora no he podido hacer un hueco —mintió el doctor.

—¿Te puedes pasar por el despacho? Te prometo que sólo serán cinco minutos.

—Venga, ahora subo.

Colgó el teléfono y miró el reloj. «Perfecto, me quito la bata, subo donde Matías ya vestido de civil y de ahí me largo para casa.» En apenas unos segundos estaba frente al despacho del director del hospital. Llamó dos veces.

—Adelante —se escuchó tras la puerta—. Pasa, pasa, Álvaro. Serán sólo dos minutos.

«Hemos recortado tres minutos desde la última conversación, no está mal», pensó mientras se sentaba frente a él.

—Ayer me llamó el subcomisario de la policía, un tal Javier Gress. Me dijo que necesitaban un experto en nefrología.

—¿Para dar una conferencia de primeros auxilios en comisaría? —interrumpió socarrón el doctor.

—No, no creo —sonrió Matías—, intenté sacarle más información pero no me la quiso dar. Estos polis son la monda. No soltó prenda.

Álvaro y Matías eran viejos conocidos, veteranos bregados en mil batallas de hospitales. Más que llevarse bien, se respetaban y tenían la habilidad de acotar sus respectivos terrenos sin inmiscuirse en el del otro. Por eso, con excepción de problemas puntuales, las reuniones entre ellos eran ocasionales. La llamada de Matías siempre hacía presagiar a Álvaro la llegada de dificultades.

—Te puedes imaginar que le he contestado que tenía a la persona adecuada, una eminencia en estos temas, lo mejorcito que tenemos en esta bendita casa —sonrió el director peloteando al doctor.

—Pues eso dependerá de lo que necesiten —contestó—. Y bien, ¿qué le has dicho?

—Pues que mañana le daré tu teléfono para que quedéis. Lógicamente no iba a hacerlo sin tu consentimiento.

—¿No te ha dicho nada más? —preguntó el doctor.

—Nada de nada. Vaguedades: que quieren reunirse contigo y que, en principio, no será más de media hora. Ya me contarás qué es lo que quieren, porque si es algo relacionado con el hospital lo tendré que saber, digo yo, que para eso soy el director. Llegó a insinuar que la persona que nosotros designemos tendría la obligación de asistir a la reunión. Hay que quedar con ellos. No hay más tu tía.

Esa actitud era lo que menos le gustaba de él, pensó Álvaro. Tenía un punto de prepotencia y, aunque era un buen profesional, le gustaba el protagonismo y en cuanto podía chupaba cámara. Era un poco *aundi*.

—Vale, vale. Que me llame y quedaremos. Ahora me pica la curiosidad —apostilló el doctor—. Veremos qué es lo que quieren, ¿no?

—No hay muchas más opciones.

Después de despedirse del director, Álvaro salió del despacho y sacó de su bolsillo las llaves del coche. Se puso a jugar distraídamente con ellas. Nunca había colaborado con la policía; «eso suele ser cosa de los forenses», sonrió. Miró la hora en el reloj que le regaló Paula por su último cumpleaños, empezaba a tener hambre... ¿Qué habría preparado Paula para cenar esa noche?

21

Carmen Aguirre pulsó el mando a distancia que abría el inmenso portón de acceso al garaje de casa. Aparcó el coche en una de las numerosas plazas con capacidad para tres coches que tenía el edificio y se metió en el ascensor con su pequeña maleta. Introdujo la llave que daba acceso a los botones y marcó el último piso. Automáticamente, la botonera del ascensor se encendió. Tecleó el código de ocho dígitos de su casa y una voz mecánica respondió «Código correcto». Las puertas se cerraron y comenzó a subir. El ascensor daba acceso al mismo salón de la casa, no había descansillo: se abría la puerta y ya estabas en él. Al llegar vio como la luz entraba por los enormes ventanales. Dejó el abrigo y las llaves. El bolso y la maleta los guardaría en el vestidor de su habitación.

No había nadie, la empleada de la limpieza se había ido a las dos y eran casi las dos y media. La casa estaba impoluta. Casi cuatrocientos metros cuadrados sin contar la terraza, de más de sesenta. Era el último piso de un lujoso edificio en Miraconcha, en el centro mismo de la ciudad. Sus vistas se abrían a la playa y ésta quedaba a apenas un centenar de metros. Dos minutos andando y te podías bañar en el mar.

Fue diseñado por su marido, afamado arquitecto, con grandes espacios diáfanos en el salón principal que daba a la terraza. A un lado, una gigantesca mesa de cristal para doce personas y en el otro extremo una colección de mullidos sofás de cuero blanco. Y el mar a través de dos ventanales sin cortinas. Plantas de distintos orígenes completaban la sencilla decoración. El suelo de madera oscura tenía calefacción y en las noches frías de invierno era un placer pisar, sin zapatos, calcetines ni zapatillas, la madera levemente caliente. Nunca hubiera imaginado vivir en un sitio así.

Miró el mar con aire melancólico. Era una casa grande y estaba ella sola. El mar reverenciaba su solitaria presencia rompiendo continuamente olas a sus pies. Le gustaba así. Sus hijos en París, estudiando. Su marido no sabía muy bien dónde ni con quién... En Basilea, creía, en el edificio que estaba construyendo para una multinacional de farmacia. Tenía otros dos en Londres y Dresde, o en Hannover, no lo sabía bien.

Volvió a mirar el teléfono pero no había mensajes. Al final no había llamado a Ion. Sólo le había dejado el mensaje.

Dejó caer el móvil sobre el sofá y fue directa al frigorífico. Sabía que Graciela, la encargada de cocinar y tener la casa en condiciones, le había dejado un poco de gazpacho. Aunque fuera noviembre e hiciera mucho frío, aquella sopa, la reina de las sopas, como le gustaba llamarla, le volvía loca.

Abrió el frigorífico y bebió directamente de la jarra. «¡Qué rico!, con el tomate asado mejora tanto», pensó. Se lo enseñó su madre, andaluza, hacía ya mucho tiempo, y al principio no se lo creía, pero si se asa con alguna hierbita, o sin ellas, cuando lo trituras en compañía de los demás ingredientes la profundidad de sabor que adquiere es espectacular. Y estaba helado, como a ella le gustaba. Seguramente estaba hecho el día antes. Con el tiempo mejoraba mucho.

Con algo de parsimonia, saboreando el gazpacho, se arrellanó en uno de los sofás, cogió el teléfono y llamó a Ion.

—Sí —contestó éste.

—Ion, qué pasa, soy Carmen, que tengo el móvil...

—Lo siento, lo siento —interrumpió él—, me equivoqué pensando que cuando ibas a estar fuera era la semana que viene. Pero no te preocupes, ya lo tengo arreglado.

—¿Sí? ¿De verdad?

—Sí, no te preocupes —repitió Ion.

—Pues nada, cuenta conmigo para la próxima semana, ¿ok?

—Venga, un beso..., por cierto, ¿qué tal están los *aitas*?

—Mayores, muy mayores. Al *aita* cada vez se le va más la olla pero bien. Un beso, Ion.

Carmen colgó el teléfono y se quedó pensativa y con un poco de remordimientos porque esa semana, si quería, si verdaderamente le daba la gana, podría ir a ayudarle como todos los fines de semana. Pero no, se reafirmó, el fin de semana había quedado con él y le apetecía estar en su compañía.

Había pasado demasiado tiempo desde la última vez que había hecho el amor y hacerlo era una idea muy atractiva. Aquello no era como cuando se enamoró de su marido, puro flechazo, pura pasión. Con lo bien que se encontraba en su compañía entonces, y ahora en cambio en brazos de otro. No era amor, era un estar en compañía agradable, sin más obligación que disfrutar cuando ambos coincidían. Y además tenía ese algo prohibido, misterioso, que daba a la relación un extraño suspense. No podía estar en público con él, ese era el trato al que había llegado con su marido, un arreglo que ambos, por el bien de todos, debían mantener. Seguirían casados, con dinero abundante y nada de escándalos que pudieran perjudicar la carrera de él. Tan sólo debía acompañarle a un par de galas benéficas, aparecer de su brazo, estar guapa y sonreír. No era un mal arreglo.

A veces se imaginaba desayunando tranquilamente mientras leía en la prensa de la mañana que la sección rosa comenzaba con un «La mujer del conocido arquitecto Rafael Bamasor, socio mayoritario de Bamasor Architect Associated, cazada con otro hombre».

No, no sería un buen comienzo de día, pero aunque la idea le ponía los pelos de punta a veces pensaba que tampoco importaba. Mandar todo lo que le rodeaba a tomar viento fresco y decir adiós a su actual vida, y que saltara todo por los aires. Las ideas locas se le pasaban cuando veía la cuenta de ahorro. Además, tampoco era cierto. Había dejado de estar enamorada de su marido, cierto, pero le respetaba y quería lo mejor para él. Lo que hubo cuando estuvieron enamorados fue bonito. Era el padre de sus dos hijos y un escándalo también les salpicaría a ellos, y eso era lo último que deseaba. Sus hijos no se merecían aparecer en las portadas de las revistas del corazón. Ellos eran lo mejor que le había sucedido nunca.

Se acercó al teléfono fijo que estaba en un mueble al lado de los álbumes de fotos, de algunos libros y devedés. Con el teléfono ya en la mano pidiendo con su tono monótono que marcara los números, sintió que la melancolía y la nostalgia la atravesaban. Colgó sin hacer llamada alguna. Se quedó mirando los libros y los álbumes.

Se acercó a ellos y, mirando los lomos en los que aparecían escritos lugares y fechas, cogió uno. Era de los más antiguos, fotografías de cuando empezó a salir con su marido, Rafael. Hacía mucho tiempo, muchos años, que no lo abría. Cuando lo hizo, comprobó que las fotos empezaban a perder color. Le impresionó que fueran deteriorándose. «Son como seres vivos, el tiempo tampoco pasa en balde para ellas», se quedó cavilando. Pensó que la relación con su marido había ido en paralelo. Que el brillo de sus comienzos, con el paso de los años, se había ido apagando, y lo que antes fueron colores intensos ahora sólo eran tonos grises, sin intensidad, perdidos. Aquellos tiempos no volverían, pero le encantaba mirarlos desde la distancia. Ahora la invadía una sensación de tristeza mientras pasaba las hojas de aquel álbum. Fotografías en Londres en pleno invierno; ella le agarraba con fuerza por la cintura y miraban a la cámara con aire despreocupado, sonrientes. En una playa de Cuba, en traje de baño. Retratos de cuando se casaron, ella de blanco con un vestido de raso con cola larga, él con un esmoquin y pajarita, los dos muy elegantes. Fotos de inauguración de los edificios de Rafael, uno de los más espectaculares el de Berlín. Qué difícil era para los arquitectos hacer las obras, conseguir los permisos, muchas veces políticos, el dinero necesario. La arquitectura, entendida como el arte más complejo de ejecutar, aunque la recompensa suponía la inmortalidad a través del edificio, de esas nuevas catedrales laicas, profundamente religiosas por su envergadura y un desafío a los cielos. Admiraba a su marido por su trabajo. A veces recordaba cómo algunas de esas edificaciones se habían levantado estando en su compañía. Cuando se ponía a diseñar en su estudio después de haber hecho el amor con pasión, ella se quedaba en la cama y le oía trabajar escuchando música clásica. Si la música sonaba significaba que él estaba trabajando, dibujando esas formas imposibles, milagros que se sostienen en pie. Y ella siempre deseaba ver los dibujos, los bocetos que acababan en la papelera, aquellos que él simplemente esbozaba para relajarse. Incluso llegó a guardar alguno, pero ya no recordaba dónde.

Entonces se preguntaba «¿qué piensa un arquitecto cuando está diseñando un edificio? ¿Qué recursos utiliza para imaginar vigas dobladas o volúmenes pesados que permanecen ingrávidos?». Le gustaba observar cómo dibujaba el origen de todo, el folio en blanco que daría acceso al sueño edificable que después debería discutir con los señores del dinero para que dieran su visto bueno. Era como mirar a un virtuoso del oboe dar su concierto. Un concierto de cemento, yeso y titanio.

Carmen pasaba con lentitud las páginas del álbum y

entre las fotos halló un papel arrancado de una libreta de espiral de papel cuadriculado. Nadie lo había tocado y su tono gris delataba que nadie lo había manipulado en mucho tiempo. Con exquisito cuidado lo abrió, y se acordó de que su estado tan lamentable se debía a que durante casi dos años desde que se lo dio lo había llevado encima. Lo sostuvo con ambas manos muy delicadamente para evitar que se partiera. Su sonrisa delataba que conocía muy bien de qué se trataba. Y sobre todo recordó la sorpresa inicial del título. Comenzó a leer.

DÉJAME YA

Déjame ya, que pase y admire tu interior.

Déjame que me instale cerca, muy cerca y deje tus gafas detrás de tu pelo.

Déjame volver a suspirar tu aliento en mis oídos.

Déjame que tu risa se aparque en mi garaje.

Déjame que piense en ti y acortar mi distancia.

Déjame sincronizar mi corazón con el tuyo.

Déjame arañarte con telas sedosas de araña.

Déjame ocultarme entre los pliegues de tu ropa.

Déjame ser botón de tu ojal, correa de tu reloj, déjame ser sonido de tu música.

Déjame ser azúcar de tu tostada, *maître* de tu alcoba, déjame ser hierro de tu fundición, tecla de tu ordenador, bufanda de tu cuello.

Déjame volverme taza de tu café, guisante de tu lecho, guante de tus dedos.

Déjame ser tacón de tu altura, rulo en tu pelo, sombra de tus ojos, disfraz de tu maquillaje, lentejuela de tu falda, arcilla en tus manos.

Déjame no dejarte nunca.

Te quiero, Carmen.

Respiró profundamente y volvió a leer el poema de amor escrito por Rafael veinticuatro años antes. Después se quedó inmóvil, con la mente en blanco, recuperándose de la piel de gallina que a pesar del tiempo trascurrido le había provocado. Volvió a respirar muy hondo, y volvió a doblar la hoja mientras sus ojos se cargaban. Recordaba con exactitud el día del escrito. Era su cumpleaños, y nunca había recibido una felicitación como ésa. Fue solamente eso, no hubo ni una pulsera, ni un kit egoísta de ropa interior, ni un collar, ni un perfume..., única y exclusivamente el papel dentro de un sobre rojo. Nunca había recibido nada parecido, nada tan bonito, tan directo a su corazón, tan tierno y tan dulce pero no empalagoso. Sus dos novios anteriores, de adolescente el primero y con veintidós años el segundo, no hubieran sido capaces de regalarle algo así. Fue una declaración de amor en toda regla. Aquel día fueron a cenar a un famoso restaurante y bebieron champán. Y eso que a ninguno de los dos les gustaba mucho esa bebida. Era para darle importancia a la ocasión, pensaron ambos. Acabaron en su casa haciendo el amor durante toda la noche. Ella mantenía en su memoria el recuerdo de sus ojos azules y el afán de él por que aquella noche fuera inolvidable. Y lo consiguió.

Era verano y el calor impregnaba la piel, sudorosa, recordaba ella. Un mes después le propuso matrimonio. Ella accedió sin pensarlo dos veces. Estaba coladita por él. Aún no se explicaba cómo desapareció tanta pasión. Quizá fuera la juventud. Quizá el maldito tiempo, que todo lo gasta, que todo lo borra. El maldito reloj que nunca duerme, que nunca se detiene. Pero así sucedió, aunque ahora el respeto hacia el otro fuera tan profundo. «Estoy orgullosa de ser civilizada, por mi marido y, sobre todo, por mis adorados hijos. Me siento bien al saber dominarme», pensaba.

Con sumo cuidado, dejó la nota de nuevo en el álbum, al lado de las fotografías de la boda. Había estado ahí desde entonces. No la había visto nadie.

Marcó el número que se sabía de memoria, el de su amiga Elena Castaño. También la había llamado la noche anterior pero no había contestado. El teléfono volvía a estar fuera de cobertura. «¿Dónde narices se habrá metido esta mujer?», se preguntó Carmen con cierta preocupación. No paraba con sus tiendas de ropa. Cómo había cambiado desde que la conoció. Recordó que fue ella, Elena, quien diseñó su traje de novia, ahora guardado en el desván, bien envuelto. El vestido causó sensación: era un diseño atrevido, y el hecho de que saliera en todas las revistas del corazón cuando dio el sí a su marido otorgó fama y pedidos a Elena. «No me extraña, tenía un diseño muy original y un escote palabra de honor, levemente curvo, que quitaba el hipo. Fue un acierto. Un vestido de novia del que sentirse orgullosa. Lo diseñamos juntas y como nos entendíamos tan bien, se notó en el resultado final», rememoró para sí.

Colgó y marcó el número de él. Apenas un tono.

—Hola, churri —contestó una voz masculina.

—¿Qué hay, guapo?

—Cariño, me encanta oír tu voz —murmuró él.

Los dos se quedaron hablando hasta bien entrada la noche.

22

Vicente Parra llegó a su casa. Eran ya las nueve y media de la noche, y aún resonaban en su interior las palabras de la madre de Cristian afirmando que habían asesinado a su hijo. «Mañana se lo contaré a Javier para ver qué hacemos. Tendré que ir temprano, no vaya a ser que la madre aparezca antes de las diez de la mañana. No sé por qué, me da la impresión de que lo hará», pensó.

Cuando entró en la casa olió a algo raro pero agradable, muy agradable. Su hijo, Alberto, se había puesto a cocinar. Seguro.

Desde que había comenzado a hacerlo, él tenía que demostrar más interés por la cocina y dejar de decir la tontería esa de que sólo comía para sobrevivir. Françoise ya se lo había sugerido en un par de ocasiones: debía apoyar al chaval.

—Hola, pareja.

Françoise y su hijo se dieron la vuelta. Ella se adelantó y le dio un sonoro beso en los labios.

—*Aita*, he preparado un hojaldre de puerros y gambas. Pero con el hojaldre hecho por mí, con mantequilla.

—¿Y dónde está? —preguntó el padre.

—En el horno, todavía le faltan unos diez minutos. Se está terminando de dorar y ha subido que ni te cuento.

Mientras tanto, Alberto se afanaba en pelar las gambas y saltearlas con ajo, un picado de puerros, aceite y al final algo de nata, pero sólo tres o cuatro cucharadas.

—Esto de la nata ya no se lleva —dijo alzando el tetrabrik y dirigiéndose a su madre en tono sarcástico.

—Nosotros, los franceses, siempre la hemos usado. Toda la vida. Y mira tú por dónde, los franceses tenemos el mismo nivel de colesterol que los demás países europeos. La paradoja francesa, creo que se llama, o sea que deja de decir tonterías y echa lo que tengas que echar. Que yo sí que estoy hasta más arriba de la coronilla de vuestros aceites españoles —rio Françoise mientras le daba un cachete cariñoso a su hijo.

Vicente se dio media vuelta y se dirigió hacia su habitación. Se quitó la cazadora y en ese mismo instante entró Françoise cerrando la puerta tras de sí. Ella lo agarró por detrás y le rodeó la cintura mientras le daba un beso en el cuello.

—¿Cómo ha ido en el curro? ¿A cuántos asesinos has detenido? —le preguntó, deslizando la lengua por su cuello.

—Estate quieta —musitó Vicente divertido—. Bien, tenemos un caso importante, luego te cuento. Y tú, ¿cómo lo has llevado en la escuela?

—Bien, ya estamos preparando los exámenes de Navidad y el grupo de alumnos nuevos está bastante bien. No sé, se les ve más maduros que la media. Veremos cómo se comportan.

Se oyó la voz de Alberto desde la cocina.

—En diez minutos cenamos.

Ambos se rieron con discreción en el cuarto, la llamada era un aviso a navegantes de lo que significaba tener la puerta de la habitación cerrada.

—Ahora vamos —gritó ella, sonriendo mientras besaba a su marido en la mejilla.

El menú que había preparado Alberto formaba parte de un examen al que se tenía que enfrentar la próxima semana, así que la cena era un ensayo. Y eso, a su madre, una *gourmet* aficionada a la clásica escuela francesa de gastronomía, le motivaba mucho. Ella disfrutaba preparando bullabesas, aligots, terrinas de *foie*, las míticas *ratatouilles*, ostras gratinadas..., incluso se atrevía con algún civet de corzo en temporada. Le gustaba cocinar, y que su hijo se hubiera dedicado a esto le encantaba. Para un francés, ser chef de cocina hacía mucho que había pasado a ser una profesión de prestigio, con un reconocimiento igual o superior a ser ingeniero, médico o abogado.

«Si no me hubiera dedicado al arte, me habría gustado ser, no cocinera, pero sí algo relacionado con la comida, catando, probando..., yo qué sé», pensaba Françoise.

Alberto se afanaba en recoger los recortes del hojaldre que acababa de hornear y ella observaba lo bien que se las apañaba. Hacer un hojaldre de mantequilla no era fácil. Necesitas haber hecho muchos para que te salgan bien. La textura de la masa exterior, harina, agua, sal y algo de vinagre, tiene que ser exacta para que una vez estirada pueda albergar dentro un buen trozo de mantequilla, que no estará ni muy blanda ni muy dura. Y sobre todo que no tenga correa, pues haría que la masa se estirase y recogiera como un chicle. Un término medio, para que cuando el conjunto suba la grasa se mantenga en el interior. Luego vienen los dobleces, cuatro sencillos y dos dobles. Pero no de corrido. Entre cada uno de ellos, un descanso de por lo menos diez minutos en frío. La temperatura tampoco puede pasarse, no vaya a ser que quede demasiado tieso y no se pueda estirar. Claro que, si no tiene el frío suficiente, la mantequilla acaba saliendo al exterior, derretida. Y luego viene el estirado, que dependiendo de las necesidades variará entre un centímetro o menos. Para terminar, un buen horneado uniforme a 200 °C, aunque también puede ser a menor temperatura...

El joven Alberto Parra sabía todo esto y, como era uno de los alumnos aventajados de la escuela, el profesor ya le había dejado elaborar en un par de ocasiones el famoso hojaldre invertido, donde la mantequilla va por el exterior y la elaboración se complica seriamente. Los alumnos ya sabían que el examen sería sobre el hojaldre normal, y en ello estaba, entrenándose con sus padres como cobayas de un delicioso laboratorio.

El plato que preparaba era un clásico de la cocina francesa: volován relleno de puerros y gambas. A medio camino entre una receta francesa y una española.

Alberto miró a través del cristal del horno y vio que todos los volovanes habían funcionado a la perfección. Habían subido bien y estaban dorados por todos los lados. Con un guante especial, los sacó del horno y los fue vaciando con ayuda de un cuchillo. Con sumo cuidado y el apoyo de una espátula, trasladó cada volován a cada plato. No le quedaba más que, con la punta de un cuchillo, retirar la tapa que había precortado y rellenarlos con la mezcla jugosa de los puerros y gambas que humeaba en la sartén con el fuego de vitrocerámica puesto al mínimo. La nata había reducido el conjunto dando a la salsa un espesor exacto.

«Un punto anisado de estragón fresco picado terminará por dar al plato un toque mágico —pensó Alberto—. Cómo me gusta esa palabra para hablar de cocina, *mágico*. La magia de la cocina. De dos productos anodinos como la harina y la mantequilla puede salir algo tan genial como un hojaldre. Me gusta esa sensación: tener la habilidad de hacer aparecer algo de la nada como si fueras un ilusionista es un subidón. De hacerlos desaparecer ya se encargan los comensales.»

Para entonces Françoise y Vicente ya se habían sentado a la mesa.

—Huele de maravilla —comentó la madre mientras daba un pequeño codazo a su marido.

—La verdad es que sí, huele que alimenta —apoyó el padre.

—*Aita*, no mientas —dijo Alberto dándose la vuelta.

—Primero sirvo a la francesa, que sabe más —dijo sonriendo mientras ponía el plato a su madre.

Terminó de servir el resto de los platos y se sentó a la mesa.

—¡Está riquísimo! —apoyó la *ama*—. Verdaderamente delicioso. En serio, está crujiente el hojaldre y muy melosa la mezcla.

—Para ser una receta francesa no está mal —dijo el mismo Alberto riéndose.

—La comida francesa es buena. Qué te crees.

—Que sí, *ama*, que te estoy tomando el pelo.

—Está muy sabroso —cortó Vicente—. Este plato no lo había probado nunca. La hierba esta que tiene por encima, ¿qué es?

—Estragón, va muy bien para los platos grasos, realza sabores. Aunque anisa un poco el conjunto.

Todos terminaron de cenar animadamente.

Françoise había traído una sorpresa de postre. Lo había guardado en el balcón para que nadie lo viera. Se levantó y lo anunció.

—Caballeros, tengo el placer de anunciarles que el postre lo he comprado yo.

Se levantó y se alejó en dirección a la cocina. Al cabo de unos instantes apareció con un queso en la mano.

—¡Ahí va, Dios! —exclamó el joven Alberto cuando vio llegar a su madre con un Vacherin Mont-d'Or—. ¡Bravo! ¿Estará cremoso, estará en su punto?

—No te quepa la menor duda —contestó ella mientras con la punta de los dedos hacía una ligera presión en el centro del queso.

Vicente miró sonriente por el detalle que había tenido su mujer. ¡Qué habilidad tenía su esposa para unir a la familia con pequeños detalles!

—Déjame, déjame, lo abro yo —propuso el joven.

Con la punta de un cuchillo, abrió lo que ellos llamaban la tapa superior del queso. La retiró con cuidado dejando al descubierto su interior, cremoso como una salsa muy espesa. El fuerte aroma inundó la estancia.

—Esto necesitará unas rebanadas crujientes para contrastar tanta melosidad —razonó con acierto Alberto.

Se apresuró a conseguirlas, pero según las sacaba del envase se detuvo unos instantes.

—¿Qué pasa? —preguntó su padre.

—Esto merece pan recién tostado —afirmó categórico el joven cocinero.

—¿Ahora te vas a poner a hacer tostadas? —le preguntó su *aita*—. Si esas del paquete están muy ricas.

—Tú calla, que no entiendes —cortó Françoise sonriéndole—. Tú haz lo que creas oportuno, hijo.

—Las hago en un momento —insistió Alberto.

Y fue así. En apenas cinco minutos, había calentado la sartén, cortado el pan y tostado las rebanadas.

Acabaron la cena con los sonidos del pan crujiente untado con esa crema láctea y profunda de sabor llamada Vacherin. El vino acompañó a tan suculento epílogo.

—¿De dónde has sacado el queso? —preguntó Vicente.

—Cuando terminé las clases, pasé a Hendaya con el coche e hice algunas compritas.

—Este queso estaba impresionante —insistió él.

Françoise y Alberto se miraron cómplices. Por la cabeza de ambos pasaron pensamientos similares.

—A ver si tu padre se va a terminar convirtiendo por fin en un *gourmet*. —Sonrió ella.

Su hijo miró con cara de incredulidad.

—Bueno, yo me piro, que he quedado —cortó Alberto.

—¿Un miércoles por la noche? —preguntó el padre contrariado.

—¿Con quién has quedado? —preguntó su madre con cara de complicidad.

—Con los colegas —contestó.

En apenas un sí es no ya había recogido su cazadora, se la abrochaba y se estaba largando.

—No vengas tarde —le gritó su padre.

—Ok.

Se oyó la puerta al cerrarse con un sonoro golpe.

—Me da la impresión de que tiene un ligue —afirmó la madre mirando a Vicente con una sonrisa.

—No lo dirás en serio —bromeó—. ¿Cuáles son tus sospechas? —preguntó haciendo de policía.

—Está siempre optimista, aquellos arranques de mala leche de antes prácticamente han desaparecido. Siempre es positivo y está contento.

—También estará madurando.

—Sí —respondió ella—, pero no es lo mismo, eso las mujeres lo notamos.

—Pues pienso preguntárselo.

—Déjale en paz —cortó Françoise—, te lo dirá cuando él decida. Los tiempos de los chavales son muy distintos de los nuestros.

—¿De qué habéis hablado en clase? —preguntó él, cambiando radicalmente de tema.

Con el tiempo se había enganchado a oír a su mujer hablar de arte y puntualmente le pedía que le contase cosas.

—De los sacrificios rituales de los toltecas. Ya sabes, violencia y sexo son los dos elementos clave para que la gente no pestañee. —Sonrió—. Lo más importante de la clase de hoy ha sido desmitificar a estos pueblos de cierto halo de crueldad por dichos sacrificios. El personal muchas veces se queda con lo más superficial. Los sacrificios rituales de todos los pueblos y culturas precolombinas hay que situarlos en el contexto, en la época. Si te abstraes y los juzgas pasados seis siglos, el análisis es incorrecto.

»No eran asesinatos en el sentido estricto de la palabra, ni indicaban un grado de crueldad mayor o simplemente diferente al que podamos tener nosotros en la actual cultura. Los sacrificados daban su vida por el bien de la comunidad. Muchas veces eran prisioneros, a veces esclavos. También es verdad que pudo haber niños. Hay muchas teorías, no se puede afirmar nada categóricamente, son todo hipótesis de trabajo, investigaciones. No es como en las películas, en las que se presenta una cultura bañada en un mar de sangre. Los mesoamericanos han tenido, y tienen, una relación con la muerte bastante menos traumática que la nuestra.

»¿Has visto cómo celebran el día de Todos los Santos? Nosotros también lo celebramos, pero te aseguro que no tiene nada que ver. En la época que viví en Mérida, en México, me invitaron a celebrar el primero de noviembre. Eran reuniones en los cementerios en las que literalmente no se podía entrar de la fiesta que había organizada en su interior. La gente utilizaba las tumbas como mesas improvisadas para la comida y, por supuesto, corría el tequila. Había música y no era la marcha fúnebre de Chopin, no. Los mariachis y las guitarras improvisadas por aficionados inundaban el camposanto. Bebían y reían alrededor de las lápidas de los muertos. Y todo era color. En su cultura la muerte es tratada de un modo muy distinto a como lo hacemos nosotros, pero siempre con respeto. Y es así —prosiguió la profesora—. La muerte es triste para todos, sobre todo para los que se quedan. Esto es muy importante. Los muertos son todos iguales. No hacen declaraciones. Los distintos son los vivos. Los que tienen que llorarlos son los que de verdad sufren. Pero ellos desde sus orígenes se lo han sabido tomar de otra manera. En mi opinión es admirable. Y tampoco es que sea premeditado, es así culturalmente.

»Un alumno ha insistido y ha preguntado si esta misma relación con la muerte, tan diferente, no significaba que era un pueblo violento y que despreciaba la vida de los otros. Yo le he contestado que violencia forma parte de la esencia del ser humano y que el que piense lo contrario se equivoca. No eran monjes, eran guerreros, ¡joder! Todos eran soldados. Incluso los mayas, que tienen esa imagen de ser un pueblo de pensadores, que sí que lo eran, pero también, y sobre todo, eran luchadores. Igual que los españoles de la época. El mundo funcionaba muy parecido en casi todas partes. ¿Pedían los españoles o los ingleses permiso para invadir las tierras, para hacer prisioneros o para llevarse esclavos? Lo verdaderamente fascinante de las culturas maya, azteca, tolteca, teotihuacana y olmeca es que eran culturas muy avanzadas para la época. Conocían los astros, tenían sistemas de trabajo muy efectivos y manejaban los cultivos de una manera muy productiva. Pero la gente se queda con la anécdota. ¿Podían hacer sacrificios humanos? Sí, claro, pero eso no les convierte en un pueblo cruel. ¿Cuántos países mantienen a día de hoy la pena de muerte? Muchos, muchos más de los que sería deseable. Parece que no hemos avanzado en exceso, ¿no te parece? Mientras tanto, aquí en Europa nos matábamos entre nosotros, la gente se envenenaba por mantener el poder. ¿Qué me dices de cómo en la culta Europa personas vivas ardían en hogueras por la mera sospecha de no acatar las leyes religiosas?

Vicente se quedaba tan embelesado oyendo hablar a su guapa mujer que llegaba a pensar que no arrastraba las erres, y que qué guapa que era, y que qué llevaría de ropa interior, y que cómo le gustaría hacer el amor aquí y ahora.

Con suavidad, Vicente la agarró por la cintura y comenzó a besarla. Ella se quitó las gafas y tomó su cabeza. Las lenguas se juntaron y él se quedó mordisqueando su labio superior mientras, con delicadeza, desabrochaba los botones de la camisa dejando sus pechos al descubierto. Hicieron el amor allí mismo. Gemidos, abrazos y caricias provocaron sensaciones y sacudidas. En la cocina se respiraba el aroma de la mantequilla fundida. Entre platos y cuchillos, tazas, cucharas y botellas. Con la suave luz de la campana extractora encendida como único testigo luminoso de la escena.

Terminaron jadeando encima de una banqueta, ella sobre él. Françoise, con la camisa desabrochada como vestido de noche y él, con los calcetines como única vestimenta. Tras de sí una alfombrada cocina de prendas. Se fueron a la cama y se quedaron despiertos prometiéndose entre ellos esperar a su hijo. Aunque lo intentaron, ninguno de los dos lo consiguió.

El ruido de la cerradura le despertó.

Miró al reloj y las manecillas fosforescentes marcaban casi las dos y media de la madrugada. Mientras, Françoise seguía durmiendo profundamente. No podía imaginarse que su hijo se hubiera echado novia y no se lo hubiese dicho. A lo mejor no tenían la buena relación necesaria para que éste se sincerara. No, no creo, se convenció. Pensó que con su padre, Martín, le pasaba lo mismo. No terminaba de tener una relación fluida con él. Escuchó como iba al baño y a los pocos minutos se metía en su habitación. Cerró con suavidad y en apenas cinco minutos la luz que asomaba por su puerta se apagó. El silencio volvió a reinar en la casa.

Le costó coger el sueño. Se revolvió inquieto durante casi media hora alborotando las sábanas. Una frase de su mujer hablando de lo suyo se le había quedado atrapada en la mente pensando que podría ayudar en el caso que tenía entre manos. Las soluciones pasan ante ti, no hay que descubrirlas, hay que alargar la mano y cogerlas. Sólo hay que averiguar cuáles son y saber elegirlas. Aspiró dos veces y comprobó que aún quedaba en el ambiente el aroma del hojaldre recién hecho. Se dio media vuelta y se abrazó a Françoise.

Se durmió pensando en ambas cosas.

23

La noche no había hecho más que empezar para Marc. Aquel día tenía a un cocinero de baja y en lugar de coger un extra había decidido sustituirlo él mismo. De vez en cuando lo hacía porque le gustaba no sólo dirigir el servicio, sino también cocinar. Pero hoy se añadía una dificultad: tenía la cabeza en cualquier sitio menos donde tenía que tenerla. Igual era mejor mantenerla ocupada, porque si se pusiera a pensar sería peor. Pero ¿qué iba a pensar?, ¿que a su antigua cuñada la habían asesinado? ¿Y? «Estamos en un mundo en el que eso pasa constantemente. Pero no aquí. ¿Qué te hace pensar eso?», se preguntaba. Ocurre en todas las ciudades de todos los países y no pasa un solo minuto en este puñetero planeta, ni un solo instante, en el que alguien no caiga asesinado por celos, por dinero, por venganza, por poder o por las razones más extrañas y variopintas; se clava un cuchillo, se descerraja un disparo a quemarropa, se empuja a alguien desde un cuarto piso al vacío o simplemente se golpea con una barra de hierro en la cabeza hasta morir. Matar a un semejante. Asesinar a alguien por envidia, por el deseo de poseer aquello que otro tiene, el deseo de que alguien pierda algo. Y Marc lo había sentido más de una vez.

«Pero ¿por qué me ha llamado Fátima? Desde que nos separamos sólo lo había hecho un par de veces, y siempre por temas de abogados. Aunque pensándolo detenidamente, tampoco es tan extraño, soy su antiguo marido y a pesar de todo, aunque sin relacionarnos, nos llevamos bien. Es una razón más que suficiente. Los momentos tensos de la separación sucedieron hace más de dos años y están ya casi olvidados. Yo he compartido con mi excuñada Elena cenas de Navidad, y alguna de compromiso también. Y además solía venir con frecuencia al restaurante. Tenía un carácter fuerte. Las dos hermanas lo tienen, de distintas formas, pero ambas poseen una personalidad fuerte. A pesar de los follones familiares con el padre, ella mantuvo el apellido paterno, Castaño..., de hecho vivía con él, se llevaban bien, en la misma casa materna, hasta que murió. Cosa que no hizo mi ex, que usa el apellido de la madre, Arrese. Y todo por una tontería.» Cuando su padre le preguntaba por qué, decía que era por solidaridad con su madre, fallecida cuando ella nació. En realidad no era así. Un altercado con su padre cuando era adolescente provocó el cambio, al principio sólo de palabra y cuando llegó la ley lo hizo de manera oficial, y luego ya se acostumbró y a su padre siempre le decía lo de antes, en recuerdo de su madre. A su padre nunca le gustó, pero la razón parecía noble y así quedó.

El mundo de Elena era el de la alta costura, el de la moda, y era muy absorbente. Y además le gustaba estar en todos los saraos. Eso contaba su hermana Fátima. Su idolatrada hermana Fátima. La persona de confianza, tan brava como ella.

¿Quién habría podido hacer algo así? Lo cierto es que, dependiendo de en qué mundos te muevas, puede haber quien desee tu desaparición. Elena vestía a gente del mundo del cine. Y también a famosillos de la tele. Movía mucho dinero, tenía casi veinticinco empleados pero siempre había querido mantener ese halo de artesanía que la hacía desmarcarse de las maneras de las grandes empresas. Tenía un solo taller y una tienda, en el centro de la ciudad. En la planta de arriba se encontraban las mesas de dibujo. Allí se disponían en fila los ordenadores y el origen de todo diseño: los papeles y los lápices. Desde allí controlaba personalmente los vestidos a medida para sus clientes, entre los que se encontraban algunas de las mejores actrices españolas del momento. Incluso llegó a participar en los diseños de vestuario de algunas películas. Por eso no era de extrañar que por su tienda se paseara algún fan, con su teléfono a la espera de la aparición de algún actor. Sus diseños, sobre todo los de vestidos de novia, aparecían en las revistas del corazón. «Un traje de novia tiene que tener vida propia», solía decir en las entrevistas, y en ellos sabía captar la importancia del momento. «Pero ¿qué sabrás tú, si son cosas que te ha contado Fátima, y de eso hace ya más de dos años?», se decía a sí mismo.

«¿Y su novio? ¿Seguiría con aquel díscolo? Igual sí, llevaban mucho tiempo. Viajaba mucho. Creo que pertenecía a no sé qué organización. No tenía pinta de ir a casarse con ella. Lo vi sólo en un par de ocasiones. No le gustaban las reuniones sociales y Elena a menudo disculpaba su ausencia. A ella se la veía más enganchada a él. Dónde estará ahora...»

«Tu antigua cuñada está muerta.» La frase estaba grabada en su mente en color rojo sobre una pared blanca. «Han asesinado a tu excuñada. Vendrá la policía. Si el asesino no aparece pronto, si no tienen pistas fiables, preguntarán a todo el entorno, y tú formas parte de él. Y si no saben nada tendrán que empezar a investigar. Y sabes que lo harán.» Marc pensaba y analizaba las cosas dialogando consigo mismo. Y lo que acababa de pensar no le había gustado nada.

«Yo simplemente tuve la suerte y la desgracia de casarme con su hermana, y eso no da derecho a sospechar de mí.» «¿Y quién dice que sospechamos de usted? —le preguntaría el policía de turno—. ¿Dónde estaba usted la noche del crimen?»

Se quedó parado, después de picar algo de ajo con el cuchillo en la mano. «Yo no he hecho nada... ¿Por qué iba a hacerlo?», sonrió a medias. Bajó la vista y se quedó mirando el enorme cuchillo cebollero que sostenía en la mano. Con la mente en blanco.

Preparó su partida con parsimonia. Ordenó los pescados y, en previsión de las reservas, se adelantó a filetear el lenguado y el rodaballo. El primero sin espinas y el segundo dando un corte a lo largo dejándolo en forma triangular. Esa misma tarde habían llegado unas lenguas de gato, una seta ya de final de temporada, y decidió que serían la guarnición perfecta para un rodaballo hecho a la brasa. Las limpió con cuidado, las troceó con la mano y mientras tanto picó el ajo. Era muy rica pero carecía de la jugosidad de las xixa oris, una seta también amarilla con la que algún mal aficionado podría confundirse. Un poco de aceite de oliva en la sartén y las dejaría listas para un golpe de horno y acompañar al pescado. Preparó la vinagreta de los salmonetes. Una sencilla emulsión con aceite de oliva, vinagre de manzana, perejil picado, sal y trocitos pequeños de cabezas de salmonete muy, pero que muy fritas en aceite de oliva a temperatura muy suave. Eso se lo había visto hacer a Juancar y le gustó. Miró a su alrededor y preguntó:

—Álex, ¿este chaval no tenía perejil picado?

Se dirigió a la cámara y agarró un buen manojo de perejil. En unos minutos lo convirtió en una pequeña montaña que rezumaba un fresco y agradable olor a hierba recién cortada. Una seña de identidad culinaria, el perejil. Suave aroma herbáceo, pero sin saturar. «La cocina vasca es así: sabores muy delicados en el límite del sabor», pensó.

Cada cuarto de hora se acercaba a su despacho y entraba en internet para estar al tanto del asesinato de su excuñada. Quería saber más pero no había nada nuevo. En la web del periódico aparecía un vídeo del exterior de la casa de Elena mientras entraban y salían policías, pero poco más.

En apenas quince minutos empezaron a entrar clientes. El comandero se llenó de hojas de pedido. Dos besugos abiertos con su refrito de ajos por encima salieron en dirección a la mesa dos. La mesa de al lado, la tres, miró de reojo el apetitoso pescado mientras terminaban de pedir a la camarera. Unos revueltos de tripakis o lenguas de gato, una seta que debido a su dureza y consistencia va ideal para prepararla con huevo. De segundo pidieron un chipirón a la plancha con una vinagreta negra recomendada por la jefa de camareras, Arantxa. «Veremos cómo llegamos a los postres», comentó uno de ellos mientras le entregaba la carta de vuelta.

La mesa siete estaba ya terminando con un par de becadas en salsa. Se afanaban apurando los pequeños huesos de las aves y se chupaban los dedos, mojaban pan por todos los rincones del plato y charlaban amigablemente. Eran dos buenos clientes que en época de caza no faltaban nunca.

La cocina estaba a medio gas y los platos salían con regularidad. Cada veinte minutos, Marc miraba el ordenador esperando nueva información. El servicio estaba terminando. Se fue a su oficina, se quitó el delantal y lo lanzó sobre una de las sillas. Se sentó y mantuvo la mirada perdida sobre el salvapantallas, que no dejaba de moverse.

Miró los comensales que había hecho, que, para ser la estación del año que era, no habían estado mal. Veintiséis no era mal número.

Arantxa esperó a que se fuesen los clientes y se acercó a Marc, que seguía sentado en la oficina, pensativo.

—¿Alguna noticia? —preguntó.

—Nada de nada. Siguen con lo mismo, las mismas imágenes.

—¡Qué horror! ¿Quién ha podido hacer una cosa así? ¿Vas a ir a ver a Fátima?

—No sé, no sé.

—Igual mañana deberías llamarla.

—Si tengo que hablar con su actual novio o marido... no me apetece nada. Porque seguro que ella no contestará. No sé.

—Ya hemos terminado con las mesas, son las doce y media, yo me voy —afirmó Arantxa—. Aún están los de la siete, que quieren saludarte.

—Ya, ahora voy.

—Por cierto que uno se ha quejado del perdigón que tenía la pechuga de la becada, que casi le hace una avería en un diente —apuntó Arantxa—, te lo digo para que lo sepas.

—¡Joder, es caza! ¿Qué quiere encontrarse? ¿Cómo narices piensan que se caza? ¿A salivazos?

—Yo te digo lo que me han dicho —recalcó la camarera alejándose mientras levantaba la mano en un gesto de adiós.

«A ver cuántos cubatas caen», pensó Marc abandonando el despacho y acercándose a la mesa de las becadas.

—Buenas noches —saludó mientras de nuevo imaginaba en qué estado estaría el cuerpo de su excuñada. Una visión morbosa que por un instante le alejó de allí.

—¿Qué tal habéis comido? —preguntó.

24

Aquella mañana el oficial instructor de la Ertzaintza Vicente Parra se levantó temprano. Tenía la sensación de haber estado trabajando mientras dormía, y eso significaba no haber descansado. La casa estaba en absoluto silencio. Eran las seis y media de la mañana.

—¿Qué hora es? —musitó su mujer en la cama mientras él le daba un beso de despedida.

—Es muy pronto. Tengo que hacer unas cosas en el trabajo y voy a ver si las adelanto.

Llegó a la comisaría cuando apenas eran las siete de la mañana. Entró en su despacho rebuscando entre los papeles acumulados para comenzar a rellenar un pequeño informe que las prisas de la reunión con la madre de Cristian le habían impedido hacer. Era un proceso rutinario: todo lo que había recogido hasta el momento, y aunque no era mucho sí que era relevante. Estuvo un par de horas preparándolo. Sabía que a las nueve llegaba puntualmente el Lozas y quería entregárselo tan pronto apareciese. Por eso había dejado la puerta entreabierta.

Con puntualidad suiza, el subcomisario Javier Gress entró en el despacho y tras él fue Vicente con el portafolios en la mano.

—Buenos días, Javier. Necesito diez minutos.

Él lo miró con sorpresa.

—Dejarás que me quite el abrigo, ¿no? —contestó

sonriendo—. Siéntate. Supongo que me vas a hablar de la madre de Cristian.

—Sí, así es.

—¿Y bien?

—Creo que tenemos algo. No lo sé.

—¿Estuviste hablando con ella? ¡Qué rapidez! —exclamó.

—La verdad es que fue ella la que me invitó a quedar, yo pensaba hacerlo pasado mañana, pero se adelantó. Los tiene bien puestos.

—Venga, Vicente, suelta ya.

—Tuvimos una charla en su casa, un hogar humilde en un barrio de las afueras. Tengo una prueba de que este chaval estaba metido en algo, no sé si sucio, pero sí extraño. La madre me contó lo que ganaba en su trabajo de bedel..., me lo dijo ella, pero será fácil confirmarlo hablando con los de la universidad. Después me convenció con un argumento demoledor: cuando fue a recoger sus cosas a la casa alquilada que tenía en el centro encontró un sobre con dinero, mucho dinero.

—¿Cuánto dinero? —inquirió el subcomisario.

—Más de veinte mil euros.

Javier repitió la cantidad en voz baja.

—En billetes usados —puntualizó Vicente.

—¿Tú los viste?

—Sí, sí, ella me los enseñó. Estaban en un sobre y eran de distintas cantidades.

Javier se quedó de nuevo en silencio.

—¿Alguna cosa más?

—Sí. La compra de un coche de casi veinticinco mil euros. Un pedazo de automóvil. Él dijo que lo había comprado con la financiera del concesionario de coches. Fui allí y es mentira. El vehículo se pagó al contado. En billetes. Después del concesionario me fui al banco y allí estuve con la directora de la sucursal donde Cristian tenía la cuenta corriente. Estos de los bancos es que son gilipollas. Me atendió una tal Ana, una prepotente que me miró con cara de asco cuando le dije que era de la Ertzaintza. Era para verla, alta, delgada, morena, con sonrisa falsa..., en fin, un cuadro. Le tuve que hablar muy en serio. Y además, la boba no me dijo nada que no imaginara. Que le ingresaban todos los meses la nómina. Que en los casi seis años que llevaba con ellos nunca había pedido un crédito. Y mirando los movimientos observamos como desde su cuenta ingresaba el alquiler del piso y también que a fin de mes, entre tarjetas y retiradas de efectivo de cajeros, llegaba casi siempre con menos de cien euros, lo que nos da una idea de que no andaba muy boyante. Y como sabemos, falto de dinero no estaba.

—¿Estuviste en la casa?

—No, ya se ha vuelto a alquilar. El problema es que desde que murió Cristian hasta ahora que sospechamos de un asesinato han pasado cuarenta y cinco días cruciales para recabar más información.

—¿Y tú crees a la madre? —preguntó Javier haciendo de abogado del diablo—. Puede que ese dinero sea de ella.

—Casi seguro que no. No me pega nada. Yo la creo, sí, y te diré por qué. He quedado con ella a las diez aquí porque le pedí que trajese el dinero para averiguar si es de curso legal o falso. ¿Y sabes lo que me contestó ella? Que lo iba a traer para eso y para dejarlo. Dijo que ese dinero era la causa de que hubieran matado a su hijo. Que no lo quería en su casa.

—Esto sí que no lo había oído nunca —contestó el subcomisario—. Si los billetes fuesen falsos tendríamos un buen punto de partida —dijo en voz baja.

Llamaron a la puerta del despacho. Asomó la cabeza de un compañero de trabajo.

—Perdón, Vicente, una señora pregunta por ti. Una tal María Teresa.

—Ok, dile que espere que ahora voy.

—Ahí la tienes.

—Habíamos quedado a las diez —murmuró mirando el reloj y comprobando que eran las nueve y veinticinco.

—Bueno, antes de que vayas con ella, un par de cosas. La casa no la podemos registrar porque lleva un mes alquilada y no quedará nada.

—¿Qué me dices del coche?

—¿Qué piensas que puede haber en el coche?

—No lo sé —contestó Javier—, no lo sé, pero es lo único que tenemos.

—Eso y más de veinte mil euros sin explicación alguna, que no es poco —replicó Vicente.

—Sí, sí, casi podríamos ir al juez con eso. Está bien. ¿Le has hablado de la posible exhumación del cuerpo?

—Estaría de acuerdo, daría su autorización.

—Bien. ¿Por qué no le echas un vistazo al coche?

—Ok.

—Volvemos a reunirnos con lo que nos digan los de curso legal de la tela, ¿vale?

—Perfecto —dijo Vicente levantándose.

—No te olvides del caso de Elena Castaño.

—Estoy en ello, estoy en ello —repitió mientras salía del despacho.

—Hay otra cosa —añadió Parra deteniéndose delante de la puerta—. Tengo el parte de un allanamiento de morada con agresión en el piso que ocupaba Cristian José. Hacía ya un mes que había fallecido. Los compañeros que estuvieron me han contado que fue un intento de robo y que la vecina le sorprendió y fue atacada en su huida. No logró identificar al intruso. ¿Tendrá algo que ver o será una coincidencia?

Javier se encogió de hombros.

—Tenlo en cuenta por si acaso.

Según cerró la puerta y salió a la zona central de la

comisaría vio a la mujer esperando sentada en un escueto sofá.

—Buenos días, María Teresa, se ha adelantado. —Le sonrió—. Pase a mi despacho, por favor.

En cuanto entró, la mujer se sentó y sacó la bolsa de dinero. El oficial llamó por el teléfono.

—Ander, soy Vicente, ¿puedes venir al despacho?

Al cabo de unos minutos el tal Ander apareció. El oficial le dijo que contara los billetes agrupándolos. María Teresa sonrió. Ya los había agrupado ella misma la noche anterior. 27 billetes de 500 euros: 13.500 euros; 14 billetes de 200 euros: 2.800 euros; 35 billetes de 100 euros: 3 500 euros; 58 billetes de 50 euros: 2.900 euros; 23 billetes de 20 euros: 460 euros.

—Lo que hace exactamente un total de 23.160 euros —dijo Ander. La mujer asintió con un gesto de la cabeza.

—Llévatelos, pásalos todos por la «máquina de la verdad» y después por el detector que lee la numeración, por si acaso hay alguno en la lista de números marcados. ¿Ok? Cuando tengas algo me dices.

Ander anotó la cifra y desapareció con el dinero cerrando la puerta con suavidad.

—Bien, María Teresa. Tendremos que esperar.

—¿Cuánto tardarán en hacer esto?

—Mañana mismo tenemos el resultado, no se preocupe. Me gustaría pedirle una cosa. ¿Le importaría enseñarme el coche de su hijo? ¿Tiene usted la llave del vehículo?

—Sí, y hay algo que me gustaría comentarle. Cuando fui a casa de mi hijo a llevarme sus cosas —prosiguió la madre—, la dueña me preguntó por las llaves del piso. Yo recordé que mi hijo me las dio cuando llegó al hospital, antes de caer en coma, nada más ingresar. Eran dos llaveros. Uno con la llave del coche y con la llave de entrada al garaje. En el otro había seis llaves: la de mi casa, la del portal de mi casa, la del piso alquilado, la del portal y el buzón, y una sexta llave que no sé qué es. Es una llave dorada y extraña. Pequeña y gruesa.

«Conociéndola las habrá traído, seguro», pensó el oficial.

—¿Tiene las llaves aquí?

—Claro, claro. —Abrió el bolso y se las dio. «Empiezo a conocer a esta dama y me cae bien», pensó con rapidez.

Las llaves del coche eran normales, con la empuñadura negra acoplada a la alarma. Le acompañaba una de puntos para entrar al garaje. El otro llavero sólo tenía una.

—Las otras las quité ayer —se disculpó ella—, las de la casa, que tuve que devolver a la dueña, y las restantes eran las de la mía.

—¿Podría ser del candado de una bicicleta o de una moto? —preguntó el oficial mientras jugueteaba con la llave.

—No que yo sepa. A mi hijo nunca le gustaron las dos ruedas. Aunque después de lo que he visto empiezo a dudar de todo —apostilló ella.

—¿Qué le sugiere esta llave? ¿Qué puede abrir? —preguntó el oficial.

—No lo sé. De verdad.

Vicente se quedó mirándola detenidamente. No parecía de un candado malo, era una llave solida, ¿a qué podría pertenecer?

—No se preocupe, no es fácil pero intentaremos averiguarlo. ¿Podría abrir algún desván, quizá alguna maleta? Haga memoria, por favor.

—Ya lo he pensado y no tengo la menor idea.

—¿Cuándo puedo ver el coche?

«"Ahora", seguro que me contesta "ahora"», pensó Vicente.

—Ahora mismo, oficial.

25

El viento de esa mañana alborotaba las ramas de los árboles con la misma dureza que unas palabras crueles se abaten sobre un indefenso. Al salir a la calle ambos se abrocharon los abrigos. Ella incluso se puso los guantes. El día estaba muy nublado y la escasa y mortecina luz gris oscura acompañaba a los dos personajes en un lienzo de pintura plomiza. Nada incitaba a la alegría. Pocas cosas son más difíciles, más lamentables, que investigar la muerte de una persona a manos de otra. Ser el dueño de la vida de otro y decidir sobre su futuro es algo monstruoso. Las razones para llevarlo a cabo, sean las que sean, siempre serán injustas. Pensar lo contrario es un engaño. Nadie tiene ese derecho, ni como individuo ni como colectivo. No existe ni una sola razón que justifique matar a una persona.

«¿Qué hago aquí? —se preguntaba el oficial—, un jueves de finales de noviembre, acompañando a una mujer rota por el dolor en la búsqueda de no se sabe muy bien qué, tras alguna pista que pueda aclarar por qué murió alguien que tenía toda la vida por delante. Hoy la había visto más rota, más frágil que en la anterior ocasión. Menuda y seria, verdadera madre coraje. Es difícil imaginar la muerte de un ser querido, pero imposible si es la de tu propio hijo. No sé muy bien lo que pasa por su mente. Una mujer sola, ya jubilada, sin más preocupación, sin más objetivo en la vida que poder dejar este mundo tranquila, sabiendo que la monstruosidad que se cometió con su hijo sea castigada. No puedo imaginar su dolor cuando mira la fotografía en la que él sonríe, ajeno a la tragedia que pasa por su mente.»

Ponerse en su piel, le llevaba a pensar en su hijo Alberto y en Françoise, y le invadía el vértigo ante lo azaroso de la vida. ¿Qué haría él si tuviese que pasar por un trance así? ¿Si tuviera que enfrentarse a esa impotencia? A la rabia contenida relacionada con la palabra justicia.

A pesar de las caras de horror que había visto en su dilatada carrera como policía nunca llegaba a acostumbrarse a las muecas interrogantes de cadáveres demandando una respuesta, sin más fuerza que la del propio cuerpo tendido. Lo peor siempre era la llamada a los familiares para decirles que su marido, su hermana o su hija habían muerto. Cuántos gritos de horror, cuántos sollozos, desmayos, lágrimas, cuántas preguntas. Y la mayoría de las veces éstas contenían un «por qué»: ¿por qué mi marido, si él sólo era un empleado y el asesino lo confundió?, ¿por qué mi hija, si sólo quería hacer realidad su sueño de ser médico y la atropelló un conductor borracho cuando volvía de la facultad?, ¿por qué mi mujer, si era una buena persona que nunca hizo daño a nadie? Por eso era policía, por el deseo que le movía y empujaba a ayudar al prójimo. Nunca, a pesar de verlo tan a menudo, había podido ser indiferente al sufrimiento ajeno.

Miró al cielo y pensó que estaba siendo un otoño frío, lluvioso y bastante ventoso. Llovía mucho.

Vicente la invitó a subir a su viejo coche. La mujer entró despacio en el asiento delantero. En el trayecto hasta el garaje Vicente le planteó algunas preguntas.

—Usted no ha entrado en el coche desde la muerte de su hijo, ¿verdad?

—No, no, el coche estará como él lo dejó, espero.

—¿Solía usarlo mucho?

—Pues yo creo que no. Se lo compró como capricho. Yo monté en él dos veces. La primera simplemente para enseñármelo. Me dio una vuelta un día de verano que hacía mucho calor. Y la segunda, no hace ni tres meses, me llevó de compras porque quería comprar un edredón de esos de plumas. Es que mi casa no es nada caliente, ¿sabe? Pero yo creo que al trabajo iba en autobús, porque la parada está justo delante de la facultad.

Llegaron en apenas diez minutos.

—¿Qué plaza de aparcamiento es?

—La tengo aquí apuntada. Es el número 78, en la segunda planta.

—Perfecto, puede abrir usted, o mejor déjeme la llave, abriré yo. ¿Viene conmigo?

—Sí.

Ambos descendieron por la empinada rampa. Ella, a petición del propio oficial, se apoyó en él. Bajaron una planta más y empezaron a buscar entre las columnas. «¿Qué voy a encontrar en el coche?», pensó Vicente indeciso.

—Ése es —dijo la señora señalando al fondo. Efectivamente, el coche estaba allí. Comprobó los datos de la matrícula delantera y la trasera. Coincidían con los papeles, todo era correcto. El garaje estaba oscuro y el previsor oficial sacó la linterna pequeña que siempre llevaba en el bolsillo. Miró alrededor del coche. Se notaba que tenía pocos kilómetros. No presentaba abolladuras y el color blanco relucía a pesar de la ligera capa de polvo ganada en los casi dos meses que llevaba parado.

Se acercó con la linterna, miró dentro del vehículo y dirigiéndose a la mujer, que se mantenía con la mirada fija en él y aire ausente, le preguntó:

—¿Me permite las llaves para abrirlo? ¿Se encuentra bien?

Ella parpadeó dos veces. Parecía en trance. La visión del coche de su hijo la había hecho revivirle. Muy despacio, se secó los ojos con la mano y se adelantó.

—Sí, claro —contestó—, perdone, aquí están.

Cuando iba a meter la llave en la cerradura se dio cuenta de que se abría con el mando a distancia. Antes de hacerlo se acercó a la maneta y la enfocó con su luz. Parecían huellas dactilares. Había una especialmente marcada: del dueño, era obvio, sería obvio. Pero ¿y si no lo fuera? Con la habilidad que le caracterizaba, la de estar siempre preparado para todo, sacó de su bolsillo un receptor de huellas digitales, que no era más que un poco de polvo muy fino que aventó en dirección a la maneta. Pegó sobre la huella un adhesivo muy delgado que se adhirió durante unos instantes. Lo retiró con cuidado y lo cubrió con un papel especial. Lo metió en un sobre de plástico y lo guardó en el bolsillo.

Con precaución y atento a todos los detalles, dio la vuelta y abrió la puerta del copiloto, no sin comprobar antes que allí no había huellas visibles. Entró en el habitáculo. Las luces de cortesía se encendieron inmediatamente. A primera vista no vio nada especial. Abrió la guantera. En su interior, una cajetilla de tabaco, unas gafas de sol y papeles con publicidad de una conocida marca de ordenadores. Se bajó del coche y abrió la puerta trasera. Se acomodó en uno de los asientos. Miró hacia arriba y debajo de los asientos. En una pequeña cavidad lateral de la puerta había dos folletos de una casa de turismo rural y tres tarjetas de visita. Una de un abogado, otra de un profesor de la universidad y la última de un restaurante. Se metió las tres en el bolsillo sin decirle nada a ella.

Prosiguió mirando por todos los rincones. Bajó del automóvil. La mujer, algo alejada, asistía con paciencia.

—Está bien, María Teresa —dijo en voz alta el oficial mientras se dirigía hacia la parte trasera del vehículo—. Voy a mirar en el maletero y ya nos vamos, no se preocupe.

Abrió el maletero. Un gran paraguas atravesado en

su interior sin más compañía que un chubasquero, probablemente sin estrenar, metido en su funda. La moqueta estaba impoluta. Miró a los lados y vio una pequeña lengüeta. Apartó el paraguas y observó que levantándola se accedía a la rueda de repuesto. Estaba dura. Agarró la linterna con la boca. No la apagó, a pesar de que la luz del maletero se encontraba encendida. Tiró con fuerza de ella con las dos manos y el velcro cedió. Volvió a coger la linterna con la mano e inspeccionó la cavidad de la rueda de repuesto. Ésta se sujetaba con un tornillo largo que a la vez sujetaba el gato. Acercó la luz y vio que asomaba lo que parecía la esquina de un papel. El oficial soltó con habilidad la palomilla que daba acceso al hueco y metió la mano. No llegaba, estaba muy abajo. Retiró la mano, volvió a sujetar la linterna con la boca y con ambas manos retiró hacia un lado el gato. Ahora estaba un poco más fácil.

Atrapó el sobre con la punta de los dedos y lo sacó.

26

Carmen Aguirre se levantó temprano, cogió el periódico que le había dejado Graciela y se sentó a desayunar en la cocina un café con leche no muy caliente y unas tostadas con aceite y azúcar que se acababa de preparar. Empezó ojeando la última página, que era por donde le gustaba comenzar, para después girarlo y leerlo desde la primera. Ese gesto, el giro, pareció desarrollarse a cámara lenta. El tiempo se hizo espeso. Sopló repetidamente sobre la taza y a continuación sorbió un poco del café, alisó el periódico y empezó a leer.

Se quedó paralizada.

En el periódico local un gran titular en primera página repetía la noticia que la televisión, a lo largo del día anterior y desde primera hora, se había dedicado a propagar: el asesinato de la empresaria Elena Castaño.

Se levantó bruscamente y con el movimiento golpeó la banqueta, que cayó al suelo con dramática lentitud. Era incapaz de seguir leyendo la noticia. Un escalofrío le recorrió todo el cuerpo con violencia. Cerró y abrió los ojos pensando que estaba soñando. El tiempo se detuvo. Su cara empalideció.

El diario no revelaba nada nuevo pero eso a ella no le importaba. Acababa de enterarse. Leyó trozos inconexos de la noticia. El portavoz de la familia, Xabier Lorenzo, cuñado de la víctima, había prometido dar esa misma mañana una rueda de prensa. Las exequias se celebrarían cuando la familia pudiese disponer del cuerpo, ya que en esos momentos permanecía en el Instituto Anatómico Forense a la espera de la autopsia. Se había confirmado que la víctima, como ya se había adelantado el día anterior a mediodía, murió por heridas de arma blanca.

Al terminar de leer la noticia Carmen sintió que su corazón estaba a punto de estallar. Latía demasiado rápido. Se levantó y corrió, como si estuviera perseguida por alguien, para alcanzar el bolso en el que se encontraba su móvil. Estaba casi sin batería. Por la noche había estado hablando mucho rato, estaba a gusto, el tiempo pasó muy deprisa.

Las manos le temblaban. Apenas quedaba una raya de batería, pero suficiente. Los dedos no acertaban a marcar. Buscó en la memoria del aparato el número de teléfono de Xabier. Por fin salió en la pantalla. Apretó *aceptar* y esperó tono. Cortaron la llamada.

Esperó un minuto que le pareció una hora. Apretó *rellamada*. Esta vez sí contestaron.

—Xabier, ¿eres tú?, soy Carmen, Carmen Aguirre.

El alboroto hacía casi imposible la comunicación.

—Carmen, qué pasa —dijo con la voz cansada—. Supongo que te habrás enterado, ¿no?

—Acabo de leerlo, he estado fuera y regresé ayer por la tarde. Pero ¿cómo ha pasado? ¿Qué sabes?

—¿Saber? No sabemos nada. Ha estado aquí la policía hasta hace poco. En un par de horas me han prometido que nos dejarán entrar en la casa. Pero no nos han dicho nada. Que ella está muerta y que no..., no sé... —La voz le temblaba.

—¿Necesitas algo? —preguntó con angustia—, ¿quieres que vaya?

—Tranquila, Carmen, aquí no se puede hacer nada. No vengas. Ella está en..., me ha dicho la policía que nos obligan a hacer la autopsia.

—¿Dónde está Fátima?

—Le hemos dado unas pastillas para poder dormir. Ayer estaba muy mal, fuera de sí. Nos dio miedo. Parecía un zombi, decía cosas inconexas. Acabo de hablar con ella. Todavía tiene la voz perdida. Está con una amiga, Ángeles, la de la tienda, que ha pasado la noche con nosotros. No te preocupes. Te voy a colgar que viene alguien, me están llamando. Luego te llamo si sé algo nuevo.

Cuando intentó decirle que conocía a Ángeles, Xabier cortó el teléfono casi con brusquedad. Carmen estaba temblando. Tuvo durante un instante la impresión de estar desnuda, indefensa, con una fuerte sensación de desasosiego. No era un día excesivamente frío pero la calefacción del suelo no era capaz de caldear su cuerpo. Se subió el cuello de la bata y fue a la habitación con paso rápido; allí se terminó de vestir. Pensó que tenía que hacer una llamada. O quizá no debería.

«Esperaré a la tarde y se lo diré en persona», se dijo. Sintió la urgente necesidad de estar entre sus brazos. Respiró hondo e intentó tranquilizarse. Cogió el teléfono y lo volvió a dejar. Dudó un instante, dio media vuelta y enchufó el cargador. Se alejó pensando que de todas formas le vería por la tarde y lo que le pudiese adelantar ahora no tenía importancia.

«No creo que él la conociera», pensó.

27

Vicente subió la ventanilla y se despidió de María Teresa. Ella cerró la puerta del copiloto y desde la acera le miró un instante.

—Gracias por lo que está haciendo —dijo con voz temblorosa y una leve sonrisa. Él le contestó con un gesto de asentimiento.

—En cuanto organicemos esto la llamaré, sólo le pido una cosa, que tenga paciencia.

—Mi hijo ya no volverá nunca. Ahora no tengo prisa —contestó—. Espero tener los años suficientes para poder ver el desenlace de todo esto. Usted es una buena persona, lo leo en sus ojos, y sé que me va a ayudar.

—Haré todo lo que esté en mi mano, se lo garantizo.

La mujer dio media vuelta y se alejó en dirección al portal de su casa. Él cerró la ventanilla al tiempo que notaba que sus tripas acompasaban, con ritmo contagioso, el sonido de la música de la radio del coche. La apagó. Ahora el aria la hacía él solo. Miró el reloj. Eran casi las dos y media de la tarde. Recordó que estaba cerca de una máquina expendedora. Condujo tres minutos y se detuvo delante del local. Dejó el coche en doble fila. Sacó unas monedas y, al ver que apenas tenía suelto, decidió utilizar la tarjeta. Se acercó a la máquina. Compró un sándwich de chatka y una Coca-Cola. Con el botín a buen recaudo volvió al coche y ya en su interior, y sin moverlo del sitio, abrió el envase de plástico y la lata de refresco. A través de las ventanillas veía pasar los coches mientras él permanecía en su burbuja. El cielo estaba plomizo aunque no llovía. El ruido que hacía mientras comía iba, poco a poco, apagando el solo de barítono que él mismo había interpretado desde sus tripas hacía unos minutos. Eructó un par de veces en la intimidad de su automóvil, se sentía bien. Recordó la cena del día anterior, rememoró la comida que había preparado su hijo Alberto y cómo disfrutó, aunque no lo exteriorizase demasiado. «¿Qué era? Sí, un hojaldre, qué sabor tenía», pensó mientras miraba el plástico vacío del sándwich, que parecía sonreírle desafiante, reclamando el mérito de su actual bienestar. Pensó en su hijo, en lo mayor y maduro que era. Aún recordaba cuando dijo que quería ponerse a trabajar en la cocina. A él no le gustó nada. Siempre había deseado que su hijo estudiara una profesión en la que pudiera llegar a realizarse como persona y no consideraba la cocina una de ellas. Pero Françoise sí que le apoyó. Y mucho, así era siempre ella.

Miró a su alrededor mientras seguía pensando en su hijo. «Mi hijo es lo más importante que me ha pasado. Por él lo daría todo. Un pedacito de mi presencia habitará en él, y parte de esa alma, de cuya existencia a veces duda, crecerá en él. Y sé que un día él les contará a sus hijos historias de otros tiempos, historias de viejos, y así sabrán que su abuelo era policía y que se dedicaba a encerrar a los malos. —Sonrió—. Un trocito de mi memoria vivirá en ellos. Y será más feliz.»

Y qué rico estaba el hojaldre de Alberto. Parpadeó varias veces intentando centrarse en su trabajo. «Lo primero será llamar al Lozas, en cuanto llegue. Y reunirme con él. No sé si será posible por la tarde. Intentaré agilizar esto, debo hacer un pequeño resumen. Tengo el dinero que está siendo analizado. Tengo una huella dactilar que probablemente sea del dueño. Tengo una llave en el llavero de la víctima que no sabemos qué abre. Es de algún trastero o de algo, no sé, pero podría ser importante. Y por último tengo el sobre que rescaté del coche de Cristian. Me reuniré con el jefe en cuanto tenga los resultados del dinero.»

El oficial terminó de comer el sándwich y apuró la bebida. Se sintió mucho mejor. Arrugó el envase y la lata, y dejó ambos en una pequeña bolsa de plástico que tenía en la guantera.

Volvió a la comisaría y nada más llegar, y mientras se dirigía hacia el despacho, oyó la voz de un compañero que le decía:

—Vicente, ya tengo noticias de tus billetes.

El oficial se dio media vuelta y mirándole fijamente le contestó:

—Yo también tengo noticias para ti. Para ser precisos: más trabajo, mucho más.

28

Juancar Zurida regresó a su casa de vuelta del restaurante con un solo pensamiento en la cabeza: habían asesinado a Elena Castaño. Durante el viaje imaginaba cómo habría ocurrido. Aparcó la moto en el garaje y subió las escaleras. Rodrigo estaba en la cocina y había preparado un plato de arroz para acompañar un pollo al curry que había estado guisando. Cuando le vio entrar le dio un beso.

—Llevo toda la tarde viendo la noticia, primero en la tele y después en internet. Ha salido hasta en el telediario de la nacional.

—Ya lo sé —contestó Juancar—, pero no han dicho nada nuevo.

Juancar se quedó sentado en el sillón, estaba cansado. Rodrigo se acercó y le cogió la mano. Ambos se quedaron en silencio durante un buen rato. Pasado un tiempo Rodrigo preguntó:

—¿Has hablado con alguien?

—No, apenas lo he comentado con Jorge, que también la conocía, y se acababa de enterar. Acuérdate, él fue el que tuvo más relación con ella cuando el asunto de los delantales. De hecho la idea original fue de él, lo que pasa es que ella, partiendo de esa idea, desarrolló todo el trabajo, y al final parecía más un vestido que un delantal. Era lógico. Nosotros somos cocineros y ella la modista.

—Pero hace mucho que no la veías, ¿no?

—Pues un par de años, más o menos. La última vez fue en un desfile de esos de moda y gastronomía, y apenas nos saludamos, y yo serio, con cara de muy pocos amigos, que yo no olvido. Pero estaba muy cambiada físicamente y evitándome en todo momento. En su línea. Había subido como la espuma.

—Pero tú seguías sin hablarle, ¿no?

—Bueno, pues sí y no. Digamos que manteníamos las formas. El asunto del delantal no estaba del todo enterrado. Yo personalmente no le perdono que se llevara todo el mérito. Y lo peor, que luego lo vendiera a una multinacional, pasando de nosotros y quedándoselo todo. Una empresa para la que seguía trabajando; bueno, ya no. Pero la idea original fue nuestra. Yo la llamé a ella. Yo organicé el asunto. Todo empezó en una reunión que tuvimos Jorge y yo para preparar la boda de unos amigos cocineros que se querían casar precisamente vestidos con chaquetillas, y que necesitaban diseñar un vestuario especial. Yo sabía de Elena a través de Marc, que era su cuñado y me dio su teléfono. Al principio todo fue sobre ruedas, le encantaba la idea. Pero ella era una tía muy especial. Ya desde el primer momento supe que había que tratarla con cuidado porque nos haría alguna. Y no me equivoqué. Después vino lo de *Moda y Diseño*, el reportaje de casi veinte páginas que le hicieron. Aquello fue una pasada: todo estaba basado en nuestro trabajo y parecía que lo había hecho ella solita. Estuvo muy feo. Y eso sólo fue el principio. La última vez que estuve en su casa, que ahora que lo pienso es la casa donde la han matado y que, joder, era una casa increíble, la que le monté fue fina. No me corté un pelo.

»Se pasó por el forro todo lo que en su momento hablamos de colaboración. Pero no porque ella no quisiera hacerlo. Claro que quería hacerlo. Pero sin mí. Prefería estar sola, trabajar con ellos y no colaborar conmigo. Primero tuvimos una bronca por teléfono porque veía lo que estaba haciendo. Y ella lo negaba. Le dije que me respetara, que la idea era mía y que mi imagen le iba a beneficiar, pero no dio su brazo a torcer. No lo entendió o no lo quiso entender. Era una tía muy guapa, y se lo tenía creído. Parecía delicada de aspecto, una mosquita muerta, pero era una ambiciosa del copón, una auténtica trepa a la que no le importaba lo más mínimo ascender pisando a quien hiciese falta.

—Pero no merecía morir —cortó Rodrigo.

—Yo no estoy diciendo eso. Cuando tuve la famosa reunión se portó como una indeseable. Ya sabes cómo soy, después de la bronca un día aparecí en su casa y se lo dije a la cara. ¿Te acuerdas?

—Sí que me acuerdo —contestó Rodrigo poniendo los ojos en blanco.

—Que lo que me había hecho no tenía nombre. Me acuerdo de que se lo comenté a Jorge y quiso venir conmigo. Fue él quien se lo curró con ella, el que dibujó todo, el que fue varias veces a su tienda y en las mesas de dibujo le explicó cómo quería los colores, y sobre todo el porqué de estos. Le enseñó todo el asunto de las manchas, la conexión con la suciedad. La noción del trapo como mediador entre la suciedad y la limpieza. Las cuerdas del delantal como elementos que sujetan y al mismo tiempo símbolo de las ataduras del trabajo y protección ante el mismo. El concepto de delantal que rodea al cocinero, que lo protege dándole la vuelta. Nosotros la metimos en este mundo y acordamos desarrollar el proyecto juntos. Juntos, ¡hostia!, juntos.

»Esa fue la parte que no entendió, o mejor, que no quiso entender, porque no era tonta. Jorge fue el apoyo que ella necesitaba, él le dio a conocer el aspecto gastronómico de la ropa. Y yo creo que a ella eso le pareció una intromisión de un cocinero en su trabajo. Era ridículo. Lo que debía haber sido un buen rollo de colaboración se transformó en una mierda y nos dejó tirados, cuando debía habernos tenido en cuenta para el desarrollo final con la empresa.

—Sí, pero yo vi los diseños de Jorge y eran mejores los de ella.

—Hombre, claro. Ella era la modista, joder. Pero lo que importaba era la idea, el concepto. Trasformar el delantal de cocina en un traje. Y los diseños, para estar hechos por un cocinero, no eran nada malos. Y esa idea, claro está, salió, se originó, en nuestro departamento de innovación. La idea salió de nuestras cabecitas.

»Y la bronca en su casa fue de opereta —prosiguió—. Estaba con su novio. Menos mal que su padre, que aún vivía, se acababa de ir. Le dije de todo. Y su ligue, muy educado, intentando calmar los ánimos. Casi le suelto una hostia. Bobo de los cojones. Ahora me río, pero me sentó muy mal. Si actuaba así con todos no me extraña que haya acabado como lo ha hecho.

—No digas eso. Una muerte así de ningún modo es justificable. Eso ni en broma. Y ya sabes lo que pienso. Parece mentira que digas semejantes cosas. Hay veces que me das miedo.

—Tú, Rodrigo, lo ves todo siempre como en la distancia. Parece que vives en una puta nube. Si le ha pasado eso, que se joda y punto —cortó con brusquedad Juancar—. Era una perra que te la jugaba de todas, todas. Hay que llamar a la gente por su nombre. Ya está bien de palabras bonitas para describir a una tipa que no era más que eso, una mala tipa.

—Eso no es así. Es simplemente tu opinión. Habrá gente que te contará cosas de ella muy distintas, y con esto no quiero defender a nadie, sólo decirte que la realidad tiene muchos matices y aunque en lo que te pasó con ella tienes razón, igual ella también tenía sus motivos y una visión muy distinta del asunto —repuso Rodrigo.

—Venga, no digas chorradas —interrumpió con brusquedad Juancar—. Tú, Rodrigo, ¡la hostia!, tendrías que estar currando en la ONU, de mediador, de pacificador. Que no, joder, que no, esta tía nos la jugó bien jugada y no hay más. Era una puta zorra. No tuvo ningún reparo en hacer lo que nos hizo y punto. ¿Qué quieres, que le tenga cariño? Pues no, joder, no.

Sin responder, Rodrigo se levantó del sillón y se acercó al ventanal que daba al jardín. Le molestaba mucho cuando le daban los arrebatos de ira estúpida, como él mismo los solía nombrar. Y se autoalimentaba. Sin nadie que le llevase la contraria, en apenas diez minutos alguien pasaba de ser una tía complicada a una puta zorra. «Hay ocasiones en que me da miedo», volvió a pensar.

Juancar también se levantó, pero lejos de callarse volvió a la carga.

—Es así, Rodrigo. Tú eres un pedazo de pan, pero yo no. Yo no me olvido de las cosas, para nada. Ni olvido, ni perdono. Y Elena nos la jugó bien jugada, y el hecho de que alguien se haya tomado la justicia por su mano y la haya quitado de en medio no cambia las cosas, joder. Digamos que me importa un pimiento.

Rodrigo seguía sin contestar. Pasaron varios minutos sin hablar. Al final, Juancar rompió el silencio.

—No te quedes callado, dime algo, venga, no te mosquees —le conminó mientras le cogía del brazo.

—¿Quieres que te diga algo que ya sabes? —preguntó Rodrigo rompiendo su silencio y apartando el brazo de su mano en un despectivo movimiento.

—Lo siento de veras, ya sabes cómo soy —murmuró Juancar disculpándose.

—Tú siempre terminas las discusiones diciendo que te comprenda, que eres así. Pero empiezo a estar cansado de la coletilla. No deja de ser más que una disculpa, una justificación de tus arrebatos..., bastante cobarde, por cierto —zanjó Rodrigo.

Se apartó de él girándose con brusquedad y subió en

dirección a la habitación, se detuvo en mitad de las escaleras y dando media vuelta bajó dos escalones y le espetó:

—Sólo espero una cosa, que si viene la policía a hacerte preguntas suavices la versión de tu relación con Elena, a no ser que quieras aparecer en las portadas de los periódicos, y no precisamente por la elaboración de tu último plato.

Juancar enmudeció mientras observaba como Rodrigo desaparecía escaleras arriba.

Era casi la medianoche.

29

El oficial Vicente Parra se reunió en su despacho con la persona encargada de revisar los billetes encontrados en casa de Cristian. Éste le dio un par de folios en una carpeta transparente, era el informe que de forma resumida decía que casi todos los billetes eran de curso legal y que ninguna numeración se encontraba registrada. El billete de 50 euros V48266708089 y el billete de 100 euros S16793471113 eran falsificaciones muy buenas que parecían pertenecer a una remesa incautada hacía un año y medio a dos conocidos traficantes de cocaína, ahora en prisión.

El informe incluía las características de la falsificación y hacía referencia a un informe anterior redactado con la primera incautación, en el que se detallaba quiénes fueron los detenidos.

Terminó de leerlo y levantando la vista sonrió y dijo:

—Te voy a dar un poco más de trabajo. Pero no te alarmes, sólo son 120 billetes de 500. Necesito lo mismo, procedencia, posible falsificación, etc.

Metió la mano en el cajón de su escritorio y puso encima de la mesa el sobre doblado que contenía los billetes. Los metió en otro sobre de color blanco y se lo entregó.

—Hay sesenta mil euros en billetes de 500. Ya sabes, me los analizas también. Los he encontrado en el interior de un coche y en principio, aunque estaban en otro sitio, pertenecerían a la misma persona.

—¡Ostras!, ¿de dónde sale todo este dinero?

—No te puedo contestar. Otra cosa: dile a tu compañero, al de huellas, que se pase un momento en cuanto pueda, que tengo algo para él.

Vicente terminó de leer el escueto informe. Se quedó pensativo en su asiento. «Hay algo que no me cuadra: de toda la cantidad de billetes que hay sólo dos son falsos, y además provienen de una remesa incautada hace ya un tiempo a personas relacionadas con la droga y que ahora se encuentran en prisión. No tengo nada. Hemos encontrado puntualmente billetes de ésos por bastantes sitios: en supermercados, tiendas de ropa... Obviamente no se pudo retirar la totalidad. De vez en cuando siguen apareciendo y el Banco Central nos lo comunica. Era una falsificación muy bien hecha. Creo que esto no va a dejar de ser una anécdota sin valor en la investigación. Aunque me guardo en el bolsillo la baza de poder interrogar a las dos personas que están en prisión, por si pudieran querer contarme algo sobre Cristian. Es evidente que si nuestro muerto se dedicaba a la falsificación no habríamos encontrado sólo 150 euros entre ochenta mil que tenía en su poder. Insisto en que no cuadra. ¿Por qué escondía sesenta mil euros en la rueda de repuesto de su coche? Aquí hay algo raro, y creo que su madre tenía razón: su hijo estaba metido en algún lío, y por el montante de lo encontrado era algo muy serio. Necesito contactar con alguien que conociera bien a Cristian. La opinión de su madre no sirve, es demasiado subjetiva. Tendría que ser algún amigo, algún compañero de trabajo. O una novia, su antigua novia. La madre dijo que lo dejaron hacía ya un tiempo. Igual me podría servir. ¿Cómo se llamaba ella?, lo tengo apuntado en la libreta. ¿Estaría verdaderamente enamorada de él? ¿Y él de ella? Partiremos de la base de que lo estaban y que se conocían bien, y después le iremos haciendo preguntas más personales. Dependerá de cómo sea ella y de lo que quiera contar que lleguemos a saber más de Cristian. Un cocinero cansado prematuramente de su trabajo, que entró a trabajar de bedel de la universidad en un supuesto intento de encontrarse a sí mismo. ¿Quién era realmente Cristian? En esta tierra siempre está presente la cocina. —Sonrió para sí mismo—. Saber en qué restaurantes trabajó sería fácil, no habría más que revisar su historial laboral. Los polis tenemos acceso a todo. —Volvió a sonreír—. Las personas que trabajaron con él también podrían aportar información. Pero todo esto dependerá de lo que me diga su novia.»

Vicente volvió a mirar el papel que envolvía los billetes encontrados en el coche del bedel y, mientras lo hacía, llamó a Javier Gress. El aparato sonó sólo dos veces.

—Dime, Vicente —contestó Javier.

—Tengo cosas que contarte de Cristian. Sólo serán quince minutos. ¿Cuándo te viene bien?

—En dos horas, a las doce, ¿ok?

—Perfecto. Nos vemos.

El oficial pensó que tenía dos horas para volver a llamar a María Teresa y preguntarle por la novia de su hijo. Con un poco de suerte la podría localizar.

Cuando comenzaba a marcar el número de teléfono de la madre sonó la puerta del despacho. Interrumpió la llamada. Una persona asomó por la puerta.

—¿Me ha llamado, oficial?

—Sí, sí, pasa, tengo algo para ti —dijo metiéndose la mano en el bolsillo.

El experto en huellas cerró la puerta despacio, se acercó a la mesa y Vicente le extendió un pequeño sobre con la huella rescatada de la maneta del coche de Cristian.

—Es una huella que cogí ayer en un coche. La pillé porque me pareció que era muy legible. ¿Qué te parece?

El experto la miró de cerca.

—Sí, está bien. Se ve a simple vista. La tendré que cotejar con las bases de datos. Llevará un tiempo.

—Lo sé, lo sé. Igual es del dueño del coche, pero también puede ser de otra persona. Quiero que lo averigües.

El experto en huellas se despidió cerrando la puerta del despacho. El oficial volvió a coger el teléfono y marcó de nuevo el número de la madre.

Apenas tardó dos tonos en contestar. Volvió a oír su voz de mujer mayor.

—María Teresa, soy Vicente, de la Ertzaintza.

—Ya le había conocido, señor Vicente. Tiene una voz inconfundible, amén de que aquí no llama mucha gente.

—No le incordio más que un...

—Usted no molesta nunca —interrumpió con amabilidad.

—Bien, necesito el número de teléfono de la antigua novia de su hijo.

—¿Sonia?

—Efectivamente, me comentó que mantuvieron... Creo que hasta hace poco menos de dos meses —volvió a interrumpir.

—¿Usted cree que ella puede saber algo?

—Bueno, eso es lo que voy a averiguar, comprobar si puede darme más datos que me ayuden en la investigación. ¿Se acuerda del apellido?

—Sí, sí que me acuerdo. Sonia Alonso, y yo creo que estuvo saliendo con ella algo más de un año. Era muy simpática. Un buen día me dijo que lo habían dejado. Así, de la noche a la mañana, sin más. Tengo su teléfono. No vino al funeral. Igual no se ha enterado, no sé. Voy a buscar su número. Espere un instante.

—Perfecto —contestó él.

Al cabo de un minuto se oyó de fondo cómo volvía.

—Apunte, señor oficial: 943 293 011.

—Un par de cosas más, María Teresa. ¿En qué trabaja ella?

—Es enfermera. Trabajaba en el hospital, por lo menos hasta lo que yo sé.

—Y otra cosa, bueno, es igual, esto ya se lo preguntaré en persona. Muy amable, la llamaremos en cuanto avancemos en la investigación, de momento nada más.

El oficial colgó el teléfono y se quedó enredado en su actividad favorita, pensar. Miró el número de teléfono. «Una enfermera, si llamo ahora y ha estado de guardia la voy a levantar de la cama. Por el contrario, si no está de noche estará trabajando y no podrá coger el móvil, y si está de tarde... Eso es, si me contesta ahora estará de tarde. Bueno, la llamaré dentro de un par de horas, por si acaso ha estado de noche y está durmiendo y se le ha olvidado desconectar el teléfono.»

A lo largo de la mañana siguió ordenando el caso de Elena Castaño, preparando el orden de las visitas a su entorno. Era una mujer muy conocida y temió que la lista saliera larga. Cuando terminó, se dirigió al despacho de Javier. Llamó a la puerta y entró sin esperar respuesta.

—¿Estás liado? —preguntó el oficial.

—Pasa, pasa, ¿cómo te ha ido?, tienes cara de tener algo entre manos.

30

A pesar de estar aún con la trágica noticia zumbando en sus oídos, Carmen se preparó para salir. Se vistió con una blusa oscura que hacía juego con una falda que dejaba ver sus piernas bien conservadas. Unos elegantes zapatos de tacón de Manolo Blahnik le irían de maravilla. Preparó un abrigo largo de color claro muy elegante, de caída pronunciada. Se miró al espejo y se peinó la melena corta repetidas veces. Sus cincuenta años estaban radiantes. Se gustó a sí misma. Se dio brillo en los labios y dudó entre llevar dos o tres botones desabrochados de la blusa. Optó por dos, ya habría tiempo de soltar más, sonrió para sí misma. Se dibujó la raya de los ojos de una manera muy sutil, apenas realzaba el contorno pero ya era suficiente. No le gustaban los excesos.

Noviembre no es un mes para llevar gafas de sol, pero ella se probó varias y se decidió por las más grandes. Sus gafas eran el escudo protector para pasar desapercibida. Eso y la corta melena era suficiente para ocultar parte de su rostro. Se las probó y se autoafirmó ante el espejo. «Espejito, ¿quién es la más guapa?», bromeó, pero la imagen de Elena Castaño yaciendo muerta en un gran charco de sangre anuló de inmediato cualquier atisbo de optimismo.

Se fue al vestidor, miró la colección de bolsos y eligió uno de Prada oscuro, de piel, con un tacto muy agradable, pequeño y discreto, a pesar de la marca en un costado, de rojo apagado. Uno de los caros regalos de su marido. Metió en él las llaves de casa y las del coche. No había sitio más que para la cartera y algunas fruslerías más.

Eran ya las siete de la tarde y pensó que tardaría una media hora en llegar a casa de él. Miró por la ventana y el cielo habitual asomó a sus ojos. Nublado, gris.

Salió del garaje en el coche pequeño. Se dirigió a casa de él. Hacía un par de semanas que no lo veía y le apetecía mucho estar en su compañía. Condujo durante veinte minutos hasta el pequeño pueblo de Urnieta, en las afueras, un sitio tranquilo apenas a quince minutos en coche del centro de la ciudad. No había problema para aparcar.

Él vivía en una construcción antigua de tres alturas y pisos pequeños. La fachada con desconchados delataba el origen humilde del edificio. Él podía permitirse una casa mejor, pero le gustaba así. Llevaba en ella muchos años y no le apetecía cambiarse. Desde allí se veía el monte Adarra, estaba casi a sus faldas y eso le gustaba mucho. En cuanto llegaba el buen tiempo pasaba sus ratos libres dando caminatas por la montaña. Trabajaba muy cerca del mar, y ese contraste reafirmaba el cambio. El mar era trabajo. La montaña era descanso. La brisa marina olía a estrés. El aroma a hierba mojada era relajación. El salitre eran copas por servir. El dulce correr de las aguas de las regatas que bajaban del monte tenía un sabor de descanso, de relax. Para él la montaña era su casa.

Se acercó al portal. Vivía en el primer piso, casi a ras de suelo. A su balcón se podía acceder de apenas un salto. Tocó el timbre.

—Carmen —contestó ella a su pregunta. El zumbido del portero automático la invitó a entrar. Apenas subió cuatro escalones. Encontró la puerta entornada. La empujó y entró.

Racos Mendizábal se encontraba en el salón de casa

sentado en el sofá. Cuando la vio se levantó con dificultad. Ella se acercó y se fundieron en un abrazo profundo y mantenido. Se besaron. Él enseguida notó que pasaba algo. Ella lo besaba repetidamente. Él la separó un poco.

—¿Te pasa algo?

Ella no contestó. Se arrimó con fuerza y de nuevo lo abrazó. Él volvió a separarla. Estaba llorando, una tímida lágrima corría por su mejilla izquierda.

—Espero que me lo cuentes —dijo él con voz suave, sabiendo el origen de su abrazo—. Era una buena amiga, ¿verdad?

—Era mi amiga. La de siempre. Fuimos al mismo colegio —conteniendo su voz quebrada añadió—: Y aunque no nos veíamos mucho siempre nos llamábamos. La última vez que hablé con ella fue hace un mes. Estaba en París. Hablamos de mis hijos, que están allí. ¡Dios mío!

Se estaba desahogando. No lo había podido hacer con nadie todavía. Como una niña pequeña, había resistido el dolor y las lágrimas hasta estar acompañada. Él la abrazó de nuevo y ambos se sentaron en el sofá. Carmen necesitaba sentir el calor de alguien.

—¿Quieres una cerveza o una copa de vino? —preguntó Racos con amabilidad.

—Sí, creo que la necesito —contestó ella mientras mantenía un pañuelo en su mano derecha—. Una cerveza mejor.

—Sí —contestó él—, el vino lo dejamos para la cena, que he traído uno muy interesante. Es una sorpresa.

Ella le sonrió tímidamente mientras se quitaba el abrigo y se sentaba en el sillón. De la cocina llegaba un olor muy bueno, mezcla de pan horneado y orégano. Cuando volvió con la bebida le preguntó:

—¿Quieres que hablemos de ella?

—No sé cómo ha podido suceder. En qué mierda de mundo vivimos. Vemos la muerte todos los días, en mil sitios. Estamos acostumbrados a ella. La vemos en la tele a diario. Una mujer muere a manos de su novio. Un alud sepulta a diez esquiadores. Una paliza entre hinchas de fútbol termina con dos muertos a navajazos. Pero la muerte siempre es algo que les ocurre a los demás. Nunca pensamos que esos muertos eran personas normales y corrientes, como tú y como yo. Sí, es verdad, tenemos la sensación de que la muerte es algo que siempre les pasa a los demás, mecanismos de defensa que nos sirven hasta que nos visita a nosotros o a nuestros seres más cercanos. La muerte tiene las maneras de esos malos invitados que aparecen de improviso.

»Y cuando esto ocurre —prosiguió—, no nos queda más que aceptar su presencia en nuestra cotidianeidad. Pero no hay mucho de esto en que alguien decida acuchillar a otra persona —afirmó medio sollozando—. Ella fue mi compañera de clase en el colegio. Nuestros padres se conocían. Elena Castaño era una persona maravillosa. Diseñó mi vestido de novia y cuando me pasó la factura me la dio en un sobre blanco con una dedicatoria dentro y el importe era cero. Me regaló el vestido. Un traje de casi cuatro mil euros, una pieza de museo hecha con todo el cariño del mundo.

Paró de hablar mientras bebía un sorbo de cerveza. Racos estaba sentado a su lado, con una mano cogida a la de ella, haciendo de frontón donde parar los golpes de su destrozado ánimo mientras ella se desahogaba.

—Ella fue la que estuvo a mi lado cuando la relación con mi marido se fue degradando. La que me apoyó en mi decisión de seguir con él y hacer mi vida en paralelo. En la casa donde la han asesinado pasé muchas noches cuando éramos adolescentes. Salíamos al jardín, que es enorme, muy grande, bueno, a nosotras entonces nos lo parecía, y jugábamos en el cobertizo de Jaime, el jardinero, el padre de Samuel, el que se encarga ahora del jardín. También jugábamos con él, es de nuestra edad, y en muchas ocasiones acompañaba a su padre. El jardinero era una persona muy cariñosa y a veces nos daba higos. Recuerdo una vez que rompí un cristal jugando con una pelota y cuando llegó su padre Elena me protegió diciendo que había sido ella. Imagínate, yo estaba acojonada, era una cría. Íbamos a un colegio de monjas y vaya ciscos que les montábamos. Siempre estábamos castigadas las dos juntas.

»"Carmen y Elena se van a quedar sin recreo"... Aún recuerdo la voz de sor Rosario. La Collares la llamábamos, pero no recuerdo quién le puso el mote, aunque no es difícil imaginárselo. O ella o yo. Joder era más mala que... Nos hacía la vida imposible. Hasta nos pegaba. Nos hacía poner los dedos juntos y con una regla nos daba unos golpes en la punta, y cómo dolían. Pero entonces era normal. Y la verdad es que se las hacíamos finas. Como sabíamos que la clase la daba sentada casi toda la hora... Nos daba Religión... No te rías, Racos. —Sonrió Carmen—. En aquel tiempo era lo que había. Pues un día —prosiguió—, como sabíamos que se pasaba toda la clase sentada, le pusimos cola de contacto transparente en la silla justo antes de que ella llegara. Estuvimos toda la hora inquietas, esperando a que se levantara, tensas y nerviosas esperando el desenlace. Y cuando terminó y se levantó... ¡Imagínate! Dio un traspié con la silla pegada al culo que me parto de risa sólo recordándolo. Tuvo que llamar a otra monja para cortar el hábito, que se le había quedado pegado. Creo que estuvimos todo un mes castigadas. Pero se lo merecía —dijo, ahora riéndose abiertamente. Él siguió escuchando con atención y una sonrisa divertida.

»Y fue idea de las dos —prosiguió Carmen—. Aquélla sí que fue gorda. Elena era muy echada para adelante. Pensaba las cosas y las hacíamos juntas. Luego se fue a estudiar a París y yo me quedé aquí, primero en la Facultad de Filosofía y después en la de Turismo. Seguimos manteniendo una relación fluida. Con dieciocho años nos llevábamos a algún novio a su casa y su padre hacía la vista gorda. Era una persona generosa que había trasformado su trabajo, era una artista. Y ahora está muerta porque alguien lo ha querido así. No me lo termino de creer.

Racos volvió a abrazarla y preguntó:

—¿Tenía enemigos?

Ella calló durante unos instantes.

—Supongo que uno por lo menos —contesto irónica—. Pero no lo sé. Cuando eres famosa creas envidias, siempre es así. Aunque Elena era una persona buena. Yo conocía a las que trabajaban para ella y puede que no me lo contaran porque sabían que era amiga suya, pero siempre me hablaron bien. Les pagaba el sueldo siempre el día primero de mes y no les hacía trabajar más horas de las estipuladas. Muchas veces incluso les hacía partícipe de los diseños. Con su hermana Fátima se llevaba muy bien. Y eso que ella era muy impulsiva. La verdad es que se parecían, ambas eran de rompe y rasga. Pero es que además Elena era una persona solidaria. Daba dinero a diversas organizaciones y donaba ropa a países necesitados, eso lo sé yo.

Racos se levantó al ver a Carmen más tranquila. Se había desahogado con él y sentía que su corazón latía más despacio.

—¿Te apetece cenar? —preguntó él.

—¿Qué has preparado que huele tan bien? Pero, espera, ¿tú qué tal estás con la pierna? Veo que apenas cojeas.

—Bien, bien, en dos días más estoy en el curro. Y volviendo a la cena, ya te he dicho que es una sorpresa. —Dándose media vuelta desapareció en dirección a la cocina.

Y vaya si lo fue.

Pasaron cinco minutos y con la cerveza a medias se encaminó hacia la cocina. Allí estaba él, con un delantal negro, cocinando. Casi había terminado de abrir unas ostras. Al lado de éstas, un lenguado que pesaría unos seiscientos gramos, un espectáculo de pescado. La mesa estaba preparada con dos pequeños manteles individuales en color negro y gris muy claro, una vela sin encender colocada sobre la mesa y los cubiertos al lado del plato de presentación blanco y cuadrado. Dos botellas de vino: una de blanco y otra de tinto. A su lado, una cubeta de metacrilato transparente lleno de agua con cubitos de hielo. En un plato aparte se podía ver puerro cortado muy fino. Una ensalada de rúcula esperaba el aliño en una fuente. Racos sabía mucho de cómo servir una mesa, de la manera de atender a los clientes, era un monstruo en la sala.

—¿Te ayudo?

Sin darse la vuelta, le contestó con seriedad fingida:

—Habíamos quedado en que era una sorpresa. Y además está ya todo preparado, ponte cómoda y en diez minutos te llamo.

Al cabo de casi quince, la voz de Racos sonó reclamando su presencia. Cuando apareció por la puerta él se quedó prendado de su aspecto. Su blusa realzaba la figura y su falda, con abertura lateral, dejaba entrever sus piernas. Estaba muy guapa y sexy.

«La verdad es que no debería estar aquí —pensó ella—. Mi mejor amiga ha sido brutalmente asesinada no hace ni cuarenta y ocho horas.» Pero la imagen de Racos calmaba sus pensamientos. Los dulcificaba y no se torturaba cuando pensaba que quería follar con el hombre con el que se acostaba desde hacía tres meses. El filtro de «quévergüenzahanasesinadoamimejoramigaquehorroryyoaquienmediodeunacenorraconunliguequemeheechadohacetresmesesconelqueesperoacabarfollando», se había hecho añicos.

«No pasa nada, no voy a arreglar el mundo. Elena no me permitiría que me perdiera una cita por su culpa.

Una estupenda cena romántica con un hombre al que, aunque hace tiempo que conozco, ahora es cuando lo he descubierto. Ya sé que no estoy enamorada de él, pero estoy muy a gusto en su compañía», se repetía.

Carmen se sentó a la mesa mientras Racos traía la bandeja de ostras recién salida del horno. Sobre su concha caliente albergaba el molusco con algo de mantequilla, hebras muy finas de puerro y algún trozo de bacón cortado fino. Eran ocho piezas magníficas. Nada más sacarlas, echó a cada una un chorrito de Louis Roederer Cristal de 2006, un extraordinario champán que no hizo sino resaltar el sabor de las ostras. El toque herbáceo lo daba el puerro y el crujiente el bacón, y la carnosidad de la ostra, de espectacular tamaño, casaba a la perfección con el champán. Un plato de sencillez compleja. En apenas unos minutos dieron cuenta de la bandeja entera mientras brindaban con el espumoso.

Aquello tenía mucho de fiesta y de funeral, todo al mismo tiempo. La vida y la muerte mezcladas. En sus más profundas expresiones. En la mente de ambos, un asesinato bestial y una cena digna de los dioses. Las pulsiones más básicas unidas en un cóctel de realidad que se palpaba en el ambiente. Y porque se notaba de esta manera tan evidente, era aún más realista. La gastronomía como enlace entre la vida y la muerte, comer para retrasar la fecha de la partida definitiva. Ganar una nueva prórroga que nos haga disfrutar un rato más de esta situación privilegiada de vivir.

El segundo plato no se hizo esperar. Acompañado de una ensalada de rúcula, el anfitrión sirvió un lenguado hecho en la brasa eléctrica de la parte superior del horno durante doce minutos por cada lado. La jugosidad de la carne, con la piel, por supuesto, daba una dimensión distinta. Por encima un poco de ajo tostado con algo de aceite y zumo de limón. Se había atrevido incluso a echarle unas gotas de salsa de soja. La salsa que quedaba bajo la rejilla se producía como resultado del encuentro de todos los ingredientes con la gelatina del pez, que amalgamaba el conjunto dándole una cremosidad y una ligazón inauditas.

—¿Cómo puede la gente quitarle la piel a los lenguados? —dijo él comparando la blanca carne, más delicada, con la piel negra, más gelatinosa y gruesa—. Esto es un verdadero placer.

Mientras terminaba su plato con los dedos, Carmen, sin dejar de hacer lo propio, le miraba con cara de satisfacción.

De postre, Racos había elaborado unas natillas a la vieja escuela, con una vainilla de Tahití grande, jugosa y cárnica que le habían regalado de muestra en el restaurante Con Tierra Blanca. Hecha por la mañana con ocho yemas por litro de leche, tenía una densidad increíble. Estaba muy fría y la presentó de fondo sobre un plato sopero con unos pocos trozos de naranja cruda por encima. Darle la cuchara a este plato tan sencillo y rico era un colofón increíble.

Por supuesto, la botella de Louis Roederer cayó. Y aquel día hicieron el amor con pasión y se quedaron dormidos uno al lado del otro. No importaron en absoluto las circunstancias de muerte y sorpresa en las que estaban envueltos, y además el señor Roederer también ayudó a relajar las defensas y los prejuicios. Pero en el futuro recordarían esos días como la fecha en que mataron a Elena Castaño, la amiga de Carmen.

31

La mañana se había convertido en algo mágico, parecido a cuando después de un buen rato intentándolo encuentras por fin una pieza del puzle y entonces todo encaja a la perfección. La sonrisa de Vicente Parra se reflejaba en el ordenador. En su cabeza, contribuir a que se hiciera justicia se representaba como la imagen del sheriff con sus dos amigos gemelos Colt 45 bien ceñidos a sus piernas. Las volutas y el polvo del desierto se podían divisar desde su comisaría, la del Marshall. Las veía pasar sin apenas hacerles caso. Y él, como Gary Cooper, estaba solo ante el peligro, sin más arma que su inteligencia para descubrir lo que el asesino ocultaba en su retorcida mente.

Allí estaba él, tratando de burlar la inteligencia de un homicida oculto tras la piel de cordero con la que se paseaba por las calles de la ciudad. Qué terrible y qué difícil impartir la justicia de Dios entre los hombres. En su comisaría los términos se invertían y la justicia era un acto de fe, la creencia en un Dios que desafía la lógica.

Era optimista. Tenía ya unas cuantas piezas del puzle con las que poder jugar y moverlas sobre la mesa, intentando reconocer qué contornos encajan con qué curvas, qué testimonios de testigos coinciden con los distintos matices de color. Pero eso era una segunda fase. En la primera tenía que decidir qué fichas eran las correctas. Era la parte más difícil, el momento en que hay que confiar en intuiciones, matizar y eliminar lo superficial y quedarse con lo sustancial. Las intersecciones de caminos podían precipitar una elección incorrecta y llevarle a un callejón con un muro grande e insalvable. Debía coger el camino correcto, el que le condujera a la solución final. Y eso intentaba con el informe que tenía entre sus manos: demostrar, primero a su superior, Javier, y luego a quien fuera necesario que ahí había un caso.

Los últimos datos obtenidos daban la razón a la intuición del subcomisario, estaba convencido de lo que María Teresa, la madre de Cristian, le había transmitido con su presencia. Pero no sabía si sólo con eso iba a ser posible dar el siguiente paso: convencer a un juez de que desenterrase el cuerpo de Cristian no iba a ser fácil.

Con calma, agarró la libreta y decidió sin titubear que antes de hablar con Javier tendría que hacerlo con la novia del difunto, Sonia Alonso.

—Atrasamos la reunión a mañana —dijo Vicente por teléfono a Javier.

—Bien, de acuerdo, ¿pasa algo? —replicó.

—No, es que tengo que hablar con una persona y supongo que este testimonio nos ayudará. Si lo consigo podemos vernos mañana. Con lo que tenga te llamo, ¿ok?

Cuando colgó, miró la hora y decidió llamar a Sonia sin hacer más cábalas sobre cuál sería la mejor hora para localizarla. Marcó el teléfono y en apenas dos tonos una delicada voz femenina contestó.

—Sí, ¿quién es?

—¿Sonia Alonso?

—Sí, soy yo, ¿quién eres?

—Mi nombre es Vicente Parra, oficial instructor de la Ertzaintza de la comisaría del Antiguo de aquí, de Donosti.

—Álex, deja ya de hacer el tonto.

«A ver qué pasa por la mente de esta mujer, ten cuidado —pensó el oficial, y volvió a repetir con parsimonia la misma frase, con un pequeño prólogo—: Mi nombre no es Álex.» Sonia se quedó callada. Por el ruido de fondo sabía que estaba en la calle. Ella respondió.

—¿Qué es lo que quiere?

—Le llamo en relación con una investigación que estamos llevando a cabo. Por los datos que tengo, usted fue durante un tiempo la novia de Cristian José, ¿me equivoco?

Ella contestó rápidamente y con cierta frialdad.

—No, no se equivoca.

—Me gustaría que pasase por la comisaría. No le robaré mucho tiempo, el justo para poder hablar con usted un rato. Se lo agradecería mucho. ¿Qué le parece esta tarde? ¿Le viene bien pasarse por la comisaría a las cinco? Si tiene trabajo podemos quedar en otro...

—No, no, a las cinco está bien; hoy tengo el día libre.

—Pues la espero a esa hora, pregunte por mí, el oficial Vicente Parra —finalizó.

La comunicación se cortó.

Cuando colgó, el oficial sonrió para sí mismo. De todas las posibilidades que había para llamar y no molestarla no había tenido en cuenta una bien sencilla: las enfermeras trabajan sábados y domingos, y a veces libran algunos días entre semana.

Y en apenas un momento, el mediodía se había transformado en la media tarde. Un toctoc sonó en su despacho.

—Una tal Sonia pregunta por ti —afirmó una cabeza asomando por el quicio de la puerta.

Sonia Alonso era una mujer joven, de unos treinta y tantos años, delgada, vestida con un jersey de punto de cuello alto y amplio. Llevaba unos vaqueros ceñidos y botas de tacón medio que hacían de su altura una dimensión considerable. Un abrigo oscuro con bastantes bolsillos completaba su atrezo. Tenía una larga melena morena recogida entre los pliegues del jersey. Llevaba gafas de varilla muy fina y tenía un aspecto elegante. Su rictus de seriedad denotaba que no se encontraba cómoda. Apenas sonrió cuando Vicente la invitó a sentarse. Le ofreció un café y un vaso de agua pero ella rechazó ambos con amabilidad.

«Tienes un diamante en bruto y debes sacarle la mayor cantidad de información posible», pensó Vicente.

—Señorita Alonso, quiero que me cuente los detalles de su relación con su antiguo novio Cristian José. Quiero que sepa que no debe tener miedo, lo que aquí diga quedará en este despacho, esté tranquila. Su testimonio nos será útil. Y aunque la razón por la que le pido información no se la puedo dar, le ruego que sea sincera, que confíe en nosotros y que, en la medida de lo posible, sea objetiva y no distorsione la realidad. Ya sé que tratándose de su novio no será tarea fácil, pero le agradecería que lo intentase.

—¿Por qué me ha llamado? ¿Están investigando a Cristian?

—Por favor, no haga preguntas que no puedo contestar, se lo ruego —replicó el oficial.

Hubo un momento de silencio que ella acabó por romper.

—Bueno, bien, discúlpeme por lo de esta mañana. Tengo un compañero de trabajo, Álex, con el que me cambio las guardias, muy aficionado a gastar bromas, y al principio confundí su voz.

—No se preocupe, no es la primera vez que me pasa —dijo el oficial con una sonrisa e intentando destensar el clima—. La gente no se cree a la primera que sea la policía la que está al otro lado del teléfono. A algunos incluso tenemos que llamarles varias veces hasta que se convencen.

—¿Qué es exactamente lo que quiere saber?

—Bueno, vamos a empezar por el principio. ¿Cómo, cuándo y dónde le conoció?

Sonia miró al oficial. Titubeó unos instantes.

—Yo empecé a estudiar en una academia de inglés.

Y fue allí donde nos conocimos. Desde el primer día que le vi me sentí atraída. Yo llevaba varios años sola y me encontraba bien, pero su mirada, no sé, y sus rizos... Era muy apuesto, una persona con una presencia muy especial. Muy educado.

—¿Cuánto hace de eso?

—Pues algo más de un año.

—¿Cómo fue su relación?

—Al principio fue maravillosa. Los primeros meses él era muy cariñoso y todo fue sobre ruedas, pero a medida que pasaba el tiempo se distanció.

—¿Era feliz en el trabajo? ¿Se encontraba a gusto? ¿Qué le contaba de él?

—Él era cocinero, pero terminó muy quemado por culpa del horario y de las condiciones, y al final acabó de bedel en la universidad. Pero ese trabajo tampoco le satisfacía, siempre estaba quejándose. Yo intentaba animarle. Soñaba con un golpe de suerte que le permitiera montar su propio restaurante, aunque se contradecía constantemente. De hecho había dejado la cocina.

—¿Quería montar su propio negocio?

—No sé, eso decía. Yo ya estaba empezando a cansarme de tanta historia utópica. Un día le dije que la fortuna se la hace cada uno con su propio trabajo. Pero no, él seguía con lo mismo, decía que nunca volvería a trabajar para otros, que su actual trabajo era sólo provisional. Creía que el único trabajo duro era el suyo. Una vez me enfadé mucho con él y le dije que no tenía ganas de seguir oyendo sus quejas. «¿Qué te piensas, que el trabajo de los demás no es duro? ¿Crees que es fácil cuidar a enfermos, limpiar heridas, atender a infecciosos, a víctimas de accidentes, informar a un padre de que su hijo ha muerto en un accidente de coche? Pues no, claro que no es fácil. Tienes que armarte de valor, tragar saliva, poner la mejor de tus sonrisas y hacerlo. No es nada sencillo, pero eso a mí me hace fuerte y solidaria. Y si tanto te molesta cocinar para otros, olvídalo y dedícate a otra cosa», eso fue lo que le dije.

»Y al final lo hizo, cambió de trabajo, pero tampoco le llenaba. Estaba convencido de que era provisional y de que llegaría a cocinar en su propio restaurante. Yo le decía que sí, «con tu sueldo lo vas a montar, seguro».

—Sonia, ¿usted piensa que eso era sólo una idea o que quizá pudiera tener algún socio que le montara el restaurante?

—No sé. Al final me di cuenta de que era un tarambana. Yo creo que no tenía más que pájaros en la cabeza. Mire, yo intentaba convencerle de que hacía muy bien su trabajo. Porque además era verdad. En el restaurante donde trabajaba se comía muy bien, lo decía todo el mundo, y eso en parte era mérito suyo. Pero él no lo veía. No, no se daba cuenta.

—¿Quién decidió dar el paso y romper la relación?

—Yo —contestó lacónica—. Lo que empezó muy bien se deterioró mucho y además...

El oficial se quedó mirando cómo ella bajaba la cabeza.

—Le pillé unos *emails*.

—¿Perdón?

Por unos instantes el aire se tensó.

—¿Se encuentra bien?— preguntó el oficial.

—Sí —contestó ella levantando la cabeza y prosiguiendo su relato—. Un día se dejó el correo electrónico abierto y tuvimos una bronca gorda. Tenía una relación con otra. El buzón estaba lleno de escritos cariñosos.

Hasta ese instante Sonia hablaba con frialdad.

—Aquel día lloré como una estúpida. No me merecía eso. En el hospital una buena amiga me sirvió de consuelo. Él lo negaba, la bronca no fue por los cuernos sino porque entré en su cuenta de correo sin su permiso. Y no fue así. Se la había dejado abierta.

Vicente le ofreció un pañuelo de papel pero ella lo rehusó. No estaba llorando. Él se sorprendió y se lo guardó.

—¿Conocía a alguien de su familia?

—Sí, a su madre. Me quería mucho. Yo era la novia de su único hijo. De vez en cuando íbamos a comer a su casa y siempre me preparaba mi plato favorito: unas anchoas rebozadas, pero de una manera muy particular. Sobre un lomo abierto disponía un trozo de pimiento morrón asado con sal y azúcar. Después tapaba con otra anchoa. Luego con cuidado las rebozaba en huevo y las freía. Le encantaban mis elogios y siempre bromeaba con la afición de su hijo diciendo que todo lo que sabía se lo había enseñado ella. Me da mucha pena. Le quería mucho y yo no tuve el valor de estar con ella cuando Cristian murió.

»A veces he pensado en ir a visitarla, pero es algo que por ahora no me atrevo a hacer. La razón es que a él lo veo muy lejos. Tengo la extraña sensación de no haber sido su novia. Incluso las cosas que él me regaló me parecen ajenas, como si nuestra relación no hubiese ocurrido nunca y todo hubiera sido un sueño que comenzó con bondades y dulzura y acabó como una pesadilla. Cuando empiezas, todo es de color de rosa y nunca llegas a imaginar lo que son las relaciones a medio plazo. Cristian acabó siendo un desconocido. Al final su cantinela de amargado del trabajo creo que acabó pasándole, pasándonos, factura.

Respiró echándose para atrás y prosiguió.

—Su madre le preguntó varias veces que qué era eso de volver a la cocina. Y él contestaba que sí, pero con su propio restaurante.

—¿Usted cree que podría haber tenido algún otro trabajo que le reportara un dinero extra para ese supuesto proyecto de negocio?

Ella tardó en responder y con cara de extrañeza se tiró el pelo hacia atrás.

—No, que yo sepa.

Vicente terminó de tomar notas. Eran bastantes. Sonia estaba allí, impertérrita, hablando a veces con frialdad, a veces con emoción, contradiciendo en algunas ocasiones sus palabras con sus emociones.

Cuando terminó volvió a insistir.

—Oficial, ¿por qué necesita que le cuente estas cosas?

—Sonia, le agradezco su relato —contestó él evasivo. Vicente la miró en silencio—. ¿Quiere añadir algo más? ¿Algo que recuerde de alguna amistad, de la gente con la que se relacionaba?

—Tenía amigos y conocí a algunos. Cocineros sobre todo. Con el que más nos relacionábamos era con Nacho.

—¿Se acuerda del apellido?

—Nacho Suárez, creo. Pero curiosamente éste no era cocinero. Era representante de vinos. Trabajaba para una comercial y de vez en cuando quedábamos para tomar algo con él. Ahora que me acuerdo, espere, éste también fue cocinero pero había cambiado por la representación. Era un tipo muy abierto y siempre estaba contando historias divertidas. A menudo intentaba que le acompañáramos a cenar a los restaurantes de los que era proveedor, claro. Aunque sólo lo hicimos un par de veces. Siempre pensé que era un buen amigo suyo. Pero tampoco muy íntimo, no de esos a los que llamas cuando verdaderamente tienes problemas. Alguna vez pensé que podía tener envidia de él: también había sido cocinero y después cambió a otra profesión, y se le veía contento. No sé. Cristian no se sintió nunca feliz con su nuevo empleo de bedel. Muchas veces me lo dijo.

Llegado a este punto, Vicente terminó de escribir en su pequeña agenda y la cerró. Ambos permanecieron en silencio unos segundos, los suficientes para que en el rostro de Sonia apareciera una expresión de tristeza. No le había resultado fácil contar esta historia.

—Sonia, no descarto tener que llamarla de nuevo si la necesito. Ha sido muy amable y me ha contado más de lo que le he pedido, detalles que no tenía por qué haberme relatado, y se lo agradezco profundamente. Nos ha dado información valiosa y ha sido muy sincera. De nuevo le doy las gracias.

Ella se levantó, dio la mano a Vicente y se alejó cerrando la puerta del despacho con suavidad.

Se quedó pensativo. En un primer momento pensó que no tenía nada, pero cambió de opinión. Para descubrir qué había pasado de verdad con Cristian había que empezar por conocerle, y los datos de Sonia no eran cruciales, pero sí interesantes, y si su relato se ceñía a la realidad podría conducirle a algo. Para descubrir las actividades de una persona antes había que conocer su personalidad. Generalmente coincidían.

32

Aquella mañana hacía un frío como de principios de diciembre. Despejado de nubes, la temperatura había bajado mucho. La Yamaha R6 rugía frente al denso tráfico de primera hora. Juancar conducía embutido en la gruesa chupa que, a pesar de su espesor, dejaba colarse por algún hueco algo de frío.

Conducía con cuidado en las zonas húmedas del recorrido, temía encontrar placas de hielo. Los guantes se adherían a los puños del manillar buscando un calor inexistente. Su textura acartonada no favorecía un buen tacto. Los pies, embutidos en gruesas botas, se acurrucaban debajo del motor en un intento de atrapar la limosna de calor que el motor proporcionaba. El tubo de escape parecía fumar, dejaba una estela marinera de vapor de agua visible. El carenado resultaba insuficiente para desplazar tanto frío. Los discos cantaban arias de soprano en cada frenada pareciendo agradecer el roce de las pastillas. En una de las rectas de la variante, de escasamente un kilómetro, sin apenas tráfico, aceleró con fuerza, enrabietado, queriendo desafiar al mal tiempo. La moto engranó la cuarta marcha y en apenas unos segundos el velocímetro mostró 208 kilómetros por hora. Y aún quedaban dos marchas más. El cuentarrevoluciones giró hasta catorce mil vueltas. «¡Qué delicia de moto!», pensó. Su cuerpo despertó. Cortó gas con brusquedad, frenó con mucha decisión y suavidad en la salida que llevaba a su restaurante. Enfiló la curva con cuidado, acordándose del hielo. El frío se había metido por todas las rendijas. Qué placer.

Sin embargo, aquella mañana en la mente de Juancar hacía mucho calor. No entendía lo que había sucedido con Elena. Su cerebro bullía de hipótesis, casi todas ellas incomprensibles. Al calor de su imaginación, no cesaba de capturar extrañas escenas en las que una persona entraba en la casa y la machacaba a cuchilladas. Su mente era una cazuela con aceite, hirviendo de suposiciones. No imaginaba a un ladrón, aunque ella era una persona con dinero. Podía tener cuadros, esculturas de artistas conocidos. Volvía a su imaginación la escena de la casa. La muerte siempre te ronda. Todos, en algún momento, la vemos cerca hasta que llega el día en que viene a buscarnos. Pero casi siempre lo que se da a nuestro alrededor son muertes naturales, y él nunca había vivido una muerte violenta tan de cerca. Un asesinato de película. Quizá debía dinero. Igual fue un ajuste de cuentas. O tal vez alguien conocía muy bien lo zorra que era.

La contradictoria mezcla de frío y calor hacía más llevadero el trayecto hasta su restaurante. La llegada fue rápida. Con la mente funcionando se tardaba menos. Aquella mañana había quedado con Jorge para avanzar en el asunto de los fractales líquidos. Jorge era una figura clave en su negocio. Dirigía su pequeño taller de innovación y era tranquilo. Se llevaban bien, hasta que saltaban las chispas, claro. Jorge era licenciado en Historia del Arte y un enamorado de la innovación en la cocina. Sus estudios le habían influido mucho y sabía plasmar en cada plato una delicada proporción de elementos, brillos y colores, sabía cómo disponerlos de manera que la vista se aliase con el comensal ayudándolo a entender el plato. Conocía a la perfección cómo combinar sabores para conseguir, sobre bases muchas veces clásicas, resultados novedosos, de aspecto colorista, a veces minimalistas y, sobre todo, con una puesta en escena deslumbrante. A menudo los platos eran cuadros a los que el noruego Kilme sacaba lo mejor de sí mismos en sus fotografías. Jorge tenía una imaginación calenturienta y provocadora, y su cocina era eso: una constante provocación de sabores y de texturas. Y aunque no gustaba a todo el mundo, no le importaba. Tenía una máxima que aplicaba de modo tajante: «La opinión de la gente no me preocupa lo más mínimo. Si me gusta a mí, es suficiente. Mi opinión vale más que la del vulgo», afirmaba con prepotencia. «Si no hago lo que yo quiero, no sé hacerlo. Si tú me pides que haga un plato de tal manera, de la que a ti te gusta, no sé si sabré cómo. Jamás podré avanzar si me dedico a consensuar cambios en la cocina. La mayoría de las personas suele ser reacia a los cambios, y si les hacemos caso no avanzaremos. Nunca un acto rompedor ha tenido grandes respaldos. Imagínate que tuviéramos que reunir a diez mil personas para pintar un cuadro; que tuviésemos que ponerles de acuerdo sobre la figura, la luz, los tonos, los matices... Hago lo que me da la gana, y si gusta a los demás, mejor. Pero no voy a cambiar lo más mínimo. Es mi cuadro y lo pinto yo. Al que le guste bien y si no, también», afirmaba.

Su trabajo incluía ser el enlace con el catedrático de la Facultad de Químicas, una ayuda inestimable. Pero esto a veces cambiaba, y cada vez más. Jorge era el encargado, en medio de alguna bronca, había que recordárselo. Él era tan radical como Juancar, pero como no tenía que pagar nóminas no se cortaba un pelo en decírselo.

Juancar puso la cazadora cerca de la calefacción en la pequeña sala con cocina que hacía las veces de taller de trabajo. Tomó asiento delante del ordenador y miró la hora. En apenas dos minutos más oiría entrar a Jorge. Era muy puntual. Con el paso de los años se había convertido en una pieza muy importante del restaurante. Quizá demasiado. La posibilidad de que fallara era algo que cada vez preocupaba más a Juancar. El único indispensable en su empresa debía ser el jefe, pero sin Jorge no sería lo mismo. Había dejado que fuera él el único que desarrollara las ideas y, lo que era más delicado, que las creara. Y cada vez iba a más. No paraba de dirigir proyectos que muchas veces estaban muy lejos de lo que Juancar quería. Y eso era un problema que no sabía cómo atajar; sabía que un día la relación se rompería. Eran demasiado parecidos, los mismos prontos y broncas cada vez más frecuentes. Sus famosos cambios de humor convertían las reuniones en una ruleta rusa. Si Jorge venía positivo, se podía avanzar, y si por el contrario venía atravesado había que andar con mucha mano izquierda para que hubiese resultados.

La puerta se abrió con brusquedad.

—Aúpa, Juancar.

—*¡Egun on, mutil!*

—Vaya frío que hace, he venido tiritando, a saltos —bromeó Jorge.

«Bueno, parece que hoy vamos a ir bien», pensó Juancar.

En tres minutos estaba ya vestido de cocinero. Se sentó a la mesita de trabajo con un montón de papeles con dibujos, proporciones, apuntes y garabatos.

—¿Por dónde empezamos? —comentó Juancar.

—Por el fractal, porque tenemos, por cojones, que conseguir hacerlo. Estamos muy cerca. El otro día casi nos sale todas las veces que lo probamos. No queda más que acelerar el proceso, el químico nos ha dicho que cambiemos la temperatura de uno de los dos líquidos y veremos, aunque no me ha confirmado si así lo conseguimos. ¿Nos atrevemos a sacarlo a una mesa hoy?

—¿Y la puesta en escena cómo sería? —preguntó Juancar.

—En principio es sencilla. No tienes más que añadirle la salsa a una tarta de limón cortada en rectángulos y espolvoreada con algo de cacao. Es decir, por un lado la tarta y por el otro un plato sopero donde irá la mezcla, tipo hidromiel fría. Se coloca ante el cliente y se vierte la mezcla de la cochinilla con el vodka por encima. Sólo una cucharilla muy pequeña y muy caliente. En apenas un minuto, el asombrado comensal verá cómo se forma el fractal en la superficie. Es la salsa que acompaña a la tarta de limón, pero tiene tanta importancia que lo hacemos en dos platos. Y el sabor es dulce, un poco alcohólico y muy agradable.

—Vale, vale, pero no tenemos ninguna otra novedad más que ofrecerle y es una persona muy importante.

La sangre de Jorge, a pesar del frío ambiente, empezó a calentarse. Su ceño se frunció con evidente enfado.

—Mira, Juancar, lo que tienes entre manos es una genialidad, sácale partido y no me vengas con gilipolleces —replicó—. Llevo oyendo esa cantinela demasiado tiempo.

—Pero, insisto, aparte de esto no tenemos nada nuevo —contestó el otro airado.

—Eso es mentira, tienes las kokotxas y...

—Eso es una mierda —replicó Juancar con desprecio.

—Mira, estoy hasta los mismísimos de oír eso. La próxima vez llamas a alguno de tus amigos para que te haga los putos platos. Me cansa una barbaridad escucharte. El tema de las kokotxas es increíble, lo que pasa es que te echas para atrás más veces de las que te gustaría.

—Eso no gusta a nadie.

—Eso que dices no es cierto. Cocinar las kokotxas en menta es algo digno de contar. No te enteras. Es la grasa contra el ácido y amargo de la aromática menta. Y, además, te voy a decir una cosa, estoy hasta las narices de ti. Si estoy contigo es porque me divierto, pero también es verdad que cada vez menos, y estoy dudando mucho si me compensa seguir aquí. Fuera tendría buenas ofertas —contestó de pie y empezando a alejarse.

—¿Y qué vas a hacer, bobo, si eres un don nadie, un puto cobarde que no ha tenido los huevos suficientes para montar su propia historia, tu propio restaurante, y te quedas aquí conmigo, a mi sombra, a lo cómodo? —chilló Juancar perdiendo los nervios.

—Un día tus prontos te van a pasar factura, te crees san dios —dijo volviendo sobre sus pasos—. Vete a hacer tus rollos tú solito, si tanto sabes y tan seguro estás de ti mismo; como cuando apareces en las entrevistas filosofando sobre cómo se fríe un huevo. ¿Qué pasa?, ¿estás nervioso? —continuó Jorge—, pues te jodes. Con un poco de suerte viene la policía a preguntar por Elena, ¡bobo de la hostia! —le espetó abriendo la puerta y dispuesto a marcharse.

—No me toques los cojones, Jorge. Te recuerdo que el que quería ir a su casa después de la bronca de los delantales a darle un par de hostias fuiste tú. ¿Quieres que lo cuente por ahí? A lo mejor le interesa a alguien.

Dándose la vuelta Jorge retrocedió aún más.

—Sí, claro que sí, pero al final el que apareció allí, en su casa, fuiste tú. No te equivoques.

»No yo.

33

Miren tomaba un café en compañía de Álvaro. En la cafetería del hospital era difícil no ver a nadie. El tumulto era especialmente intenso. Charlaban amigablemente en un tono alto.

—Fue una cosa única. De las mejores que he hecho en mi vida.

—¿Y el precio? —preguntó ella.

—Pues para lo que comimos, desde luego que ajustado. La verdad es que si sales contento eso no importa.

—Bueno —matizó ella—, si te cobran poco sales más contento.

—Sí, tienes razón, pero no es algo que a mí me importe. Si decides ir a un sitio así ya sabes lo que te van a cobrar, y a no ser que te pases con el vino no te va a dar sorpresas. Tres platos eran de sobresaliente —comentó Álvaro con pasión mientras partía el pincho de tortilla acompañado del zurito que le acababan de servir.

Ella echaba azúcar a su café con leche. El doctor la miró sonriendo y prosiguió el relato. Miren admiraba al doctor y se sentía a gusto en su compañía. Muchas veces coincidían en el café, ella conocía a la perfección sus horarios y provocaba los encuentros. Cuando hablaba con él se sentía importante. Era una tontería pero le gustaba flirtear, que le contara cosas. Y él parecía también muy a gusto con ella.

—Insisto, tres platos sublimes. El primero era una

ostra a la plancha, muy poco hecha, servida sobre un bloque de sal con un pequeño hoyo lateral donde presentaban la salsa de erizo, muy ligera. En apenas un minuto adquiría el grado de sal exacto. Algo alucinante.

Dio un mordisco a su tortilla y prosiguió.

—El otro plato tuvo una puesta en escena grandiosa. Un cordero con café y menta. Un trozo de cordero asado con más cosas que no recuerdo, envuelto en un velo, que era donde estaba el café, y con una altura de unos doce o catorce centímetros, una pasada. Venía la camarera y delante de ti lo derretía e impregnaba la pieza de carne con el jugo de menta.

—¿Y de qué estaba hecho el velo? —preguntó intrigada ella.

—Era un agar-agar, creo que dijo la camarera. Un alga, vaya. Y uno de los postres —prosiguió el doctor— estaba sobre una base de intxaursalsa gelificada sobre jugo de arándanos rojos y otra salsa que cambiaba de color. Un juego lógico de pH pero hecho con mucho acierto. Una mezcla de la infusión dulce de lombarda con lima kéfir, muy atrevido.

—Pues sí que parece una cena increíble. A mí me gustan los sitios más tradicionales —replicó Miren.

—A mí también, ojo, a mí también —interrumpió el doctor.

—El otro día estuvimos en un asador y nos comimos uno de los mejores rodaballos desde hace mucho tiempo. Me acuerdo de estar chupando las espinas durante un buen rato. La piel estaba dorada y casi quemada por algunos sitios, y el olor a brasa, a carbón, era embriagador. Y primero nos habíamos zampado unas kokotxas rebozadas que eran una maravilla —relató Miren con detalle.

—Claro, claro, pero si eso está bien hecho no tiene discusión. Un buen rodaballo salvaje es increíble: la gelatina de la piel, chupar las espinas y la cabeza... Pero yo necesito algo más. Ese componente de novedad, de no saber lo que me van a servir y estar dispuesto a probarlo, eso para mí, pesa más. La sorpresa es básica en la diversión. Es como conocer un chiste de antemano, sí, te hace gracia pero no es lo mismo. La cocina tradicional es la base para poder edificar platos más elaborados y, aunque la respeto mucho, prefiero salir a la aventura y probar nuevas experiencias gastronómicas. Es un reto que no siempre sale bien, y ahí radica el encanto.

Ambos siguieron amigablemente enzarzados en las bondades y defectos de la cocina tradicional y moderna. Él siempre zanjaba la conversación con una frase muy elaborada y bien sopesada:

—Soy incapaz de distinguir entre cocina moderna y clásica, sólo sé diferenciar la cocina buena de la mala.

—En eso tienes toda la razón —apoyó Miren mientras soplaba en su café con leche intentando así dar un sorbo.

—Me encanta y disfruto comiendo, siempre y cuando haya un cocinero que ponga el alma. Me da igual qué tipo de cocina haga. Sé apreciar la cocina tradicional porque forma parte de nuestra memoria gastronómica y es la que más entiendo: la tortilla de patata, el cocido, la paella, los chipirones en su tinta..., pero también sé hacerlo con la comida culturalmente ajena a mí, como la japonesa o la india —continuó el doctor.

—Eso a mí me cuesta más —matizó Miren—. Y cuidado, que lo he intentado con el sushi o con los picantes.

—Pues mira que son ricos —contestó él.

—Sí, y cuando veo cómo disfrutan, cómo disfrutáis los demás —dijo señalándole—, termináis dándome envidia, de verdad.

El doctor rio con gusto.

—Eso es un síntoma de que te acabarán gustando, te lo garantizo —añadió él sonriendo.

—Igual sí —rio cómplice Miren—. Pero hay algunas texturas que me resultan más difíciles.

—Sí —contestó Álvaro—, es verdad lo que dices. Los alimentos no conocidos se rechazan más por la textura que por el sabor en sí, es curioso.

El barullo del bar se mantenía al mismo nivel.

El doctor notó la vibración del móvil en el bolsillo del pantalón. Lo cogió con la mano izquierda y miró con curiosidad la pantalla iluminada. Desconocía el número. Se disculpó con Miren y salió al pasillo de acceso a las plantas.

—Sí.

—Buenos días, ¿el doctor Álvaro Odriozola?

—Sí, soy yo. ¿Quién es?

—Soy Vicente Parra, oficial instructor de la Ertzaintza, de la comisaría del Antiguo.

34

Marc salió de su casa pensando que en apenas treinta minutos andando estaría en la iglesia. No le gustaba ir a funerales, pero creyó que esta vez tenía que asistir. Caminaba a paso rápido y con el abrigo cerrado al principio, para terminar desabrochándolo más tarde, y con el ejercicio había entrado en calor inmediatamente. Cuando llegó a la iglesia eran casi las siete y media, y el templo estaba abarrotado. Gente del mundo de la moda y también televisiones y radios, periódicos y fotógrafos. Aunque le miraron cuando llegó, pasó desapercibido. Su relación con la finada no era lo suficientemente cercana como para sacarle una foto. Dentro no se podía dar un paso. Se colocó en la parte trasera y esperó pacientemente a que el oficio religioso transcurriera. Durante el mismo el sacerdote hizo un panegírico de la difunta.

—La hermana Elena nos ha dejado, pero ahora lo importante es que nos ha legado un testimonio de bondad y de profesionalidad que nunca morirá. Su imagen habitará entre nosotros en forma de vestidos que no harán más que perpetuar su imagen. Y sabemos que en el cielo, donde nos esperará, ejercerá su pasión por el trabajo bien hecho. Sabemos que vestirá a los desnudos de corazón y...

El sacerdote la conocía e hizo de su sermón una exaltación de su persona. No podía ser de otra manera. «Estar muerto tiene una ventaja: a no ser que seas un asesino en serie todo el mundo hablará bien de ti. Se olvidarán de tus defectos y errores. La frase "siempre se van los mejores" sirve para todos los muertos. Sean los que sean. No está bien recordar que en muchas ocasiones los muertos deberían haberse ido mucho antes porque llegaron a hacer la vida imposible a los más cercanos. Pero no, eso no pasa. Existe una especie de amnistía, un perdón generalizado, y de un muerto se habla bien y punto.» Eso pensaba Marc, que, en realidad, no conocía en exceso a la finada. Elena había sido su cuñada pero, a pesar del parentesco, apenas la veía. Existen primos más cercanos que hermanos y sobrinos más próximos que los propios hijos. Para Marc, su excuñada no era más que un pariente lejano, de esos que sólo veía en contadas ocasiones. Fátima sí tenía una relación intensa con su hermana, pero él no. Y en las pocas veces en que coincidieron nunca se cruzaron muchas palabras. Las conclusiones a las que llegaba siempre eran parecidas: era un poco prepotente, se tenía muy creído lo que hacía y se le notaba. Le gustaba ser el centro de atención de las reuniones. Nada más.

La misa acabó y el cura con su «podéis ir en paz» dio la señal a la concurrencia para abandonar la iglesia. Él fue de los primeros en salir mientras pensaba en la cantidad de gente que se reúne en los funerales, en las ocasiones especiales, y lo vacías que están normalmente las iglesias. «Soy creyente pero no practicante» era la respuesta más habitual entre la mayoría de los encuestados. «Me beneficio del amparo de la Iglesia en los eventos pero no me hagas ir a misa, no me motiva.» Marc opinaba eso mismo: nunca iba a misa pero se declaraba creyente. Y tampoco lo razonaba en exceso.

Los periodistas se arremolinaron en torno a la hermana de Elena, Fátima, cuando ésta salía del templo. Llevaba unas gafas oscuras muy grandes y tenía el rostro desencajado. Vestía un abrigo largo de color negro y una bufanda gris envolvía su cuello. Iba del brazo de un hombre alto. Su actual marido o novio. Era el familiar más cercano y los medios se amontonaron en torno a ella intentando obtener alguna declaración. Teléfonos móviles y demás dispositivos de grabación cercaron su cara. Avanzó unos pasos con la cabeza baja y la clara intención de subir al coche que esperaba justo enfrente del templo. Pero al final no fue así. Con frialdad, sin quitarse las gafas, paró ante la nube de periodistas que, empujándola y con evidente nerviosismo, trataban de llegar a ella. Xabier la agarró del brazo pero ella se resistió. Él tomó la palabra.

—Por favor, sólo vamos a decir unas palabras. Ruego encarecidamente que después nos dejen marchar respetando el duelo de sus más allegados —afirmó con seriedad—. Queremos agradecer las muestras de apoyo que nos han llegado de todos los rincones del mundo en los que Elena tenía amigos, así como los innumerables mensajes solidarios de los compañeros de profesión. Todo esto supone un gran apoyo para la familia en estos momentos tan trágicos.

—¿Se sabe algo nuevo de la investigación? —apuntó un periodista.

—Sabemos lo mismo que vosotros —afirmó Fátima interviniendo con voz grave, levantando la cabeza y dejando ver su rostro.

Xabier retomó la palabra.

—La policía nos ha pedido que no hagamos declaraciones ya que pueden interferir en la investigación. Y ahora, por favor, déjennos pasar —finalizó intentando apartar a los periodistas, que seguían haciendo preguntas.

Lograron llegar al coche y allí se refugiaron; a continuación se marcharon con dirección desconocida.

Marc observó la escena a una considerable distancia. De la iglesia continuaba saliendo un gentío inacabable. Conocía a algunos y los saludaba con un leve movimiento de cabeza. Ángeles era una de las pocas personas relacionada con Elena a la que todavía seguía saludando por la calle. Se acercó a ella.

—Ángeles —no dijo más. En ese momento no sabía qué decir. Parecerían torpes hasta las más elaboradas frases de consuelo o apoyo. Cualquier palabra se llenaba de vacío.

—Marc. —Ella, acercándose, le dio dos besos de compromiso—. ¿Qué tal estas? —dijo, más como coletilla que como verdadera pregunta.

—¿Qué tal está Fátima?

—Está mejor, ya sabes, te puedes imaginar. Yo estuve con ella por la tarde y, bueno, con las pastillas que le han dado la verdad es que algo mejor. Supongo que mañana tendrá que ir a declarar y, no sé... La machacarán a preguntas porque no saben nada y por ahora lo único que dicen es que ella fue la última persona que la vio con vida. Pero tampoco están seguros. Intentarán sacar algo de ahí.

En ese momento llegó un tío de Elena al que también Marc conocía. Se saludaron con más cortesía que aprecio. Él no era ya de la familia y el trato, aunque correcto, era distante. Durante el oficio religioso se había preguntado varias veces si no estaba de más, si su presencia no incomodaría a alguien. «¿Y por qué iba a hacerlo? Era la hermana de mi exmujer y creo que debo estar. Esta situación es incómoda para todo el mundo porque nadie sabe quién ha matado a Elena. Todos somos sospechosos. Qué bobada», se contestó a sí mismo.

Vio de lejos a Samuel. Con la mano le hizo una seña. Él respondió y se acercó.

—¿Qué tal, Marc?

—Pues todavía con el susto en el cuerpo. No sé cómo pueden suceder estas cosas. ¿Estuviste con la policía?

—Sí. Me hicieron muchas preguntas —respondió con cara seria—. Fue espantoso. Nunca me había sucedido una cosa semejante.

Marc, sin ganas de saber más detalles, intentó cambiar el tema de conversación.

—¿Tienes ya alguna col de Bruselas?

—Todavía no están listas. En un par de semanas te podré dar las primeras. Han salido bonitas pero todavía están muy pequeñas.

—Cuando me las vayas a traer me avisas para que cambie la carta.

El jardinero no hacía mucho caso.

—No había vuelto a la iglesia desde el funeral del *aita* —comentó Samuel observando con la mirada perdida cómo los congregados se iban poco a poco disolviendo—. Bueno, pasado mañana te veo.

—Perfecto —contestó Marc mientras le tocaba el hombro y se perdía entre los últimos asistentes. Le vio alejarse y pensó que desde la muerte de su padre se le notaba triste. Estaban muy unidos. Apenas tenía amigos y vivía solo. Su padre lo era todo para él.

De repente, Marc sintió un *déjà vu*. Y se dejó sentir con los habituales síntomas de extrañeza y a la vez de sobrecogimiento, pero también de miedo. Un escalofrío le recorrió el cuerpo y durante un tiempo que le pareció una eternidad se quedó clavado en el mismo sitio viendo pasar personas y teniendo la sensación de haber vivido un episodio así con anterioridad. La relación espacio-tiempo se había roto y creyó vivir de nuevo esa escena de antes en la que estaba en la puerta de la iglesia, escuchando los comentarios de pésame, los transeúntes ajenos al drama que reían, las lágrimas de los más cercanos, la muerte pasando cerca y mirándole con frialdad. El aire movía velos, mortajas inertes, silencios de penumbra y vacíos lúgubres. Esa sensación ya la había experimentado antes y siempre estaba relacionada con la muerte. Él ya había estado en una situación así. Pero su cerebro se negó a admitirlo.

Y de repente lo recordó: fue cuando murió el padre

de Samuel. Estuvo en el funeral, en la misma posición, en la misma iglesia. Rodeado de gente cercana y a la vez ajena.

Logró tranquilizarse pensando que sólo era eso, el recuerdo de la sensación de muerte cercana.

35

—Me dio su teléfono el director del hospital, Matías Collado.

«¡Qué listo!, le dije que le diera mi teléfono, pero el del despacho, no el personal, qué agudo Matías», pensó mientras se tocaba los cuatro pelos que aún le quedaban.

—Le comentó el director que estaba interesado en hablar con usted, ¿verdad? —agregó el oficial.

—Sí, sí, perdone, es que no le oigo del todo bien.

—¿Qué le parece si quedamos esta tarde?, no le quitaré mucho tiempo, se lo aseguro.

—¿Esta tarde? —«Vaya, este tipo no pierde el tiempo», pensó—. Bien, perfecto, ¿qué le parece a las cinco en mi despacho? Está en la tercera planta, al final del pasillo. Pregunte en recepción si no lo encuentra.

Álvaro colgó el teléfono y se quedó pensativo. No le dio importancia al hecho de que el director le hubiese dado su teléfono privado, no. Se quedó pensando en otra cosa. ¿Dónde narices había oído esa voz? Le sonaba bastante. Pero lo que más le preocupaba era ¿para qué quería hablar la policía con él?

Mientras miraba la pantalla del teléfono móvil para asegurarse de que no había mensajes entró de nuevo en la cafetería.

—Se te enfría el pincho de tortilla, Álvaro.

—Sí, dejamos lo más importante para atender chorradas, tienes razón.

—Yo te dejo, Álvaro, que me están llamando a mí también. Venga, ¡agur! —El doctor la vio alejarse y, aunque rodeado de gente, ruido, conversaciones mezcladas, se sintió preso por la voz que acababa de escuchar por el teléfono. ¿Dónde la había oído?

Una cita con un policía era presagio de problemas. «No seas agorero, a lo mejor es algo interesante», se contestó a sí mismo.

Álvaro no lograba concentrarse en lo que estaba haciendo. Rodeado de papeles, análisis e historiales clínicos, no dejaba de pensar en todo menos en lo que tenía delante. Cada cinco minutos miraba el reloj, con la mente más puesta en la visita que tenía a las cinco que en otra cosa.

Puntualmente, Vicente llamó dos veces y sin esperar respuesta entró.

—Buenas tardes. Soy el oficial Vicente Parra. El doctor Álvaro Odriozola, supongo —afirmó con una sonrisa mientras en su cara cambiaba la expresión amable por la de sorpresa.

—Buenas tardes —contestó a la vez que enmudeció el doctor. Claro que le sonaba su voz.

El oficial se quedó pensativo y le devolvió la sonrisa, a la vez que le daba la mano.

—¿Dónde nos hemos visto?

—Yo ya lo sé —respondió el doctor con una sonrisa—. Hace mucho tiempo. Usted ha estado en Uxmal, México —afirmó sin preguntar.

Aquella mañana el sol había salido violentamente por la línea de tejados de las pocas casas bajas que rodeaban la antigua hacienda henequenera, reconvertida en hotel, en las afueras de la ciudad mexicana de Mérida. Era un lugar fantástico con una plaza central presidida por un enorme árbol del mango y algún que otro agave que recordaba el origen de la hacienda: el henequén que tanta riqueza dio a la península del Yucatán entre finales del siglo XIX y comienzos del XX.

Françoise miró a través de la cristalera de la habitación donde se encontraban alojados. Después de todo el tiempo que había pasado en el país tenía la sensación de tener más raíces allí que en su país natal. Eran casi las siete de la mañana y, tras abrir la puerta corredera con un té recién hecho entre las manos, salió al pequeño balcón con barandilla de hierro forjado para disfrutar del amanecer sobre la línea del horizonte. Su marido aún dormía. Volvió la vista y lo miró, dejó el té sobre la mesita sin apenas hacer ruido. Con una mano, se abrochó con recato los botones de la blusa que llevaba puesta como única prenda. Sentía el frescor de la mañana y le gustaba. La brisa en esas latitudes era un lujo del que había que disfrutar en el momento, ya que más tarde, cuando el sol estuviera en lo alto, hasta las piedras se rendirían y quemarían con rabia, suplicantes de sombra. Se sentó en una silla y cogió con las dos manos la taza caliente.

Después de todo el tiempo que Françoise había pasado allí, el olor era lo que más recordaba. Un aroma que se le quedó impregnado, imposible olvidarlo. Era una seña de identidad. Ese país huele a maíz, huele a tacos, a mole recién hecho. Le encantaba el olor de esta tierra tan antigua y tan arraigada. Le gustaba pasarse por las taquerías y oler el picante, y el ácido que emanaba de los locales. Quería recordar. Quería volver a vivir un rebobinado de las maravillosas horas que pasó con él allí, hacía ya muchos años.

Había regresado para reencontrarse con un recuerdo. Era un recuerdo enfermo, enquistado, del que quería curarse. Acompañada de Vicente, mataría a la bestia que durante mucho tiempo y en forma de recuerdo indeleble dominaba su mente. Y se encontraba atormentada, pensando que igual sería imposible hacerlo. Por eso había ido con decisión. Era una terapia de implosión. Era como asir la serpiente con la mano para un ofidiofóbico. Era encerrar en un ascensor y a oscuras a un claustrofóbico. Pero ella, aunque era una mujer decidida y fuerte, pasaba demasiados días en la melancolía de su primer marido muerto en un estúpido cruce de carretera, sin señalizar. Si lo hubiera estado. Pero no, no lo estaba, y eso es lo único que no se podía cambiar.

Y por ello había vuelto durante apenas diez días a su amada Mérida, a visitarla con Vicente, por el que sentía más cariño que amor, porque todo lo había amado con Claude, su primer marido. Volver a rehacer su vida con su primer hijo, Pierre Miraud, de casi veinte años, que estudiaba para biólogo en París, y Alberto, cuidado por los padres de Vicente, allí en España, con sólo once. Ambos en su mente, dos pedazos de su ser, apoyando la decisión, sin ellos saberlo, de su madre, de dar un puñetazo encima de la mesa y transformar su relación, quizá también recuperar esa ciudad de la península del Yucatán que tanto le dio y dejarla conforme consigo misma.

Y lo había hecho con decisión y sin decirle nada a Vicente. Quería volver a una tierra que era dueña de su pasado, poseedora de una parte de su historia. Donde nació su primer hijo. Donde amó sin mesura. Donde el calor se adueñó de su pasión por Claude Miraud. Una persona arrolladora que en apenas cuatro años de relación supo sacar lo mejor de ella. Su pasado se encontraba allí. Y había vuelto a llevárselo. A situar las cosas que estaban descolocadas.

No pensaba irse de vacío, no. Pensaba llevarse en el avión de vuelta una maleta cargada de recuerdos curados, de momentos felices, bien colocados en su memoria. De sitios compartidos con él. Quería con esta visita afianzar su relación y volver a sentirla tan cerca como la sintió con Claude. Con Vicente en el asiento de al lado, testigo inconsciente de una curiosa terapia, ella quería hacer retornar a su vida la calma que necesitaba.

Y estaba convencida de que lo iba a conseguir. Aquel viaje de unos días a su adorada Mérida era la clave, y el tiempo se encargaría de darle la razón. «Enfréntate a tus pánicos, de cara y sin defensa. Sin más parapeto que tu propia presencia.» Y lo haría así, con valor, con mucha fuerza, con la entereza que la caracterizaba, porque al día siguiente, después de estar en Uxmal, pasaría con Vicente por la casa que tenía alquilada en la zona antigua de la ciudad, cerca del paseo de Montejo, casi al lado del Museo de Antropología, y le diría:

—Vicente, ese balcón que ahora aloja cortinas desconocidas era la ventana de mi antigua casa, donde yo vivía con Claude.

«Allí supe lo que fue el amor por primera vez», pensaría para sí misma, queriendo decirle, sin atreverse, que no tenía ninguna intención de que también fuese la última. Que ella estaba decidida a encararse al destino para que no fuera así. Sería lo más cerca que estaría de esa sensación de vértigo de saber que la persona amada se ha ido para siempre. Que hay que romper de una vez por todas ese lazo residual. «Tampoco es tanto problema. ¿No es cierto que tengo un buen sustituto? ¿Se puede tener un sustituto del amor?, como si fuese la persona amada un coche de sustitución, ¿de verdad se puede?», se preguntaba sabiendo la respuesta.

«Sí, se puede. Y lo voy a conseguir.»

Una luna de miel tardía con todos los ingredientes de ruptura o de unión en la coctelera. Pero ella estaba convencida de la segunda opción. Una luna de miel que no hicieron porque el trabajo no se lo permitió, aunque en realidad más bien fue porque la sombra de Claude estaba demasiado presente en el ánimo de ella. Y él lo aceptó con la promesa de un viaje maravilloso, más adelante, a algún sitio lejano. Pero ese sitio ya estaba comprometido de antemano. El sitio no podía ser otro. Y luego nació Alberto, y al final se retrasó. Y ya no podía esperar más.

Era un viaje tan urgente, tan necesario, como el verde necesita a los árboles, como necesitan las lágrimas al llanto, como urge la cercanía el lloro de un bebé, como la risa demanda carcajadas de complicidad.

Después dejó de pensar y cerró los ojos sintiendo la brisa en el balcón de la antigua hacienda. Por un momento pensó en la actividad que había habido antaño en los almacenes al lado de la plaza y se imaginó al capataz dando órdenes a sus hombres para llevar el henequén fuera de ésta.

La realidad volvió en forma de ruido, su marido se despertaba. Se levantó y lo besó con cariño.

—Vámonos, que luego el sol calentará y no habrá quien lo pare.

—Tengo ganas de ver tu otra tierra —sonrió él.

El viaje de ida les llevó en la camioneta por entre las ciudades de Maxcanu y Muna hasta llegar al lugar ceremonial. Uxmal. El lugar donde se produciría el cambio, el ritual del enamoramiento. El final de la tierra. De su tierra. El Finisterre de sus sentimientos. Quería a toda costa quemar los antiguos, purificarse, reencontrarse a sí misma y vestirse de nuevo. Como una virgen, empezar de manera maravillosa lo que sólo comenzó como un consuelo agradable al que ni siquiera quiso que acudiera su hijo, presa como lo estaba de sentimientos encontrados. Pero eso pasó hacía ya tiempo y ahora deseaba enseñarle a Vicente cuál fue su mundo. El pequeño universo que la cautivó. Acariciarle entre las piedras milenarias de la Pirámide de la Vieja, llevarlo de la mano por la Plataforma de los Jaguares, abrazarle delante de todo el mundo en el Cuadrángulo del Cementerio y allí mismo enterrar las sombras del pasado.

Un sitio tan bello, con tanta luz, era evidente que no podía ser su cárcel. Ella se encargaría de que no fuese así. Lo tenía que hacer. Tenía que hacerle ver que él tenía todo el derecho del mundo a estar en su vida, a compartir los latidos de su corazón, a cautivarle con su sabiduría. Y ella sabía que aunque no lo compartía, el oficial conocía perfectamente a qué habían ido a la península del Yucatán y lo aceptaba sin expresarlo porque era consciente que era necesario para seguir juntos. Ambos sabían lo crucial en que se había convertido la cita con esa tierra milenaria plagada de recuerdos, repleta de historias. Las piedras podrían hablar, pero entre Vicente y Françoise no existían las palabras. Sólo el oficio ceremonial de aceptación de la novia en un marco tan religioso como potente.

Uxmal.

Françoise conocía a Pancho, uno de los arqueólogos que trabajaba en las excavaciones de la zona. Les esperaba y con gran amabilidad les hizo de guía. Lo podía haber hecho ella, pero habían transcurrido algunos años desde la última vez y algunas cosas habían cambiado. Pancho acompañaba a otra pareja en sus explicaciones, unos recién casados en su viaje de luna de miel. Un médico y una psicóloga.

—Os presento a dos personas que hacen el recorrido un poco más tarde con un compañero arqueólogo, pero que comerán con nosotros. Él es Álvaro Odriozola y ella Paula Aduna.

—Yo soy Françoise —se adelantó ella—. Y mi marido Vicente.

—Me suena su cara —comentó el doctor.

—Pues igual, vivimos en Donostia, pero procuro andar lejos de los sitios donde hay médicos —comentó jocoso—. Trabajo en una empresa de ordenadores —mintió el oficial.

—¿En San Sebastián?, ¡qué casualidad! Nosotros también —intervino Paula—. Pues luego en la comida nos contamos cosas. Venga, ¡agur!

Y después los tres se perdieron entre las piedras, para participar en una ceremonia de la que ni siquiera fue consciente Pancho, aunque sí, y mucho, Françoise.

Comieron juntos y se prometieron quedar en Donostia para hacer una cena que nunca llegó. Se dieron los teléfonos pero los terminaron perdiendo. Pasaría más de una década hasta que se volvieran a encontrar.

En el vuelo de regreso, el oficial y Françoise vieron desde la ventanilla del avión como la ciudad de Mérida se alejaba y, sin decirlo, los dos supieron que el viaje les había unido para siempre.

—¡Qué gusto volver a encontrarte, Álvaro! Nunca me imaginé que fueras tú.

36

—Hace ya casi diez años —dijo el doctor mientras le invitaba a sentarse—. Se te ve igual. ¿Has cambiado de trabajo?

—Sólo digo donde trabajo si es estrictamente necesario, compréndelo.

Rieron, vivían en la misma ciudad y en ningún momento se habían cruzado. Se estrecharon la mano con fuerza. Después de estar casi cinco minutos recordando los tacos y el ceviche de corvina que se tomaron en aquel restaurante donde compartieron mesa a las afueras de Uxmal se preguntaron por sus respectivas mujeres. Vicente se interesó por el trabajo de Paula en la universidad y Álvaro por el de Françoise en la Escuela Kunsthal. Habían pasado bastantes años pero ambos se veían bien. No habían cambiado mucho.

Se miraron y supieron que había una buena conexión entre ellos. Se sentían cómodos hablando. Aquella vez en México también fue así, una comida entre desconocidos que acabó siendo una animada charla entre amigos.

—Vicente, me tendrás que explicar a qué debo este honor.

—Claro, Álvaro, claro. Iré al grano. Estamos investigando la muerte de una persona. Confío en ti como profesional, y ahora como amigo, sobre tu discreción —interrumpió y prosiguió.

Álvaro asintió con la cabeza.

—Se trata de una persona de treinta y ocho años que falleció por un fallo renal y hepático severo.

Álvaro, que se encontraba apoyado en el respaldo de su silla, se incorporó automáticamente cuando oyó las últimas palabras de Vicente. Era su territorio.

—Una serie de hechos nos llevan a creer, más bien a sospechar, que no fue así. Para ser más exactos pensamos que alguien lo provocó o aceleró el proceso. Te pasaré el parte de la muerte de Cristian José y verás que hace referencia a un fallo renal y hepático generalizado como causa de la muerte. En otras palabras, creemos que la muerte se disfrazó de natural pero que en realidad no fue así.

—¿Hace cuánto de esto? —preguntó el doctor.

—Unos dos meses.

—¿El cadáver se incineró?

—No, por fortuna está enterrado.

—Bien, porque una de las cosas que habría que hacer es una revisión completa y exhaustiva del cuerpo. O sea, una autopsia.

La palabra resonó en el aire con una frialdad cortante.

—Mi jefe y yo creemos tener datos suficientes para que el juez nos la conceda. Y aquí entras tú. Me gustaría, en caso de conseguir el permiso, que hablases con el forense y le indiques lo que necesitas para llegar a saber realmente la causa de la muerte.

—Eso no va a ser fácil.

—No he dicho que lo sea —replicó con educación el oficial.

—Las causas para provocar un colapso de esas características pueden ser muchas.

La conversación se volvió densa. Por la cabeza del doctor se cruzaron en un instante el dolor por la muerte de un ser querido, la autopsia, la sangre, los cromatógrafos, las probetas, los microscopios... El oficial hablaba pero él ya no estaba escuchando. Lágrimas, tijeras, analíticas, trozos de hígado, venganza, olor estéril.

Con una mirada sincera, el doctor afirmó que todo debería hacerse cuanto antes.

—Vamos a intentar que sea lo más rápido posible. Mañana tengo una reunión con mi superior y debo darle toda la información que he recabado. Y quiero que tú hagas el trabajo de investigar qué pasó realmente en el interior del cuerpo de Cristian el día de su muerte. Me han dicho que eres el mejor —afirmó sonriendo.

El doctor agradeció el cumplido y añadió:

—No te puedo garantizar nada. Tenemos un buen equipo pero no es algo fácil. Insisto en la dificultad, y lo único que te puedo asegurar es que pondremos toda nuestra profesionalidad al servicio de un viejo amigo.

El doctor sonrió al tiempo que le prometía mandarle el informe de la enfermedad de Cristian. Ambos se levantaron y se dieron un apretón de manos firme. Justo cuando el oficial salía el doctor le paró con la mano.

—¿Podría haberse suicidado? —preguntó el doctor.

—No —dudó el oficial—, no lo creo. Por cierto, Álvaro, si no recuerdo mal, la última vez que estuvimos juntos, y la única —sonrió—, pagaste tú la cena.

—No me acuerdo.

—Pues yo sí, no me dejaste pagar y me largaste la coletilla de que la siguiente la pagaría yo.

—Qué memoria..., sí, no sé, puede ser.

—Así que te debo una cena.

—Pues si tú lo dices, bienvenida sea —concluyó Álvaro.

—Pero esta vez escojo yo el sitio —propuso Vicente. El doctor asintió con la cabeza.

—Perfecto. Cuando sepa algo nos llamamos. Recuerdos a Paula —dijo el oficial.

—Lo mismo para Françoise —contestó el doctor.

37

La policía había comunicado hacía ya unos días a los más allegados que las investigaciones en el lugar del crimen habían finalizado y que podían entrar en la casa. A pesar de todo, Fátima no se había atrevido a hacerlo. Necesitaba tiempo, habían pasado unos cuantos días y había llegado la hora de enfrentarse a un último y duro encuentro con la realidad.

—No es necesario que vengas —le repetía Xabier—. Voy yo con un par de personas de la limpieza y en un día la casa estará presentable. No creo que haya nada que ver que te pueda interesar. Será duro y no tienes por qué pasar por eso.

—Te he dicho que no. Voy a ir y punto. Ésta fue mi casa desde que nací, y aunque hacía ya mucho que no vivía en ella necesito verla —respondió con frialdad.

Cuando Fátima conoció la noticia de la muerte de su hermana reaccionó mal, pero pronto su actitud comenzó a desprender una frialdad que asustaba. Aquel día Fátima había decidido con su novio, Xabier, que deberían entrar en la casa de Elena. Había llegado la hora y ya estaba preparada.

Cuando bajaron del coche y caminaron por el estrecho callejón que daba al jardín notó que todo se le venía encima. Eso fue por lo menos lo que sintió Xabier cuando, en un gesto instintivo, ella se agarró a su mano y él a su vez la rodeó con el brazo. Atravesaron la puerta del jardín y saludaron a Samuel, que se encontraba en el cobertizo limpiando unas hojas de menta que acababa de recoger.

Mientras andaban por el camino de piedra adoquinado que daba acceso a la puerta principal, notaron con temor como la casa se convertía en un monstruo gigantesco, que crecía y crecía de tamaño a medida que se acercaban. Casi en la puerta de entrada, esa sensación se acentuó aún más. Iban a ser devorados. Se acercaron al umbral del porche y ella cambió. La embargó una fuerza interior desafiante. «No te tengo miedo, puta casa.» Pero al mismo tiempo sintió el espanto de la visita de la muerte. La casa había visto morir a sus padres, pero no de aquella manera. «Demasiadas muertes», pensó.

«No te tengo miedo. No te tengo miedo», se repetía a sí misma obsesivamente. Subieron los tres escalones de acceso al porche y se detuvieron a medio metro de la puerta. Ambos respiraron hondo. Sacaron la llave nueva que les había dado el cerrajero hacía dos días, la vieja se la había llevado la policía para analizarla. Xabier dio dos vueltas a la cerradura y la puerta se abrió con un chirrido. La casa se disponía a engullirles. Se alzó el telón.

A pesar de ser mediodía, la casa estaba con las persianas bajadas y la oscuridad tenía cierto olor ocre y amargo. Lentamente, Xabier, sin soltar la mano derecha de Fátima, palpó la pared intentando encontrar el interruptor. Cuando lo encontró lo apretó al mismo tiempo que notaba que se ensuciaba la mano. Las luces de la sala principal se encendieron. El escenario se iluminó. Actores a escena. A primera vista era difícil captar qué diferencias había en la casa respecto a la última vez que estuvieron, pero a medida que se adentraron en el salón éstas fueron aflorando. El fino polvo negro con el que Xabier acababa de mancharse al tocar el interruptor, y que utiliza la policía para detectar huellas digitales, era visible por todos los rincones. La casa estaba llena de ropa tirada, cajones volcados.

Los ojos de ambos se abrieron un poco más cuando descubrieron que las manchas de sangre inundaban el parqué y las alfombras. No se dijeron nada.

«Casa, no me das miedo. No vas a ser capaz de asustarme.» Xabier no dejaba de mirar a Fátima. Por el momento ella parecía estar bien.

Subieron al piso de arriba y se dieron cuenta de que, aunque estaba intacto, todos los pomos habían sido revisados con el polvo de las huellas. La policía se había afanado en encontrar indicios del autor del crimen incluso en los lugares donde supuestamente éste no había estado presente. Bajaron y entraron en la habitación de Elena. Fátima apretó con fuerza la mano de Xabier al ver la sangre. Allí fue donde la encontraron, recordó, a los pies de su cama. La gran mancha negra del suelo era sangre vieja y tenía el color de la muerte. Las paredes, el quicio de la puerta, el pomo, la mesilla de noche y parte de la colcha de la cama tenían trazos de sangre y conformaban un cuadro espectral. La frialdad de Fátima sorprendió a Xabier. Soltó su mano y dirigiéndose a la ventana abrió la persiana y, con decisión, iluminó la escena. Xabier la miró con extrañeza.

—A Elena no le gustaba dormir con la persiana bajada. Decía que la luz le hacía compañía. Ahora que duerme para siempre prefiero que esté cómoda.

Sin decir nada más, comenzó a buscar en la cómoda que había en la habitación abriendo los pocos cajones que no habían sido registrados.

—¿Qué haces?

Ella no contestó y él insistió.

—Ya has visto lo que tenías que ver. Nos vamos a casa.

—¡Quieres dejarme en paz, por favor! —contestó ella alzando el tono de voz.

No quiso contestar, respetaba el momento tan difícil que estaba atravesando.

Después de dar unas cuantas vueltas sin rumbo por la habitación, Fátima se acercó a la gran mancha de sangre. Se agachó y la tocó. Durante unos instantes la acarició, dando la impresión de estar en trance. Su novio no dijo nada y se mantuvo en la entrada de la habitación. La ausencia de ruido podía masticarse. Cogió el joyero tirado en una esquina, comprobó que estaba vacío y lo dejó sobre la cómoda. Después rompió el silencio.

—Faltan la pulsera de mi madre y los anillos de casados de mis padres. Tampoco está el collar que le regalé cuando cumplió los veinticinco años. La pulsera de mi madre se la regaló el *aita* a la *ama* el día que se casaron. Era una preciosidad, no de excesivo valor pero muy bonita. Ésa me da pena. Alguna vez ya le dije que debería guardarla en una caja fuerte y ella me contestó que tenerla cerca la serenaba. Mira dónde ha acabado ahora, en manos de algún indeseable —añadió mientras se tapaba con las dos manos el rostro. Se mantuvo así casi medio minuto.

Sin decir nada más entró en el vestidor y miró la ropa. Metió la mano en una bata raída que tenía colgada en un extremo y de un hondo bolsillo sacó dos pulseras de oro y diamantes. Sonrió al verlas.

—Quien quiera que fuera no las encontró —dijo Fátima mientras se las enseñaba a Xabier.

—¿Tu hermana tenía muchas cosas de valor?

—Pocas y sin demasiado valor. Eran buenas, pero si quisiera venderlas entre todas no sumarían seis mil euros. No le gustaban mucho las joyas. Apenas si tenía un par de cosas.

Salió de la habitación seguida de su novio y se dirigió a la cocina. Cogió un bote de galletas del segundo estante. Debajo de él apareció un falso fondo donde se encontraba el dinero de los imprevistos. El pequeño fajo de billetes con una nota escrita por su hermana decía: «Usar sólo si es estrictamente necesario». Quinientos euros en billetes de veinte.

—Era el dinero que siempre había en casa para algún apuro. En mi casa también lo tengo, la misma cantidad y en el mismo lugar. Nadie lo ha tocado. Era todo lo que tenía, algunas joyas y algunos euros, aunque tampoco puedo afirmarlo tajantemente.

No era fácil saber lo que tenía o dejaba de tener una persona que vivía sola.

—Mi padre siempre nos decía que debíamos tener cierta cantidad de dinero por lo que pudiera pasar. Y aquí está, míralo, sin tocar.

Volvió a meterlo en el bote y lo cerró.

—El hijo de puta que entró en esta casa sólo estuvo en la sala, en la habitación de ella y en la de los invitados. No sé qué se pensaría que podía sacar con lo que se llevó —dijo sentándose en una banqueta al lado de los fogones.

—Se lo contaremos a la policía y ellos verán. Nos han pedido que les digamos qué cosas podemos intuir que faltan y eso es lo que haremos — intervino Xabier.

La casa se había convertido en una cárcel de recuerdos. Los que habitualmente contemplaba cuando su hermana vivía eran eso, recuerdos amables de una vida en común. Recuerdos por donde navegaba en su imaginación las múltiples veces que pasaba por su casa. Pero de la noche a la mañana se habían convertido en un muestrario de tristeza, en una exposición de cuadros de desconsuelo, en un repertorio de imágenes ancladas a las paredes con el negro pegamento de una muerte violenta.

En la casa no había nada de valor que justificara el asalto. Fátima sabía que su hermana se gastaba todo el dinero en su empresa y apenas nada en ella misma. Su vida era su trabajo.

Callada, sentada en el taburete de la cocina, Fátima era la imagen de la derrota, la viva representación del abatimiento. Aunque detuvieran al asesino ya nada volvería a ser como antes. Nadie le devolvería la vida a su hermana y no existía justicia en el mundo entero que revertiera la situación. Xabier se acercó a ella y cogiéndola del brazo intentó levantarla con suavidad. Ella lo apartó de malos modos y se levantó sola. No lloraba y tenía la mirada perdida. Él se acercó de nuevo y la besó en la parte superior de la cabeza.

Ella giró la cabeza y con los ojos bajos se pasó la mano por su melena. Se mantuvo en silencio.

—Vámonos. No hay nada más que ver aquí —le pidió él.

—Cállate, por favor —cortó ella.

Con increíble entereza Fátima añadió:

—La venderemos. No creo que tenga fuerzas para volver aquí. La casa de mis padres se ha convertido en la cámara de los horrores —añadió sin quebrársele la voz ni un solo instante.

El brillo de una solitaria lágrima corría por la mejilla de Fátima cuando con paso rápido atravesaron el jardín. De repente ambos notaron una sensación extraña, de desasosiego, de tener que salir cuanto antes de allí. Se estaba creando un presentimiento de angustia. La percepción que experimentó Fátima al entrar se había acentuado.

La casa se disponía a hablar. Ahora era ella la protagonista. La única testigo, muda e inerte, de lo que ocurrió aquella maldita noche. La protagonista accidental que miró con condescendencia y en exclusiva las cuchilladas injustas. Sólo ella oyó con indiferencia los gritos de horror. La casa había olido con indolencia el aroma del crimen rezumando esa fragancia de atrocidad. La casa parecía tener vida propia y la iba a expresar, y además ésta sabía que sus dos huidizos y temporales inquilinos iban a captar perfectamente el mensaje.

Cuando llegaron a la puerta del jardín, Fátima se volvió, miró atrás y vio la mansión cambiada y muy grande. Era como estar en una pesadilla. El corazón se le aceleró y supo que lo que estaba sintiendo era miedo. Notó como las piernas le flaqueaban y por un momento le pació que la casa se reía de ella. Sujetando el brazo hizo que Xabier también se volviese. Nunca la habían visto de ese modo: parecía sonreírles con un descaro escalofriante, trasmitiéndoles algo, diciéndoles que sabía quién era el asesino de su hermana. Pero la casa también le susurró con voz de ultratumba que Fátima también lo conocía.

Los ojos de ésta hacía un buen rato que habían dejado de parpadear. Xabier la cogió con decisión del brazo y abandonaron el jardín. La casa todavía sonreía.

El telón acababa de caer. El acto había terminado.

38

El oficial Vicente Parra tenía cita con su jefe para valorar el aluvión de datos que había recopilado. Caminó desde un despacho al otro y con la carpeta bajo el brazo llamó a la puerta y entró, como hacía siempre, sin esperar contestación.

Javier hablaba por teléfono y cuando el oficial se detuvo a medio camino le hizo un gesto con la mano para que entrara. La conversación no era tan relevante como para estar a solas. Sin hacer apenas ruido, Vicente cerró la puerta y se dirigió a la mesa. Dejó la carpeta sobre ella y se sentó. En ese mismo instante el subcomisario colgó el teléfono.

—Un cargo del gobierno; me llama para chorradas. Estos políticos son todos unos...

Vicente le miró sin contestar, sonrió por cortesía y sin preámbulos habló.

—Tenemos bastantes cosas.

—¿Las suficientes?

—Creo que sí. Te lo resumo. Estuve revisando el coche. Al dinero que la madre descubrió en casa de Cristian hay que añadir el que encontré en el coche.

—¿También había dinero allí? —interrumpió Javier.

—Una cantidad enorme, mayor que la encontrada en el piso.

—¿Cuánto?

—Sesenta mil euros.

—La leche con el Cristian.

—Estaba metido en un sobre pequeño debajo de la rueda trasera. Asomaba un poquito por debajo de ésta. Metí la mano y lo saqué sin mayor problema. En el coche también encontramos un papel en el que aparecían anotadas las cantidades de dinero encontradas en su casa. En el análisis de los billetes todos eran de curso legal salvo dos. No creo que deje de ser más que una anécdota. Otra cosa, hay una llave que no sabemos a qué pertenece, así como una huella digital en la maneta del coche que no es del propietario. Tenemos el testimonio de la novia, que confirma la versión de la madre. Lo que contó no fue de gran ayuda pero sí nos da el perfil de una persona inestable en el trabajo y en sus relaciones. Le engañó con otra y ella lo descubrió. Eso fue lo que me contó. Ya sé que no cambia mucho la situación, pero sí ayuda a hacernos una idea de quién era exactamente Cristian.

Javier miraba el informe. Ambos se quedaron en silencio un rato.

—¿Tienes la llave aquí?

—Sí, la tengo. La saqué del llavero que me dejó la madre. En él estaban la llave del coche, la de su casa, buzones, etc. Pero hay una que María Teresa no sabe a qué pertenece. No coincide con las de su casa ni con la de su piso de alquiler.

Vicente sacó la llave que llevaba metida en una pequeña bolsa de plástico. Javier la observó con curiosidad. Ambos se miraron y pensaron lo mismo. Al principio no se había fijado, pero la llave tenía un número pequeño grabado. La bombilla se les iluminó.

—Esto es la llave de un apartado de correos —exclamó Vicente mientras el subcomisario asentía con la cabeza.

—¿Para qué se tiene un apartado de correos? —se preguntaron los dos.

—Para relacionarte con más personas y poder mandar cosas con cierto anonimato. Pero sobre todo para recibirlas —concluyó Vicente.

Acercaron la llave a la luz del flexo y pudieron ver de qué cifra se trataba: 146. Se miraron con complicidad.

—Igual tenemos suerte y corresponde al apartado de correos de aquí. Si es de otra ciudad, la hemos liado. Confiemos en que nos sonría la diosa fortuna.

El oficial se levantó con decisión.

—Voy a probar suerte. ¿Seguimos la reunión mañana?

—Perfecto.

En apenas media hora, Vicente llegó al edificio de correos. Aparcó el coche en el parking colindante. Se abrochó la cazadora y mientras avanzaba por la calle su mente no dejaba de bullir. ¿Qué podía encontrar allí? El lugar estaba lleno de gente. Estamos cerca de las Navidades, pensó. Aceleró el paso. La curiosidad espoleaba su caminar, iba a abrir un regalo. Recordó a su padre, Martín Parra, y las noches de Reyes llenas de paquetes. Y volvió a su mente el año que el regalo fue un tren eléctrico. Estaba montado en el centro de la sala: una máquina negra y dos vagones enganchados avanzando por las vías. El recuerdo era nítido. Cómo le hubiera gustado hablar más con su padre. Pero eso parece poco probable. A día de hoy su padre tiene más relación con su hijo Alberto que con él. Igual por eso, el otro día, le molestó que éste pudiera haberse echado una novia y no se lo hubiera dicho. El mundo posee sus tiempos y está en ti retenerlos y usarlos adecuadamente. Claro que estos tiempos, para un joven de veinte años, no son los mismos. Para que el mundo funcione tiene que haber adultos y adolescentes, abuelos y nietos, para que cada uno interprete su papel aunque a veces sea injusto. Son normas que no se pueden cambiar.

Parpadeó dos veces para volver a la realidad y miró de nuevo la llave. Llegó a la zona de los casilleros, estaba vacía. La mayoría de las personas esperaban turno para ser atendidas en el mostrador.

Miró con curiosidad los distintos tamaños de los casilleros. En los que estaban situados en la parte inferior había espacio suficiente para dejar un paquete grande, pero la mayoría tenían las dimensiones de un buzón de correos normal, incluso menos. Todos estaban numerados y buscó: allí estaba, era uno de los pequeños.

Sacó la llave del bolsillo y la miró: «¿Y si el regalo no contiene lo esperado? ¿Y si los Reyes Magos me traen carbón?». El oficial acercó la llave a la cerradura y la introdujo con suavidad. Bien, es de aquí. Giró la llave y el cajetín se abrió. El interior estaba oscuro y creyó que estaba vacío. Metió la mano y palpó esperando encontrar algo. El número 146 tenía premio.

Vicente sonrió para sí mismo y sacó con la punta de los dedos un sobre. El nombre del destinatario aparecía escrito a mano y en mayúsculas: CRISTIAN.

Miró a su alrededor y se guardó el botín en el bolsillo de la cazadora. Con paso firme, salió y se dirigió al coche. Sin salir del aparcamiento, sacó el sobre del bolsillo y procurando no manosearlo demasiado descubrió que se trataba de uno de esos sobres que necesitan humedecerse para cerrarse. Eso se podría llamar suerte. Con ayuda de la navajita que siempre llevaba en la guantera del coche Vicente rasgó la parte superior y extrajo la carta. Al desdoblar el papel comprobó que una sola frase, impresa desde un ordenador, habitaba lacónicamente el centro de la página:

«Haz lo que quieras pero si me vuelves a pedir dinero te mato».

Un escalofrío le recorrió todo el cuerpo. Era una amenaza anónima.

39

Que hubiera atascos de tráfico en una ciudad tan pequeña era algo que le ponía de los nervios. En medio de este obligado parón, Carmen encendió la radio del coche pero las noticias que emitían no mejoraron la situación. Puso la música de su MP3 y sonó la dulce y potente voz de Pavarotti en *La Bohème*. *Che gelida manina*. Eso la relajaba. El gran tenor cantando era un bálsamo para su situación. Miró por la ventanilla.

Desde allí se podía ver como las olas golpeaban el espigón de la Zurriola con fuerza. Hacía viento y llovía a ratos. El limpiaparabrisas daba una pasada cada cinco segundos y ralentizaba así el tiempo, con un parpadeo rítmico que hacía aterrizar la imagen de Elena en su cabeza. Cerró los ojos y se los frotó con suavidad. Y además no había ido al funeral. No le gustaba ir a los funerales. Le parecían simulacros de tristeza. Pasaremos lista de amistades. Al que asista, se le concederá el título de buen amigo, al que no, un diploma de sinvergüenza de honor. Nunca iba, y no le importaría que el día de su propia muerte sus amigos celebrasen en los bares de la parte vieja lo mucho que disfrutaron de su compañía. Con Elena lo había hablado en un par de ocasiones. Por eso el polvo con Racos, la cena y el maravilloso champán fueron en su honor, así lo habían hablado y ésa era la justificación para su ausencia en el funeral.

Sonrió al recordar las caricias de la pasada noche,

fueron un homenaje a su íntima amiga Elena. «Dedico este polvo a la memoria de mi gran amiga de la infancia con la que tantos buenos ratos pasé.» Volvió a sonreír sola en el coche, detenida. Prisionera de su atasco mental. «¿No dedican los toreros la muerte del toro? ¿No lo hacen los escritores con sus libros? ¿No brindan los pintores sus cuadros? Pues yo dedico la última cena con mi novio y su reconfortante polvo a la hermosa mujer que me ayudó, en los buenos y en los malos momentos, a ser una mejor persona. Va por tu memoria, Elena.»

En unos segundos regresó la tristeza al pensar en su muerte, en el cuerpo que yacía en el suelo de la habitación. No la había visto pero creía que imaginarlo era aún peor.

El pitido del coche de atrás la devolvió violentamente al mundo. Ahora era ella la que estaba parada. La fila de coches que tenía delante casi había desaparecido. Metió primera y avanzó un centenar de metros para volver a detenerse.

Después de la procesión que suponía llegar un sábado por la noche al centro de la ciudad, Carmen aparcó el coche en el parking más cercano. Se acercó al restaurante con el paraguas en la mano. Cuando entró, la barra se encontraba llena de gente. Saludó con la mano a sus compañeros y fue directamente al vestuario a cambiarse. Le encantaba el aire desenfadado de su uniforme, si es que se le podía llamar así. Una camiseta, diseñada por el propio Ion, con el anagrama del restaurante Con Tierra Blanca. Una azada en blanco sobre fondo negro. Por encima de ella, una camisa sin botones en tono gris muy oscuro. Completaban el conjunto unos pantalones negros con el acrónimo del restaurante, CTB, y la azada en un costado. Fue al comedor a comprobar que todo estaba en orden. Miró el libro de reservas y vio que estaba completo. Echó un vistazo al menú que había para ese día. En CTB no existía la carta, comías lo que había y si te gustaba bien y si no, te aguantabas. La propuesta era propia de la cocina fusión. Se fue a la cocina y mientras parte de ésta se afanaba en los pinchos de la barra miró con curiosidad como uno de los cocineros preparaba uno de los platos. A un lado estaban los tarjetones con el menú de temporada. Cogió uno y empezó a leer.

Era impresionante, acababan de cambiarlo y Carmen alucinó. Con detenimiento, lo enumeró para sí misma sin perderse nada de las escuetas y rotundas expresiones que componían el listado de platos:

Sal
Red rabas
Bacalao rojo
Crómlech
Fonio de herrera
Pato antocianos
Fibra óptica y longan
Mariquitas en el jardín

Volvió a leerlo, era algo espectacular. Con el menú impreso en una pequeña cartulina con el logo CTB en la mano, se acercó a una de las mesas de trabajo. Había cuatro cocineros, todos vestidos con delantales blancos.

—Buenas noches, Ángel.

—Carmen, ¿qué tal? No te he visto entrar. Menos mal que estás ya de vuelta. Vaya caos que tuvimos el finde pasado. Cómo me alegra ver tu cara.

—Bien, bien. Tranquilo, que ya estoy aquí. No te molesto nada. Lo único que quiero... ¿Quién me va a explicar todo el menú nuevo? Como siempre, no entiendo nada. ¿Se lo digo a Ion?

—No, no. Hoy tiene un día un poco complicado —dijo el cocinero señalándose la nariz—. Ya te lo explico yo si esperas un instante a que acabe con esto.

Ella no tenía necesidad económica de estar allí pero le gustaban el bullicio, la gente, la cocina, la marcha de un restaurante. Cuando faltaba unos días lo echaba de menos. Carmen se quedó a un lado mirando con curiosidad como Ángel se afanaba en uno de los entrantes. Sobre la mesa de trabajo yacían dos lomos pequeños de bacalao que se disponía a sumergir en el bol donde se encontraba el zumo licuado de remolacha. Tenía un color rojo tan intenso que le impresionó, era como sangre fresca. Durante unos instantes se quedó con la mirada clavada en el recipiente. Los ojos muy abiertos. Rojo. El cuerpo de su amiga Elena, sin vida, yació ensangrentado en su pensamiento durante medio segundo. El cocinero percibió la mirada de Carmen y sonrió ajeno mientras terminaba su tarea. Señalando los dedos de las manos manchados del rojo zumo de la remolacha comentó jocoso:

—Parece sangre, ¿verdad? Y además es difícil quitarla. Impregna todo lo que toca. Por mucho que te laves esto dura casi hasta mañana.

—Eso mismo es lo que estaba pensando —contestó ella volviendo rápido del limbo.

—Pero luego en el plato queda muy bien el bacalao rojo. Y el sabor levemente terroso que le deja es increíble. —Secándose las manos, apartó el contenido de la fuente en una esquina y mirando el reloj tomó el tiempo. Debía estar una hora exacta para el tamaño que había cortado—. Te explico, Carmen.

Ella cogió su libreta y anotó.

—Por orden de aparición. El primero es el de la sal. Sobre un plato de sal que sirve de base va un carabinero envuelto en hilos de chile muy finos. Es un plato interactivo. En la base de sal dejamos un hueco para la salsa, que va sosa, y decimos al cliente que espere medio minuto y en ese tiempo la salsa se queda con el punto sabroso exacto. La salsa es un té verde, un pelín ligado. Muy atrevido.

—¡Madre de Dios! —exclamó Carmen—. O sea que el plato, la vajilla, es de sal. ¡Qué fuerte!

—Sí, es un tocho de sal que hacemos en el horno a baja temperatura para que nos quede muy blanco y rugoso. Te enseño.

Ángel cogió de una estantería una placa de sal. Carmen, dejando la libreta en la mesa, lo agarró con ambas manos y pasó una de ellas por su irregular superficie.

—¡Me parece genial! —Anotó con rapidez todo en su libreta.

—¡Queda espectacular! —añadió el cocinero antes de proseguir con sus explicaciones—. El siguiente es el de red rabas. Pasta de pimiento morrón bien asado. Trituras y congelas en forma de aros. Después no tienes más que rebozar y freír. Va caliente. Ponemos tres piezas por persona en una placa de acero inoxidable y ensartado por el agujero. Están increíbles. Tienen mucha potencia de sabor. No llevan salsa, sólo una rodaja de limón aparte. Como si fueran rabas normales. Lo estamos sirviendo desde el martes y la gente está flipando.

Carmen apuntaba todo lo rápido que podía. Ángel se la quedó mirando con cara de preocupación.

—Esto lo tenía que tener preparado Ion, pero claro... ¡es una mierda! Ya se lo dije la semana pasada.

—No te preocupes, venga. Vamos con el siguiente.

El lado positivo y pragmático de Carmen asomaba allá donde iba.

—Pues el bacalao rojo, el que has visto. Bacalao marinado en licuado de remolacha y acompañado de un tomate asado. Todo en rojo, con una vinagreta de fresas. El sabor es espectacular y la presentación, todo en el mismo tono, es sobre un plato blanco con desniveles. Este plato se está llevando la palma.

Se notaba que Ángel sentía lo que cocinaba.

—Perfecto —añadió ella.

—Luego los crómlech. Unas bolas sufladas de sémola de mandioca a las que se les queda forma megalítica. —Rio el cocinero—. Yo tuve que mirar a ver qué era eso de crómlech cuando me lo dijo Ion. Van rellenas de foie y cebolla muy pochada. Son la caña.

»Luego viene el pescado. Éste es el más sencillo. El fondo es un cereal, el fonio, y lo utilizamos como si fuera un cuscús. Encima un lomito de erla, que es un pescado de la familia de la muxarra, ya sabes.

—Eso de que ya sé... Ahora sí, porque me lo has dicho, no te fastidia. —Sonrió.

—La carne es pato azulón de tiro.

—Sí, eso ya me imagino, el problema son los antocianos.

Ángel sonrió y prosiguió su explicación.

—Los antocianos son pigmentos encargados de dar color a algunas plantas. Y además de la salsa principal, hemos diseñado tres salsas espesas que se encargarán de dar contraste de color y sabor al plato. Morado de la lombarda, rojo del pimiento y naranja de la calabaza. Es un plato supercromático. Un cuadro de color y brillo.

—Despacio, despacio —interrumpió Carmen pasando la primera hoja de su libreta repleta de anotaciones.

—Los postres son un caramelo estirado en forma de fibras hiperfinas sobre un puñado de longan frescos hechos a la plancha apenas unos segundos.

»El longan es parecido a un lichi. Tiene un hueso central grande pero su carne es como una uva. Más aromática. Los hemos conseguido en fresco, si no no hubiéramos podido. La técnica de los pelos de azúcar incluso se ha filmado, y es un flipe. A ver si luego te la enseño porque ahora no la están haciendo. Bueno, y para terminar, la mariquita. Que es una *mousse* de yogur en forma de mariquita bañada en rojo carmín, con sus pintas negras y todo, y puesta en un tiesto. ¿Quieres probar una?

—Estoy empezando a salivar —aseguró Carmen—, y ya sabes que el dulce me pierde.

Ángel se dio media vuelta, abrió una de las puertas

de la cámara frigorífica y sacó una enorme fuente con sesenta mariquitas rojas brillantes, todas iguales, con sus características manchas negras recorriendo su cuerpo.

—¡Qué bonito! Por favor, ¡qué espectáculo!

—Pues espera a probarlo. Venga, anímate, coge una.

Carmen cogió con cuidado una de ellas.

—De un bocado —le advirtió—, de un bocado.

Éste le estalló en la boca provocándole una agradable sensación dulce y a la vez ácida, profunda, altamente placentera. Sus ojos se quedaron medio en blanco teatralizando la sensación y haciendo que el cocinero sonriera abiertamente.

—¡Qué pasada!, ¡qué rico está! Y el sabor aguanta... ¡una locura!

—Ion, cuando quiere, hace unas cosas increíbles.

En ese momento entró Racos en la cocina, era su primer día después de la baja. Ella levantó la cabeza y le dedicó una agradable sonrisa. Él correspondió un poco más frío. Ambos se quedaron mirándose durante unas décimas de segundo.

—¿Qué tal estás con la pierna? —disimuló Carmen.

—Bien, bien.

—Acompáñame un momento —dijo Racos, yendo a la zona de los baños.

—¿Qué pasa? —preguntó Carmen con cara de preocupación.

—Es Ion, va hasta las cejas de coca. Está en la cocina pero su cabeza está muy lejos. No calla ni un momento. Tiene las pupilas dilatadas como platos. ¡Joder!, cada vez está peor —prosiguió Racos.

—Todavía no he ido a saludarle —comentó Carmen.

—¡Joder!, pues procura que no aparezca por aquí porque ya le he mandado a la oficina dos veces. Estaba sacando los pinchos equivocados y liando las comandas. He pasado un rato cabrón. ¡Vaya vuelta al trabajo! —se quejó Racos.

—Bueno, cálmate. Ya voy yo. Déjame a mí.

Carmen se guardó la libreta en el pantalón y se dirigió, con decisión pero también con todas las dosis de paciencia de las que hizo acopio, a la pequeña oficina del final del pasillo.

—Buenas noches, Ion.

—Carmen, qué alegría verte. —Se levantó y después de darle dos besos se volvió a sentar en una extraña actitud—. Pues bien. Feliz —contestó con sonrisa absurda—. Hemos preparado un menú acojonante. El otro fin de semana nos ayudó una camarera que conocía y todo fue sobre ruedas —mintió sin ser muy consciente de lo que decía—. Y tú, ¿qué tal estás? Ya veo que bien. Tengo que hacer algo con el menú. Estoy escribiendo las explicaciones del menú para ti —dijo señalando un folio en blanco y sonriendo forzadamente.

—Tranquilo, ya lo he hecho con Ángel.

Ion abrió los ojos más de lo normal y por un momento dejó de hablar. Pero sólo fue un instante. Volvió a la carga.

—Racos me ha mandado aquí porque dice que estoy mal. Estoy perfectamente. Un poco nervioso pero nada más.

Por un segundo pensó decirle cuatro cosas, pero inmediatamente se contuvo, ella no era nadie para hacerlo.

—Tú estate aquí tranquilo, que nosotros nos ocupamos de todo.

Era verdad, pensó. La cocina funcionaba mejor sin una persona colocada que lo entorpecía todo.

—¿Qué tal tus padres? ¿Y tus hijos? ¿Y tu marido? ¡Vaya edificio que está haciendo! El otro día salió en la televisión. Joder, y lo de Elena, tú la conocías, claro. Es la caña. ¡Qué pasada! Claro, quién no la conocía —rematό inconexo—. Pues encima me ha dejado colgado.

Carmen cambió el rostro en una décima de segundo. ¿De qué conocía él a Elena? Qué quería decir con ese «me ha dejado colgado». «¿De qué está hablando? No voy a hacerle caso. Racos tenía razón, está fatal.»

Pero él volvió a la carga sin dejar de decir cosas sin sentido aparente.

—Sí, sí, sí, sí —repitió obsesivamente—. Joder, el plato del bacalao es la caña. Es superrojo. —Rio sin motivo—. No podemos dar el pato con un vino tan joven. Sí, sí, Elena me dejó sin pagar lo último. Me cago en todo. Y ahora cómo cobro yo esto...

Carmen no salía de su asombro. Ese hombre estaba diciendo tonterías. Pero igual no, dudó. Con cierta cautela le preguntó.

—¿Qué estás diciendo? ¿Qué te debía Elena?

—Pues lo último que le pasé, coño, qué va a ser. Y va la tía y se muere.

—La asesinaron, Ion, no se ha muerto sola —matizó Carmen, vocalizando las palabras con extrema dureza y seriedad.

—Bueno, qué más da. El caso es que yo no cobro. ¿Eso te parece bien? No, verdad. Pues a mí menos.

De repente Ion hablaba con una fluidez envidiable. Su rapidez al articular palabras hacía difícil su comprensión.

—Yo a Elena la conocía desde hacía un par de años. Era una cliente de CTB. Entre semana siempre. Y luego se enteró y empezó a pedirme. Al principio no mucho pero sí constante. Cada tres meses. Y sí es verdad que cada vez más.

Hizo una pausa larga. La conversación era sorprendente. La cara de Ion seguía teniendo una expresión ausente, pero a la vez, y por desgracia, de sinceridad.

—Le vendía coca desde hacía casi un año. No mucha. Una vez me dijo que no era para ella. Eso decimos todos.

El silencio de ella ante su risa fue claramente perceptible.

Carmen se encontraba en el interior del coche. Ni siquiera se había querido quitar el abrigo. Estaba un poco destemplada. Pero su pensamiento se encontraba vestido con traje de neopreno, gafas y aletas, buceando a mucha profundidad en el interior de las palabras que acababa de oír.

Eran casi las dos de la madrugada. El servicio había ido de maravilla. Logró apartar de su cabeza la conversación y se centró en lo que estaba haciendo, fue como la seda. Al final el jefe no se quedó en la oficina. Estuvo en el pase y dentro de lo que cabe se comportó.

Mientras avanzaba por las calles al volante de su automóvil, sola, muy sola, tuvo la sensación de que a lo mejor no conocía tan bien como creía a su amiga Elena.

Al salir de CTB, ni siquiera se había despedido de Racos.

El bulevar donostiarra, la principal arteria de la ciudad, por donde circulaba con su coche de vuelta a casa, se encontraba desierto. Igual que su corazón.

40

Vicente Parra se encontraba delante del edificio del juzgado esperando la llegada del subcomisario Javier Gress. Llovía y decidió esperarle dentro. Siempre que entraba en ese edificio se imaginaba que lo hacía en una cárcel. No sabía por qué, pero el frío edificio no le daba buenas sensaciones. Siempre había pensado que el lugar en el que se juzgan las acciones de los hombres no podía ser tan pequeño, feo e impersonal. El oficial temía al sistema judicial. Y eso en un policía era algo contradictorio.

Cómo era posible que una persona juzgase a otra. Muchas de las clases de criminología que impartió en su momento giraban en torno a esto. Siempre dejaba la puerta abierta para que cada cual sacase sus propias conclusiones.

El oficial miró el reloj. Eran las diez en punto. O sea, las diez menos cinco. Se arregló el nudo de la corbata azul que, siguiendo los consejos de Françoise, se había puesto para la ocasión. «Si yo fuera un juez y me viniera a ver un poli sin corbata no le haría ni caso», había bromeado su mujer.

Según trascurrieron los cinco minutos de margen de seguridad con los que vivía apareció Javier. Sonrió para sí mismo cuando observó que entre el abrigo y la gabardina de éste sobresalía el nudo de una corbata. Del mismo color que la suya pero de otra tonalidad. Durante una fracción de segundo, y por segunda vez en apenas un minuto, Françoise volvía a su cabeza.

A través de la cristalera vio como, en un gesto más canino que humano, su jefe se sacudía el agua. Vicente se acercó y con una señal le indicó el lugar en el que dejar el paraguas.

—¡Estoy hasta las narices! —exclamó el subcomisario—, llevamos casi una semana en la que no ha parado de llover.

Sacudió una carpeta y miró a Vicente con confianza.

—Esta mañana, cuando me he levantado, me he acordado de que ayer se me olvidó decirte que te pusieras corbata, pero veo que estás en todo.

Vicente sonrió cómplice.

—He quedado con el juez a las diez y cuarto. Vamos bien.

—¿Qué juez nos ha tocado? —preguntó Vicente con miedo.

—Bueno, he de reconocer que ayer hice una llamada. Nos había tocado la nueva, Cristina.

Vicente puso los ojos en blanco.

—Espera, espera, tranquilo. —Poniendo cara de malvado añadió—: Pero he hecho una trampa y he llamado personalmente a Juan Miguel, el viejo juez con el que tantas batallas he compartido. Y me ha dicho que sí, que no le importaba hacerse cargo.

—¿Juan Miguel Carril? Yo creía que se había jubilado.

—Yo también, pero parece que no será hasta el año que viene, no éste, y cuando se lo he comentado no parecía entusiasmarle la idea de la jubilación. El caso es que nos recibe y que tenemos que conseguir nuestro objetivo en el menor tiempo posible. Si salimos hoy con la orden mejor.

Ambos se dirigieron al despacho repasando los detalles del relato. Cuando llegaron a la enorme puerta llamaron y les recibió el secretario en su despacho. Éste se encontraba enfrascado entre papeles.

—Les está esperando —les dijo sin apenas mirarles.

Sorprendidos por la eficacia, golpearon la recia puerta de madera y entraron sin esperar respuesta.

—Buenos días, Juan Miguel.

—Buenos días —contestó el juez sin levantar la vista de la mesa donde se encontraba terminando de escribir notas.

La entrada no fue muy alentadora, pero por fortuna no fue más que un espejismo. Nada más terminar de escribir, dejó el bolígrafo, se levantó con una sonrisa y estrechó la mano de Javier con sinceridad y franqueza, es decir, con fuerza. Javier presentó a Vicente y le dio la mano de la misma manera.

Juan Miguel Carril era un juez a la antigua. Muy implicado con las causas que se le presentaban. Tenía una buena reputación ganada a base de casos complicados hábilmente resueltos. Había escrito varios libros sobre la ética de la justicia. Era bajito, con la frente despejada y el pelo negro peinado hacia atrás. Su pronunciada nariz era su rasgo más característico. Iba siempre un poco encorvado. Vestía de manera informal, con una eterna chaqueta de punto gruesa. Metódico hasta la saciedad, nunca hubiera deseado marcharse por jubilación.

Juan Miguel preguntó a Javier por su familia al tiempo que los invitaba a sentarse a ambos. El despacho era una escueta habitación rodeada de libros y de papeles. Forrada de madera, tenía una ventana a uno de los lados que por seguridad daba a un patio interior. El flexo que iluminaba la mesa era de los antiguos. Varios pisapapeles de cristal con motivos marineros salpicaban la mesa. Cuando Javier los vio recordó la afición del juez por la pesca.

—¡Uy!, y que no falte, en cuanto puedo me marcho por ahí a pescar. Hace un mes saqué una muxarra de casi un kilo. Aquí, cerca de Puntas. Sí, la pesca me relaja. Aunque creo que es más la cercanía al mar —puntualizó recostado en su amplia butaca.

El ambiente distendido prosiguió un par de minutos más pero enseguida cambió. El juez se incorporó y, apoyado en la mesa, inquirió con decisión pero a la vez con amabilidad y cercanía.

—Y ahora explícame, ¿qué sucede? ¿Qué necesitáis de mí?

El subcomisario Javier Gress se apoyó en una mirada robada a Vicente y comenzó su relato.

Habían transcurrido unos veinte minutos y los tres se quedaron en silencio. El juez dudó.

—Lo que me estáis pidiendo está en el límite. No sé si autorizarlo.

Vicente y el subcomisario tragaron saliva.

—Tenemos el testimonio de su madre, que por lo que veo es crucial. Entiendo que la creáis. La presencia del dinero y el hecho de que la madre no quiera quedarse con él es un detalle desconcertante. Nunca antes lo había visto. Y la nota encontrada en el apartado de correos a nombre del chico es una amenaza muy concreta. Las mentiras dichas a su madre sobre el origen del coche y la ausencia de créditos bancarios que pudieran justificar la presencia del dinero apuntan a que alguien le daba dinero por hacer algo o por llevar algo a algún sitio o por alguna otra extraña razón.

—Para nosotros todo encaja —interrumpió Javier—. La nota amenazante es muy concisa. «Si me vuelves a pedir más dinero te mato»... Ahora que lo leo, incluso podría ser un chantaje.

—Podría estar chantajeando a alguien. Sí, eso es —dijo el juez—, las palabras que utiliza son muy concretas, no me pidas más dinero que te mato. Podría ser también un ajuste de cuentas por algún encargo no acabado. Una mercancía de droga perdida. Podrían ser muchas cosas —explicó con calma.

La expresión de duda del juez había cambiado por la de curiosidad.

—La madre estaría de acuerdo, ¿no? —preguntó—. En más de una ocasión me he encontrado con que al principio lo están pero a la hora de la verdad se echan para atrás.

Los policías asintieron con la cabeza. En ese instante ambos supieron que lo habían conseguido.

El aroma del crimen se sintió con contundencia. Había sobrepasado la sospecha. Un olor rancio y pesado.

—Bien, autorizo la exhumación del cuerpo de Cristian.

La frase resonó en sus oídos y sus pulsaciones descendieron de ritmo.

41

Marc Ogiategui se encontraba en su restaurante, en una cena informal con amigos de la época de estudiante. Cada dos años celebraban una, y salvo en un par de ocasiones habían ido siempre a la Fonda Perelu.

Él se encargaba del menú. Se pagaba a escote y se hacía un jueves o un miércoles por la noche, siempre entre semana. Eran todos de la misma quinta. El problema era que esas cenas le volvían loco, pues al final siempre se acababa discutiendo por nimiedades. Al principio eran dieciséis, y ahora sólo quedaban doce sin contar al anfitrión. Los colocaba en una mesa corrida al fondo del restaurante, detrás de unos biombos; se podría decir que era un reservado. Él se solía poner a la cabecera, que era desde donde podía controlar el comedor en caso de que hubiera algún problema y tuviese que levantarse. Eran todos hombres, pues las mujeres, con el paso de los años, se fueron retirando ante tanta masculinidad. Y además existía otro problema: no hay nada más difícil que dar de comer a cocineros. Todo son faltas. Que si el pescado estaba muy hecho, que si yo a la carne le habría añadido tal cosa, y demás frases por el estilo, a veces sin malicia, que se acumulaban a lo largo de la noche. Sin comentarios. Prefería no acordarse de eso.

Con los que más relación tenía era con Pablo y con Santi. Era casi exclusivamente por ellos por lo que accedía a que cada dos años se organizaran estas reuniones que al final estaban derivando, más que en cenas, en escenas.

Y sabía que aquel año la conversación derivaría hacia lo que él ya imaginaba. Pero Marc era una persona conciliadora, y no iba a ser él quien deshiciera un grupo que se formó cuando eran todos apenas unos críos.

El menú que preparaban era siempre el mismo. De primero unas tostas de pan sin levadura hechas a la plancha con aceite de oliva virgen extra y con anchoas del Mediterráneo saladas. De segundo, un pescado que por las fechas en las que estaban sería corvina a la plancha con verduras, que bien podían ser alcachofas o pimientos rojos jugosos. Si era con la primera de las verduras, ya la tenía liada con Pedro, que alegaba que con esa verdura amarga no se podía degustar el vino. Tenía razón. Pero otros defendían lo contrario, y con el amargor ya teníamos la primera discusión. Respecto a la carne no había pleito, y de eso se encargaba el dueño. Un buen cordero lechal asado en el horno de leña que, aunque pequeño, daba a la carne un punto maravilloso. Apenas un par de ajos en la bandeja. La piel crujiente de los lechales que le traían a Marc era increíblemente buena. Para asar un cordero no se necesita más que un buen horno y un buen cordero. Si el horno es de leña se vuelve un manjar.

Y todo regado con un formidable vino tinto que variaba de origen pero que siempre era tinto. Pedro se encargaba de traerlo, tenía las llaves de una bodega exclusiva, la tienda de un amigo. La visitaba con frecuencia y conseguía vinos increíbles a precios razonables. Pero Marc intuía que esa noche sería diferente. Lo notaba en el ambiente.

—Un vino como éste no se puede degustar con alcachofas. Parece mentira que seáis cocineros, ¡hostia! —atacó Simón apoyado por Pedro.

—¡Joder! Simón, siempre estás con lo mismo. Se han puesto para contrarrestar el chute de carne que llevamos.

Y además a ti no te vendrá mal para bajar un poco la *kupela*, que pareces que estás esperando trillizos —contestó Andrés apoyado por Juan—. ¡Que sí, joder!, ¡que vas a explotar! —insistió.

—Pues mira, tengo todas las analíticas correctas, ¡idiota!

—A ver, un poco de calma, por favor. Última vez que pongo las alcachofas —respondió Marc intentando mediar.

—El cordero estaba como nunca —afirmó otro de los comensales.

—Igual un poco más crujiente la piel no le hubiera venido mal —apostilló Simón—. Y la corvina estaba sin personalidad —remató.

—Estaba buena, pero sin más —acabó Tomás.

Marc puso los ojos en blanco. Respiró hondo y sonrió. «¡Qué amigos más jodidos tengo! —pensó—. ¡Que no sé darle personalidad a un plato!»

—Llega el postre —anunció intentando despistar la atención de todos sus antiguos compañeros, que, a estas alturas y con casi nueve botellas de vino vacías y alguna otra de sidra que había caído en el poteo de antes, estaban desinhibidos y rayando ya en la siguiente fase.

—Tarta de tres quesos —anunció.

—La ha hecho mi novia —proclamó Simón.

Todos los reunidos en la mesa le miraron sorprendidos.

—No jodas, ¿te has echado novia? —preguntaron casi todos a la vez.

—Pero si ya estás para jubilarte —bromearon al unísono.

Marc creía que Jasud sería quien sacaría el tema. Y estaba listo. Para lo que no estaba preparado era para oír verdades tan duras. En esta ocasión fue Mateo. Y atacó por debajo de la línea de flotación.

—¡Joder! Y lo de tu cuñada, qué fuerte, ¿no? Bueno, tu excuñada, la diseñadora. ¿Se sabe algo más?

—No —negó Marc con contundencia.

—¿Hablaste con tu mujer? —preguntó Simón.

A pesar del ambiente distendido que había reinado en todo momento, con puntuales episodios de discusión pero en conjunto apacible, todo se volvió espeso en apenas un par de segundos. Las miradas de la mesa giraron hacia Marc. Incluso Jasud, en el extremo más alejado de la mesa, se incorporó para verle y oírle mejor.

—Qué queréis que os diga, yo no la conocía mucho. Mi exmujer me llamó para comunicarme lo ocurrido. —«No sé todavía por qué», pensó para sí mismo—. Pero no sé nada —prosiguió—. Por lo que dicen en la prensa, parece que la investigación va por buen camino. Pero los periódicos, con tal de vender, publican lo que les da la gana.

La voz, grave, de tonalidad y contenido, de Jasud resonó desde el fondo de la mesa.

—Yo a tu ex no la conocía..., bueno, sí, de vista; te vi con ella un par de veces, pero a su hermana sí, y era una pájara de cuidado.

Todos los asistentes giraron la cabeza como si estuviesen en la final de Roland Garros.

—¿Tú de qué conocías a Elena? —preguntó Santi.

—¿No te acuerdas?

—Pues la verdad es que no.

—Ella nos vendió la moto de colaborar con la ONG de su novio o marido o lo que fuera, y cuando la cosa se torció tuvimos que apechugar con los gastos y no quiso saber nada de nada, la muy hija de puta. Cocineros solidarios y la hostia. Y yo en aquel año estaba empezando y le dije un par de cosas bien dichas. La tía en vez de achantarse me llamó de todo: que si los cocineros teníamos mucho dinero, que no era para tanto. ¡Hostia!, quince mil euros no sería dinero para ella, no te jode. A mí sí que me supuso. Y todo por proteger al calzonazos de su marido, o novio o yo qué sé. Que eso viste mucho. Un novio en las quimbambas cuidando a los más necesitados va ideal para las portadas de la prensa rosa. Pero yo no me callo, y esa tía se encontró con alguien que le paró los pies. Y sé que lo que estoy diciendo es duro y no quiero justificar ningún asesinato. Marc, sabes que lo que digo es verdad, pero como entonces era tu cuñada, al final lo dejé pasar porque tú me ayudaste.

Jasud tenía razón. Y Marc sabía toda la historia entre Elena y él. De hecho, la ayuda económica se debía a que se sentía responsable de la pifia de su cuñada.

Estaba descubriendo a través de otras personas que se relacionaron con ella algo que, sin saberlo del todo, sí intuía.

—Pero si tú siempre andas quejándote, Jasud —interrumpió Santi desde el centro de la mesa—. ¿Qué fue lo que te hizo? En principio era para una buena causa.

—Ya sé que era para una buena causa, pero a mí me pilló un dinero que luego desapareció, y encima la tía se desentendió de una manera muy fea. Estoy seguro de que pensó «el morito no protestará». Pues sí que lo hice, ya lo creo que sí. Yo era la pieza perfecta. Mis padres nacieron en el mismo país al que su organización quería ayudar. No me podía negar, no. Di varias cenas en mi restaurante a cargo de la ONG del gilipollas de su novio y luego si te he visto no me acuerdo. Y del acuerdo al que llegamos, nada de nada. Le cobraba a precio de coste los cubiertos y el beneficio de éstos se lo llevaba su puta ONG. Bueno, pues de casi trescientos cubiertos que dimos en aquellas dos semanas no vi un jodido euro. Que sí, ya te pagaré, me dijo la única vez que pude hablar con su novio. Y después siempre andaba por ahí. No cogía el teléfono. Y la otra se enfadó con él, sólo al principio, pero cuando vio que yo insistía empezó a mosquearse conmigo. Y cuando le recordé que ella era quien me había metido en el asunto empezó el cabreo. Que mi restaurante iba de puta madre, me decía. Hostia, era una tía que se codeaba con la jet, que vestía a los famosos. La última vez que hablé con ella hace casi dos años la amenacé con que le iba a encargar vestuario nuevo para los seis empleados que tengo en el restaurante y para mis dos hijos. ¿Y sabes lo que me contestó? Perfecto, primero me mandas el dinero y yo te los hago. La muy perra. ¿Sabéis lo que os digo?—continuó—, que quien quiera que sea la persona que se ha tomado la justicia por su mano con ella ha hecho lo correcto.

El silencio en el comedor duró apenas dos segundos. Los que tardó Andrés en intervenir.

—No puedes decir eso —sentenció—. Nadie puede hacer algo así.

—De acuerdo —contestó Jasud—, de acuerdo. Rectifico. Me importa una mierda que esta persona haya desaparecido. ¿Te parece más suave?

—Me parece igual de fuerte.

—Un poco más suave sí que es —contestó sonriendo Pedro. Pero aquel comentario fue el único atisbo de distensión.

—No podemos ser dueños de la vida de los demás. El hecho de que te hiciera una púa no te da derecho a decir eso. Muchas deudas se pagan con retraso.

—¿Más de dos años?, venga, Marc, no digas bobadas. ¿Qué esperas? ¿Que el tonto del higo ese venga a la puerta de mi restaurante y me traiga la pasta que me debe? «Perdón, señor Jasud, aquí tiene su dinero. Disculpe el retraso. Es que he estado muy entretenido viajando y evangelizando herejes en el otro lado del mundo.» ¿De verdad crees eso? Pues no, eso te garantizo que no sucederá.

—Lo que estás diciendo es muy fuerte, Jasud —replicó Santi con seriedad—. La muerte de una persona en la civilización que estamos es una cosa sagrada. Si no tenemos vida, no tenemos nada. Si todos hiciéramos lo mismo este mundo sería invivible.

—Eso es fácil decirlo desde la frialdad. Mira, te voy a hacer una pregunta. ¿Nunca has deseado la muerte de una persona? ¿Nunca? Haz memoria. Y la pregunta la hago extensiva a todos los que estamos en la mesa. Venga, sed sinceros.

Las copas tras la cena no eran suficiente para desatar la lengua de los congregados. Algunos, sólo algunos, hicieron un gesto de asentimiento con la cabeza. El resto miró sin atreverse a posicionarse.

—Veis, no es un sentimiento muy noble, pero existe. O igual es más noble de lo que pensamos. Tú, del enemigo, deseas su aniquilación. Esto ha pasado desde que el hombre es hombre.

—Sí, pero ahí entra la civilización —le rectificó Pedro.

—Claro, y cuando ves que alguien te hace una pifia en un momento muy malo de tu vida o de tu trabajo, tú te vuelves celoso del bienestar de los tuyos —argumentó Jasud—. En ese instante la supervivencia se vuelve una necesidad a costa del vecino. Es su bienestar contra el del otro, ¿no?

—Pero existe el diálogo, Jasud. Es lo que nos diferencia de los animales.

—Perfecto, ¿y si el otro no quiere? Es tu vida contra la del otro.

—Eso es defensa —concluyó Andrés.

—Eso es un asesinato —rectificó Jasud—. Tú matas al enemigo y no te hace mejor ni peor persona. Si tú no lo hubieras hecho, él lo habría hecho contigo y ahora el muerto serías tú. El muerto o el arruinado. ¿Te seduce la idea de que los tuyos vivan de la caridad?

—Pero la cuestión es siempre la proporción. Te roban dinero y tú matas al ladrón. ¿Eso te parece correcto? No lo veo muy proporcionado —argumentó Andrés.

—La proporción de la dignidad querrás decir. La dignidad, por la que merece la pena vivir, va un sinvergüenza y te la roba, y acabas en la puta ruina. Sin dignidad, sin piso, viviendo con la humillación que significa la caridad de los que te rodean, mendigando los cuidados de los demás. Así no existe razón de peso para vivir. Eso también nos diferencia de los animales. Y la dignidad es tan importante o más que la propia vida en sí misma. Fijaos bien en lo que os estoy diciendo. La dignidad es más importante que la vida en sí misma. Vivir sometido, de rodillas, o sin trabajo y tener que estar a expensas de los demás, eso, eso es estar muerto. Sintiendo en tu piel que eres un estorbo, que no le importas a nadie. Vivir así es como estar muerto. Es preferible estarlo del todo. No tendrás que preocuparte, las sensaciones de desamparo no te abordarán. Estarás muerto. Ya está. No es un panorama muy halagüeño que digamos, ya lo sé, pero bastante más digno.

»Sí, claro, yo también pensé en matarla —prosiguió—. Todos acabáis de admitir que en algún momento de vuestra vida, aunque sea por un instante, habéis pensado o deseado la muerte de alguna persona que conocíais. Y es normal. Insisto, yo no digo que me parezca bien, pero en lo que a mí respecta no voy a soltar ninguna lágrima por la tipa. Alguien pasó de las palabras a los hechos.

—Eres un gilipollas por decir eso —sentenció Santi levantándose.

—Y tú un imbécil por no entender lo que estoy diciendo.

—Calma, señores —intervino Marc.

—Mira, venimos aguantándote durante muchos años y estoy hasta la polla de ti. ¿Quieres que lo solucionemos en la calle?

—Pues por mí de acuerdo, no me va a disgustar darte dos hostias.

—¡Por favor! —intervino Andrés—, estamos en un restaurante, queréis callar los dos.

En apenas unos minutos, y sin llegar a más, la cena se

disolvió y todos se perdieron por la calle divididos en dos grupos.

Marc se quedó con las ganas de contestar, pero eso no hubiera hecho más que caldear más los ánimos. Y además dudaba mucho de que lo que fuera a decir fuese cierto.

En lo que no tenía ninguna duda era en reconocer que esa había sido la última cena.

42

Cuando Vicente abrió la puerta del ascensor en el rellano de su casa percibió el aroma de algo que no conocía pero que le resultó agradable. Llegó justo cuando eran casi las nueve y media de la noche. Había estado toda la tarde preparando el papeleo de la exhumación del cadáver de Cristian. Papeles por todos los lados, los de la empresa funeraria, los del juez, los internos de la policía, el parte de actuación en el cementerio, la autorización de obligado cumplimiento del propio cementerio, el requerimiento de los médicos para el seguimiento de la exhumación, los papeles de los médicos forenses y, por último, el parte de defunción y la autorización del Instituto Anatómico Forense permitiendo la entrada del cuerpo en sus dependencias. Estaba cansado y con el estómago un poco revuelto. Imaginaba que el proceso se había realizado ya y sabía todo lo que ocurriría. Una autopsia era una bofetada de realidad, de sangre y de olores frente a tanto pensamiento, hipótesis y suposiciones con los que trabajaba.

Al día siguiente tenía que estar en el cementerio a las nueve de la mañana como testigo de la exhumación, acompañando el cadáver hasta las dependencias forenses donde se le practicaría la autopsia. Y era ahora cuando le entraban las dudas razonables de lo que estaba haciendo. El miedo escénico. Pánico de escenario.

Dudar es humano y es la llave de la prudencia, pero

sobre todo es el último eslabón que te une a la seguridad cuando te dispones a dar el paso. Y eso él lo sabía bien. Y también es verdad que en el intento está la recompensa del hallazgo. «Si no lo intentas, seguro que no lo consigues», se repetía a sí mismo. Javier y él eran los responsables de lo que iba a empezar mañana. Sacar a un muerto de las entrañas de la tierra donde llevaba casi dos meses y violar su descanso. Y todo por las sospechas de una madre que podría estar equivocada, pero que consiguió convencer a dos curtidos y veteranos policías de que lo que ella decía era la verdad. La respuesta la daría el mismo Cristian desde su silencio. «Tampoco pasaría nada si no se hallara en el cuerpo algo que indicase que el fallecimiento no fue natural. Existen sospechas, se actúa profesionalmente y de buena fe, y si no se llega a ninguna conclusión se pasa página y punto», cavilaba el policía. Pero para Vicente sería una mancha en su expediente, un fallo en el intento de casar piezas de un puzle que él creía que coincidían, y aunque ese patinazo no se reflejara en ningún lado, sí que lo haría en su mente, y estaba convencido de que se iba a sentir muy mal si esto llegase a ocurrir. Pero los procesos son así, llenos de interrogantes y de intuiciones, y hasta que no llega el momento de darles la vuelta no sabes qué cartas te han tocado. La línea que separa un caso de su resolución o no es muy delgada. La vida de Vicente estaba plagada de grandes aciertos profesionales, pero de vez en cuando también se contabilizaban errores. Sin embargo, todos ellos fueron cometidos por un afán de mejorar y hacer las cosas bien, y eso significaba tener la conciencia tranquila y, en consecuencia, poder dormir a gusto.

Metió las llaves en la cerradura y confirmó que el olor que había captado hacía unos segundos provenía de su casa. Alberto saludaba desde la cocina.

—*Aita*, ¡buenas noches!

Su hijo tenía la extraña habilidad de saber, antes de

verlo, quién entraba por la puerta con sólo oír los ruidos que hacía.

Vicente llegó a la cocina y preguntó.

—¡*Gabon!*, ¿estás solo? ¿Y tu madre?

—Ha llamado, ha dicho que está en camino.

—¡Qué tarde anda! —comentó.

—Me ha dicho que se había quedado corrigiendo exámenes.

El oficial se quitó la cazadora y se acercó a la cocina.

—¿Qué estás haciendo? —preguntó con curiosidad.

—Hoy hemos tenido una clase de lo más curiosa con todo tipo de setas y me he permitido el lujo de traer tripakis, que son setas de final de temporada, antes de que entre el frío del todo. La *ama* me había dejado dinero y estaban superbaratas porque mucha gente no las conoce. Son de color naranja claro, con una especie de pelos muy gruesos por debajo, en la zona de las esporas.

—¿Tripakis? Eso suena a..., no sé, a algo muy feo.

—También se llaman lenguas de gato, o lenguas de vaca, o gamuzas, y su nombre en latín me lo tengo que aprender por narices: *Hydnum repandum*.

—¿Para cocinarlas también hay que saber el nombre científico? —preguntó irónico y con una gran sonrisa.

—Para eso no, pero para ser mejor profesional ya lo creo que sí.

—Claro que sí, Alberto, eso es como lo acabas de decir —respondió el padre dándose media vuelta—. Un profesional cuanto más sepa de lo suyo mejor para todos.

—Las voy a preparar en revuelto porque ya las tengo listas. He hecho una mezcla de huevos con un poquitín de nata líquida que va a ir de maravilla.

Según terminaba de decir esto se oyó la puerta abriéndose de nuevo. La manera de hacerlo era distinta. Muy distinta.

—Cómo huele en esta casa, ¡*mon Dieu!* —exclamó suavemente Françoise entrando en la cocina—. ¿Con el poco dinero que te di te ha llegado para comprar algo que huele tan bien? —añadió.

Su marido sonrió mientras se le acercaba para festejar con un beso su llegada. Ella lo agarró por el cuello y le sostuvo el beso unos segundos más.

—Y ahí tienes las vueltas —dijo su hijo.

—Qué arreglado eres, si sólo te di veinte euros —le dijo al ver una moneda de dos euros junto con un billete de diez sobre la mesa.

—Comprar a buen precio es la regla número uno de una buena cena. Te da la sensación de que sabe mejor.
—Rio.

Vicente pensó que su hijo había madurado mucho en apenas un año y que se había convertido en adulto sin él apenas darse cuenta. Y era verdad. Ese comentario no lo hubiera hecho el año pasado, no. Su hijo se estaba convirtiendo en un apasionado de su trabajo y eso, aunque fuese cocinero, le estaba empezando a gustar. La primera imagen que tuvo de él vestido con la chaquetilla de cocinero cuando comenzó le había perseguido desde hacía tiempo. Cocinero no era lo que quería para él. Vicente deseaba para su hijo una profesión de prestigio. Y el oficial, a pesar de los intentos de Françoise de hacerle cambiar de opinión, seguía pensando que esa no lo era. Pero ahora le veía feliz haciendo algo que le gustaba. Desde aquella misma noche Vicente empezó a reconciliarse consigo mismo y a disfrutar de la compañía de su hijo como adulto. Aquella noche empezó a aceptar que su hijo tomara sus propias decisiones. No podía ser de otra manera.

—Hoy he corregido los exámenes según los iban terminando, y no dejándolos para el fin de semana. Por eso he venido tan tarde. A ver si el sábado nos podemos ir por ahí —dijo ella agarrando a su oficial de la mano—. Me encanta venir a comer con la mesa puesta.

—Pues de primero hay cogollos a la plancha con salsa de mostaza, y de segundo revuelto de *Hydnum repandum*, un tipo de setas.

—No sé si esto no va a ser demasiado lujo gastronómico para tu padre.

—Pues olía de maravilla al entrar —apostilló Vicente intentando por primera vez en su vida dárselas de *gourmet*.

—Tengo la impresión de que tu padre está empezando a cambiar de hábitos gastronómicos. Alberto, ¿qué habéis dado en clase? —preguntó ella.

—Setas —intervino el padre.

Alberto habló con emoción.

—El profe que tenemos ahora es un fenómeno. Se llama Íñigo y sabe la hostia de todo. De verdad, es la leche. Nos ha dicho una frase que no se me va a olvidar, dice que el mundo de las setas es mágico y te puede llevar al cielo de dos maneras: dándote placer o matándote.

«La comida que mata y que da placer —pensó a continuación el oficial—. El sabor de la muerte...»

—Y es verdad —prosiguió el joven—. Hay una clase de setas, las amanitas, que aún perteneciendo todas a la misma familia poseen esas dos cualidades extremas. Una de las muchas amanitas que existen, la *Amanita caesaria*, está considerada uno de los manjares más reputados. Yo nunca la he probado pero dicen que es la leche. Y en cambio, la *Amanita phalloides* es mortal en el plazo de apenas un día. Dependiendo de cuál sea, te mueres literalmente o de placer en sentido figurado. Es la leche. Íñigo nos ha enseñado imágenes de todas y nos ha dicho que no se nos ocurra nunca ir a por setas sin una persona experta.

—Claro —contestó su madre—. Pero no solamente está la *phalloides*, hay muchas más que te pueden mandar al otro barrio en un santiamén.

—Ya, ya, eso nos ha explicado.

El cogollo a la plancha dejó paso a un revuelto de gamuzas exquisito. Jugoso por dentro y contrastando con la textura recia de la seta, hacía del conjunto un plato redondo. Terminaron la cena y Alberto se encerró en su cuarto con el ordenador. Vicente y Françoise se quedaron acurrucados en el sofá viendo una película delante del televisor, *Rebelión a bordo*, con un Marlon Brando espléndido, guapísimo, envuelto en un viaje gastronómico en busca del árbol de la fruta del pan, para poder paliar la hambruna de la Inglaterra de entonces, por las aguas turquesas de la Polinesia. Pero el oficial, con la cabeza de ella apoyada en su hombro, no había viajado tan lejos. Estaba mucho más cerca. Su pensamiento se había quedado anclado entre los papeles de la autopsia y la imagen de su hijo hablando de la *Amanita phalloides*.

43

Juancar dejó la habitación limpia y la mesa de trabajo despejada para Kilme. Eran las diez de la mañana y el fotógrafo estaba a punto de llegar. La tarde anterior los cocineros se habían afanado para dejar todo preparado para la sesión de fotos. En el pequeño frigorífico cercano a la cocina estaba lo necesario para empezar. Tenían que fotografiar tres platos. No podían hacer más de ese número por sesión porque, desde hacía ya años, habían llegado a la conclusión de que si se hacían más el cansancio a partir de la cuarta fotografía les conducía a dar por válidas cosas que no lo eran.

Cada fotografía era un cuadro, la imagen congelada de un plato. En realidad no era así. Las fotografías de Juancar y Kilme eran verdaderas obras de arte en las que el juego de la creación era sensitivo, sensual y altamente divertido. Ambos expresaban mucho más de lo que aparecía en los retratos. Con sus fotografías iban más allá de la mera imagen. Ellos volaban con la imaginación creando sus propios espacios con una gran fuerza expresiva, cargada de valor gastronómico y humano. Era un proceso muy intuitivo. Y esa intuición simultánea la habían conseguido disparando con una cámara de fotos durante muchas horas juntos, acompasando sus tiempos de manera tan eficaz que raramente estaban en conflicto. Tenían por meta crear de modo visceral y al mismo tiempo elaborado. Ambos parámetros, ejecutados con la cabeza y las manos, se conjugaban en el clic de la máquina.

Entonces el color se disolvía en trazos enigmáticos, los contornos de las figuras rezumaban extrañas sensaciones. Era una fotografía de un pescado pero a la vez, y sin olvidar su origen, la fotografía te transportaba muy lejos de la realidad. Eran los sueños de dar el alto al tiempo y cobrar la dimensión de una escultura dentro de un cuadro.

La medida de un efímero plato en una obra eterna.

La voz del noruego Kilme interrumpió los pensamientos de Juancar al aparecer por la puerta cargado de bártulos, trípodes, bolsas y fondos.

—¿Qué tal, Juancar? —dijo el rubio y alto fotógrafo con una sonrisa y un español que, a pesar del tiempo transcurrido, seguía sin poder hablar sin acento.

—Kilme, cada vez vienes con más trastos.

—Coge, cógeme los fondos, que se me están cayendo.

Juancar se apresuró y agarrándolos con las dos manos los puso sobre la mesa mientras el fotógrafo dejaba las bolsas en el suelo.

—Qué maravilla de texturas —exclamó.

—¿Te gustan? Las he encontrado en el taller de un herrero, estaban en una esquina tiradas y me ha dicho que me las podía quedar. Pesan como un *demonia*.

—Demonio, Kilme. ¿Tú te imaginas al demonio con faldas?

—No, la verdad es que no. —Rio con fuerza.

—Pues con la fuerza de los fondos ya tenemos las tres fotos hechas. —Sonrió Juancar.

—Creo que sí. Pero sólo para la foto cenital. Las otras quiero hacerlas al ras. Igual no tan al ras pero dejando sólo intuir el fondo. Eso ya nos dará una apariencia suficiente para crear una imagen potente —dijo Kilme, pasando la mano por encima de la superficie medio rugosa y arrugada de una de las placas que iban a utilizar para la sesión fotográfica—. ¿Qué platos tenemos para hoy?

—Un pescado, una carne y un postre muy curioso.

—Ok —contestó Kilme—. Voy montando y lo tengo listo en diez minutos.

El noruego comenzó con los enormes focos en forma de pantalla que difuminaban la luz. Cuando terminó los colocó en torno a la mesa y por último montó el trípode para la imponente Canon EOS 6D. Del bolsillo sacó una pequeña linterna con la que solía iluminar de forma muy puntual algún elemento concreto.

—Yo ya estoy.

—Pues nosotros aún no —gritó Juancar desde el otro lado de la sala.

Se escuchaba como Juancar y Jorge, que acababa de llegar, hablaban sobre la idoneidad del plato acabado, una merluza hecha sobre arcilla a la que acompañaba un gel con hojas de perejil blanco desclorofilado por la acción combinada del tiempo y el alcohol. El fondo era una de las placas, parecida a acero corten, que había traído Kilme.

—La visión es apocalíptica —afirmó asombrado el fotógrafo cuando llegó Jorge con la enorme placa cuadrada de medio metro de lado—. Ese perejil parece de otro planeta. Vamos a bajarnos lo máximo posible para darle algo de trasparencia. Sujétame el fondo negro con algo de celo, pero súbelo más —le pidió al cocinero—, porque vamos a tener que bajarnos bastante. Nos quedaremos como a dieciocho grados de inclinación, casi a ras, aunque con el fondo apoyando la escena.

—¡Vaya ſoto! Vamos a triunfar —afirmó Juancar exultante.

El vapor de la merluza caliente se podía ver perfectamente. En apenas diez minutos disparó unas veintitrés fotos, variando encuadres, enfoques y perspectivas. Kilme era rápido y eso era una ventaja.

Al plato de postre lo llamaban frutas pomposas. Tardaron un rato porque se trataba no de hacer una foto, sino varias. Parar el tiempo en una serie de fotografías en las que se pudiera apreciar cómo actuaba el anhídrido carbónico reaccionando con un batido de fresas, todo acompañando a unas frutas asadas en la parrilla. El resultado eran burbujas que salían por un vaso preparado al efecto, burbujas y burbujas que desbordaban el vaso y caían al plato. Un espectáculo.

Cuando acabó de hacer las fotos, Kilme se comió todo el plato alegando que no hay nada mejor, a media mañana, que frutas con lácteos.

El último plato de la sesión era una carne guisada. Concretamente una carrillera melosa cortada en forma de chipirón relleno. La salsa del guiso había sido preparada con sésamo negro y le daba al conjunto el color de salsa negra de chipirón. Fotografiado sobre una superficie blanca mate, el guiso adquiría una dimensión extraordinaria.

—Un cenital desconcertante —exclamó Jorge, que se mantenía al lado de Kilme.

Cuando acabaron era casi la una del mediodía y los tres se pusieron a comer un arroz que Jorge había preparado. No tardó mucho en aparecer Elena en la conversación.

—Qué locura lo de Elena, ¿sabéis algo? —preguntó el fotógrafo.

Jorge y Juancar se miraron durante unos segundos.

—Si ya sé que a vosotros no os caía muy bien, pero conmigo tuvo la anécdota más curiosa que me ha ocurrido en mi vida profesional.

—Yo no sé nada —comentó Jorge.

—Sí, joder, lo de las fotos y la factura, si lo ha contado mil veces.

—Conmigo delante, no.

—Lo de la sesión de los famosos delantales —apuntó Kilme.

—¡Joder!, que yo no sé nada —replicó Jorge.

—Sí, yo ya lo sé —apuntó Juancar.

—Cuando le pasé la factura de las fotografías de los famosos delantales, pues nada, que eran tres mil euros, y va la tía y me ingresa cuatro mil.

—¿Te ingresó más dinero del que aparecía en la factura? —interrumpió Jorge.

—Sí, y cuando la llamé para decirle que se había confundido, la tía va y me dice que lo consideraba poco dinero para un trabajo tan bien hecho. Ya te puedes imaginar con la cara de pasmado que me quedé. Nunca en ningún trabajo hasta entonces, y por supuesto tampoco después, me había ocurrido una cosa semejante. Elena se portó muy bien conmigo; y ya sé lo que luego os pasó a vosotros. Lo vuestro fue una canallada, lo sé, pero conmigo fue muy distinto.

—Tú lo has dicho, lo nuestro fue muy canalla —sentenció Jorge.

44

Vicente se despertó a las seis de la mañana, no había dormido bien. Lo que le esperaba ese día le había alterado lo suficiente para que la estancia en la cama se redujera a sueños ansiosos cercanos a la denominación de pesadillas. Miró por la ventana y vio, aún de noche, que el suelo estaba mojado, aunque en ese preciso momento no llovía. El sonido silencioso de la calle, todavía desierta, era de color negro.

«Joder, ¿por qué siempre que se desentierra un cadáver llueve? Parece que fuera la tierra la que llora desconsolada en honor a un cuerpo que le es arrebatado de su interior. —El oficial se quedó pensando en la frase y un escalofrío le recorrió el cuerpo—. A la tierra no le gusta que le sustraigan personas que le han sido donadas. Y a éste hace apenas dos meses que lo había admitido en su seno y sin casi tiempo para acostumbrarse a él se lo quitan. Se lo arrebatan. Con lo que le cuesta a la tierra enseñar y acostumbrar a sus nuevos inquilinos a descansar en paz.»

«Vamos, Vicente, no te pongas así», se decía a sí mismo, y aparecía su lado más pragmático. Llueve porque en esta tierra llueve dos de cada tres días, así de simple. Con la edad ese faceta realista del oficial iba desapareciendo y el pensamiento respecto a la muerte era más intenso. «La notas más cerca, y eso te hace dudar hasta de los aguaceros», pensó.

Entró en la cocina y se hizo un café, que bebió de forma casi automática y sin azúcar. Se dirigió al armario con la intención de acompañarlo con alguna galleta, pero no fue capaz. Se fijó en uno de los botes. Estaba lleno de unas palmeras hechas por su hijo Alberto. En un gesto poco frecuente en él, lo abrió y las olió. Su penetrante y agradable olor a mantequilla no fue suficiente para encandilarle. Tenía la cabeza en una hora muy concreta, las nueve de la mañana, el momento justo en que debería estar presente en el cementerio para algo tan contra natura como sacar a un hombre de su nicho.

Pero a pesar de esto, se sorprendió a sí mismo en el gesto de oler con placer el bote de las galletas. Aquello era una novedad que, junto con el aroma del hojaldre del otro día, le dejó pensativo. ¿Estaría empezando a comprender a su hijo y a su mujer en algo que hasta ahora no le había importado, y a veces incluso menospreciado, como la cocina?

Miró la hora y se sentó un momento a la mesa. De su maletín extrajo los papeles y comenzó a revisar que no faltara ninguno. Se quedó ordenándolos hasta las siete y media de la mañana. Cogió el abrigo y sin hacer ruido salió de casa. Mientras bajaba en el ascensor, su cabeza seguía trabajando. Aunque Françoise conocía el caso que tenía entre manos no se había atrevido a contarle nada de lo que iba a hacer hoy. Ella se preocupaba de sus asuntos tanto como de los propios. Y estaba convencido de que si lo hubiera sabido, esa noche la habría pasado igual de intranquila que él. A veces se asombraba de la confianza y complicidad que con el tiempo había conseguido con su mujer. Al principio fue muy distinto. Cuando se casó, dudaba de que estuviera enamorada de él. Siempre pensó que la sombra de su antiguo marido era muy alargada y omnipresente. Pero ahora era distinto.

Ya en la calle, observó que el amanecer asomaba tímidamente desde oriente. Debía pasar primero por la comisaria, donde recogería al subcomisario. Las calles comenzaban a despertar. Taciturnas figuras salían de los portales, deslizándose en silencio y con paso rápido, dirigidas en modo automático a sus obligados destinos, ayudadas por un cohibido amanecer al que le costaba terminar de culminar.

Vicente, protegido en el interior de su coche de los zombis urbanos, atravesaba la ciudad. Nada más llegar al edificio, observó como el parabrisas comenzaba a secarse. Pero sólo fue un instante de tregua. Cuando entró en el recinto, Javier le estaba esperando. Con un rápido movimiento entró en el coche y salieron de la comisaría alejándose en dirección al cementerio. La lluvia volvió a arreciar.

—Vicente, te doy las gracias por acompañarme. Ya sabes que no tienes que hacerlo.

El oficial no le respondió, simplemente apartó unos segundos su mirada de la carretera y le sonrió.

Cuando llegaron comprobaron que la patrulla de la Ertzaintza que habían solicitado se encontraba ya en el aparcamiento. Se acercaron y enseñaron sus placas a los dos agentes que se encargarían de la custodia del cuerpo. El juez estaba citado a las nueve y cuarto. Los dos empleados del cementerio que se harían cargo de la exhumación se mantenían alejados bajo sus propios paraguas.

Con una carpeta en la mano, un paraguas y una gabardina de color beis, puntual y esquivando los charcos de la entrada, el juez Juan Miguel Carril, acompañado por un escolta vestido de negro, saludó a los policías y dio la mano a Javier y Vicente.

—Venga, ¿tenemos todos los papeles? —preguntó—. Dámelos y vámonos ya para dentro, que menudo día hemos elegido —dijo el juez sacudiéndose el agua de las mangas de la gabardina.

En aquel momento, la lluvia arreciaba con dureza.

El coche fúnebre se encontraba preparado en la entrada del cementerio esperando la llegada de su frío inquilino. La comitiva partió hacia el interior de la necrópolis.

La tierra lloraba.

45

La comitiva avanzaba por las calles de San Sebastián lentamente. Un coche de la policía encabezaba el pequeño convoy. Detrás de éste, el coche fúnebre y, por último, el vehículo oficial, aunque camuflado, con Vicente al volante y Javier a su derecha.

Fueron en silencio. No hubo comentarios. Atrás quedaba ver por primera vez el ataúd del protagonista de los últimos días. Cuando lo extrajeron del nicho, Vicente tuvo la sensación de estar en una película. Las imágenes de uno de los laterales de la caja con las iniciales del finado se le quedaron grabadas. C J G. Cristian José Gómez. Tres letras para una vida. A tan sólo veinte metros circulaba el coche negro que transportaba un cadáver putrefacto, rumbo a la sección de anatomía forense de uno de los hospitales de la ciudad. Existía el miedo a que todo no fuera más que un error. A que la madre hubiera logrado con sus fantasías embaucar a dos expertos policías.

Los sonidos del cuerpo de Cristian encerrado en su cárcel de madera cuando salió de la tierra rozando contra la lápida de piedra se le habían quedado grabados. Y Vicente no sabía por qué. La lluvia golpeando la caja con fuerza no dejaba de repiquetear en su cabeza. Respiró hondo y miró de reojo al subcomisario. El silencio era muy elocuente.

El doctor Álvaro Odriozola esperaba en la puerta

trasera del hospital a la comitiva que estaba a punto de llegar. «La puerta del cielo», la llamaban con sorna los auxiliares clínicos. La puerta doble de entrada y salida de los fallecidos en el recinto hospitalario. Era bonito. La palabra morgue había desaparecido hacía ya mucho tiempo sustituida por otra fría denominación donde palabras más suaves como anatomía, patología y forense dulcificaban la realidad. Es curioso el afán del hombre por suavizar la muerte hasta en la elección de las palabras. Por la puerta del fondo, y fumando a escondidas un cigarrillo, apareció el patólogo forense encargado de la autopsia, Ángel Luis.

—Veo que sigues fumando —le comentó Álvaro sonriendo mientras le daba la mano y un pequeño abrazo.

—A mis pacientes no les molesta —respondió jocoso—. Hace mucho que no te veía, Álvaro. Sólo por la tele, con tus premios y eso. No sabía que venías a esto.

—Bueno, parece que es un caso un pelín complicado y han decidido exhumar el cadáver.

—¿Qué tal la parienta? No me acuerdo del nombre, sólo que era psicóloga.

—Paula.

—Eso, Paula. ¿Sigue tan guapa como antes?

—Sí, claro, allí seguimos y estamos muy bien.

—Me acuerdo cuando venía aquí a hacer prácticas. ¡Cómo pasa el tiempo! Nos hacemos viejos, Álvaro.

—Ya lo creo, Ángel Luis, ya lo creo. ¿Y tú qué tal?

—Pues nada, aquí, acomodado en mi carnicería de barrio. —Rio—. ¿Quiere usted cuarto y mitad de mollejas? ¿Le apetece un filete de contra?, para plancha o también empanado va fenomenal. Y estará tierno y con sabor Faisandé, se lo garantizo —exclamó jocoso.

Ángel empezó a reírse de manera ostensible.

—Calla que como lleguen y nos vean partiéndonos de risa. No has cambiado nada, Ángel Luis, sigues teniendo un humor excepcionalmente negro.

—¿Existe alguna manera lógica de dedicarse a este oficio y no ser un cachondo? —le respondió el patólogo dando una palmada cariñosa al doctor.

Ambos rieron de nuevo abiertamente.

Álvaro se secó las incipientes lágrimas de risa. Se miraron y respiraron hondo mientras se calmaban.

—Debe de ser algo importante si te han llamado —cortó Ángel Luis.

—Creo que sospechan que la muerte no fue natural. Vas a hacerle la autopsia de la manera habitual, ¿verdad? —preguntó Álvaro.

—Bueno, en principio sí. Haremos la clásica incisión en el cuerpo en forma de Y, y dependiendo de cómo se encuentre el cadáver utilizaremos la técnica Virchow o bien la Zender Rokitansky —contestó Ángel Luis—. Los cuerpos con tiempos de sesenta días, más o menos, suelen ser los más complicados. Ya sabes que el cuerpo experimenta cambios sustanciales. Veremos lo que nos encontramos. Si necesitas algo más específico dímelo, lo que tú quieras.

—No, tú mismo, el experto eres tú. Sí que me gustaría disponer de más muestras de lo normal del hígado y de ambos riñones. Creo que el quid de este asunto estará ahí, no sé.

—Vale, sin problema. Solemos sacar tres de cada. ¿Quieres que saque el doble, por ejemplo?

—De acuerdo. Si el problema radica ahí, será mejor tener contramuestras preparadas.

Ángel Luis era un buen compañero. Poseía una flema británica y un aspecto acorde: barba blanca grisácea, gafas caídas y aspecto bonachón y tranquilo. Y, sobre todo, tenía la suficiente profesionalidad como para dedicarse al delicado oficio de mirar fijamente a la muerte sin pestañear. Para hacer eso hay que ser muy especial. Enfundado en su bata blanca, en su mano tenía un bolígrafo para firmar los papeles que la policía le entregaría junto con el cuerpo y jugaba con él distraídamente.

Cuando el coche que encabezaba el convoy hizo su aparición en «la puerta del cielo» había dejado de llover. Se detuvo un instante y cuando el agente al volante vio a los dos médicos que salían al porche avanzó un poco más para dejar paso al coche que llevaba el cadáver.

Éste paró justo delante de la doble puerta de entrada. Al tiempo que el conductor del coche fúnebre salía dos auxiliares del hospital se acercaron. Todos se reunieron en la puerta trasera del furgón. Los policías se mantuvieron al margen mirando la escena, mientras Javier y Vicente se saludaban con Álvaro y con Ángel Luis. Este último hizo un gesto a los auxiliares para que se llevaran el ataúd. Los operarios trasladaron la pesada carga hasta el interior con ayuda de un carro especialmente reforzado. Ángel Luis se despidió de Álvaro.

—En cuanto tenga algo te llamo —dijo el patólogo forense mientras se alejaba.

A continuación, Álvaro levantó la mano en señal de despedida diciendo al oficial por medio del gesto habitual que le llamaría por teléfono en cuanto tuviera algo.

Vicente se quedó mirando la escena. El doctor desapareció, cerrándose tras él «la puerta del cielo». «¡Ojalá haya suerte!», pensó.

46

El amplio sol retaba al final del otoño y la luz ofrecía una serenata que obligaba a entornar los ojos. La temperatura había ascendido desafiante y en el ambiente se respiraba una extraña sensación de bienestar. El trinar de los pájaros celebraba la bondad del momento. A veces se posaban en la barandilla y jugueteaban entre los barrotes. Una ligera brisa traía suavemente el aroma del mar cercano.

Desde el mirador de la casa de Carmen se podía observar al astro rey iluminando con fuerza el interior y, a pesar de la inclinación casi invernal, sus rayos se colaban por las rendijas de la casa. Eran las diez de la mañana y el mar se divisaba próximo, en calma y muy azul. En el horizonte, dos nubes pequeñas y muy lejanas. El azul añil del cielo lo inundaba todo.

Ella se encontraba allí, en el centro de ese saliente que era su terraza, convertida en ese momento en un solárium otoñal, sentada en una silla con reposabrazos y cojines, con unas gafas de sol de pasta negra con el anagrama de una conocida marca dibujado en rojo en las patillas, y abrigada con una cazadora de piel vuelta, con el cuello subido, dejando que los rayos otoñales acariciasen su cara. Bebía un té a la vainilla muy caliente que acentuaba la plácida sensación de confort. Se dejó llevar por el instante mágico de ver comenzar un día tan brillante, después de permanecer en la penumbra de ánimo que, por desgracia, la había acompañado las dos semanas anteriores.

Graciela se acercó y le dio el periódico local.

—Gracias —contestó sin soltar su té.

La mujer comenzó a limpiar los cristales de la casa mientras por el rabillo del ojo vigilaba una sopa, un pozole con su maíz y su carne de cerdo, que hervía con parsimonia en una cazuela. El aroma se escapaba vacilante por la ventana entreabierta de la cocina y se deslizaba hasta Carmen provocando un pensamiento recurrente cada vez que olía sus guisos. Era una buena cocinera. Había nacido en Zacatecas y cocinaba como los ángeles la cocina tradicional de su país. Era capaz, de vez en cuando, hasta de hacer los míticos y profundos moles de la cocina azteca.

Y, claro está, había pillado a la perfección los trucos de la cocina de la tierra donde trabajaba. Además, sin ella saberlo, ejercía una cocina de fusión vasco-mexicana con gracia y estilo. Era un encanto de mujer y llevaba con ella ya casi cinco años; se la había recomendado Elena. Graciela era amiga de una de las personas que trabajaba en su casa, acababa de llegar de su país y necesitaba trabajo con urgencia.

Carmen permaneció con los ojos cerrados dejando que el sol la alimentara. Con el periódico doblado sobre su regazo, permaneció sin moverse hasta que recordó que podría traer noticias de su amiga y dio un pequeño respingo para reincorporarse. Se bajó levemente las gafas y miró con interés la portada, comprobando que la noticia no ocupaba la primera página.

Aunque sabía que las noticias más recientes están en internet, abrió el periódico en búsqueda de la información. Cuando llegó a la página cuarenta y nueve pudo ver que, a pesar del tiempo transcurrido, la noticia ocupaba casi media página, con una foto de Elena en el último desfile de su colección en París.

Sin novedades en el caso de Elena Castaño

Efe: La policía no ha avanzado en el esclarecimiento del asesinato de la diseñadora Elena Castaño. Los mandos policiales han reiterado lo declarado anteriormente. El silencio en torno al caso acrecienta en la opinión pública las expectativas y el interés por la resolución del mismo.

Aunque las investigaciones se encuentran bajo secreto de sumario, ha trascendido que la víctima recibió tres puñaladas y que, en contra de lo que algunos medios informaron en un primer momento, no fue agredida sexualmente.

El portavoz de la familia, por su parte, ha declinado hacer ninguna declaración hasta tener más datos.

Cuando Carmen terminó de leer la escueta noticia cerró el periódico y sacó el teléfono móvil de la cazadora. Había una llamada perdida de un número que no conocía. Nunca devolvía ese tipo de llamadas, pero desde el asesinato lo que antes era de una manera ahora era de otra. Vio que había sido hecha de madrugada y se incorporó inquieta; lo primero que pensó fue que podría tratarse de sus hijos, pero enseguida se dio cuenta de que esa numeración no correspondía al extranjero. Así que su marido tampoco era. Además, él no llamaba casi nunca.

La intriga la venció y en dos segundos se encontró mandando la señal de vuelta a quien de madrugada había intentado ponerse en contacto con ella. Podía ser algo importante.

El teléfono sonó tres veces, cuatro y cinco. El contestador automático saltó. «Este es el contestador automático de Fátima Arrese, ahora no le puedo atender, si quiere dejar un mensaje hágalo después de oír la señal.»

Carmen apagó el teléfono con brusquedad y se quedó mirando el aparato con actitud interrogante. Apenas había hablado con la hermana de Elena. ¿Qué necesitaba de ella? ¿Cómo había conseguido su teléfono? ¿Qué quería? Las únicas cosas que sabía de ella eran las que le contaba Elena, apenas habían estado juntas en un par de ocasiones, coincidiendo en algún desfile. Siempre tuvo la impresión de que era muy rarita.

Carmen era una mujer a la que no le asustaba tomar decisiones. Bloqueó el teléfono y lo mandó con decisión de vuelta al bolsillo de la cazadora. «Si quieres algo, guapa, ya volverás a llamar», pensó. Se incorporó levemente en la silla y tomó un sorbo del té. No pudo terminarlo, el teléfono sonó.

En la pantalla de fondo azul apareció el número desde el que se estaba haciendo la llamada. Era el mismo al que acababa de llamar.

47

Hacía ya tres días que Vicente había asistido a la exhumación del cuerpo de Cristian y, a pesar de que la espera se estaba prolongando más de lo que él quería, se encontraba tranquilo. El caso de Elena estaba avanzando a través de los testimonios de su entorno. Fátima, su hermana, le había conducido a personas que la conocían y poco a poco iba descartando a posibles sospechosos. «Conociendo a sus allegados conoceremos a la víctima, y ésta, desde su silencio, nos lo dirá.» Algunos testimonios le habían ayudado a hacerse una imagen del tipo de persona que era.

Aquella mañana lucía un sol impropio de la estación. La temperatura estaba varios grados por encima de lo que era habitual en diciembre. Al llegar a la oficina, Vicente tuvo la sensación placentera de estar al final del camino. Sintió que el sendero por el que había transitado durante los últimos treinta días llegaba a una encrucijada y esperaba noticias que le hicieran decantarse por la dirección que debía seguir. Se puso a ordenar papeles atrasados de casos anteriores y media hora después estaba inmerso en los datos de Cristian.

Se quedó mirando el teléfono. Notó una energía eléctrica suave que recorría su cuerpo. Era el aparato que se disponía a sonar. Su sorpresa fue mayúscula cuando pasados tres segundos se encendió la luz roja de la centralita, era la señal de que estaba entrando una llamada. Un segundo más tarde el timbre del teléfono sonó con fuerza. Supo que era la llamada que estaba esperando.

Dejó que sonara dos veces más y en el intervalo pidió a ese Dios en el que no creía del todo que fuera la que estaba esperando.

—Sí, ¿quién es?

—Vicente tienes una llamada —habló un compañero—. Es de un tal Álvaro Odriozola. No me ha dicho lo que quería. ¿Te lo paso o le digo que no estás?

—No, no, pásamelo.

—No se oye muy bien.

—Vale, vale, pásamelo. —Esperó tono y en tres segundos oyó la comunicación en marcha.

—Sí, ¿eres Álvaro?

—Sí, sí, Vicente, ¿qué tal andas?

—Te oigo muy mal, Álvaro.

—Es sólo un instante, tengo...

«Mierda —pensó el oficial—. ¿Qué ha dicho?»

—Apenas te oigo.

—Puedes... aquí... tarde.

—¿Esta tarde? —preguntó el oficial.

—Sí, en mi despacho... Como cuatr...

—¿A las cuatro en tu despacho?

—Sí, sí, nos vem...

«Joder, vaya llamada. A las cuatro, creo que ha dicho, en su despacho, allí en el hospital. Bien. Ahora no queda más que esperar a que tenga algo que me interese», se dijo Vicente. Respiró hondo y llamó al subcomisario.

—Javier, acabo de hablar, bueno, medio hablar, con el doctor Odriozola. He quedado con él esta tarde.

—¿Te ha adelantado algo? —preguntó el subcomisario.

—Se oía muy mal, sólo que quería verme y que si podía reunirme con él.

—Bien, mantenme al corriente. Ese médico me da buenas vibraciones.

—A mí también.

—Que tengas suerte.

—Eso espero. En cuanto sepa algo te llamo.

—Estamos.

Cuando el oficial colgó pensó que el caso estaba entrando en el mundo mágico, en el universo de los adivinadores del futuro, de los lectores de manos, de los videntes. La sensación de notar la llamada del teléfono antes de que éste sonara. La percepción de que el doctor desprendía buenas vibraciones. Casi nunca antes su jefe había utilizado la palabra suerte.

Iría a comer algo por ahí y después al hospital. Era casi la una y necesitaba dar una vuelta para despejarse. No podía dejar de pensar en lo que Álvaro le tenía reservado. No creía en esas cosas, pero era cierto que el médico inspiraba confianza. Había algo positivo en él. Y se le notaba.

Salió a la calle y estuvo paseando durante casi una hora por la playa. Gastó el tiempo de que disponía para comer en ver como el mar rompía con suavidad contra la luz azul del cielo reflejada en miles de brillos cegadores. Respiró y sintió el aroma de sus pensamientos envueltos en asesinatos, autopsias y probablemente muchos engaños. Cató el aroma del crimen envolviendo todo. Y se sintió bien. Ese olor era y había sido su vida.

El hambre pudo con la visión sentimental de la ciudad soleada por un astro invitado fuera de su temporada y dirigió sus pasos a la cafetería más cercana. Se sentó en una mesa pequeña y próxima a la playa de Ondarreta, desierta, pero pletórica de sol. Comenzó a comer un sándwich de jamón y queso con un refresco mientras pensaba que había llegado la hora de saber la verdad. El sabor de lo que comía se le antojó aburrido. Saciaba su apetito pero no su mente. Cuando acabó, el regusto inocuo que le quedó en la boca le hizo acordarse de su hijo y trasladarse al hojaldre del otro día y al revuelto de esas setas de las que no recordaba el nombre. Y se notó triste consigo mismo. Desde el plato, las migajas observaban los ojos del oficial mientras yacían inertes, como restos de una batalla injusta, y le miraban con sinceridad, como los despojos de un aliado anodino, aunque necesario, que se había inmolado, que había muerto en su honor, con el fin exclusivo de mantenerle con vida unas horas más, y a la vez muy lejos de haberle reportado ninguna otra emoción.

Y el aroma de la comida de su hijo quedó prendido en su cabeza llena de asesinatos. El aroma del crimen.

Era hora de ir a hablar con el doctor.

La suerte estaba echada. La de su paladar también. Álvaro Odriozola acababa de comer en la cafetería del hospital. Y lo había hecho de la peor forma que existe para apreciar la comida: con hambre. El apetito no era muy selectivo, y menos a esas horas, casi las cuatro de la tarde. A pesar de eso, una persona tan aficionada al yantar como él no se había dejado llevar por algo tan primario como la avidez.

Dos platos tan sencillos como unos garbanzos bien estofados y sutilmente caldosos con su chorizo y un trocito de morcilla habían hecho las delicias del doctor. De segundo dio cuenta de unas codornices guisadas con patatas fritas. La salsa estaba fina y con sabor, y la había untado con trocitos de pan hasta limpiar el plato casi por completo. Los huesecillos de las aves se amontonaban y su pulcritud demostraba el homenaje que el comensal les había dedicado. «En este hospital da gusto ponerse enfermo», pensó irónico mientras terminaba la manzana asada con helado de vainilla. Le gustaba dejar para el final la piel de la fruta, ya que aportaba la fuerza necesaria para terminar y permitía que el aroma se mantuviera en la boca de manera prolongada.

«Tengo que enterarme de quién está al mando de esta cocina. Me lo dijeron el otro día pero no me acuerdo.

Tiene que darme la receta de la salsa de codornices, que está de muerte», sonrió para sí mismo.

Miró el reloj. En media hora había quedado con su compañero de luna de miel, ahora convertido en camarada con el caso de Cristian. Tenía detalles muy interesantes que contarle. Terminó de comer y se acercó a la nueva máquina de café. Miró la pequeña pero atinada selección, una lista de distintos orígenes: Costa Rica, Etiopía, Guatemala... Eligió un café de Jamaica, Blue Mountain. Era el más caro y no estaba incluido en el ajustado precio del menú. Definitivamente, la nueva dirección de la cafetería del hospital la detenta alguien muy *gourmet*. Degustó el café con cuerpo, sutilmente ácido. Una delicia. Salió del comedor y se alejó en dirección a su despacho. Una vez allí, vio los papeles de Cristian sobre la mesa y sintió el sabor amargo del café.

48

Cuando el oficial abrió la puerta tuvo la sensación de haber acertado. El rostro amable de Álvaro le delataba.

—¿Qué tal, doctor Odriozola?

—Pasa, Vicente, pasa y siéntate. Y, por favor, tutéame, que hemos compartido mesa y mantel, aunque sea en una ocasión y hace ya mucho tiempo —contestó sonriendo.

El informe estaba sobre la mesa. Álvaro lo sostenía en la mano sopesándolo. Lo agarraba y lo dejaba caer. Eran casi veinte folios, con gráficas y analíticas bastante engorrosas de leer para un profano en la materia como Vicente. El doctor fue al grano.

—Bueno, te puedo adelantar que aquí hay algo bastante interesante. Según el patólogo forense, que por cierto es un buen amigo mío, aquí hay gato encerrado.

La frase resonó con fuerza en el cerebro del oficial saltándose su paso por los oídos, tal y como hacen los platillos de una orquesta sinfónica cuando chocan entre sí. El doctor empezó a hablar con un tono pausado y amable.

—El cuerpo se encontraba en un avanzado estado de descomposición y el trabajo, según cuenta el patólogo, fue difícil. Probablemente sea uno de los peores momentos para hacerlo, pues la fauna que se encuentra habitando el cadáver es abundante y con mucha actividad. A pesar de esto, se hizo la autopsia a conciencia y aparentemente todo estaba bien. Como no sabíamos nada no hicimos suposiciones. Ni siquiera la de la violencia física, cosa que se descartó casi de entrada con la primera inspección ocular. El cuerpo estaba en condiciones normales. En la piel no había ni arañazos, ni golpes, ni cuchilladas, ni disparos. En el interior de los pulmones no se observaron signos de asfixia ni de líquidos que pudieran hacer sospechar nada. El cerebro estaba correcto. El corazón tampoco nos dio ninguna pista reseñable sobre posibles anomalías. Una vez descartado todo esto se recogieron restos de alimentos en el aparato digestivo y no se encontró nada digno de mención.

El oficial bajó la cabeza, se había equivocado. Álvaro notó la expresión de desazón del policía.

—Espera, espera, que no he terminado. Efectivamente los riñones tenían un aspecto merecedor de una analítica profunda. Lo mismo que el hígado. Es increíble que esta persona muriera y que no se hiciera la autopsia, pero a veces estas cosas suceden. Una orden que no se da y el muerto acaba enterrado sin más problemas. No sería el primero. La vida real no es como en las películas. Si coincide con alguna sobrecarga de trabajo puede pasar, no es habitual pero existe esa posibilidad. La analítica se retrasó y por eso he tardado unos días más de los previstos en llamarte. La cromatografía de los riñones y del hígado no dio ninguna especificación alarmante con respecto a los parámetros habituales de una persona sana, pero sí había un pico en la pantalla que nos preocupó. El cromatógrafo daba clarísimamente dos parámetros muy concretos: los picos 36 y 38.

—¿Qué son los picos 36 y 38?

—En principio debían ser sustancias tóxicas. Lo primero que pensamos fue que estuvieran relacionadas con el síndrome ciclopeptídeo. En román paladino, el que se produce tras la ingestión de determinadas setas mortales como la *Amanita phalloides*. Buscamos amanitoxinas pero los resultados no fueron los esperados. También pasamos el test de Meixner en busca de la confirmación de la toxina de la *phalloides*, aunque tampoco dio positivo. Con los restos de orina no obtuvimos nuevos datos.

»El caso —prosiguió el doctor— es que la intoxicación era similar a la producida por esas setas, y por eso nos centramos en esos extraños picos. Por fortuna, no hizo falta mucho tiempo para averiguar de qué se trataba. Cotejamos con varias fuentes de información y lo averiguamos en un par de horas. El pico 36 era orellanina y el 38 cortinarina.

El oficial comenzaba a perderse, pero enseguida reaccionó.

—Cuando vi eso pensé que ya teníamos la causa de la muerte. Dos sustancias letales. Atacan el hígado y el riñón casi a la vez, sobre todo a este último. Ambas con un mismo origen: *Cortinarius orellanus* —sentenció—. Una seta. Las cantidades encontradas en el cuerpo de Cristian eran mortales, pero hay una cuestión de una importancia vital. Esta seta, también llamada *cortinario de montaña*, puede tener un período de incubación de más de dos semanas. Ayer estuve leyendo varios casos documentados de intoxicación por esta seta y existe uno en concreto, aquí, en nuestro país, descrito a principios de los sesenta, con una ingesta diferida en el tiempo ni más ni menos que de veintiún días.

—Tres semanas —musitó el oficial.

—Es un lapso muy grande.

Álvaro le explicó con detenimiento los detalles de las sustancias. Fosfatasa alcalina, polimerasa, orellanina, palabras que se acumulaban y rebotaban en su cabeza y a las que no prestaba mucha atención. Sólo una de ellas era importante: *Cortinarius orellanus*. En unos instantes volvió de su ensoñación y cortó al doctor.

—Espera, Álvaro, espera. ¿Quieres decir que Cristian murió por intoxicación de esta seta corti... no sé qué?

—*Cortinarius orellanus* —repitió—. Lo tienes en el

informe con todo detalle. Te lo confirmo con un margen de error mínimo, prácticamente inexistente —contestó el doctor con rotundidad. Y prosiguió—: Yo creo que pudo comerla en varias ocasiones. El período para darse cuenta de que le estaba haciendo daño es tan dilatado que quizá las ingirió más veces. Eso en el caso de que fuese consciente de lo que estaba comiendo.

—¿Esa seta tiene un sabor especial? —preguntó el oficial.

—No tengo datos específicos de ella pero sí de la más habitualmente relacionada con intoxicaciones que es la *Amanita*, en concreto la *phalloides*. Tiene un sabor a seta normal. Vamos, nada que haga sospechar al que la ingiere que ésta pudiera provocarle daño alguno.

El oficial se echó para atrás en su asiento. Por un momento ambos estuvieron en silencio. Parra se preguntaba si existe el sabor mortal. Si la parca tiene olor y sabor, aroma. ¿A qué debería saber la muerte?

—Te he hecho una copia del informe para que te lo lleves.

—A ver, Álvaro —reaccionó el policía—. Si tomas esta seta, la *Cortinarius*, en un revuelto, por ejemplo, ¿los primeros síntomas de que te está haciendo daño los notas a las dos o tres semanas de haberlas ingerido?

—Como lo acabas de decir. —Y añadió—: Y para entonces, por desgracia, ya es tarde. Dependiendo de la cantidad ingerida la situación del paciente se vuelve irreversible. A veces se confunde con alguna enfermedad habitual del riñón y se provoca una hidratación para limpiarlo a base de diuréticos que lo único que hará es empeorar las cosas. La muerte le sobrevino por una nefritis tubulointersticial aguda con isquemia glomerular e insuficiencia renal, provocada por la ingestión de altas dosis de orellanina y cortinarina, que en estado natural se encuentran exclusivamente en la seta *Cortinarius orellanus*. Y que, por cierto, no es muy habitual por estos lares, pero que si la buscas seguro que la encuentras. Cristian sufrió una insuficiencia renal aguda de causa tóxica con afección colateral en forma de citolisis hepática severa que lo mandó al otro barrio —sentenció el doctor—. A esas alturas no había ninguna otra opción. Si se hubiera detectado a tiempo, no se sabe.

»Calculo que cincuenta gramos de esta seta son letales. Esta proporción corresponde a seta fresca. Si está algo seca, podría incluso ser menos. Esto correspondería a unos pocos miligramos de esta sustancia. Una cantidad que sin mediar tratamiento urgente es letal para una persona adulta. Bueno, eso fue lo que sucedió, y los márgenes de error, como te he dicho antes, son casi nulos.

—Aquí no queda más vueltas que dar —comentó Vicente pensativo mientras agarraba con incredulidad el informe.

—La cuestión será dilucidar si se comió las setas por equivocación o si, por el contrario, alguien se las ofreció. Te corresponde a ti averiguar cómo llegaron las sustancias al cuerpo de nuestro difunto amigo. La diferencia entre muerte accidental o asesinato.

El oficial se levantó con la mirada preocupada y dándole la mano al doctor con fuerza agradeció su trabajo.

—Has sido muy amable, Álvaro, te debo una cena, y te la devolveré porque hace muchos años de la promesa.

—Ha sido un placer ayudarte, de verdad. Lo de la cena hay que hacerlo. No me olvido.

Había estado casi media hora hablando con él y la sensación al salir del despacho era buena pero al tiempo extraña. Al abandonar el hospital el oficial recordó un regalo que le había hecho a su hijo cuando comenzó a estudiar cocina.

Condujo a través del tráfico denso, que se movía con la misma lentitud que sus pensamientos. Había esperado mucho tiempo para lograr lo que acababa de conseguir: tenía en sus manos el informe detallado de la verdadera razón de la muerte de Cristian. Ahora el dilema era otro. Averiguar si comió la seta por equivocación. Si fue un día al bosque con algún amigo, o solo, e hizo una batida en busca de setas. O si alguien le ofreció un plato de riquísimas setas, sabiendo que contenía una sorpresa retardada en el tiempo. O si esa misma persona que le ofreció las setas se las dio por equivocación. ¿Error por su parte o la de un amigo, o asesinato premeditado?

¿Era Cristian un aficionado a la recogida de setas? Fue cocinero y eso, en principio, descartaría la ingesta accidental. Pero a pesar de los muchos conocimientos que tuviera podría haber recogido setas y haberse colado el puñetero hongo en la cesta. No sería la primera vez que ocurre algo así. Estaba deseando llegar a casa.

Aparcó el coche y subió en el ascensor pensando en la reunión del día siguiente con Javier. Al llegar saludó a su hijo.

—Alberto, ¿te acuerdas del libro de setas que te regalé hace un par de años? ¿Lo tienes por ahí?

—Sí. Está en las estanterías de la sala.

Se dio media vuelta y al llegar a la estancia vio que las estanterías rebosaban de libros. Unos se apilaban en vertical, otros estaban amontonados en horizontal formando una torre. Arte y cocina eran los temas que predominaban. Libros de cocineros de renombre junto a tratados de arte mesoamericano convivían en un orden desordenado.

—Alberto, ¿me puedes ayudar a buscarlo?

Su hijo apareció por la puerta.

—*Aita*, está delante de tus morros.

Alargó la mano y rescató del montón un tratado titulado *Hongos*. Se lo dio y, sin decir nada y sin dejar de escribir en el teléfono móvil, regresó a su cuarto. Antes de hacerlo, se paró y con sorna le dijo:

—¿Vas a ir a buscar setas gracias al revuelto de tripakis que te hice el otro día? —Sonrió.

—Más o menos —contestó Vicente evasivo.

Se sentó en el sillón de la sala y fue directo al índice: *Cortinarios*.

—¡Dios mío! —exclamó para sí mismo—, hay muchísimas clases.

En el libro se detallaban exactamente cuarenta y cinco variedades. *Cortinarius anomalus, Cortinarius armillatus, Cortinarius bulliardi, Cortinarius camphoratus, glaucopus, elatior, humicula, infractus, multiformis, praestans, subvalidus, torvus, traganus, triumphans orellanus...* Las páginas volaron entre sus dedos hasta que lo localizó. *Cortinarius orellanus*. Una calavera con dos tibias de buen tamaño y en color negro sobre fondo rojo presidía la página dedicada a ella. Comenzó a leer con extremo interés.

> Clasificación: Cl. Basidiomiceto, O. Agaricales, F. Cortinariáceas.
>
> Primero campanulado y más tarde convexo, el sombrero se extiende poco a poco, presentando una forma ligeramente mamelonada. La cutícula de un brillante rojo anaranjado es finamente tomentosa, afelpada.

«No me entero de nada», pensó el oficial. Con todo, siguió leyendo una información de difícil comprensión para un profano como él.

> Las láminas, que primero son de un color amarillo anaranjado que se torna pardo rojizo vivo enseguida, se hallan separadas. Son densas y adnatas hacia el pie. Este último, cilíndrico, esbelto, tiende a atenuarse hacia la zona inferior; de color amarillo rojizo, su superficie se halla surcada de unas fibrillas encarnadas más oscuras; en cuanto a la cortina, ésta desaparece rápidamente. La carne, del mismo color que el pie, exhala un olor a rábano.

«¡Guau, qué interesante! El aroma de rábano puede ser el aroma de la muerte...», se dijo Vicente.

> Hábitat: El cortinario de montaña brota bajo los planifolios, principalmente abedules, pero también entre robles, castaños, en colonias numerosas, lo mismo en llanos que en zonas montañosas.

La ficha terminaba con un epígrafe titulado «Interés».

> Este cortinario contiene un veneno mortal. Tras un período de incubación especialmente largo —puede llegar a los quince días— se produce una nefritis, es decir, una alteración de los riñones, que puede provocar consecuencias fatales.

Se quedó absorto con lo leído y siguió husmeando un rato largo las distintas características de los *cortinarios*. Ojeando las fichas, se dio cuenta de que algunos eran mortales pero otros, en cambio, eran de una calidad culinaria muy aceptable. «Y a mí que me parecen todos iguales», pensó.

La ficha del *Cortinarius praestans* presentaba dos tenedores con una sonrisa, señal inequívoca de su calidad culinaria. En cambio, en la página siguiente, el *Cortinarius splendens* aparecía, al igual que el *Cortinarius orellanus*, con una calavera.

Durante unos minutos más estuvo ojeando el libro y finalmente lo cerró. Se levantó y se fue al ordenador. Introdujo en el buscador: *Cortinarius orellanus* y estuvo durante casi veinte minutos recabando información que confirmaba lo que aparecía en el libro. En un artículo de una sociedad micológica encontró lo siguiente: «Afortunadamente no son muy abundantes y son difíciles de confundir con otras especies comestibles». Esto era importante, y otros artículos así lo confirmaban: «Son muy poco frecuentes y su aspecto no invita al consumo». Alguna anécdota en forma de refrán contradecía los datos anteriores: «El mejor de los *cortinarius* no vale más que el peor». El oficial esbozó media sonrisa. En otra página encontró algo más preocupante: «No invita a ser consumida pero si la buscas puedes encontrar ejemplares en muchas de las regiones seteras de la península Ibérica». Aquello le hizo pensar que si se conocían se podían encontrar sin ir muy lejos y así disponer de un veneno mortal al alcance de la mano. No era necesario comprar una sustancia sospechosa.

Apagó el ordenador y en ese mismo momento escuchó la llave en la cerradura. La puerta se abrió y apareció la sonrisa de Françoise. Antes de besarle dijo:

—¿Mi marido con un libro de setas en la mano? Algo está cambiando en esta casa.

Su hijo Alberto se acercó y confirmó las sospechas.

—Si es por el revuelto de setas del otro día, sí, algo está cambiando en la mente del *aita*.

Su padre sonrió, dejó el libro en la estantería y preguntó:

—¿Qué hay para cenar? Huele bien.

49

Abrió el sobre de azúcar y lo echó en el café con leche contemplando como aguantaba unos segundos sobre la espuma para, a continuación, desaparecer rápidamente. Revolvió el conjunto humeante con la cucharilla. Y siempre que lo hacía pensaba lo mismo: en la isla blanca que tan rápido como se forma se esfuma, con la misma celeridad con la que trascurre la vida de una persona. Cuando su ausencia se hace patente queda el poso agradable de sabor. El recuerdo de Elena seguía en ella. Sorbió un poco con cuidado, aún estaba caliente.

La cafetería Avenida XXI era uno de los sitios más emblemáticos de la ciudad. Un gran ventanal daba a la concurrida calle del centro. Avenida de la Libertad era una zona comercial y a esa hora el local sólo tenía unas cuantas mesas ocupadas por clientes asiduos. Otros, sin tiempo para sentarse, apuraban sus cafés, probablemente oficinistas con la hora de regreso pegada al trasero.

Sorbió de nuevo el café con leche después de un prolongado soplo, como queriendo disipar, entre el vaho que lanzaba la taza, la razón de la cita con Fátima. Pero no lo lograba.

Miró el reloj con curiosidad. Faltaban cinco minutos para las cuatro de la tarde. Desde que hablaron el día anterior no había parado de pensar una y otra vez en la conversación con la hermana mayor de su mejor amiga. Los nueve años que se llevaban Elena y su hermana hacían que, aunque Carmen hubiese pasado muchos días en su casa, la relación con Fátima hubiera sido casi nula. Estudiaba Empresariales fuera y cuando Carmen andaba por allí ella sólo aparecía en vacaciones, y tampoco pasaba demasiado tiempo en el hogar paterno.

La conversación había sido breve.

—Necesito hablar contigo —dijo de forma contundente y a la vez misteriosa—. ¿Te viene bien mañana a las cuatro en la cafetería de la avenida de la Libertad?

—Sí, claro —contestó sin pensarlo mucho.

No le preguntó el motivo de la cita porque ella también quería verla. Necesitaba saber más sobre Elena y creía que una cita con su hermana era la mejor forma de hacerlo.

Volvió a acercarse la taza a los labios pintados de un suave color rojo. Una sutil marca, casi imperceptible, quedó en el borde. Era el color que manchó las manos del asesino de Elena.

—Hola.

No la había visto llegar, se había acercado por detrás y Carmen dio un pequeño respingo.

—¡Qué susto! —exclamó.

—Lo siento —replicó Fátima—, no era mi intención.

Vestía un abrigo negro largo y debajo una blusa de color amarillo muy pálido y una falda, que acababa justo por encima de la rodilla, oscura y salpicada de delicadísimos y contados trazos blancos apenas perceptibles. El conjunto delataba la autoría del diseño de Elena Castaño.

El impecable aspecto de Fátima no era más que una máscara que protegía su interior y se contradecía con él. Tomó asiento y se quitó las gafas de sol dejando al descubierto un rostro marchito, sin maquillar y con los ojos levemente rojos, su mirada aún en duelo con los sucesos. Su pelo caoba, en media melena ladeada y levemente alborotada por el viento sur, que soplaba con fuerza desde hacía ya un par de días, acentuaban esa apariencia de dolor.

Apenas sonrió cuando se saludaron con dos besos. Se veía que arrastraba el alma, que había agotado las reservas de lágrimas y que los surcos de sus mejillas se habían hecho más profundos. También su cuerpo se encontraba en consonancia, y le sobraba todo lo que no fuera su propia piel. Su corazón estaba roto, desacompasado de ritmo, vacilante en sus latidos, y sus manos en el último mes habían envejecido más que en los últimos veinte años.

El cuerpo de Fátima no podía sujetar tanta tristeza, retener el terremoto que había sacudido su existencia destruyendo en un instante todo en lo que ella había creído a lo largo de su vida.

Era su hermana pero era también su amiga. La sangre que vio en la habitación de Elena era también la suya. Y no podía creerlo. Estaba hundida en un pozo oscuro, como si el asesino las hubiese matado a las dos, pero a ella la hubiese dejado muerta en vida. El daño era aún más terrible que la propia muerte, y ya nadie importaba.

—¿Qué quieres tomar? —preguntó Carmen.

—Nada, ya he pedido en la barra un botellín de agua.

—¿No quieres nada más?

Con la mirada perdida y sin dar más explicaciones contestó.

—Antes me gustaba tomar infusiones de rooibos. Pero me recuerdan a mi hermana... Desde entonces, no he vuelto a tomarlo.

Bajó la mirada y cambió la postura en la silla apartando el vuelo del abrigo hacia un lado. El camarero llegó con el agua. Dejó ésta y la cuenta a un lado, y se alejó. El silencio entre las dos era helador. Fue Fátima quien lo rompió. Con frialdad y con un tono de voz constante y monocorde puso las cartas sobre la mesa.

—Hace dos días tuve la visita de un oficial de la Ertzaintza. Me machacó a preguntas durante casi una hora.

Carmen la escuchaba sin parpadear. Su mirada estaba fija en los ojos de Fátima.

—Quería saber qué relación tenía con mi hermana, qué amistades tenía. Me preguntó por su novio, por sus empresas, por los trabajadores. Yo estaba muy nerviosa. Quería saber sobre Samuel, el jardinero. Hasta preguntó por mi exmarido Marc. También sobre la muerte de mi padre.

Carmen escuchaba sin perder detalle.

—Y después de todo esto me dijo que no me preocupara, que era una cosa rutinaria en la investigación. Pero a mí el tono no me pareció distendido. Sus preguntas eran cortantes y en cascada. Hizo una lista con los nombres que yo le di. Entre ellos estaba el tuyo.

El ruido de fondo de la máquina de moler café inundaba el local y la respiración.

—No te preocupes. Si me llaman contaré lo que sé, aunque no es mucho.

—Cuando se marchaba me hizo una pregunta que me preocupó.

Carmen parpadeó más de lo normal.

—Me preguntó que dónde estaba la noche que mataron a Elena —relató ralentizando el ritmo de la conversación.

Carmen notó cómo esas palabras aceleraban su corazón, como si, en ese mismo instante, fuese ella la interrogada por la policía. Reaccionó con presteza.

—Sí, sí, claro, pero eso es algo habitual, no significa nada.

Según lo estaba diciendo, se daba cuenta de que si la policía preguntaba algo así era sencillamente porque estaba en la lista de sospechosos. Por un momento ella dudó y sintió que también debía hacerla.

—¿Y dónde estabas?

—¿Un miércoles a las nueve de la noche de finales de noviembre? ¿Dónde te crees que estaba? Pues en mi casa. «¿Puede alguien corroborar que está diciendo la verdad? ¿Estaba acompañada?», me soltó el policía. Le tuve que contestar que no me acordaba —añadió Fátima con amargura—. Y el poli prosiguió haciendo preguntas. Pero mi mente se quedó en esa. ¿Dónde y con quién estaba usted la noche del miércoles, cuando mataron a su hermana? Yo estaba sola en casa. Fue así, sola, pero sencillamente le dije que no me acordaba. Y además es que yo solía ir con frecuencia a la villa de los *aitas* donde vivía Elena a charlar con ella. A contarnos cosas, a consolarnos si estábamos mal, a reírnos con los últimos chismes, a que me enseñara sus nuevos diseños. Parte de mi vida era mi hermana. Parte de mí se ha ido y ha muerto con ella. No he vuelto al banco desde entonces. Estoy de baja, tomando antidepresivos que no hacen más que tenerme atontada, que me mantienen en un sueño plano y constante, en un aturdimiento condescendiente con todo lo que sucede a mi alrededor.

—¿No estaba tu novio contigo? —preguntó Carmen.

—Estaba en una cena de trabajo. Además Xabier no vive conmigo. Alguna vez lo hemos intentado y no ha funcionado. Estamos muy bien pero si mantenemos ciertas distancias. Carmen, necesito ayuda.

Por unos momentos pareció dudar en contarle a una desconocida su historia, pero no tenía muchas más opciones, era la mejor amiga de su hermana. Fátima cogió aire y midiendo las palabras comenzó a hablar.

—Verás, Elena y yo firmamos una póliza de seguros. Hace ya unos años, acordamos que la mayoría de los bienes y una importante cantidad de dinero quedaría en manos de la otra hermana en el caso de que a alguna le pasara algo.

Fátima bebió un sorbo de agua como un autómata. Giró el tapón y lo mantuvo en sus manos jugueteando con él de manera nerviosa. Carmen estaba absorta en el relato de la que hasta ese momento había sido casi una desconocida. El café que estaba bebiendo se había quedado frío influenciado más por las gélidas palabras que estaba escuchando que por la temperatura de la sala. Miró la taza de café, que hizo de refugio a la cantidad de imágenes que le estaban viniendo a la cabeza. En un arrebato de curiosidad impropio de su carácter preguntó:

—¿Por cuánto dinero hicisteis la póliza?

Fátima no pestañeó. Tenía los ojos entornados y la cabeza baja. Carmen tenía ante sí a una mujer abatida. Su aspecto era de total rendición y le estaba contando lo que sólo las dos hermanas conocían. Ahora necesitaba ayuda.

Levantó la cabeza y respiró hondo.

—Por dos millones de euros.

Tras una pausa de unos instantes, prosiguió.

—La hicimos en mi sucursal. Tras diez años trabajando en el banco me nombraron directora hace ya cinco, y fue entonces cuando, a petición de Elena, lo hicimos. Era la hermana pequeña pero la más previsora: pensó en los hijos que no teníamos. La frase se me quedó grabada: «Vendrá muy bien si algún día tenemos críos, que a este paso serán adoptados».

Sonrió mientras lo contaba.

Bajó la mirada y rememoró la mañana en que la unión entre ellas se sellaba. Era algo más que devoción sincera lo que sentían la una por la otra.

—¿Te preguntó el policía algo sobre la póliza? ¿Conocía su existencia?

—Creo que no. No lo sé. Por las preguntas que me hizo pudiera ser que sí, pero no le hablé sobre el asunto. Pero sí, sí que lo saben. —Cambió de opinión bajando la cabeza—. No lo sé —concluyó dubitativa.

—Tranquila —cortó Carmen—, una póliza no es nada ilegal. Lo más probable es que lo sepan. Pero no te preocupes, todo esto es normal, la policía está haciendo lo necesario para encontrar al asesino y lo lógico es que pregunten. Tranquila —repitió.

Fátima, con un gesto instintivo, sacó un cigarrillo para después volver a meterlo en la cajetilla. Terminó de jugar con el botellín, se incorporó suavemente sobre la silla y alzó la cabeza.

—Carmen, tú eras la mejor amiga de mi hermana, y te pido un favor. Un enorme favor. Necesito que digas que estabas conmigo la noche en que asesinaron a mi hermana.

El frío más absoluto la invadió y no supo qué contestar. Alguien a quien había visto apenas tres o cuatro veces a lo largo de su vida, la hermana mayor de su mejor amiga, sí, pero también una extraña, le pedía que para protegerla mintiera a la policía.

No era del todo cierto, Elena le contaba muchas cosas de Fátima: que seguía en el banco, que había estado de cena con ella. También le dijo que su hermana había empezado a salir con Xabier. Las buenas amigas, como lo eran ellas, se lo contaban todo.

Sí, sí, todo... Pero tamizado, filtrado, matizado por la bondadosa actitud de Elena hacia su hermana mayor, Fátima. La hermana pequeña que había crecido a su sombra y había conseguido fama y dinero, destacando en su profesión de modista como una fuera de serie. Y los filtros de bondad, de color de rosa, de una hermana hablando de la otra, trasforman la realidad. O por lo menos cabe la posibilidad de que lo hagan. Un familiar hablando de algún miembro de su clan, por lo general, no es una opinión objetiva. Casi siempre está dulcificada.

El tiempo parecía haberse detenido en medio de la cafetería y la cara de Fátima se había acercado a la suya hasta hacerla sentir incómoda. La respuesta estaba en el aire, pero las nuevas palabras de Fátima la devolvieron a la tierra.

—Sólo te pido que digas que aquella noche estabas en mi casa.

Carmen reaccionó con dureza.

—¿Por qué iba a estar yo en tu casa aquella noche? ¿Qué razón habría?

—Podemos pensar en algo, no sé...

—Nadie puede afirmar que nos conocemos.

—Bueno, eso es lo que tenemos que decir. Lo que todo el mundo sí sabe es que tú y mi hermana erais muy buenas amigas. De ahí a creer que también eras amiga mía no hay más que un paso.

—Pero eso no es así, y si nos interrogan por separado lo verán. Tu historia y la mía no llegarán nunca a coincidir por la sencilla razón de que nunca existieron. Yo estaba en casa de mis padres, a más de cuatrocientos kilómetros de aquí.

El silencio volvió a tensar la conversación. Carmen se encontraba en una situación que unos momentos antes de entrar en la cafetería le habría resultado inimaginable.

—No te puedo responder ahora. Si descubren que estoy mintiendo... No sé. No te conozco. No sé cómo me estás pidiendo algo así. Esto es una locura.

Sin quererlo, Carmen estaba envuelta en un asunto arriesgado que distorsionaba su vida tranquila. La imagen de su amiga cruzó por su cabeza, la veía allí, instalada en una esquina. Recuerdos de ambas en el colegio, de la adolescencia, de su vestido de boda. «No puedo hacerlo. No la conozco. Esto no puede estar pasando. No, no sé nada de esta mujer.»

—Tengo que pensarlo, no puedo decirte nada.

—Ese policía se pondrá en contacto contigo. Si lo vamos a hacer, no tenemos mucho margen.

—No puedo contestar ahora. No sé. Dios mío, mañana tendré a un ertzaina haciéndome preguntas.

Le contaría la verdad, nada más que la verdad. «Lo

último que quiero es salir en los periódicos por algo que no sea la inauguración de un edificio», pensó.

—Hazme ese favor.

Las palabras resonaron en los oídos de Carmen con la cadencia de un martillo en una fragua. Acompasadas, tremendamente sólidas y con fuerte eco metálico. Sus pensamientos iban muy deprisa.

«Yo no la conozco, sólo sé de ella apenas un par de detalles. Pero ¿qué sabe Fátima sobre mí? A Elena le contaba casi todo. Dios mío, esta mujer ha venido a mí porque conoce cosas sobre mi vida. Si yo me sinceraba con Elena, ella podría haber hecho lo propio con su hermana Fátima.»

La situación se había vuelto complicada. Carmen se parapetó tras sus gafas de sol. Enseguida se dio cuenta de lo que estaba haciendo y con un rápido movimiento, que denotaba nerviosismo, se las quitó. Intentaría ganar tiempo. No tenía otra salida. Por un instante se vio atorada en una situación no deseada que había logrado ponerla muy nerviosa.

—Lo tengo que pensar esta noche, mañana te diré algo. No me pidas que lo haga ahora.

La imagen de Fátima era la de una persona pequeña y vulnerable, pero también ambigua. Carmen desconocía quién era ella en verdad. Apuró el café y depositó la cucharilla dentro de la taza vacía. Tintineó durante un segundo en el borde. Cogió el bolso, se puso las gafas de sol e hizo ademán de levantarse.

En ese momento Fátima lanzó su última frase.

—¿Sigues con Racos?

50

Cuando Álvaro llegó a casa, Paula aún no había regresado del trabajo. Dejó su abrigo en el colgador y se dirigió a la cocina. Lo primero que solía hacer cuando llegaba era mirar en el interior del frigorífico. Eran casi las ocho y empezaba a pensar en la cena. Husmeó entre las bandejas y encontró varias verduras y una pechuga de pollo. Cebolla, un trozo pequeño de puerro, un pimiento verde pequeño y una zanahoria. Sumergió la pechuga troceada en piezas de bocado en un pequeño recipiente y lo cubrió por completo con salsa de soja. Le añadió un poco de vino blanco. Peló y cortó las verduras en trozos grandes y las dejó amontonadas en un plato.

El doctor miró el reloj en el mismo momento en que su mujer entraba por la puerta de la calle.

—Buenas noches, doctor. —Su sonrisa significaba que había tenido un buen día de trabajo.

Se besaron.

Mientras ella se desnudaba camino de la habitación, preguntó al doctor por su jornada en el hospital.

—Bien, sin novedad. Se ha confirmado el caso que te comenté el otro día. Ya te contaré luego. ¿Tienes hambre? —preguntó Álvaro.

Ella devolvió la pregunta haciendo caso omiso a su apetito.

—¿Qué caso? ¿El que te había pedido la policía que les ayudaras?

—Sí, sí. Hoy he estado con él, con Vicente, ¿te acuerdas?, el que nos encontramos en Mérida, en nuestra luna de miel. Te lo conté el otro día.

—Claro. Eran una pareja encantadora.

—Hemos quedado en llamarnos para que nos devuelva la cena a la que le invitamos. Me lo ha vuelto a recordar.

—Pues me parece una idea muy maja.

Mientras hablaban, Álvaro se había puesto a saltear la pechuga de pollo, ya escurrida de la salsa de soja, con algo de aceite. Había añadido la verdura y la removía con decisión y movimientos fuertes. La verdura volaba con precisión sobre el fuego artificial y rojo de la vitrocerámica. Como solía decir el doctor, la mejor fuente de calor. En apenas un par de minutos tenía el plato preparado. Algo de proteína para cenar mezclado con verdura, ideal para una cena ligera. Terminó el plato añadiendo orégano, comino machacado y perejil picado. Un plato de fusión. La verdura muy poco hecha, crujiente, y el pollo macerado, apenas media hora, en la soja.

Ambos se sentaron a la mesa. El plato humeaba reclamando con el artificio su atención. El vapor ascendía ondulante y con decisión, perdiéndose en el techo de la cocina. Se sirvieron y empezaron a cenar.

—Creo que es un deseo muy común: el placer de llegar a casa y que la mesa esté puesta y la cena preparada —exclamó ella.

El doctor sonrió.

—Tienes razón. Cuando lo haces tú, yo también pienso lo mismo —sonrió. Cuando terminaron de cenar, y ante un trozo de queso Idiazábal ahumado, ella preguntó:

—¿Qué ha pasado con el caso ? ¿De ése me ibas a hablar, no?

—Sí, sí, era lo que sospechábamos. De enfermedad de riñón nada de nada. Hoy hemos recibido los resultados de la autopsia: el chaval tenía unos niveles muy altos de un veneno raro aunque al alcance de cualquiera que sepa algo de setas, dos sustancias relacionadas con una misma seta mortal: un envenenamiento en toda regla. Cuando notó los primeros síntomas ya no había remedio. Por cierto, el día de la autopsia estuve con el patólogo Ángel Luis y me dio recuerdos para ti. Me dijo que no te veía desde que estuviste de prácticas en el hospital.

—Me acuerdo de él, era un cachondo, sabía latín. Y además, una buena persona.

—Ese es el asunto. Una intoxicación como esta no es accidental. Es una seta muy rara, difícil de encontrar y poco apetecible. Es imposible que la pueda haber tomado él solito. Es un asesinato, y no tengo la menor duda. Vicente no me ha querido contar lo que están investigando, pero eso es un crimen, seguro. Las cantidades que había en el cuerpo matarían varias veces a una persona adulta. Cuando me pasaron su ficha y vi que había estudiado cocina y trabajado en varios restaurantes, aunque ahora estaba en otra cosa, no tuve duda. Un cocinero con estudios y bien preparado no se atrevería a cocinar setas que no conociera.

Paula se levantó y recogió la mesa. Álvaro se fue a la sala, cogió un libro de la estantería y se sentó en el sofá. *Guía de hongos de Europa*. Buscó en el índice *Cortinarius orellanus*. Cuando encontró la foto de la seta tuvo una pasajera sensación de temor.

Paula se sentó muy cerca de él y miraron juntos la lámina en la que aparecía.

—Es esta, ¿verdad?

El doctor asintió con la cabeza. La fotografía del cortinario de montaña ocupaba casi por completo la página central del libro: una soberbia imagen de la seta de color canela claro, con las hojas del sombrero bien separadas. Anaranjada sobre un fondo de hojas frescas, erguida, airosa, llena de vida, brillante y desafiante, ambos tuvieron la sensación de estar mirando a la muerte. Disfrazada con su traje de gala, de belleza cautivadora, de un esplendor contagioso, de un atractivo seductor, con su forma de paraguas letal, con un aroma delicado a rábano. Hipnotizados ante la imagen, se mantuvieron en silencio y pensaron en el sabor de la muerte que se agazapaba tras ella, en el sutil y embriagador aroma del adiós.

El sonido del teléfono atravesó el momento como un cuchillo afilado se desliza por el borde de un tomate, asesinándolo. Álvaro se levantó, dejando a Paula con el libro sobre sus piernas.

—Álvaro, soy Vicente. Oye, había pensado que lo de la cena lo tenemos que decidir ya, si no no lo haremos nunca. ¿Qué te parece el sábado que viene por la noche?

La proposición dejó un poco descolocado al doctor, que volvió la mirada a su mujer, aún absorta en la lámina de la seta, ajena a la conversación.

—Vale, este sábado lo pasamos aquí, no tenemos ningún plan —contestó no muy convencido—. ¿Y a qué restaurante iremos?

—Eso es una sorpresa —replicó Vicente improvisando—. Te llamaré cuando tenga la reserva hecha, ¿de acuerdo?

51

Vicente se levantó pronto esa mañana. Estaba deseoso de llegar a la comisaría y poder reunirse con el subcomisario para contarle todo lo que había averiguado el día anterior en la consulta de Odriozola. Buscó el informe y cuando lo encontró miró de reojo el libro de setas que estaba en la mesa, justo en la página que hablaba del *Cortinarius orellanus*. Se acercó a la ventana. Observó el cielo con el detenimiento y la tranquilidad de alguien que sabe que tiene entre manos algo importante, pero también consciente de que llegar al final del asunto iba a ser difícil. El más que probable asesinato de Cristian y el más que cierto de la diseñadora se arremolinaban en su cabeza y reclamaban toda su atención.

El termómetro de la terraza marcaba catorce grados y la claridad de la mañana indicaba que tocaba otro día despejado. El resplandor del amanecer y la temperatura hicieron que el oficial abriera la ventana y saliese al balcón. Apoyado en la barandilla, se quedó mirando la escasa actividad de la calle. En esos minutos no pensó en nada, sabía que esos vacíos relajaban su mente y la preparaban para un día clave. Hoy decidiría con su jefe qué línea seguir con los dos casos que estaba investigando.

Cogió la eterna cazadora y salió de casa sin hacer ruido, con el libro y el informe de la autopsia. El sol de primera hora lucía oblicuo y muy bajo, cegando con su intensidad la mirada de los que se empeñaban en ir de frente a él. Vicente bajó el parasol del interior del coche y, parapetado tras él, avanzó entornando los ojos. La fila de coches se estiraba con prisa haciendo de las alargadas sombras caravanas de mercaderes, los nuevos nómadas de la edad contemporánea: aquellos que cogen su coche para recorrer la distancia que existe desde su hogar hasta su lugar de trabajo.

Allí sentado, el pensamiento, como las rayas discontinuas del asfalto, avanzaba rápido en busca de soluciones.

Llegó a la comisaría y lo primero que hizo fue llamar a Javier.

—Sí, te estoy esperando.

La puerta de su despacho sonó al cabo de medio minuto. Vicente entró y se sentó delante de él. Después de un rato de explicación donde ambos intercambiaron información sobre el caso de Cristian, el libro de setas quedó colocado en la mesa con aire desafiante.

—Creo que, como bien dices, tenemos dos posibilidades —habló Vicente—. Por un lado, suponer que las setas del demonio llegaron a su estómago de manera accidental, bien por su propia decisión, es decir, fue a recoger setas y cometió el error de pensar que eran comestibles, o bien fue un amigo que le invitó a comer a su casa y le ofreció un revuelto pensando que eran buenas. Existiría entonces la posibilidad de que el anfitrión hubiera degustado también la seta y hubiese fallecido con los mismos síntomas, algo que tendríamos que indagar. Por el otro: alguien quería deshacerse de Cristian y le ofreció un revuelto de estas maravillosamente mortales setas. Teniendo en cuenta lo que sabemos, yo me inclino por esta última opción. Las cantidades de dinero encontradas, la amenaza de muerte que había en el apartado de correos, las mentiras sobre la adquisición del coche, la relación con la novia. Una persona con su capacidad adquisitiva no puede disponer de ese dinero, Javier —dijo haciendo una pausa—, creo que tenemos que hacer caso omiso de la primera posibilidad y centrarnos en la segunda. Es un asesinato en toda regla. Probablemente premeditado y con alevosía.

—Por los datos que tenemos en la mano, apoyo tu hipótesis —contestó el subcomisario al tiempo que acompañaba sus palabras con un gesto afirmativo de la cabeza—. Y basándonos en eso, el trabajo es sencillo. —Sonrió.

Vicente miró a los ojos al Lozas y le devolvió la sonrisa. Le gustaba su optimismo, que tanto le recordaba al de su mujer Françoise. Ese lado positivo que siempre veían en las cosas, gente que ha erradicado de su vocabulario la palabra *queja*.

—¿Qué te hace pensar que va a ser tan sencillo? —le preguntó.

—Bueno, pues que el planteamiento es lógico. Basándonos en los datos que tenemos, corroborados por el médico, sabemos que la seta tiene un período de incubación que puede llegar a las dos o incluso las tres semanas. No tenemos más que averiguar qué hizo Cristian durante ese tiempo. Y más en concreto, entre los diez y los dieciocho días anteriores a su muerte. Con quién se relacionó, y, sobre todo, con quién compartió mesa y mantel. Debemos averiguar quién demonios le dio ese plato y con él el pasaporte. Pudo ser en su casa, o en un restaurante, o en casa de un amigo, sin descartar que la comida se compartiera con más personas. *Cortinarius* confitados con aroma de muerte.

—Pero si un cocinero —interrumpió Vicente— ve una seta entera en el plato podría sospechar y extrañarle su forma o el olor. Debía de estar troceada y mezclada con otras comestibles, disfrazándola con su sabor. O como relleno de algún pescado o de una carne o de un hojaldre. O en revuelto, bien mezclado con huevo. O mejor aún, como una sopa o salsa bien condimentada que dependiendo del apetito pudiera mojarse en pan.

Cualquier cosa menos que la seta se viera entera, ¿no crees? Algo elaborado por un muy buen cocinero, algo así como el plato de la muerte.

El subcomisario se quedó pensativo. Lo que decía Vicente tenía una lógica aplastante. Probablemente el asesino sabía lo que se traía entre manos y había preparado el letal plato en su casa, o bien en un restaurante o donde fuera. Algo muy sofisticado y muy bien elaborado que hizo que la víctima firmara su sentencia de muerte de la forma más feliz posible: disfrutando de un plato muy rico, con profundidad de sabor, aromático y bien condimentado. Debería ocultar el sabor a rábano que, según los libros, emanaba la seta.

Respiró hondo un par de veces y se incorporó pensativo.

—El asesino preparó todo para ofrecer a Cristian su última cena, que lejos de ser el pan ácimo del condumio bíblico con los apóstoles debió de ser un buen festín que convenció a su víctima de las bondades del menú.

—Necesitamos saber lo que hizo Cristian los últimos quince días de su vida.

El silencio se adueñó del despacho.

—Sí, eso es. —El subcomisario cogió un calendario pequeño que tenía sobre la mesa y pasando página se remontó a octubre—. Cristian ingresó en el hospital el 18 de octubre y falleció al día siguiente. Hemos confirmado con la Facultad de Químicas donde trabajaba que tres días antes faltó al trabajo y llamó para decir que se encontraba mal y que ese día no iría. Del departamento de personal le llamaron dos días después solicitándole la baja pero no contestó. El teléfono daba señal de fuera de servicio, probablemente sin batería o simplemente apagado, y él, con toda seguridad, en la cama sin percatarse de ello. Desde recursos humanos se extrañaron y lo intentaron al día siguiente, pero tampoco lo consiguieron. Esta segunda llamada se produjo ya el mismo día 18, cuando ya tenemos localizado a Cristian, en la UVI del hospital. En los dos días anteriores, en que nuestra víctima falta al trabajo, estaría sintiéndose mal y confundiendo los letales síntomas con otra enfermedad, pero sin darles la importancia que realmente tenían. La cabecita llena de rizos de Cristian estaba confundiendo una leve intoxicación, «algo que me habrá sentado mal de lo que comí ayer», pensaría, con uno de los envenenamientos más complicados y perversos que existen: que un alimento te siente mal al cabo de dos semanas de haberlo ingerido.

»Si murió el 19 y eliminamos los días que, casi con toda seguridad, estuvo en su casa en cama, tenemos que investigar los doce días anteriores, es decir, las dos primeras semanas de octubre, sabiendo que la ingesta se produjo entre el día uno y el cuatro, incluso el cinco o el seis. Ésos son los días clave en los que necesitamos saber con qué amigo estuvo comiendo Cristian.

»Es posible que los días que permaneció en cama antes de ingresar pudiera estar en compañía de alguien. De algún amigo, de algún vecino —concluyó Javier.

—Sabemos por los testimonios de los celadores que a urgencias del hospital llegó en taxi y solo, nadie le acompañaba. No sé si eso significa algo —apuntó Vicente—, porque eso no descarta que los dos días anteriores pudiera estar en compañía de alguien...

—No sé por dónde empezar —dudó el subcomisario.

—Deberíamos volver a hablar con la única persona que nos contó cosas interesantes sobre él: la novia, Sonia Alonso.

—Puede que tengas razón. Tampoco tenemos mucho más donde rascar.

—Ella tiene el teléfono de un amigo suyo con el que todavía no hemos hablado.

El oficial abrió su agenda mirando sus apuntes a lápiz.

—Se llama Nacho, Nacho Suárez. Es posible que podamos encontrarlo. Intentaré tirar por ahí pero va a ser difícil. La cuestión es que alguien pueda situar a Cristian comiendo en algún lugar público, porque si lo comió en alguna casa, fuera la suya o de otra persona, lo tenemos muy complicado. No es fácil acordarse de las cosas nimias. ¿Tú te acuerdas de lo que comiste hace dos meses, o dónde estuviste un día en concreto, al pasear hace una semana?, ¿con quién te encontrarse?, ¿con quién estuviste comiendo?

¿Serías capaz de recordar lo que cenaste el martes, hace diez días?

Javier calló durante un buen rato y recostándose en su sillón jugueteó pensativo con el bolígrafo entre las manos.

—Yo ni idea.

—La cuestión no es saber el qué. Eso los análisis ya lo confirmaron. El asunto es saber dónde lo hizo a lo largo de dos semanas de octubre —contestó Vicente.

«Demasiados días», pensó el subcomisario.

52

La noche anterior Carmen había dormido mal. La imagen de la hermana de Elena pidiéndole que mintiera a la policía para salvar el pellejo le había incomodado lo suficiente para estar dando vueltas en la cama sin llegar a dormir.

La pregunta que obsesivamente se estuvo haciendo durante toda la noche era si Fátima podía haber asesinado a su hermana. La duda recurrente le provocaba un escalofrío por todo el cuerpo. Se sorprendía a sí misma imaginando que la del día anterior había sido una reunión con la asesina de su mejor amiga. La idea de que Fátima pudiera haber acuchillado a su hermana para cobrar una póliza de seguro millonaria la dejaba fuera de sí. El desconsuelo mostrado por Fátima podía no ser más que puro teatro y su llanto, lágrimas de cocodrilo para ablandarla y salvar su pellejo.

Y la última frase, en la que reconocía tener conocimiento de su aventura con Racos, fue una puñalada. Casi tan certera como las que recibió Elena. «¿De qué podía saber esta tipa que yo llevo varios meses saliendo con Racos? Evidentemente lo conocía por Elena. Yo se lo había contado a ella varias veces. Para mí Elena era una amiga de verdad. Le contaba casi todo y ella creo que hacía lo propio conmigo», pensó.

Fue un claro aviso a navegantes. Tengo información que te puede comprometer. Ése era el tipo de noticias de las revistas del corazón. La mujer de un famoso arquitecto fotografiada con otro hombre. A Rafael, su marido, no le haría ninguna gracia. El pragmático pacto de vida se rompería causando un terremoto que podía llegar a cancelar contratos millonarios de publicidad. Hasta la fecha la imagen del arquitecto era la de un hombre sin tacha. Los cuernos no eran algo que gustase a los departamentos de marketing de las multinacionales, que eran conscientes del daño que eso podía causar a la imagen de los productos de la compañía.

Cómo puede cambiar tu vida de un día para otro.

Aquella mañana Carmen, a pesar del reluciente y tempranero sol, se encontraba parapetada en su cocina. Tras el enorme tazón de café con leche, mirando distraída el calendario de Bamasor Architect Associated Co. que colgaba de una pared, se dio cuenta de que era viernes y de que esa noche trabajaba en CTB. Por primera vez en dos años no le apetecía ir. No era un buen plan soportar a Ion con su cocaína a cuestas diciendo tonterías. Pero lo más grave era que no quería hablar ni estar cerca de Racos, su amante, aquel que en los últimos meses endulzaba su boca. Tras la maldita conversación con Fátima en la cafetería sentía que le rechazaba. Aunque anteriormente ya lo había experimentado, le sorprendía su propia capacidad para ser práctica cuando la realidad venía torcida. Era su carácter, pero hoy le dolía: con Racos se sentía bien, sabía que no estaba enamorada, pero se encontraba a gusto entre sus brazos. El recuerdo de sus hijos arrasó todas las justificaciones construidas en torno a su relación.

Su marido seguía siendo importante para ella, aunque hiciera mucho tiempo que no compartieran cama ni sueños. Pero con sus hijos era distinto. No podía imaginárselos enterándose de los asuntos de su madre.

Pensó en que la Ertzaintza llamaría en cualquier momento. Ningún policía había hablado con la mejor amiga de la asesinada. Tenía que estar preparada. Si mentía podía llegar a meterse en un lío bastante gordo. Además, no se veía con las fuerzas suficientes para hacerlo delante de un policía.

«Voy a desconectar el teléfono hasta la noche. De esta manera tendré algo más de tiempo para decidir qué hacer», pensó. Se levantó y se fue a su habitación. Se puso un chándal de color claro y sus zapatillas Air Nike Max negras y blancas. Lo mejor para bajar los nervios era correr. Se recogió el pelo en una coleta. Cerró la cremallera del chándal hasta arriba y guardó las llaves en el bolsillo derecho.

—Voy a correr a la playa, Graciela, estaré fuera alrededor de una hora. ¿Qué has preparado para comer?

—Ensalada de tomate seco y tortitas con mole.

—¿Con mole poblano?

—Sí, sí, con ese.

—Me encanta ese mole.

Cuando bajó a la playa el frío sol del otoño, casi invierno, volvía a lucir con fuerza después de haberse ocultado durante un par de minutos detrás de una nube solitaria. La marea estaba baja y el olor a mar la inundó por completo. Un aroma a salitre, a algas. La arena muy prieta, ideal para correr. La superficie era grandiosa y estaba casi sola, apenas eran una docena las personas a lo largo de toda aquella vasta extensión de más de un kilómetro. La playa casi parecía un desierto. El escenario era sobrecogedor, una representación de su vida. Una mezcla de soledad y belleza.

Comenzó a correr suavemente. Tras un tiempo prudencial, cogió un ritmo más alto y sostenido que la trasportó a ese estado del que hablan los corredores de fondo: el del sufrimiento en ausencia de compañía. Fue entonces cuando se dio cuenta de que tras la muerte de su amiga se encontraba mucho más sola.

La inmensidad de la céntrica playa de la Concha mecida por el ruido de las pequeñas olas rompiendo en la orilla alentaba sus pasos. A veces cerraba los ojos e imaginaba que Elena vivía y que ninguna hermana estúpida la amenazaba. Quién se había creído que era. Pensaba en Racos, y también en su marido y en sus hijos. Su vida pasaba por su cabeza en apenas unos segundos, como cuentan los moribundos. Pero ella no estaba muerta y, tras el *shock* inicial, había decidido, ahora mismo, mientras corría por la playa desierta, que ninguna gilipollas le iba a amargar la vida. Y menos a ella, que había sabido durante muchos años bailar de muchas formas distintas. Aparentar lo que no era delante de mucha gente. Forzar la sonrisa para hacer pensar a las personas que estaba pasando lo que ellos querían que pasase. No. Ella no iba a mentir a la policía. No quería hacer daño a su familia, pero el comentario final de Fátima era un auténtico soborno.

Mientras se alejaba por la playa de arena dura aceleró el ritmo sabiendo que no aguantaría mucho más. Las huellas que iban dejando atrás sus zapatillas, apenas perceptibles en la arena, eran un poso extraño de su paso, apenas duraban lo que tardaba en llegar una suave ola, que borraba con delicada caricia su presencia. Reafirmándose en su carácter, pensó que lo primero que iba a hacer era coger el toro por los cuernos. Y empezaría por hablar con Ion esa noche. Sin más esperas. «Es posible que me pueda decir algo nuevo que no sepa de su relación con Elena, o incluso con Fátima.»

Volvió a acelerar en un *sprint* hacia sí misma. La coleta golpeaba rítmicamente la nuca. El collar hacía lo propio con su cuello como un contrapunto musical. Las llaves tintineaban en su bolsillo y el sudor apareció por su frente. Abrió un poco la cremallera del chándal para que entrara algo de fresco y se perdió entre la arena.

Su imagen se hizo diminuta.

53

Aquella mañana Vicente regresó a casa del trabajo muy pronto. Había estado hablando con personas relacionadas con los casos de Cristian y Elena, y cada vez que lo hacía e iba conociendo más del entorno de ambos, más dudaba de todos. Se tranquilizaba pensando que siempre era así, llegaba un momento en el que saltaba la chispa y descubría que aquella persona que había proporcionado los datos que la policía quería oír no era más que un mentiroso tratando de ocultar su delito. Las sospechas recaían en las personas que tuvieron relación con las víctimas, y eran muchos los candidatos. Quedaba descartada la autoría por parte de un ladrón, el robo de cuatro collares sin un valor excesivo no justificaba toda aquella sangre. Había averiguado que el carácter de la diseñadora era algo tormentoso.

En el caso de Cristian el abanico era mucho más amplio, aunque también más definido: necesitaba saber dónde y con quién había comido trece o catorce días antes de su muerte.

Cuando entró en casa eran las dos de la tarde. La luz de la cocina estaba encendida. Se acercó.

—*Aita*, no sabía que venías a comer —dijo Alberto con la típica sonrisa de «me han pillado».

—Yo tampoco. He terminado antes de lo que pensaba y he preferido venir a casa en vez de comerme un sándwich por ahí.

—Se me acumula el trabajo —contestó Alberto—. Ha llamado *ama* diciendo que esta tarde no tiene la clase de las tres, y que en media hora estará aquí y que le guarde comida, así que hoy somos cuatro para comer.

—¿Cuatro? No sabía que tuviéramos invitados.

—No pensaba que ninguno de los dos viniera y había invitado a una compañera. Tenemos clase en hora y media, y en vez de ir por ahí le había dicho que viniera a comer a casa, que le iba a preparar una hamburguesa y tal.

Vicente se quedó mirando a su hijo con media sonrisa mientras hablaba y pensó en lo que Françoise había dicho hacía unos días: que su hijo tenía un ligue. Pero no hizo ninguna observación, sencillamente calló.

—Vale, pues vas a tener que repartir esas hamburguesas —se limitó a decir.

—Por eso no te preocupes. Esto es parecido a un restaurante, cuando una mesa te avisa de que en vez de dos van a ser cuatro. No hay problema. Estamos preparados —sonrió.

De nuevo tuvo la sensación de que su hijo había mejorado su carácter de forma ostensible. Su mujer tenía razón y la causa podía ser ésa, claro. Si de verdad se trataba de un ligue, le habían hecho una putada porque seguro que si la había invitado a casa era para estar a solas con ella. A esa edad una oportunidad así es un regalo.

—¿Y dónde está nuestra invitada?

—Ha ido a comprar el postre. Ahora vendrá.

«Lo dicho, les hemos fastidiado el plan a base de bien», murmuró para sí el oficial.

—¿Y qué has preparado de comida? ¿Hamburguesas? No te veo muy exquisito. —Rio el padre.

—No sabes lo que estás diciendo. Son hamburguesas hechas por mí y te vas a quedar alucinado de cómo las preparo. El símbolo de la cocina rápida, del *fast food*, hecho por uno mismo cambia radicalmente. Guerra a la comida basura. Vamos a destruirla usando sus propias armas.

—Bueno, bueno, probaremos. ¿Necesitas ayuda?

—No, no, ya he acabado. Bueno sí, pon la mesa.

El oficial colocó los platos y los cubiertos.

—¿Pongo mantel? —preguntó irónico.

Justo en ese instante sonó el telefonillo del portal. Impulsado por un resorte Alberto contestó.

—¿Cómo se llama nuestra invitada?

—Amaia —contestó lacónico.

Se oyó la puerta de la casa abriéndose con llave.

—¿Le has dejado las llaves de casa? —preguntó el oficial incrédulo.

—No —respondió el chico con cara de extrañeza.

Por el pasillo aparecieron Françoise y Amaia, esta última con cara de sentirse en ese momento un poco incómoda.

—Me he encontrado con ella en el ascensor y resulta que venía a la misma casa que yo. —Rio Françoise.

«¡Madre mía, qué liada! Mi quedada romántica se ha ido al traste», pensó Alberto.

La tal Amaia era una chica de melena castaña. Vestía un jersey rosa muy amplio combinado con unos vaqueros y unas zapatillas de deporte blancas. Llevaba una mochila de color negro en una mano y en la otra una bolsa de plástico.

Amaia, con un pelín de sonrojo en las mejillas, saludó con educación a todos mientras le daba a Alberto la bolsa que contenía la tarrina de helado.

—¿De qué es? —preguntó él con cara de alegría.

—Mango con pasas en ron —dijo la inesperada invitada con voz tímida. Vicente alargó los oídos, las orejas e incluso los ojos:

—¿Mango con pasas?

—Sí —razonó Alberto intentando apoyar a la chica—. Es una combinación cojonuda. El mango es ácido y las pasas son dulces y levemente alcohólicas. El resultado, si está bien hecho, tiene que ser muy auténtico.

Cinco minutos después las dos parejas se encontraban sentadas a la mesa.

El joven cocinero había hecho cuatro hamburguesas partiendo de dos enormes filetes de babilla de ternera, una parte de la res jugosa y tierna. La había pasado por el cuchillo hasta dejarla como si la hubiese picado con una máquina. Había añadido cebolla muy picada y por último le había agregado especias, trozos de terrina de foie que le había sobrado de hacía un par de días y, lo más importante, tres lonchas de bacón picadas y pasadas previamente por la plancha hasta que estuvieron bien crujiente. Esa combinación, bien amasada y con forma de hamburguesa al uso, la había pasado por la plancha hasta dorarla pero dejando el interior poco hecho. Lo acompañó con algo de lechuga en juliana, mostaza y un pan grueso bien tostado.

—Hamburguesas al cuchillo —anunció todo eufórico mientras dejaba la bandeja en la mesa.

—¿Ese nombre es porque te han quedado muy duras? —ironizó Vicente.

—Eso, *aita*, es porque las he pasado por un cuchillo y ya verás la diferencia, ya.

Cuando Vicente dio el primer mordisco comprendió a qué se estaba refiriendo su hijo. Increíble. Qué sabor, pero sobre todo qué textura. Aquello no tenía nada que ver con las que había probado anteriormente. Se deshizo en su boca y pensó que lo que estaba degustando en este sencillo plato era algo más que cubrir una necesidad: era puro arte.

Los demás comensales añadieron elogios, el sencillo plato era el ideal de la cocina: decir mucho con muy poco.

—En el arte ocurre lo mismo —dijo Françoise, barriendo para su terreno—. La capacidad de decir y hacer sentir algo con pocos elementos es un mérito añadido.

La comida, que había empezado un poco tensa, enseguida fluyó. Françoise, como siempre, se había encargado de ello.

—Una hamburguesa increíble —dijo con voz profunda mientras apuraba su plato.

—Sí —contestó el oficial dejándose llevar por el comentario—. ¿Por qué una sencilla *burger* puede ser tan distinta a las que acostumbro a comer yo? Esta tiene... No sé cómo decirlo.

—Sabor y textura —interrumpió Alberto mientras la inesperada invitada asentía con la cabeza, detalle que no pasó por alto la madre—. No hacen falta más que una buena carne y sus condimentos para lograr lo primero y un buen cuchillo, afilado a conciencia, para conseguir la textura. El resultado es un bocado maravilloso, digno de los dioses. Dorarla por la parte superior realza los aromas de las hierbas calentando también las que quedan en el interior, y como ya sabes las cosas generalmente saben más si están calientes. Lo mismo ocurre con los helados, que es lo que haremos luego. Si están muy fríos, no saben tanto como si están a más de ocho grados bajo cero. Por eso lo he sacado hace un ratito del congelador.

El oficial no dejaba de escuchar atento las explicaciones de su hijo como si fuesen las indicaciones de un médico para mantener tu cuerpo saludable.

—Incluso la verdura para las ensaladas no debe estar muy fría —apuntilló. Justo cuando acabaron de comer la hamburguesa, Alberto se levantó y repartió platos pequeños para el postre.

El helado llevaba diez minutos fuera del congelador, el tiempo que había calculado Alberto para que tuviera la textura adecuada. Cuando lo abrió se dio cuenta de que cinco minutos más no le hubieran venido mal para que estuviera en su punto.

—No está perfecto, pero casi —exclamó el cocinero. Sirvió con rapidez una hermosa bola de helado a cada uno y empezó a comer. Nada más hacerlo se dio cuenta de algo—. Esperad, esperad, a esto le falta su toque crujiente —dijo mientras se levantaba. Se dirigió a la alacena y rescató el bote con las galletas de mantequilla que él mismo había hecho hacía apenas tres días. No quedaban muchas pero eran suficientes.

—El toque de las galletas contrasta con la melosidad del helado. Ahora está increíble.

Los tres comensales callaron y asintieron ante aquel convencimiento gastronómico. Vicente pensó que aquello no era una más que una exhibición destinada a la invitada, un derroche de plumas de colores para cortejar a la hembra con el público entregado, rendido a sus pies. Pero más tarde cambió de opinión y pensó que tenía mucha razón. Su hijo estaba consiguiendo lo que antes nadie había logrado: que una comida le pareciese como una obra de teatro en la que los actores interactuaban con los espectadores de una forma muy intensa, comiéndose su obra, interiorizando los alimentos que los actores habían preparado. Comiéndose su espectáculo. Y esa idea le pareció trascendente. Un teatro donde te metes en tu interior algo hecho con las manos pero también con la mente. Un libreto, una ópera de sensaciones dirigidas por un buen jefe de cocina haciendo de director de orquesta, la música de los platos sonando, y también tramoyistas y pinches, actores y actrices interpretando sonidos melódicamente gustativos. Una zarzuela de música y mariscos, de olores y melodías, de aromas y vibraciones. El arte de la interpretación gastronómica.

Vicente se quedó fuera de la cocina levitando entre olores. Era algo que nunca antes le había sucedido.

—Esto de venir a casa al mediodía lo voy a tener que repetir más a menudo —bromeó la madre.

Mensaje recibido, debieron de pensar Amaia y Alberto. El hogar paterno no era un buen lugar para estar a solas.

—¿Has quedado ya con los de México? —preguntó Françoise a Vicente cambiando de tema.

—Sí, sí, había olvidado decírtelo. Y tengo que decidir a qué restaurante les llevamos. ¿Tenéis alguna idea? —preguntó dirigiéndose a su hijo y después a la invitada.

Ésta bajó tímida la mirada y de manera instintiva buscó apoyo en la de Alberto.

—Pues, no sé... —contestó.

—¿Es algo corriente o algo importante? —intervino su hijo.

—Hombre, es una comida que debemos desde hace muchos años y me gustaría llevarles a algún sitio bueno.

—Ya sé. Iros al Filo, el de Juan Carlos Zurida. ¡Vais a alucinar! Será caro, pero para lo que da es barato —remató desafiante—. ¿Con quién vais a ir?

—No les conoces. Una pareja que conocimos cuando estuvimos en Uxmal. Pasamos un día juntos y ellos nos invitaron a comer. Si mal no recuerdo eran un par de *gourmets*, ¿no?

Françoise afirmó con la cabeza.

—Entonces no lo dudes. Si les gustaba comer, id allí. Vais a quedar fantástico. Os lo agradecerán.

—Eso para tu padre es demasiado avanzado. No sé si le va a venir un poco grande. —Sonrió la madre.

—No, no. Ya me apetece, ya —contestó el oficial con rapidez. Madre e hijo se miraron y sonrieron cómplices.

—¿Qué pasa? Que sí, que me apetece —afirmó insistente.

La invitada miraba con una leve sonrisa sin comprender del todo el rollo que llevaban entre ellos y sin atreverse a decir nada. Alberto se dio cuenta.

—Mi padre es más de los de *fast food* —le explicó sonriendo.

Mientras, Françoise cambiaba inmediatamente de estrategia saliendo en su defensa.

—Hasta hace un tiempo era así, pero estamos notando cambios sustanciales —explicó, cogiendo su mano y besándola.

La naturalidad de la francesa desbordaba todos los límites. Amaia miraba de reojo las expresiones de los padres del anfitrión. La larga melena de color castaño le permitía escabullir su mirada, pero en ese momento se recreaba con la relajada actitud de los padres de su amigo. Los envidiaba. «Cuando crezca tengo que conseguir ver la vida así», pensó Amaia.

—Pues creo que voy a llamar para reservar.

—Bueno, nosotros nos vamos que tenemos clase ya mismo —cortó Alberto.

—¿De qué tenéis clase? —preguntó Françoise.

—De historia de la gastronomía —se animó Amaia a contestar—. Es divertido, muchas de las cosas que ahora vemos como nuevas son bastantes más antiguas de lo que parece.

—Está bien, está bien. ¿Ya tienes casco para Amaia?

—Tú qué crees —chilló Alberto desde su habitación. En quince segundos llegó con dos cascos y ambos desaparecieron por el pasillo despidiéndose a la vez que ella daba las gracias por la comida.

—A vosotros, que la habéis preparado —contestó Françoise mientras, sentada todavía en la silla de la cocina, se quedaba observando como el culo prieto y enfundado en un vaquero ceñido de la acompañante de su hijo desaparecía por el pasillo rumbo a la puerta de entrada de la casa. Y se quedó pensativa. Por un instante se los imaginó follando salvajemente como lo que eran, dos jóvenes con las hormonas desbocadas. Y fue más lejos. Se imaginó a la tal Amaia desabrochando el pantalón de Alberto y chupándole la polla mientras él se retorcía de placer en el asiento de atrás del coche, que había pedido prestado a su padre, o en casa, cuando la ausencia de los progenitores lo permitía. Se sentía mayor. El hecho de que su hijo pequeño tuviera una novia le hizo percibir que su vida había pasado demasiado rápido. Al mismo tiempo sentía una sensación muy agradable por cómo había llegado hasta allí: haciendo lo que había querido. Pero sus mayores ilusiones eran sus hijos.

Con el primero ya había pasado por todo esto, pero ahora, con Alberto, la sensación, contrariamente a lo que imaginaba, era aún más fuerte. Quizá la edad cambiaba la percepción de las prioridades.

Se dirigió a la habitación en la que se encontraba su marido y sin mediar palabra besó los labios del oficial. Sin soltarle, se desabrochó dos botones dejando a la vista un sujetador de color azul claro y encaje. Vicente no opuso resistencia. Se dejó hacer. Apenas llegó a balbucear.

—Entro a trabajar a las cuatro... —Y ella volvió a besarle.

— Yo a la misma hora, así que vamos a darnos un poquito de prisa.

Ella lo besó con fuerza mientras le quitaba la camisa y jugueteaba con los pelos de su pecho.

Hicieron el amor entre prisas y risas. Jugaron a quererse con urgencia mientras gemían de placer. Rápido, como pequeños caramelos, se deshicieron cada uno en la boca del otro. No hubo tiempo para más y se sintieron a gusto por las prisas, por estar tan unidos en un momento robado al día. Toda la ciudad trabajando y ellos follando. Entre reuniones de profesorado, entre papeles y fichas de alumnos. Entre sospechas de asesinato, entre interrogatorios y delincuentes. Ambos se unieron en el apremio de los segundos llamando con prisa a la conclusión.

Después se quedaron unos minutos enredados entre la ropa a medio quitar. La visión de su mujer vistiéndose para ir de nuevo al trabajo fue el epílogo tras el que, de manera fulminante, regresó a la realidad. Ella le dio un beso en la frente.

—Nos vemos por la noche.

Cogió el móvil que había dejado encima de la mesa de la cocina y salió de la casa.

Vicente se terminó de vestir y se arregló un poco. Condujo el coche hasta la comisaría. Durante buena parte de la tarde estuvo ordenando papeles. Sacó su libreta y repasó lo que quedaba por hacer. Tenía varios nombres con números de teléfono tachados. El último de la lista era Carmen Aguirre. Por los testimonios de varias personas cercanas a la víctima sabía que era una amiga íntima de Elena Castaño. Leyó varias veces el número de teléfono y lo memorizó.

Eran ya casi las seis de la tarde y el sol de invierno se escondía entre la arboleda cercana, parecía orgulloso de haber ofrecido un espléndido día.

Vicente marcó el número de teléfono y dejó que sonara. Lo hizo durante casi treinta segundos. Nadie respondió. Ni siquiera el contestador. Decidió que lo intentaría más tarde.

Marcó otro número que llevaba escrito. Una voz femenina contestó.

—Sí, buenas tardes, restaurante Filo, dígame.

—Quería reservar una mesa para cuatro.

54

Cuando Carmen llegó a CTB aún era pronto. Era la primera. En la barra apenas había un par de personas tomando cerveza. Saludó con la mano al camarero y se adentró en dirección al comedor. Mientras se cambiaba en el vestuario echó un vistazo al móvil, que se encontraba en modo silencio. Dos llamadas perdidas. Una era de su marido desde Alemania. La otra mostraba un inquietante y lacónico: Identificación oculta. Ninguna de ellas le gustó. Podría ser publicidad, pensó, intentando quitarle importancia. Pero su lado más realista la llevó a admitir que debía de tratarse de la Ertzaintza.

Tampoco sabía qué pensar de la llamada de su marido, lo hacía en muy pocas ocasiones. Miró en los mensajes: ninguno.

Dirigió su mirada al reloj. Tenía tiempo de llamarle. Al final, y dudando mucho, se decidió. Llamar a su marido no era algo habitual, pero aun así lo hizo.

Desde el centro del comedor, el punto con mayor cobertura, vacío y con las luces apagadas en ese momento, dejó que el aparato sonase varias veces. Como si hubieran estado de acuerdo, en el mismo instante en que su marido respondía al teléfono se abrió la puerta y apareció Racos. Ella se volvió e instintivamente bajó la voz sin saber muy bien por qué. Saludó con la mano libre al compañero de trabajo y amante mientras, sin pronunciar su nombre, saludaba a su interlocutor.

—¿Qué tal? Tengo una llamada perdida tuya.

—Sí —contestó su marido—. Te he llamado antes pero no lo cogías.

Intentó ir hacia otra zona del comedor para hablar con más tranquilidad pero la escasa cobertura la obligaba a permanecer allí en medio, expuesta a oídos indiscretos.

—¿Pasa algo? —preguntó ella—. ¿Dónde estás?

—No, no. Sigo en Hannover. Simplemente por saber algo de ti y de Elena, si se sabe algo nuevo. Desde que me lo contaste no he dejado de pensar en ella. Ya sabes, el vestido de nuestra boda. Era una buena persona, no merecía acabar así. Yo todavía no me lo creo. Cada vez que lo pienso...

Racos pasó por delante de ella en dirección a la barra y por un momento tuvo la impresión de que su marido hablaba a través de unos grandes altavoces que todo el comedor escuchaba alto y claro. En ese mismo instante sonó el tono de llamada en espera. Acurrucada contra una esquina, como un boxeador contra las cuerdas, Carmen quiso hacerse pequeña y desaparecer. Miró la llamada entrante sin darle paso.

Identificación oculta. «Mierda, todos a la vez.» El corazón se le volvió a acelerar.

Regresó a la conversación con su marido sin hacerle demasiado caso, aunque se sintió acorralada entre Racos y la llamada anónima. Después de unos segundos, el sonido intermitente de la llamada entrante cesó.

Terminó de hablar con su marido y colgó.

«Dios mío, vaya par de minutos que acabo de pasar. Tenía la respiración acelerada.» Inspiró aire profundamente intentando recuperar el ritmo. Encendió algunas luces del comedor para salir de la penumbra y sentirse mejor.

Eran casi las ocho y media, y Ion acababa de llegar. La intención era hablar con él cuanto antes y evitarlo si estaba colocado. Cuando se acercó supo que se encontraba bien.

—¿Qué tal estás, Carmen?

—Bien, bien. ¿Tienes un ratito?

—Sí, claro —contestó titubeando—. ¿Qué pasa?

—No, nada, era sobre lo que estuvimos hablando el otro día. No sé si te acordarás. Yo era muy amiga de Elena, la diseñadora, y me dijiste...

Lo que hasta ese momento le había parecido un plan sencillo, al ver a Ion atento y sereno se le hizo algo difícil. Dudó unos instantes y continuó.

—Bueno, lo de que te debía dinero, ¿te acuerdas?

—Ah, sí, pero eso creo haberlo solucionado. —Sonrió él.

La extrañeza y la sorpresa se adueñaron de la cara de Carmen.

—Ya sabes —insistió Ion disculpándose—. A veces me pongo un poco pesado. Me meto una rayita para poder trabajar y me acelero un poco. Pero no es nada. Ya no me meto tanto como antes. —Volvió a sonreír.

—Ya, eso es cierto, y ojalá siga así —contestó ella dejando asomar su vena de madre protectora—. Pero yo me refería a... ¿Por qué has dicho que está solucionado?

Ella notó como Ion comenzaba a sentirse incómodo y pensó que no le quedaba mucho tiempo para que él zanjara la conversación.

—No, por nada. Su hermana me llamó ayer y estuvimos hablando. Ya lo he arreglado. Bueno, por lo menos así me lo ha prometido. Si es eso, no te preocupes —repitió—. Era lo que querías saber, ¿verdad?

Carmen asintió de manera automática con la cabeza. Lo que se podía deducir de sus palabras era que Fátima le pagaría las últimas entregas de coca. Pero no lo iba a dejar pasar.

—¿Ya te ha dicho Racos que hemos cambiado uno de los postres? —preguntó evasivo.

Ion la desconcertaba. No sabía cómo actuar.

—Sí, sí, ya me ha dicho. ¿Quieres decir que su hermana te va a pagar lo que falta?

—Sí, sí, que ya está solucionado, no te preocupes. Venga, empieza a entrar gente. Gracias por tu interés.

Se acercó a la menuda Carmen y dándole un beso en la frente se disculpó.

—Hay veces que me pongo muy pesado, pero te prometo que no estoy tomando nada. Venga, vamos a currar. ¿Me regalas una sonrisa? —preguntó sonriente y zalamero.

Haciendo gala de su mano izquierda y de sentido común le regaló un «Ánimo». Estaba desconcertada y no sabía si creerle. Se le veía distinto a la última vez, y eso era algo bueno en una persona tan difícil como él. No sabía lo que duraría y Carmen se sintió bien. Por unos segundos pasó por alto la valiosa información: Fátima iba a hacerse cargo de la deuda de su hermana. De las últimas papelinas de coca que supuestamente Elena o Fátima consumían.

«Eso no me ayuda demasiado —pensó—, o tal vez sí —rectificó—. Mañana llamará la policía otra vez y más vale que responda, porque si no, lo harán de forma más dura.»

Carmen giró sobre sí misma y marchó deprisa a lo largo del comedor para encender las luces. Las halógenas de la estancia terminaron de dar volumen a las mesas ya preparadas.

Respiró aliviada unos instantes.

55

Aquella mañana de sábado la luz entraba con decisión por las rendijas de la persiana de la habitación del oficial. Aunque sólo eran las siete y media ya llevaba despierto un buen rato. Françoise seguía dormida a su lado.

Cristian ocupaba todo el pensamiento de Vicente. Conocer sus andanzas las dos semanas anteriores a su muerte se había convertido, desde hacía unos días, en una obsesión. También pensaba en el asesinato de la diseñadora, pero curiosamente éste no le preocupaba tanto. Según iba conociendo testimonios de gente de su entorno iba sabiendo que en cualquier momento saltaría la liebre. Tenía ya información y sospechosos de peso.

Con cuidado para no despertar a su mujer, salió de la habitación y se dirigió al cuarto pequeño que hacía las veces de despacho cuando se llevaba trabajo a casa. Encendió el portátil y se puso a revisar la información sobre Cristian que tenía archivada en una carpeta con un código de seguridad que sólo conocía él.

Allí estaba el informe de la autopsia. Los resúmenes de la conversación con la madre y también con la novia. Los datos sobre los billetes encontrados en su casa y en el coche. La lacónica carta amenazante. El sobre con la grafía tan interesante. La escasa información bancaria. La huella dactilar en la maneta del coche que no confirmó nada relevante. Los correos de Cristian con su amante.

Se revolvió en su asiento intentando encontrar más piezas del puzle. Sus ojos se centraron en una subcarpeta marcada en rojo. En ella se encontraban las últimas bazas que Parra podía jugar. Apenas dos. El amigo que compartía algunas cenas con Cristian y Sonia, y del que sólo conocía el nombre: Nacho Suárez. Y la identidad de la amante de Cristian.

El oficial pensó en sus puzles y se sintió inquieto. Pasaba el tiempo y no tenía a nadie. Las piezas seguían giradas y revueltas. Tenía una base. Cuando llamaron al juez Juan Miguel Carril para informarle de los resultados de la autopsia les dijo:

—Buen trabajo chicos, teníais razón. Sólo os queda saber quién le dio el veneno a nuestro amigo. Tenedme al corriente de los avances de la investigación. Está interesante.

No era algo habitual en un juez. Suponía que el comentario se debía a la amistad entre su jefe y el magistrado. Aun así era una sensación estupenda.

Eran las nueve de la mañana cuando el teléfono móvil vibró con fuerza, repiqueteando sobre la mesa de madera. Era el doctor Álvaro Odriozola. Por unas décimas de segundo pensó que por alguna extraña razón el médico y su mujer no podían ir a cenar esa noche.

—Vicente.

—Sí, ¿qué tal Álvaro? ¡Qué pronto andas para ser sábado!

—Pues te llamo desde el hospital.

«Esta frase viniendo de un médico no es para alarmarse», pensó. A pesar de ello preguntó.

—¿Sucede algo, Álvaro?

—Sí. ¿Podrías venir a mi despacho?

El viejo coche del oficial aceleró con decisión por la avenida que daba acceso a la zona de hospitales de la ciudad. Los semáforos en rojo le parecieron eternos y contribuían a acelerar el ansia por conocer lo que el doctor no había podido esperar a contarle por la noche.

Nunca había atravesado la ciudad en tan poco tiempo. Cuando llegó, aparcó el coche.

Mientras se dirigía entre pasillos al despacho de Álvaro pensó que la liebre había saltado.

56

Las flores del jardín estaban marchitas, el invierno había llegado. El jardinero se afanaba en podarlas para que al llegar la primavera todo estuviera pletórico, como le gustaba a su dueña, a Elena.

Aquella mañana Carmen se levantó pronto y se dirigió a casa de su amiga. No sabía por qué pero sentía que algo la llamaba. Algo inexplicable que la llevó a coger el coche y dirigirse hacia allí.

Aparcó en el mismo sitio que ocupó el coche del asesino aquella fatídica noche. De puntillas, se asomó por encima de la valla del jardín y allí encontró a Samuel, entretenido cortando las ramas de uno de los setos que rodeaba la mansión. Desde la puerta del jardín, Carmen le hizo señas. Él paró de podar, se dio la vuelta y entornó la vista. Dejó las enormes tijeras que tenía en las manos sobre la hierba y se acercó hacia la puerta. La abrió y le dio dos besos.

—Señora Carmen, ¡qué alegría, hacía mucho tiempo que no la veía! —exclamó con una sonrisa.

—Sí, ha pasado casi medio año desde la última vez que coincidí contigo, sí. ¿Cómo estás? Te veo bien.

—Bueno, la verdad es que todo ha cambiado desde que la jefa se fue. Pero yo sigo aquí hasta que alguien considere que estoy de sobra, o hasta que vendan la casa. Todo está en manos de Fátima. Yo apenas he hablado con ella. Debe de estar destrozada, según me han dicho.

Estuvo hace unos días con su novio. Me saludaron de lejos pero no hablamos. Se comportaron de una manera extraña. No se acercaron a hablar. ¿Quería algo, señora Carmen?

—No, no —contestó—, solo quería saludar y preguntarte por lo de tu padre, Jaime. Lo siento, no me enteré hasta muy tarde, un día que me lo dijo Elena. Me dio pena cuando me lo contó. Yo le había visto muchas veces por aquí cuando era una cría, haciendo lo que tú haces ahora. Era un buen jardinero. Muy enamorado de lo suyo. Aún me acuerdo de cómo gritaba cuando nos veía a Elena y a mí de pequeñas encaramadas a las ramas de los árboles. A veces, cuando tú venías los sábados, jugábamos juntos y le solíamos ayudar a recoger las hojas. ¿Lo recuerdas?

—Ya lo creo que me acuerdo, señora Carmen. —Sonrió.

—Nos dejaba recoger los higos. Y a veces nos los abría y les echaba algo de zumo de limón, y nos hacía reír por lo ácido que estaba. Tenía un pequeño frigorífico donde los guardaba. Eran para hacer la mermelada que le daba al padre de Elena. Jaime era una buena persona. Recuerdo el día que decidió jubilarse y te cedió los trastos. Eso fue hace nada, hace...

La mirada de Samuel era muy triste. Sus ojos rezumaban nostalgia ante el recuerdo de su padre.

—Yo llevo aquí cinco años.

—¿Cinco ya? ¡Cómo pasa el tiempo! —respondió Carmen—. Portaos bien que yo os he visto crecer, me dijo como si fuésemos aún unas crías. Tu padre era una persona muy cariñosa.

—Sí que lo era. Pero no se pudo hacer nada —contestó Samuel respirando hondamente—. Era mayor y creo que no soportó no poder seguir con la vida que hasta entonces había llevado. Cuando se despidió de mí me dijo que había que vivir con dignidad. Que si no, la vida no tenía sentido. La enfermedad, la edad y creo también que sus pocas ganas de vivir fueron decisivas para acelerar el proceso. No se imaginó nunca que al final de su vida pudiera tener tan pocos recursos. Con lo previsor que él había sido.

»Pero estoy contento —prosiguió el jardinero—, vivió con dignidad, exceptuando los dos meses finales. Yo estoy triste, pero a la vez contento de cómo acabó todo.

Carmen se encontraba absorta mirando el enorme y espectacular jardín que rodeaba la casa de su amiga. Mientras, lo que le contaba Samuel se iba quedando en el disco duro de su cabeza para poder analizarlo más tarde. Simplemente se trataba de un buen hijo llorando la muerte natural de su padre. No había mucho más a lo que prestar atención. «La muerte, querido amigo, nos llega a todos, y ponernos tristes no ayuda mucho», pensó. Pero aquello era un comentario fuera de lugar que prefirió, con toda lógica, no hacer en voz alta. «Tú todavía no has visto morir a tus propios padres», se dijo con frialdad.

Su mente se quedó en un paréntesis en el que todo le recordaba a su infancia, a su vida, a las risas con su amiga. Se mantuvo en silencio un rato más mientras pensaba en el paso del tiempo y la vejez.

«Hay que ser previsor, Samuel, para que cuando falte la salud podamos tener una bolsa de la cual echar mano. A saber qué tendría este pobre para que, al final de su vida, se quedase con lo puesto. Amigo, hay que montárselo como yo. Acercarse a la persona adecuada, que tenga dinero, y si le quieres un poquito pues mucho mejor», eran las ideas que le rondaban por la cabeza en ese preciso instante.

Carmen se sorprendió a sí misma con esas ideas tan duras como injustas. Ella no era así. Se casó con su marido enamorada, se recordó a sí misma. Más tarde aquello desapareció y punto, pero el comienzo fue con Cupido de por medio, de eso no había duda.

Su cabeza volaba con fuerza y había veces que creía tener dos personalidades. ¡Qué injusto era hacerlo así! Ella no era tan fría como a veces pensaba. «¿Quién te dice a ti que todo el sistema que tienes tan bien montado, que crees tan bien instalado en tu vida, con tu arquitecto dándote una tela gansa al mes, no puede desaparecer de la noche a la mañana? Dinero que ahora gastas sin excesivo reparo pero que serías incapaz de ganar por ti sola en toda tu vida. Viviendo en un piso de ensueño, en primera línea de la playa más exclusiva de la cornisa cantábrica, con Graciela a tus órdenes, preparándote lo que te apetece comer, lavándote la ropa, limpiando la casa, con más tiempo libre del que puedes disfrutar y gastándolo en ir al gimnasio, en pasear por la playa. Tiempo y dinero para comprar en las tiendas más exclusivas de la ciudad, mientras te engañas yendo a trabajar un par de días, por *hobby*, y creer que estás ganando tu dinero. Con lo que gano podría llegar al día dos o tres de cada mes. No más. Adiós a las tiendas de Gucci, a la ropa de Prada, a los coches caros, a los brillantes salidos de las mejores joyerías», todo eso le rondaba.

No, no estaba preparada. Un escalofrío recorrió su cuerpo. ¿Qué le habría pasado al padre de Samuel? ¿Cuánto le pagaría Elena por encargarse de cuidar este pequeño bosque? ¿Qué le pasó?

Samuel dejó de hablar y se alejó en dirección a la caseta donde guardaba sus aperos. Sin la presencia de él, a solas, se percató de la belleza otoñal del sitio, que estaba lleno de hojas caídas. Algunas de ellas se hallaban amontonadas y listas para recoger. La imagen, al mismo tiempo, también era desoladora. En el suelo había algunos higos marchitos y las hojas del roble estaban esparcidas por una buena parte de la superficie. Se acercó con pasos muy lentos a la casa.

—No tengo las llaves, sólo las del jardín —dijo Samuel en voz alta—. ¿Quería entrar?

—No, no te preocupes. Voy a dar una vuelta a la casa, no es más.

—Sí, claro, lo que usted quiera, señora Carmen.

Samuel la observaba quieto y atento, apoyado en el rastrillo que había sacado del cobertizo y con el que se afanaba en barrer las hojas. La figura de ella se fue alejando a paso lento.

Carmen recorrió la casa en un verdadero *revival* de sus aventuras de niña, y también de mayor, pues nunca había dejado de tener relación con su amiga. Iba de vez en cuando a la casa pero nunca lo había hecho estando ausente su Elena, y la sensación era muy distinta. Y muy intensa.

La casa estaba totalmente cerrada pero con las persianas subidas. Se acercó a una de las ventanas, la que daba al salón principal. Estaba muy oscuro dentro, pues la orientación de la casa hacía que los rayos solares dieran por la tarde, no por la mañana. Se puso de puntillas y acercó la mano al cristal para poder divisar algo en su interior. En unos segundos sus ojos se habituaron a la penumbra.

La sala continuaba tal y como la recordaba. No vio nada que delatase lo que había pasado. Los sillones, el precioso parqué de roble..., todo estaba limpio y pulcro. Por un momento creyó que podría ver a su amiga jugando como cuando eran pequeñas, debajo de la mesa del salón. La invadió la tristeza. De estar mirando a hurtadillas una parte de su pasado que le pertenecía en exclusiva. Y sólo la podía estar mirando así, a escondidas, porque en cuanto pasaran un par de meses la casa se habría vendido y la ocuparían extraños que no le permitirían hacer lo que estaba haciendo. Su visita a la casa de sus juegos era una visita de despedida. Un adiós profundo de todo lo que vivió cuando era niña, y aquello la estaba poniendo muy mal. Bajó la mirada y lloró desconsoladamente.

Con la manos en la cara y apoyada en el olivo centenario desató la rabia que había acumulado desde que supo lo del brutal asesinato. En una esquina se derrumbó. Había entendido que todo se puede destruir. Y que esa casa era para ella uno de los pocos lugares donde había sido feliz. Pero Elena se había ido y a la casa le quedaba muy poco tiempo para desparecer de su vida. Lloró amargamente en la soledad de la esquina de la mansión. Al abrigo de miradas indiscretas. El olivo fue su único testigo. Sus mudas e incipientes aceitunas, que nunca terminaban de alcanzar el tamaño adecuado, fueron sus compañeras de llanto. Lágrimas de aceite.

Necesitaba estar sola en la casa de sus sueños, en la estancia de los juegos de su infancia. En la ahora casa de los horrores, para despedirse de ella. Para decirle al oído que su compañía fue generosa y grata. Que supo arroparle y protegerle. Y que le estaba muy agradecida.

El solar enmudeció ante tan impresionante escena.

Respiró muy hondo varias veces. Se secó las lágrimas y pasados cinco minutos más volvió a caminar con paso lento y tranquilo hasta terminar de circunvalar la mansión. Arrugados en la mano un par de pañuelos de papel.

Vio que Samuel estaba esperándola. Llevaba puesto un gastado mono de trabajo.

—¿Se encuentra bien, señora Carmen? —preguntó al verla con los ojos húmedos y delatores.

—Sí, no te preocupes. Esta casa me trae muchos recuerdos... —se disculpó.

—Ya me imagino —respondió con una sonrisa—. Hace poco vinieron un par de ertzainas a hacer preguntas. No se preocupe, ya verá como encuentran rápido al que hizo esto.

Ella contestó sin decir palabra, sólo asintió con la cabeza.

«¿Qué me importa a mí quién hizo esto? Eso no va a devolverme la vida de Elena», pensó con rabia.

—Adiós, Samuel, que tengas un buen día —se despidió.

—Adiós, señora Carmen, no se preocupe —insistió.

Cuando se alejaba notó que los ojos del jardinero se clavaban con fuerza en su nuca. A su cabeza volvieron dos pensamientos: aunque era algo normal, la policía había hablado con Samuel, y lo que olvidó preguntar, pero en realidad parecía no querer saber, era qué le pasó a su padre.

Volvió la vista para despedirse de la casa. Samuel la seguía mirando. Cerró la puerta del jardín mientras comenzaba a oír el rastrillo del jardinero rozando la tierra, peinándola a su antojo.

La pregunta seguía sin respuesta.

57

Cuando Vicente llegó al despacho de Álvaro éste le esperaba de pie delante de la librería. Tomos relacionados con sus investigaciones se amontonaban junto a revistas de medicina formando un todo perfectamente ordenado.

El oficial llamó a la puerta y sin esperar respuesta la abrió. Álvaro y Vicente se dieron la mano cordialmente y se sentaron separados por la mesa de trabajo. El doctor abrió una pequeña carpeta y sin más dilación fue al grano.

—Creo que tengo algún nuevo dato en relación con la muerte de Cristian. Te he llamado porque me parece que puede ser de interés. No quería comentarlo esta noche en el restaurante, no me parecía apropiado ni correcto.

—Sí, sí, claro —contestó el oficial.

—Bien, ¿recuerdas lo que hablamos sobre la autopsia de Cristian? Te conté que a veces, por distintas razones, no se realizan. Todo depende de que el médico que certifica el fallecimiento rellene la casilla aprobándola. Es así de simple. Por lo general, si se trata de una persona joven se hace sin más dilación. Incluso si la causa de la muerte es evidente, como es el caso de un accidente de tráfico, o laboral o de cualquier otra índole, también se realiza.

»La verdad es que después de hablar contigo me quede intranquilo. ¿Cómo es que en este caso no se hizo? Las explicaciones pueden ir desde la sobrecarga de trabajo al traspapeleo de los informes, yo qué sé. Esas cosas pasan, pero yo tenía la mosca detrás de la oreja. No me quedé tranquilo. No hacía más que darle vueltas a la cabeza, era un caso de negligencia. Así que por un momento dejé mi sección de investigación nefrológica e hice una pequeña indagación.

»Lo que ocurrió fue lo siguiente: el médico que atendió a Cristian sí pidió la autopsia.

Vicente abrió los ojos un poco más de lo normal y se apoyó en el borde de su silla.

—Alguien cambió el parte de defunción de Cristian indicando que la autopsia no era necesaria. Fue manipulado, y tratándose de un documento que no sale del hospital es muy probable que lo hiciera alguien de dentro.

Vicente contuvo la respiración intentando digerir la inesperada noticia.

El doctor sostenía unos folios en la mano.

—¿Qué es eso?

—Un momento, ahora te lo explico. Ayer le enseñé el informe al médico que atendió aquella noche a Cristian y me dijo que la que aparecía allí no era su firma. Que él sí había solicitado la autopsia. El día siguiente a la defunción el médico finalizaba su contrato temporal. Estos días está haciendo otra sustitución y ayer pude hablar con él, y me contó todo lo que te acabo de decir. Recordó que fue un día horroroso, con mucho trabajo, pero también recuerda que sí pidió la autopsia. Te doy dos cosas. Una que ya tienes: el parte de defunción donde se ratifica que no necesitaba autopsia.

—¿Y la otra? —se apresuró a preguntar el oficial.

—La otra es la lista de personas que trabajaron aquella noche en la UVI: médicos, celadores, técnicos sanitarios, limpiadores, mantenimiento, enfermeros, analistas..., creo que están todos. Son bastantes nombres. Una compañera de administración me ha hecho este favor, ventajas de ser veterano y llevar mucho tiempo dentro de este hospital.

Vicente cogió lo que le pareció una lista enorme, gente a la que nadie conoce pero cuyo trabajo es de una solidaridad muy superior a la del resto. Son los que duermen por las mañanas o por las tardes porque han tenido que pasar la noche en vela. Probablemente ellos son los superhombres. Cómo era posible que alguno de ellos manipulase el parte de defunción para esconder algo.

Se quedó mirando y leyó despacio.

—Sebastián Gallego, Alberto Arambarri, Celia Collantes, Catalina Coronado, Consuelo García, Aritz Berlanga, Lide Kortabitarte, Ana Cabezudo, Oier Guerrero, Ander Vázquez, Natividad Segura, Arkaitz Estrada, Salvador Argüello. Este último tiene buen nombre para currar en la UVI. —Sonrió por un instante y prosiguió lentamente—: Esteban Llanero, Sonia Alonso, Egoitz Sánchez, María Dolores Rodríguez...

Algo cambió en el oficial. Odriozola había hecho un trabajo extraordinario. Tragó saliva y aparentando no darle importancia dobló y guardó el papel.

—No sé si te servirá —interrumpió el doctor.

—Tengo que mirar detenidamente la lista. Analizar la grafía de la persona que estampó su firma aquí —fingió el oficial—. Si conseguimos dar con la persona podremos saber por qué ocultó el verdadero motivo de la muerte de Cristian.

—Esperemos que sea una pista fiable. Yo no te puedo ayudar mucho más. Trabajo en investigación, en la otra ala del hospital, y no conozco a nadie de la lista.

—Te estoy muy agradecido, Álvaro. De verdad.

—En la cena de esta noche prohibido hablar de nada de esto. —Sonrió el doctor.

—Ni en la cena ni en ningún otro momento —añadió enseguida el policía.

—Aún no sé a qué restaurante vamos —inquirió Álvaro.

—Es una sorpresa. Tú eres un *gourmet*, ¿no?, te gusta comer.

—Es uno de mis pasatiempos preferidos.

—Esta tarde os recogeremos a las ocho y media.

—Allí estaremos.

—Gracias de nuevo.

—Sobre todo era por mí. —Sonrió el doctor—. Me he quedado más tranquilo. Este hospital también es mi casa, me gusta que esté bien considerado. Aunque está bien organizado y funciona correctamente no existe ninguno equipado para evitar que una persona lo traicione o sabotee algo desde dentro, si de verdad quiere hacerlo. ¡Ojalá tengas suerte!

—La suerte sin trabajo no existe —contestó lacónico y algo serio el oficial—. Y tú lo sabes bien.

—Sí, tienes toda la razón.

Mientras se despedían, Vicente se guardó los papeles doblados por la mitad en el bolsillo interior de la cazadora. Al llegar a su automóvil no pudo resistirse; sacó la lista y volvió a leerla. Esta vez en voz alta y con una media sonrisa.

—... Arkaitz Estrada, Salvador Argüello, Esteban Llanero, Sonia Alonso, Egoitz Sánchez, María Dolores Rodríguez...

»Buenos días, Sonia, bienvenida —dijo entre dientes.

58

El cuentarrevoluciones del coche subió de vueltas. Las curvas quedaban atrás con facilidad. El rugir del motor, junto con el chirriar de las ruedas, suplía la ausencia de música en el interior. Era pronto y el sol, que volvía a salir, daría luz allí donde por ahora no había más que sombras.

El conductor se afanaba en llegar al Hospital Universitario de Donostia lo antes posible, antes de las ocho de la mañana, la hora del relevo del turno nocturno de enfermeras y médicos del hospital.

Frenó con brusquedad al llegar a la zona de control de acceso al recinto hospitalario. Aparcó en un hueco destinado a estacionamientos de no más de diez minutos y esperó a que ella apareciese. No podía tardar mucho, en ese momento eran muchos los trabajadores que salían de la zona de vestuarios. Su corazón estaba muy acelerado. Por un instante pensó que la figura que se estaba cerrando el abrigo era ella, pero no. Eran las ocho y cinco, e imaginaba muchas cosas mientras se mordía las uñas de manera compulsiva.

Tenía las manos rígidas por el frío y la ansiedad. De forma nerviosa, se las calentó con el aliento de su boca y después se las frotó con fuerza hasta casi hacerse daño. Se subió el cuello de la cazadora y se sintió observado. Miró a su alrededor pero no vio a nadie que le confirmara sus sospechas.

—Quieres calmarte —se dijo a sí mismo en voz alta—. Respira hondo, por favor.

La imagen de Sonia viniendo por la acera le hizo volver a la realidad de manera brusca.

Salió con rapidez marcha atrás desde el hueco donde se encontraba aparcado. Metió primera y aceleró con rabia.

Sonia se disponía a cruzar por el paso de peatones ajena a todo lo que la rodeaba, con el rictus del cansancio marcado en su rostro. La falda de color negro bailaba al compás de las pequeñas ráfagas de viento. Su melena reivindicaba libertad después de pasar ocho horas trabajando sujeta y recogida por gomas y pinzas. Ambos vuelos hacían de ella una figura airosa y acompasada.

Un blanco perfecto.

El coche se acercó hacia ella a gran velocidad.

No lo notó llegar hasta que el coche estuvo encima de ella.

Y ya fue demasiado tarde.

A su altura, y con increíble delicadeza, el coche desaceleró y se puso a su altura. El hombre bajó la ventanilla con suavidad y le chistó.

—Sonia, buenos días, ¿te llevo? —preguntó con una sonrisa forzada.

Sorprendida, aceptó la invitación casi de inmediato aunque por un momento dudó. Era un pensamiento que llegaba con retraso, no había marcha atrás. Miró el autobús a escasos treinta metros de donde ella se encontraba, esperando a los pasajeros con la puerta abierta. Le pareció una tabla de salvación en medio de un mar embravecido, los compañeros que iban en él podrían ayudarla pero algo en su interior le dijo que no lo cogiera.

Fue una decisión fatal, la suerte estaba echada. Su particular juego había terminado: eligió cara y salió cruz. En apenas tres segundos se encontraba en el interior del vehículo.

Se acercó y le dio un rápido beso en los labios. Le acarició sin convencimiento la mano que él mantenía en el cambio de marchas. Ambos se sonrieron y el coche comenzó la marcha.

Sin mediar palabra, se alejaron muy despacio. Giró la cabeza y por la ventanilla de atrás vio como el reluciente edificio, iluminado por los primeros rayos, se iba haciendo más pequeño. Incluso pudo ver como las ventanas de la zona donde ella trabajaba se iban bajando para evitar la furia desatada de Lorenzo en forma de rayos solares, entrando con fuerza por los resquicios de las persianas. Le pareció un escenario terrible. Parecía un teatro increíble.

Tuvo el presentimiento de que no volvería a verlo y en ese mismo instante sintió miedo.

Él habló con un tono duro y cortante.

—¿Sabes algo del dinero?

Ella bajó la cabeza despacio. Y no contestó.

—La pregunta es sencilla. ¿Has encontrado el jodido dinero? —insistió él.

Ella sabía que cuando aparecían palabras como ésa comenzaba a salir su otro yo. No era su lado delicado y amoroso con el que tantas noches, en secreto, habían compartido cama. No, ahora mostraba su parte más violenta y negativa. Respiró hondo.

— Aún no —respondió Sonia lacónicamente.

—¡Hostia puta!, ese cabrón no pudo habérselo gastado todo, joder. Tú andabas con él. Lo que encontraste en su piso era una mierda respecto a todo lo que le habíamos dado. Joder. Estoy hasta los huevos de este puto asunto, joder. Y a su piso ya no puedo volver, coño, ya lo han alquilado.

—No lo sé, no lo sé, de verdad.

—La Ertzaintza —prosiguió él— ha venido a preguntarme cosas. Supongo que saben lo del envenenamiento, y cuando sepan lo tuyo con los papeles de la autopsia va a ser la hostia —exclamó dando un puñetazo en el volante.

Ella bajó la cabeza sin contestar y, protegiéndose tras su melena deseó estar en otro sitio, con otra persona, o haber cogido ese autobús. Desearía haber contado la verdad al oficial y así descansar. Porque estaba muy cansada. Quiso recordar todo lo bueno que había pasado. Se acordó de Cristian, de sus propios padres y del esmero con el que la criaron. Pero nada de eso servía ahora. No podía huir. Se encontraba presa, sentada junto a un asesino que en el peor momento de su vida apareció con el señuelo del dinero.

El coche se desvió de su ruta y cogió un camino que llevaba a un frondoso bosque. Cuando Sonia notó que el asfalto había cambiado y traqueteaban por una pista, levantó la cabeza y al mismo tiempo que preguntaba a dónde se dirigían él detuvo el vehículo.

Entonces sintió mucho miedo. El pánico se apoderó de Sonia.

—¿Qué haces? Estoy muy cansada, llévame a casa, por favor. ¿Por qué te has metido aquí? Te juro que encontraré ese maldito dinero. Te lo juro, pero ahora llévame a casa, ¡por favor! —suplicó llorando—. Recuerda que sacarte dinero fue idea de Cristian, no mía —sollozó—, no mía. Yo no me he quedado con el dinero. Yo no lo tengo, ¡créeme!, ¡por favor!, ¡créeme! Lo escondió Cristian, en algún lado, no lo sé. Yo no me lo he llevado.

Él no contestó. Sin dejar de mirarle, buscaba a tientas la maneta de la puerta.

—Estate quieta, Sonia. Sólo estamos hablando —puntualizó con extrema dureza.

Pero ella no hizo caso, el pánico se apoderó de su mente y en un rápido movimiento salió del coche y comenzó a correr sendero abajo. Él salió en su persecución, en una carrera desproporcionada que duró lo que tardó en atraparla por la cintura. La diferencia entre los dos cuerpos se hizo evidente. Ella comenzó a chillar. Él le tapó la boca con su enorme mano y la apartó con dureza del camino introduciéndola en la espesura.

—¡Cállate, Sonia!, ¡cállate, hostia!

Ella mordió la mano de su agresor y éste la soltó sin apenas cambiar la expresión de su rostro para apretar después el delgado cuello. La cara de Sonia cambió de color mientras él seguía presionando. Su pelo alborotado le ocultaba la cara y él pensó por unos instantes que no había nadie detrás de su melena. Apretó cada vez más convenciéndose de que ella era quien se había quedado con el dinero. La única persona que podría delatarle por la muerte de Cristian.

El silencio se materializó unos segundos. Los pájaros no trinaban y las hojas tardías de finales de otoño, huyendo de la escena despavoridas, alfombraban el pequeño bosque donde se encontraban.

Se incorporó y vio su macabra obra. Los ojos y la boca de Sonia, tan abiertos que parecían querer agarrarse a la vida que acababa de abandonar.

Él también sintió miedo. Se miró la mano mordida y comprobó que empezaba a amoratarse. La marca de la dentadura de Sonia era evidente. Tenía un pequeño corte obra de los incisivos de ella, aunque superficial, que apenas sangraba.

Se agachó y cubrió el cuerpo con algunas hojas. Permaneció unos instantes pensando en lo que había hecho y no sintió nada en especial. Ella sabía demasiado y la Ertzaintza estaba pisándole los talones, muy cerca. Miró a su alrededor y comprobó que el coche se podía divisar a menos de cincuenta metros.

La frialdad con la que afrontó el siguiente acto le sorprendió hasta a él mismo. Levanto la falda, le arrancó las bragas y las rompió, componiendo así un boceto de intento de violación. Le arrancó algunos botones de la camisa. Tiró más hojas sobre el cadáver de Sonia y volvió sobre sus pasos mirando nerviosamente a su alrededor. Se detuvo detrás de un árbol y contuvo la respiración.

Un coche gris circulaba por la pista. Esperó a que pasara y después, con rapidez, se dirigió al suyo. Observó que el barro había manchado las ruedas. Arrancó, dio media vuelta y se alejó.

Su corazón latía desbocado en su interior. Se sentía cansado. Se chupó la mano derecha dolorida por el mordisco. Lo miró y, con temor, vio que la marca se había hecho aún más evidente: la boca de Sonia era un regalo delator. Un hilo de sangre bajaba por las zonas correspondientes a los incisivos. Sacó un pañuelo de papel y se limpió, manteniéndolo apretado en la herida.

Miró la hora. Las ocho y media de la mañana.

Aceleró con rapidez para incorporarse a la carretera general. Volvió a mirar el reloj y pensó que todavía tenía tiempo. Paró en la gasolinera. Cargó combustible y metió el vehículo en un tren de lavado. Desde fuera, con la mirada absorta en los grandes cepillos circulares del túnel de limpieza que giraban a toda velocidad, pensó en lo que había hecho y sintió algo de tristeza.

Mientras, la espuma jabonosa del lavadero eliminaba, en apenas unos minutos, lo que él tardaría toda una vida en limpiar de su conciencia.

59

Paula y Álvaro se encontraban en la esquina del estadio de fútbol. Él llevaba puesto un abrigo largo de color azul muy oscuro. La cabeza con cuatro pelos al viento no hacía más que recordarle al doctor el gorro que no había cogido y que acostumbraba a llevar. Pero hoy no. Desde el balcón le había convencido la buena temperatura que indicaba el termómetro.

Ella llevaba un vestido de color gris claro que dejaba a la vista sus estilizadas piernas enfundadas en unas finas medias rematadas por unos soberbios zapatos de tacón alto sin llegar al descaro, tipo botín con algunas zona de rejilla. Enmarcaba su ceñido talle un gran cinturón que realzaba sus curvas. En el recatado escote, un collar a juego con unos pendientes en forma de plumas de plata hacía de su rostro algo muy delicado. Un bolso negro a juego con el color del abrigo daba un aspecto elegante al conjunto. Los labios y la sombra de ojos, apenas perceptibles, acentuaban un rostro bello pero a la vez de una sencillez cautivadora.

Álvaro miró el reloj: las ocho y media de una noche tan despejada que, a pesar de las molestas luces de las farolas, podían distinguirse sin dificultad las estrellas brillando, señal de una velada que debería ser perfecta. La luna, de camino al solsticio de invierno, brillaba dando luz a la penumbra nocturna.

Un coche se acercó y dio las largas. Dudaron hasta

que el vehículo llegó a su altura. Françoise bajó del automóvil y saludó efusivamente a los dos mientras Vicente al volante les apremiaba.

—Vamos, vamos, que estamos en doble fila y pueden pasar los del coche de las camaritas en el techo. Tenemos toda la noche para hablar.

Vicente llevaba puesto un tres cuartos con muchos bolsillos y un jersey de color azul marino.

Françoise iba enfundada en unos ajustados pantalones gris oscuro que hacían preguntarse a quien la veía cómo era posible haberse enfundado en ellos. Eso fue lo que pensó Álvaro cuando dirigió su vista con disimulo hacia la zona. Los zapatos de tacón con abertura lateral de color negro con una línea blanca muy delgada daban término a una figura proporcionada. Una camisa generosamente abierta de color rosa claro, muy femenina, dejaba entrever la ropa interior, de exquisita factura francesa. Una cazadora de cuero negro daba a su figura un aire de modernidad envidiable. Sus pendientes asimétricos de plata representaban una cabeza olmeca en el izquierdo y la serpiente de Quetzalcóatl en el derecho. Los labios pintados sólo con el brillo de la manteca de cacao daban un toque de sensualidad y, sobre todo, la hacían diez años más joven. Al igual que Paula, había pensado que la ocasión lo requería. Ambas pensaron que iban a una cita importante... Pero lo de esa noche iba a ser algo más. Sería una mezcla de artes clásicas. Teatro, diseño, volumen, sensaciones, sonidos y color gastronómico.

El coche arrancó y durante los quince minutos que duró el trayecto, Françoise, con su sonrisa de lado a lado y girando la cabeza hacia atrás, no paró de hablar desde el asiento delantero del vehículo. De este modo convertía en agua el hielo que pensó que pudiera formarse entre dos parejas que se volvían a ver después de muchos años.

Cuando llegaron al restaurante sabían que iba a ser una noche inolvidable. En la entrada, mirando las reservas, estaba el propio Juan Carlos. Como un rey en su palacio, su presencia lo llenaba todo. Llevaba puesta una chaquetilla de color blanco muy bonita pintada a mano con discretos toques de negro y amarillo. El porte era estilizado y a la vez musculoso. Perfectamente afeitado y el pelo con algo de gomina, su figura parecía la de un galán de cine. Sus rasgos morenos, aunque no muy marcados, le otorgaban una presencia cautivadora. Las dos mujeres se le quedaron mirando más tiempo del permitido. En realidad lo hicieron los cuatro.

El actor principal, el protagonista, les estaba haciendo el honor de recibirlos y él les saludó con la mejor de las sonrisas.

—Teníamos mesa reservada —dijo Vicente—. A mi nombre.

Juan Carlos la confirmó.

—Para cuatro, ¿verdad?

El oficial asintió.

—Ahora mismo les acompañan. Bienvenidos.

Las dos mujeres creyeron estar en un estudio de Hollywood y a punto estuvieron de pedir un autógrafo. El local era impresionante y la noche se sumaba a la buena acogida, la cena es siempre un momento cómplice.

El revestimiento de madera y las piezas de acero corten de la sala llamaron la atención de todos. El único de ellos que ya había estado, Álvaro, lo encontró muy distinto.

Se sentaron a una mesa en forma arriñonada de color blanco de un material de suave tacto. Su diseñadora, Isa López, muy amiga del jefe, con varios premios y distinciones a la decoración de interiores y mobiliario en su haber, las mantenía en el restaurante a modo de escaparate de sus últimas creaciones. Un contrato verbal entre los dos hacía que ambos, Isa y Juan Carlos, se beneficiasen de la experiencia. Él mantenía un permanente compromiso con la modernidad y el buen gusto.

El acceso a las mesas se hacía por delante, pero a la vez éstas se mantenían en una forma que los cuatro integrantes pudieran hablar entre ellos manteniendo la distancia adecuada para ello. No tenían mantel. Sería algo así como tapar con un burka a una top model. Las bases de la mesa eran ruedas, con frenos, para poder moverlas con facilidad y facilitar un acceso cómodo a los clientes. Los recipientes que utilizaban a modo de cubiteras eran del mismo material y color, y en su interior lo único identificable era la botella, rodeada por una especie de papeles que mantenían la temperatura muy fría. Las sillas iban a juego con las mesas y, a primera vista, su forma hacía dudar de su comodidad. En cambio, cuando te sentabas te envolvían de manera suave con el tacto tan curioso que poseían. La mesa estaba vacía: ni un mantel, ni una servilleta. Nada de nada. Era una forma de dar protagonismo a la superficie.

«Decir lo máximo con los menos ingredientes posibles», pensó Françoise, asociándolo a sus clases de arte. La premisa se repite para cualquier expresión artística.

Por un momento, los cuatro se miraron entre ellos con aire de desconcierto. Vicente, al ver las caras, rompió el silencio.

—¿Estáis seguro de que aquí dan de comer? —preguntó irónico.

Todos rieron.

—El escenario es alucinante, es puro arte —remató Françoise.

Apareció en escena el sumiller.

—Estamos en sus manos —le dijo Françoise—. Sirva y maride como considere oportuno.

Y llegó la indescriptible retahíla de platos: dieciocho. Françoise miraba de reojo a su marido: Vicente había cambiado y ella sonreía por dentro al saber que era así.

Trozos de pescado en escabeche ensartados en plátano macho y pinchados en un árbol de acero inoxidable.

Bocados de melón y chorizo emplatados sobre latas de aluminio arrugadas, como sacadas de un reciclaje.

Tortas secas de sésamo negro como vajilla o recipiente, cobijando queso amarillo en formas imposibles.

Un bocado de cannabis, sin THC, en forma de galleta muy crujiente acompañaba a un trozo de bogavante cocinado al vacío muy poco hecho.

Los platos iban llegando y los comensales elogiaban sin cesar lo que allí estaba ocurriendo.

Una lubina hecha a las brasas con una salsa de ceniza, muy negra, y que combinaba a la perfección con los tonos de las mesas, como si el cocinero emplatase directamente allí.

Cada plato llevaba una servilleta distinta, de papel grueso, de colores llamativos, muy intensos, que contrastaban con la superficie.

El vino que el sumiller servía introducía matices de sabor en un maridaje muy calculado.

Un plato de merluza encerrado en una gigantesca bola crujiente verde de arroz y cebada marcó el meridiano del show. El aspecto era como el de una bola de una pitonisa en cuyo interior adivinarían el futuro.

—¿Cómo es posible imaginar todo esto? —Sonrió Vicente con perplejidad.

Un juego con el mimetismo del plato. Una ilusión óptica para un pescado, el lenguado, que se camufla en el fondo del mar. La textura y el caldo se combinaban a la perfección. Pero fue este pez precisamente el que hizo sentir algo muy especial a Vicente.

—¡Qué sabor y presentación más alucinante! —exclamó con vehemencia. Todos sonrieron, apoyando la expresión con la boca aún llena. Y el festín continuó mientras llegaban nuevos comensales que se situaban en las mesas contiguas.

Todo era una experiencia nueva para el oficial, que no dejaba de sorprenderse. Françoise se dio cuenta de ello y le cogió la mano bajo la indiscreta mesa. Él percibió la sensación de desnudez de la situación y le miró con cara de complicidad.

Dos carnes emplatadas sobre cantos rodados, una al aroma de la cera como base grasa para un pichón, derretida ante el comensal con un mechero de gas, y la otra, un lomo de cordero rodeado de un velo de café con leche derretido. Las miradas de las mesas adyacentes añadían solemnidad e importancia a los platos.

Los postres no se podían llamar de ese modo. Eran el colofón, dulce, de la batería de platos, y verduras y frutas acompañaban una salsa burbujeante que no paraba de generar pompas.

—Esto es una obra de arte. Cómo ha evolucionado desde la última y única vez que estuve —exclamó el doctor.

El sumiller maridó las propuestas con vinos de vendimia tardía ideales para acompañar la parte final de la cena.

Un plato de chocolate ahumado en forma de ravioli y sabor a humo realzaba el sabor del cacao.

Un postre cuya salsa, muy ácida, cambiaba de color delante del comensal acompañaba a un bocado de nueces de profundo y lácteo sabor. Del azul al rojo era un espectáculo.

Una bola muy pequeña de helado de levadura proporcionaba la sensación de estar comiendo pan helado.

Por último, una mariposa de yogur sobre una rosa muy aromática.

—Se come sólo la mariposa —advirtió la camarera con delicadeza—. Después se quedan un instante oliendo la fragancia de la flor.

Por un instante, y mientras en su boca se deshacía el insecto, los cuatro cerraron los ojos y percibieron el olor de la rosa. La escena desde fuera rayaba en lo cómico. Cuatro personas en comunión con la comida, como asistiendo a una misa, a un ritual propio de una secta, extasiados, con los ojos cerrados, ajenos al mundo, deseando alargar el momento hasta el límite.

Pero aún había más. Un corazón de manzana con su rabito confitado y dorado con una salsa medio picante remataban la increíble experiencia.

—Este último plato no es mío. Es una idea de un buen amigo mío, cocinero como yo. Me la ha prestado por unos días. —Sonrió Juan Carlos mientras se acercaba a la mesa.

—Ha sido increíble —comentó Paula—. Nunca había comido así.

—Gracias, es un placer escucharlo, gracias por la visita. ¡Buenas noches! —comentó el jefe retirándose.

La conversación prosiguió mientras llegaban los cafés acompañados de tuercas y tornillos de chocolate.

—Ha sido una comida increíble. Unos platos me han gustado más que otros pero el conjunto ha sido maravilloso —se reafirmó el doctor.

—Ha merecido la pena la espera —comentó Paula mientras bebía a pequeños sorbos una infusión.

Toda la mesa asintió y el oficial pensó en los días perdidos entre cajas de comida preparada, las tristes hamburguesas de plástico engullidas con rapidez y los refrescos dulzones. Aquella noche había descubierto una dimensión distinta de la comida. Artesanía hecha a conciencia y buen gusto. La magia del entorno y la comida le habían llevado más allá de lo que nunca se hubiera podido imaginar.

Entonces se acordó de su hijo y se sintió orgulloso de él. Françoise tenía razón. Siempre la tenía, pero esta vez aún más. Su cultura gastronómica era verdadera, estaba muy arraigada en ella y se la había transmitido a su hijo. «Él será muy distinto a lo que imaginé en un primer momento, debe mantener la ilusión que tiene ahora. Gracias, Françoise —le decía con la mirada—, gracias por enseñarme este mundo. Ha sido una noche inolvidable.»

Las dudas respecto al hecho de invitar a una pareja a la que apenas conocían habían desaparecido.

Eran casi las doce y comenzaba un nuevo día. Nadie imaginaba lo drástico que sería el cambio.

El móvil del oficial vibró. Con el escaso disimulo que permitía una mesa sin mantel, miró y vio que era un SMS de Javier: «Llámame a cualquier hora. Es muy urgente».

El oficial tuvo una corazonada nada agradable. Las llamadas a esas horas no auguran nada bueno. Se metió el móvil en el bolsillo y disculpándose se levantó de la mesa. Françoise se dio cuenta de la expresión de su marido y agarrándole con suavidad por un brazo le interrogó con la mirada.

—No pasa nada, es sólo un mensaje que olvidé mandar —mintió—. Vengo en un minuto.

Con aparente tranquilidad salió al exterior, donde la cobertura era un poco mejor. Al descolgar escuchó ruido de coches.

—Javier, ¿me oyes?

—Sí, alto y claro. Estoy llegando a casa.

—¿Qué pasa?

—Esta tarde, casi de noche, han encontrado el cadáver de una mujer en el bosque cercano al hospital. Acaban de pasarme los datos.

El corazón del oficial dio un vuelco y supo con certeza que se trataba de ella.

—Parece que se trata de una violación, pero aún no podemos afirmarlo.

—¿Violación?

—Han encontrado el bolso a apenas veinte metros del cadáver. Fue estrangulada. El cuerpo está en el depósito de cadáveres. Vamos a localizar a los familiares. Era una enfermera del hospital, su nombre coincide con una de las personas que entrevistaste en el caso de Cristian.

Parra no podía articular palabra.

—Llevaba el DNI en el bolso: Sonia Alonso.

El nombre resonó en los oídos del oficial con la intensidad de una explosión de dinamita. Ella era la primera persona a la que tenía previsto volver a entrevistar a la mañana siguiente. Esperaba cotejar la firma del acta de defunción de Cristian con la de su ficha de trabajo. Si coincidían tendría que dar muchas explicaciones de por qué no quería que le hiciesen la autopsia a su antiguo novio. Todo fue una mentira, una sarta de embustes para encubrir algo. Pero ella ya no podría decir nada. Sonia ocultaba algo muy oscuro.

—Mañana te veo en la oficina a las nueve. Esto está creciendo y no quiero que se nos vaya más de las manos.

El oficial colgó y regresó al restaurante. Pidió la cuenta discretamente. La tenían ya preparada. Pagó con tarjeta y dejó una propina de veinte euros. Se llevó una carta de recuerdo con el menú manuscrito y con dibujitos hechos por el propio Juan Carlos.

Cuando llegó a la mesa intentó poner la mejor de sus caras. François agarró su mano con fuerza. La conversación estaba muy animada. Llevada por las dos mujeres, se habían enfrascado en asuntos de psicología y arte. La velada se alargó casi media hora más y cuando salieron saludaron al cocinero y dueño, que ya se encontraba vestido de civil. Vicente le ofreció la mano y él se la dio con la izquierda.

—Me acabo de quemar —se disculpó—. ¡Buenas noches!

—Buenas noches —contestó—, ha sido una cena inolvidable.

Para Vicente lo había sido en todos los sentidos.

60

Carmen acabó muy tarde la noche del sábado. El CTB había estado a tope y eran casi las dos de la madrugada cuando llegó a casa. Se levantó de la cama mirando el móvil, lo había tenido en silencio durante la noche y no sabía si alguien había llamado. En la pantalla, una fotografía de sus dos hijos, sonrientes y agarrados por los hombros, y ni rastro de mensajes, *whatsApp* o llamadas perdidas.

Salió a la enorme balconada y una vez más el sol convertía ese final del otoño en un periodo de luz y suaves temperaturas. Graciela tenía fiesta y se encontraba sola. La conversación del día anterior con la policía fue un poco desconcertante. Muy fríos en todo momento y sin una mala sonrisa, preguntaron todo lo imaginable, sobre todo por los amigos y conocidos de Elena. Ella sólo dijo la verdad.

«No voy a hacer de coartada de nadie aunque eso me sitúe en una posición difícil. No me importa. Hasta que todo se aclare, pondré un poco de tierra de por medio. Le diré a Racos que no nos veremos en una temporada y asunto resuelto. Es un riesgo pero creo que lo tengo controlado.»

Sin más dilación, agarró el móvil y marcó el número de Fátima. Dudó: no tenía por qué informar de nada. Se quedó mirando el aparato. En ese mismo momento apareció una llamada entrante, sabía a quién pertenecía. Escuchó la voz profunda de Racos.

—Carmen, ¿qué tal estás?

—Bien, bien —contestó con cierta frialdad.

—Llamaba por si querías quedar esta noche para cenar. Ayer te noté algo esquiva. ¿Te pasa algo?

—No, no —disimuló—. Esta noche no puedo porque tengo cena con una amiga a la que hace mucho tiempo que no veo —mintió—. Pero no me pasa nada. Lo dejamos para otro día, ¿vale?

—Te siento distante.

—No, no, ya sabes... Lo de Elena, pero no me pasa nada. No.

—Ayer estuviste hablando con la policía, ¿verdad?

—Sí, están interrogando a los amigos. No sé si fui de alguna ayuda. Creo que tienen algo pero no soltaron prenda. Ya sabes.

—¿Estás segura de todo lo que me has dicho? —insistió Racos.

—Sí, no te preocupes, de veras.

—Venga, un beso —se despidió él.

Ella colgó notando el sabor a despedida de aquel beso telefónico, frío y distante.

Volvió a la terraza y paseó por ella con lentitud. Se detuvo en la parte más saliente de la barandilla.

La ciudad a sus pies.

61

La mañana de un domingo cualquiera en la comisaría sólo estaba el personal de guardia. Pero éste era un día de trabajo para Vicente. Cuando llegó en su coche no eran ni siquiera las ocho de la mañana. El oficial vio la luz del despacho del Lozas encendida. Sin pasar por el suyo, llamó a la puerta y entró sin esperar.

El ambiente era tenso.

Nada más sentarse, Javier le dio las fotografías del cadáver de la mujer.

—¿Es ella? —le preguntó con sequedad.

La imagen era aterradora. El cuerpo de una mujer joven, semidesnuda y cubierta en parte por hojas caídas. Su cara reflejaba terror en los ojos y la boca muy abierta.

Eran doce fotografías, desde todos los ángulos y distancias. También tenía otras del lugar en el que se encontró el bolso y del punto de la carretera donde sospechaban que aparcó un coche.

—Se tomaron las marcas de una rueda —comentó el subcomisario.

Vicente estaba absorto en las fotos. En el dorso aparecía escrito: «Identificación positiva: Sonia Alonso». Y el número de su DNI. Poco más de treinta años truncados de esa forma.

La pregunta estaba en el aire pero ninguno de los dos la terminaba de hacer. Esto parecía una violación, pero también el asesinato de Elena en un principio parecía el robo de un ratero que desde fuera forzó la cerradura, se encontró con la víctima y la asesinó. Pero como habían descartado esta hipótesis en aquella ocasión iban a hacer lo mismo en el caso de Sonia.

—El forense, después de examinar el cadáver, dice que no fue violada. Tenemos que esperar el examen del grafólogo para que confirme nuestra sospecha de que el parte de defunción de Cristian fue manipulado por ella.

—Por un maldito día. Su secreto se lo ha llevado para siempre.

—¿Qué más tenemos?

—Tenemos a una persona con la que todavía no hemos hablado: el amigo de los dos, Nacho Suárez. No sé dónde puedo conseguir su dirección. Cruzaremos los dedos para que se encuentre por aquí cerca y no se haya ido a vivir a las quimbambas.

—Podemos tener una oportunidad: el móvil de Sonia se encuentra entre los objetos recogidos.

Vicente no respondió. Debía localizar a Nacho antes de que pudiera ocurrirle algo, pensaba abrumado. Aunque quizá no supiera nada, quizá simplemente era su amigo y punto.

—Te esperan en el laboratorio con el móvil. En cuanto tengas algo me dices.

Vicente asintió con la cabeza y se dirigió a la zona destinada a delitos informáticos e internet. Eran dos habitaciones contiguas y enormes, llenas de ordenadores fijos, portátiles, móviles, aparatos de rastreo, pulseras de seguimiento, cobertura de teléfonos pinchados y dos personas, con sendos auriculares, sentadas delante de un ordenador.

Julio se dio media vuelta y se quitó los cascos.

—¿Qué tal, señor Vicente? —le saludó respetuoso.

—Bien. A ver si pillamos algo del teléfono.

—Sí, sí. El móvil está ahí. Le adelanto que no hay ningún problema. Estaba abierto y funcionando. No he tenido que hacer nada. Es una BlackBerry y estaba desbloqueada. Quedaba poca batería, pero ya le he puesto el cargador y está funcionando con normalidad. ¿Qué es lo que quiere saber exactamente?

—Quiero los contactos. Y las posibles fotos que tuviera.

—Lo tengo conectado al ordenador. Si quiere lo vemos aquí.

Julio encendió un pequeño portátil y en apenas unos instantes apareció la imagen. No podía creerlo.

—¿Esto que estoy viendo es tu ordenador o el móvil?

— Lo que ve es ya la pantalla ampliada del móvil de la víctima.

Era la entrada del restaurante Filo. El oficial, absorto en la imagen, no escuchó lo que el técnico le decía. Julio se movía por el interior del aparato telefónico. En ese momento Vicente reaccionó.

—Espera, espera, vuelve a la foto anterior.

El técnico recuperó la imagen del salvapantallas.

—¿Esto es el móvil? —preguntó incrédulo de nuevo.

—Que sí, que sí. Lo que está viendo es la foto que estaba en la pantalla principal. Como el fondo del escritorio de un ordenador, cada vez que se conecta el móvil lo primero que aparece es esta foto y desde ahí se opera a llamadas, mensajes, etc. Parece la entrada a algún sitio, ¿no?

—Sí, sí, ya sé lo que es. No te preocupes. Venga, sigue.

El técnico abrió el directorio y empezó a mirar el listado.

—Tiene casi ciento veinte teléfonos archivados —comentó Julio—. Los he visto con más, no se preocupe. Los pasamos en un momento.

—Busca en la N.

—No hay nada —contestó el técnico después de estar un rato pasando nombres.

—Mira en la J. Ahí habrá más cosas.

Efectivamente, el listado con esta letra era extenso.

José, Juan, Juanmi, Javier, Joan, Jaime, Julián, Jacinto, José Ignacio, Juan Ignacio (Nacho).

—¡Para!, ¡para! Juan Ignacio (Nacho). ¿No pone nada más?

El técnico abrió la pequeña ficha. Sólo el teléfono: ni apellido ni dirección.

—José Ignacio, Nacho, ¿eres tú? —se preguntó el oficial dubitativo—. Dame los datos de todos los Ignacios que veas.

Julio pulsó imprimir y la selección elegida salió por la impresora. Se la pasó al oficial y éste se la guardó en el bolsillo de su cazadora.

—Ahora quiero ver fotos. ¿Las puedes poner a pantalla completa?

—Sí, pero no son de gran calidad —respondió.

Después de unos instantes de búsqueda, aparecieron imágenes de montes, bosques y paisajes. No se podía saber a qué lugar pertenecían. Julio fue pasando lentamente una tras otras siguiendo las órdenes de Vicente.

—Pasa, pasa, pasa...

Imágenes sin valor aparente pasaron por delante de ambos en silencio. Las fotos de amigos hicieron que el oficial se incorporase. Una de ellas mostraba una frase: *«You need Magic Word– You need Magic Word»*.

—¡Mierda! —exclamó el informático—. No nos deja verla. Nos está pidiendo un código. Es una foto bloqueada. Necesitaré un rato para barrer los códigos.

—¿Barrer, lo llamáis?

—Sí. —Sonrió Julio—. En argot significa descifrar cosas encriptadas. Pero no se preocupe, tenemos unos programas que son una virguería y en cinco minutos la sacamos. Por lo que veo no es una, sino varias.

Mantuvo la mirada fija en dos pantallas. Aplicó códigos y números, aceptó.

—Exactamente son cuatro los archivos bloqueados. Cada uno corresponderá a una foto, supongo.

Vicente se levantó de la silla y rescató los números de teléfono que le acababa de dar Julio. La lista no era grande y empezaría por el tal Ignacio, Nacho entre paréntesis.

Pensó en el móvil: el asesino estaba perdiendo los papeles. ¿Cómo podía asesinar a una mujer indefensa y tratar de que pareciera una violación? Estaría desesperado, porque se olvidó del bolso y del móvil. Un error grave, desde luego.

Sintió al asesino cerca.

«¡Ojalá tengamos suerte con el tal Nacho! ¿Y la imagen del restaurante en su móvil? ¡Eso es la leche! Y hace dos días interrogamos a su dueño por el asesinato de Elena. ¡Vaya lío que tengo entre manos! Uno de los sospechosos del asesinato de Elena está pasando de división. Mantén la calma y piensa. No seas absurdo. El hecho de que Sonia tuviera la foto de la puerta del restaurante Filo no significa nada —pensaba el oficial—. ¿Qué tengo yo de fondo en la pantalla de mi móvil? Una foto de mi hijo y de Françoise, las dos personas de mi vida. Es lógico. La gente pone en estos fondos algo que para ellos es importante: persona o paisaje... Pero siempre será algo significativo. Mi hijo Alberto tiene un plato de postre con el que ganó un concurso en la escuela hace un par de años. Mi mujer, una impresionante vista aérea de la pirámide del Adivino. Siempre es lo mismo.»

Se dio la vuelta para corroborarlo.

—Julio —le preguntó sonriendo—, ¿tú qué tienes puesto de fondo en la pantalla de tu móvil?, si no es indiscreción.

Éste, sorprendido, dejó de mirar el portátil en el que se afanaba en encontrar los códigos.

—¿Yo?, pues una foto de mi madre. Murió hace un año. Es una foto que le hizo mi *aita* en un viaje a Inglaterra. Está delante del Ojo de Londres. Está muy guapa.

Julio sacó el móvil del bolsillo y se lo enseñó al oficial.

—Siento lo de tu madre. Sí, es una foto muy bonita.

—El móvil es como una prolongación de ti mismo. Probablemente sea el aparato más íntimo. Con estos cacharros —dijo jugando con el suyo entre las manos— se pueden saber muchas cosas de su dueño. Son de una indiscreción absoluta: lo que hace, lo que le gusta, sus aficiones, con quién se relaciona, a qué horas, adónde se traslada, con qué banco trabaja e incluso cuánto dinero tiene en la cuenta. Lo que antes, en una mínima proporción, podías encontrar en la cartera de una persona, ahora lo tienes en el móvil, pero multiplicado por un millón. Antes sacabas y enseñabas orgulloso una foto de tu hijo recién nacido. Ahora, en apenas diez segundos, los que tardas en encontrarlo en tu archivo, enseñas un vídeo en alta definición en el que el niño hace alguna gracia y aparecen un montón de datos de cómo y cuándo se hizo. Por eso ahora es más importante robarle a una persona el móvil que la cartera —añadió el informático.

Ratificando sus palabras, la pantalla del portátil se quedó en azul con un mensaje: «Proceso finalizado correctamente. Pulse *enter* para acceder».

—Ya está —dijo Julio—. Ya tenemos las cuatro fotos. Vamos allá.

Vicente se sentó al lado en un pequeño taburete. La primera foto era de la propia Sonia muy sonriente en una habitación. De espaldas y muy ligera de ropa, la melena le tapaba parte de la espalda. Una foto subida de tono. No se podía saber dónde estaba. Ella, en primer plano, ocupaba casi toda la imagen. Era un plano muy cerrado.

La segunda era otra foto parecida pero el plano era más abierto. Estaba desnuda de cintura para arriba y se cubría con las manos y parte de su melena. Llevaba puesto un pantalón ceñido y estaba encima de una cama. Su sonrisa pícara era cautivadora.

—Esto se está calentando —comentó Julio. El oficial, muy serio, no contestó.

En la tercera foto ella estaba en la cama y se tapaba con una sábana azul celeste. Seguía sonriendo al autor de las fotos. La habitación no daba muchos datos. En la cabecera de la cama una gran fotografía de lo que parecía un paisaje de bosque muy tupido.

Cuando llegó la cuarta y última fotografía el oficial cambió el gesto e inclinó la cabeza.

«Bienvenido», se dijo a sí mismo.

—A mí este tío me suena —comentó Julio—. No sé dónde, pero yo a éste lo he visto en algún lado —insistió.

Vicente se pasó la mano por la cabeza.

—Gracias, Julio, has hecho un buen trabajo.

Se levantó y salió de la habitación.

Julio se quedó mirando la figura del oficial y después regresó a la pantalla del ordenador.

La fotografía de Sonia y su acompañante se mantenía fija en su abrazo.

62

Marc Ogiategui paseaba por las inmediaciones de uno de los lugares que más le gustaban: el Peine del Viento XV, delante del mar, le relajaba. Las esculturas de Eduardo Chillida, escoltadas por el anfiteatro de Luis Peña Ganchegui, daban solemnidad a la esquina de la ciudad. Pero hoy domingo se encontraba más repleto de gente de lo que él hubiera deseado. Parecía como si los paseantes intentaran atrapar esos días de sol y buen tiempo que la meteorología estaba regalando antes de entrar en los rigores del invierno. El domingo era el único día que solía llegar al restaurante un poco más tarde. No había proveedores ni representantes a los que atender. Nadie que no fueran los clientes, y eso ocurría a partir de la una de la tarde, cuando se abría el comedor.

Miró la hora sobre el reloj de arena que imaginó en la playa de Ondarreta y vio que debía encaminarse a su trabajo. Cuando él llegara estaría todo preparado. Echaría un vistazo al menú, junto con su jefe de cocina y con Arantxa, por si se hubiera agotado algún pescado u otro producto.

Eran las doce cuando cerca de la entrada de su restaurante, por la calle estrecha de dirección única que llevaba a él, divisó una figura detenida en la puerta en actitud de espera. Por un momento pensó que sería algún cliente francés, de esos a los que el horario de aquí les parece siempre muy tardío para sus costumbres. Según se fue acercando se dio cuenta de que se trataba de una mujer, y fuera de la sombra de los árboles que dificultaban su identificación pudo ver quién era. Su exmujer.

Ella se dio la vuelta sin verle. Llevaba un abrigo beige, cerrado hasta arriba, y parecía tener frío. Marc se acercó por la espalda.

—Hola, Fátima.

Ella se volvió como impulsada por un resorte. Sólo dijo su nombre. «Marc.»

—¿Tienes reserva? —preguntó, dedicándole la mejor de sus sonrisas.

—No, no. He venido antes y Arantxa me ha dicho que los domingos no llegabas hasta las doce. No me acordaba. Veo que mantienes las buenas costumbres. —Sonrió forzadamente.

Su mirada denotaba que no había dormido mucho. Se la veía nerviosa y bastante perdida.

—¿A qué debo tu visita?

—Necesito hablar contigo. ¿Me puedes dedicar media hora?

Marc dudó un instante pero enseguida contestó.

—Voy a mirar cómo está la cocina. Dame cinco minutos y ahora vuelvo. ¿Quieres entrar y tomarte un café en la barra?

—No, gracias, te espero aquí. Al solecito se está bien.

—Como quieras.

Él desapareció en el interior de su restaurante. Habló con el jefe de cocina y con Arantxa. Todo estaba bajo control. Las reservas estaban animadas, por poco no tenían lleno. Dos extras se cruzaron con él en el vestíbulo de entrada preparándose ya para el servicio. Le saludaron con educación mientras repasaban los cubiertos del comedor y terminaban de montar los manteles de las dos últimas mesas.

Cuando salió, Fátima se encontraba sentada al sol en un banco cercano a la entrada. Ella se levantó al verlo y ambos partieron a paso suave. Marc empezó muy serio y algo irónico.

—Desde que nos separamos nunca habíamos estado juntos si no era en el abogado o en el notario, y ninguno de ellos trabaja en un festivo. —Sonrió.

Pero enseguida se dio cuenta de que su interlocutora no estaba para ironías.

—Marc, necesito ayuda. Tengo a la Ertzaintza mosca porque después de interrogar a mucha gente relacionada con mi hermana siguen teniéndome en el punto de mira.

—¿Sospechan de ti?

—Sí —contestó lacónica.

Por un momento imaginó a Fátima asesinando a su hermana, sus manos asestando tres puñaladas mortales a Elena. Para su propia sorpresa era una imagen casi convincente. Ella prosiguió.

—Tengo una póliza de seguro de mucho dinero y yo soy la beneficiaria. Pero yo no lo hice. Te lo juro. Yo adoraba a mi hermana. Lo era todo para mí. Desde que ella no está no levanto cabeza. Llevo más de un mes sin dormir.

Durante su matrimonio con Fátima la relación de las hermanas fue constante y fluida. Él no participó nunca pero daba fe de que era así.

—Necesito una coartada. La noche del asesinato estaba en casa. Sola. Necesito que digas que tú estabas conmigo.

Las palabras resonaron en los oídos con un eco que duró segundos. Marc reaccionó de manera rápida. Era una situación que alguna vez había imaginado: la de ella llamando para pedir algo. Nunca habría podido imaginar que fuese algo así.

—En los años que llevamos separados no has tenido la deferencia de llamarme ni una sola vez para ver cómo estaba. Ni una. Y ahora apareces aquí, como un fuego fatuo, para pedirme que te ayude. Y además no una ayuda cualquiera, no. Quieres, ni más ni menos, que mienta a la policía para salvarte el pellejo. Tú no estás bien de la cabeza.

—Te estoy pidiendo un favor. Estoy en un aprieto.

—Pídeselo a tu marido.

—También sospechan de él —cortó con dureza.

— No puedo hacer eso. Lo sabes perfectamente porque creo que me conoces y bien. Supongo que los años que pasamos juntos te habrán dado alguna pista sobre mí. Lo que me pides es un disparate.

La conversación entraba en un punto muerto y él insistió.

—Y además es una idea descabellada. Ese día yo estaba trabajando y existen más de veinte personas que podrían corroborar que lo hacía. Era la hora de la cena. Olvídalo. Piensa en otra cosa.

—La hora no es exacta y tú sueles venir sólo al servicio de la noche, justo cuando va a empezar. Alrededor de las nueve. Y la casa de mi hermana está muy cerca.

—A ver, ¿qué coño estás insinuando? —preguntó Marc.

—Échame una mano, por favor, si no lo haces seré capaz de decir que tú la mataste para hacerme daño por lo del divorcio.

Las palabras cruzaron los oídos de Marc como un dardo. Siguió caminando. Lo que decía era factible: en coche, su casa estaba a apenas cinco minutos. Podía ser verdad, sobre todo si una pájara como ella le daba la idea a la Ertzaintza.

—Mira, Fátima, tú has perdido la cabeza. Vete a tomar viento fresco que creo que lo necesitas. No voy a ceder a tus pretensiones, y no descartes que sea yo el que vaya a la policía y cuente lo que me acabas de decir.

—No tienes huevos. Nunca los has tenido —le espetó.

—Ponme a prueba. Ponme. Mira, lo que me estás pidiendo es una locura.

—¿No lo entiendes?

Fátima se detuvo durante unos instantes y habló cambiando el registro de su voz, haciéndola más suave.

—También sospechan de Xabier. Él también se beneficiaría del dinero. Están esperando a tener algo más para saltar sobre nosotros.

—Mira, Fátima, es tarde y tengo que trabajar. No cuentes conmigo para ninguna estupidez.

Dando la vuelta y sin despedirse, Marc se alejó dejando a su exmujer sola en medio de la acera.

En un extremo de la calle un coche camuflado de la policía observaba atento la escena.

63

Vicente tenía ante él el listado de teléfonos que Julio le había facilitado. Entre ellos estaba el del tal Nacho. No tenía apellido que confirmara la identidad, pero era el único que relacionaba Ignacio con Nacho.

Era demasiado fácil, aunque hay veces en que las cosas son así. Marcó el número y esperó tono. Sonó tres veces.

—Sí, dígame.

—Estoy buscando a Nacho Suárez. Soy Vicente Parra, oficial de la Ertzaintza.

—Sí, soy yo. ¿Qué quiere? ¿Qué pasa?

—Tranquilo, no pasa nada. Me gustaría hablar con usted. ¿Podría venir a la comisaría? No le entretendré mucho tiempo. Tengo que hacerle algunas preguntas. Eso es todo. ¿Le parece bien dentro de una hora?

—Sí, sí. Está bien.

—Pregunte por mí. Le espero.

Mientras tanto el oficial repasó la última de las cuatro fotografías que se habían encontrado bloqueadas por un código de seguridad en el teléfono de Sonia. Con la misma actitud cariñosa, Sonia se cubría mientras desde atrás unos brazos rodeaban por ambos lados su cintura: eran los de Juan Carlos Zurida.

Vicente no despegaba los ojos del corpulento hombre, que, al igual que Sonia, se encontraba medio desnudo. Ambos sonreían. Una fotografía subida de tono que cualquier pareja de novios podría haberse hecho.

Cuando Nacho llamó a la puerta iba acompañado por uno de los policías que custodiaba el recinto.

—Buenos días —dijo levantándose y ofreciéndole la mano.

Tenía poco más de treinta años. Llevaba una americana sin corbata y unos pantalones vaqueros nuevos. Su cara de extrañeza delataba cierta incomodidad. Le dio la mano con frialdad. El oficial notó cómo le miraba.

—Siéntese, por favor. No se preocupe, serán sólo unos minutos. Necesito información de dos personas. ¿Conocía a Cristian José?

Sorprendido, Nacho contestó con rapidez.

—Sí, claro. Murió hace unos dos meses.

En ese momento supo cuál era el motivo de su presencia allí.

—Cuénteme algo de su relación con él, por favor.

—No sé qué quiere que le cuente. Nos conocimos en la escuela de cocina y éramos buenos amigos. Luego, cuando yo dejé la profesión y me puse de representante de vinos, perdimos bastante el contacto. Pero aunque no nos veíamos mucho últimamente era un buen amigo.

—¿Qué amigos tenía Cristian?

—Casi todos de la escuela. Pero tampoco estoy seguro.

—¿Alguno en especial?

—No me acuerdo, pero eran de la escuela. Solía relacionarse mucho con el del Filo. Con Juan Carlos. Ya sabe, el famoso cocinero.

—¿Cristian tenía novia?

—Sí. Una tal Sonia Alonso. Por lo que sé, seguían juntos, pero no estoy seguro.

—Ayer por la noche se encontró el cadáver de Sonia en un descampado.

La expresión de Nacho cambió por completo.

—¿Me está tomando el pelo? —preguntó con cara de susto. Hizo ademán de levantarse y volvió a preguntar de manera errática—: ¿Sonia?

—La noticia saldrá mañana lunes. Por desgracia es verdad. Le ruego que se calme.

La mirada de Nacho estaba perdida.

—¿Podría decirme algo de ella?

—Poca cosa. —Respiró un par de veces y prosiguió—: Yo estuve de cena un par de veces con ellos dos. Era una mujer muy agradable. Y guapa. Era enfermera si mal no recuerdo, y muchas veces estaba de guardia. Eso a Cristian no le gustaba. Pero hace mucho que no la veía. ¡Dios mío, qué horror! ¿Saben quién ha hecho esta atrocidad?

—Estamos en ello. Cuantos más datos recabemos de gente de su entorno más lejos podremos ir en nuestras investigaciones. ¿Se llevaban bien ?

—Yo creo que sí. Se les veía felices. Pero tampoco tenía una relación con ellos como para poderlo afirmar categóricamente. Imagínese, oficial, que de cena o tomando vinos todos somos muy majos. Pero yo creo que sí, no lo sé. Eso parecía.

—¿Por qué Cristian dejó la cocina?

—Decía que estaba cansado de los horarios y de trabajar para los demás. Igual le influí yo, que me puse con lo de los vinos y me veía más tranquilo. Nunca me lo dijo. Cuando entró en la facultad la cosa no mejoró. Se lo notaba.

—¿Qué relación tenía Cristian con Juan Carlos?

—Pues yo creo que se conocían de siempre. Desde la escuela, y luego mantuvieron la amistad. De vez en cuando contaba que había estado con él. En fin, sin más. Datos concretos no puedo aportarle.

—¿Cuándo fue la última vez que vio juntos a Sonia y a Cristian?

—Hará casi medio año. Acababan de venir de un viaje. Estuvimos tomando algo en la Parte Vieja. Me contaron un montón de cosas de las vacaciones.

—¿Y cómo sabe que todavía seguían juntos?

—No, no, he dicho que sólo me lo imagino.

—Bien. ¿Qué recuerda de su época en la escuela de cocina?

—Nada especial. En aquel entonces andaba mucho con Cristian, pero también con Alicia, y con Juan Carlos, y con más gente, pero de muchos no me acuerdo ni del nombre. Al terminar la escuela se casaron.

—A ver. ¿Quién se casó? ¿Quién es Alicia?

—Juan Carlos y Alicia. Era una compañera de clase también cocinera, claro, y los tres andaban mucho juntos. Alicia Montesinos, ya sabe, la hija del armador.

—Prosiga, por favor.

—Sí, cuando acabaron la escuela de cocina Juan Carlos se casó con la que había sido su novia durante el último curso, Alicia. Eran muy críos pero estaban muy convencidos. Todo lo que se puede estar con veintitrés años. —Sonrió por primera vez desde que había entrado en el despacho—. En la escuela se habló mucho de eso. Sobre todo de la fortuna que tenía el padre de Alicia.

»Se les veía muy enamorados. Sobre todo a ella. Juan Carlos tenía, y tiene, una complexión atlética. Era muy guapo. Fue una pena. Ella se ahogó en un paseo en barca mientras estaban de vacaciones en Mikonos. De eso hace ya más de quince años.

—¿La mujer de Juan Carlos se ahogó?

—Sí, Alicia estaba con él en una lancha motora allá en el Mediterráneo griego y no sé lo que pasó, pero el caso es que ambos debieron caer al mar y sólo sobrevivió él. Creo que fue así. Pero no sé más.

La información estaba dando un giro a la investigación. Uno de los sospechosos cambiaba de bando y se convertía en el sospechoso principal del caso de Cristian José.

Con el testimonio de Nacho todas las piezas del puzle se giraban. Era el momento de encajarlas.

64

Carmen mantuvo la compostura cuando su marido llamó por segunda vez en apenas dos días. Lo tranquilizó con palabras suaves. No pasa nada. Estoy segura de que encontrarán al asesino pronto, le había dicho.

Ten cuidado en casa, estás sola. ¿Quieres que pongamos seguridad en la entrada?, le había preguntado, y ella contestó con una mueca de extrañeza. No es nada fácil entrar en este piso. No te preocupes, insistió.

Cuando colgó se quedó en el sofá pensando en los curiosos y misteriosos mecanismos del amor. Su marido se preocupaba por ella. Por primera vez en muchos años sintió algo que no sabía muy bien qué era. La cercanía y la distancia eran dos parámetros que muchas veces funcionaban de forma directamente proporcional. A mayor distancia del ser querido, mayor es el recuerdo y mayor la unión. Pero ella no estaba muy convencida de esta teoría.

Lo que sí sabía era que lo que hacía veinticinco años fue un vendaval amoroso ahora era un residuo moribundo que se sostenía por el acomodo amable de ambos a la nueva situación. Cómo era posible perder tanto en tan poco tiempo...

Pero en ese momento lo importante era saber cómo solucionar el enredo absurdo que se había cerrado en torno a ella. Fátima había demostrado ser una persona desequilibrada y necesitaba saber más sobre ella. Quizá su exmarido, el del restaurante Fonda Perelu. Marc se llamaba. Sí, eso era. Hablar con él podría aclarar algo.

Encendió el ordenador y buscó. No tardó en encontrar el teléfono del restaurante. Cogió el móvil y marcó el número. Se detuvo: hablar con él sin verle no era suficiente.

Eran las cuatro de la tarde y en Fonda Perelu el servicio había acabado, Marc se encontraba sentado en el recibidor ojeando el periódico del día. Cuando Carmen apareció por la callejuela que llevaba al restaurante se sentía con más fuerza que de costumbre. Desde que empezó este asunto de su amiga, por primera vez tenía la sensación de estar llegando al final. Pensó que no debía hacerlo, que no era algo de su incumbencia, pero esa idea llegaba tarde. Lo que necesitaba saber le devolvería la tranquilidad robada las últimas semanas. Era hora de hacerlo.

No quedaba más opción que averiguar quién era de verdad la hermana de su amiga. Y necesitaba hablar con la persona que podía explicárselo: su antiguo marido.

Aunque para ello tuviera que tragar sapos y culebras, escuchar lo que nunca hubiera tenido que oír de nadie. Fátima era la clave para desenredar el ovillo. Y la idea que más le rondaba era la de que su hermana entró aquella fatídica noche en la casa de ambas y la mató. Hizo desaparecer a la persona que compartió el vientre de la misma madre. Y por un momento se imaginó a las dos peleando en el salón de casa, en una lucha sucia y desproporcionada.

Como Caín esperando a Abel.

La atrocidad en manos de una hermana. La mató por una mierda de dinero y por envidia. Ella no se merecía ese final.

Y pensó en todo el teatro que hay que hacer para que esto parezca así. La envidia por haber logrado lo que ella nunca conseguiría: llegar a lo más alto, codearse con artistas, modelos, ser portada de las revistas de moda. Todo lo que ella no había hecho lo había conseguido esa maldita Elena desde su estatura pequeñita, desde su mirada traviesa. Había mirado a todo el mundo por encima del hombro y eso crea envidias. Y siempre, lo que más se codicia es lo que se tiene más cerca. Nunca lo lejano. Lo que pasa por delante de ti, lo que tienes al alcance de la mano. Estaba cada vez más convencida.

Fátima estaba implicada en el asesinato de su hermana Elena. Era intuición. No podía quedarse al margen, ahora todo había cambiado y se había convertido en algo que la comprometía. Aunque le costase su dignidad, aunque todo saltase por los aires, no dejaría que nadie se metiera en su vida.

Durante estos días Carmen había tenido la determinación de querer saber qué fue exactamente lo que le pasó a su amiga. Su vida estaba en juego.

Por eso estaba en la puerta del restaurante. Para que el exmarido le contase quién era Fátima. La primera persona que vio al llegar fue al mismo Marc. Ya no había vuelta atrás. «Salta a la piscina. Mójate por tu amiga.»

—Buenos días, Marc.

Se levantó y con una leve sonrisa saludó a Carmen. No hizo ademán de sorpresa. No la conocía mucho pero había coincidido con ella en algunas ocasiones.

Sin más preámbulos, ella preguntó.

—¿Podemos hablar en un sitio que no sea éste?

Él dudó un instante y antes de que contestara ella misma propuso:

—¿Qué te parece si vamos a un banco delante de la playa, hoy que hace este día tan soleado?

—Bien, de acuerdo. Voy a coger el abrigo.

Cuando volvió desde el fondo del pasillo Carmen se fijó en la corpulencia y la altura de su acompañante. Ambos salieron del restaurante y en cinco minutos llegaron a los jardines que rodeaban la playa de Ondarreta.

Se sentaron allí. La brisa unida a la marea baja hacía llegar el aroma tan característico del mar. Por un instante pensó en abandonar. Empezó suave. Ojalá que toda la conversación trascurriese en el mismo tono.

—Marc, no te conozco, apenas nos hemos visto un par de veces. Ya sabes que yo era muy amiga de la hermana de tu ex.

Él asintió.

—Hablé con Fátima hace un par de días y la vi muy mal. Me ha dicho que sospechan de ella. ¿Eso es verdad?

Marc bajó un poco la cabeza y asintió sin decir palabra.

—He hablado con la policía y me han preguntado por mi relación con ella. Creo que tú también lo has hecho con el oficial..., no recuerdo el nombre.

Él volvió a bajar la cabeza.

—Necesito que me digas si crees que tu ex tiene algo que ver con el asesinato de Elena. Necesito saber cómo era Fátima.

Marc cogió aire y comenzó el relato.

—Estuve casado durante muchos años con Fátima. Era una buena persona pero estaba muy celosa de su hermana. Su hermanita pequeña, la llamaba. Al mismo tiempo era muy protectora. Yo no tuve mucha relación con Elena, alguna cena familiar y nada más. Su trabajo la absorbía. Viajaba con frecuencia, pero siempre que estaba aquí y podía, Fátima iba a la casa familiar para estar con Elena. Muchas noches, mientras yo estaba trabajando en el restaurante, estaba con ella. Cuando me enteré del asesinato lo primero que pensé fue que ella estaría allí, en la casa, y que también le habría pasado algo.

—Tú crees que ella...

—Su hermana era una persona muy especial —continuó Marc—, pero no creo que la matara. Fátima le tenía envidia. En casa a veces se le escapaban comentarios que me hacían dudar acerca de si la quería con locura o era una fuerte envidia la base de su relación. No sé, mi ex era una persona bastante impulsiva. Cuando nos divorciamos fue un mazazo inesperado. Pensaba que se había vuelto loca, yo no creía que nuestra relación estuviese llevándonos a un divorcio.

Según pasaban los segundos el tono de la conversación se iba haciendo más distendido.

—Fátima fue mi gran amor. La mujer de mi vida. No he vuelto a estar con nadie. Cuando se fue noté que algo dentro de mí se había roto —se sinceró.

No le contó que Fátima le había querido chantajear, no se atrevió. Los dos se guardaron para sí los intentos de Fátima por involucrarles.

—En el trabajo también es impulsiva. Desde que la nombraron directora de la sucursal y le marcaron objetivos se dedicó a hacer clientes entre su entorno. Sacaba cuentas corrientes o lo que fuera a los hijos de los conocidos, vendía seguros de pensiones, productos de bolsa, planes de jubilación. Ella era así. Ofrecía regalos del banco a quien creía oportuno. Hacía las cosas sin pensar mucho en ellas. Más de una vez el director de zona le llamó la atención. Recuerdo que una vez vino llorando a casa por algún follón que tuvo con él. Un poco loca y muy tirada para delante, pero no creo que fuese capaz de hacerle nada a su hermana; la verdad es que no lo sé. Sus ataques de ira a veces eran fuertes.

»No lo he contado nunca, pero creo que tomaba algo. Un día le encontré coca. Se le cayó de un abrigo. Tuvimos una bronca, aunque no me quiso decir quién se la proporcionaba. Me dijo que tomaba muy poca, sólo de vez en cuando, para estar un poco mejor. Que no pasaba nada. "Tonterías, mucha gente lo hace", me decía. Por un momento pensé que se la daba su hermana, pero eso no lo pude saber. Aquel día descubrí que no conocía del todo a mi mujer.

Carmen pensó que la historia de la coca le era familiar. Y de repente se acordó de que nunca había coincidido en CTB con Elena en la sala. Las pocas veces que había ido era siempre entre semana y por razones de trabajo. Y ella sólo iba los fines de semana y no todos. Pero eso no tenía nada que ver. Aquello era de locos. Sin embargo algo se iluminó.

La respuesta a todo estaba en la casa. Tenía que estar allí. La casa les había protegido y era la propia casa la que le contaría el desenlace de la tragedia. Tenía que volver a ella y saber qué fue lo que pasó aquella noche.

Marc no dijo nada más. Se le veía cansado de esta historia. Dio dos besos a Carmen y volvió a su restaurante.

Vio como se alejaba mientras ella se acercaba hasta la orilla de la playa y miraba las olas rompiendo sobre las rocas que la marea baja había dejado al descubierto. Las algas húmedas brillaban como diamantes. De nuevo se sentía sola ante tanta belleza.

Regresó al coche. El vehículo arrancó con el rugido característico. Puso el intermitente y salió. Sintió que el coche, él solo, ya había decidido adónde dirigirse. A la mansión de Elena.

El coche negro se alejó conducido de manera automática.

Calculó que tardaría en llegar apenas cinco o diez minutos.

65

Sentado en el sofá de su casa, Alberto Parra miraba atentamente la carta del restaurante Filo, que unos días antes le habían traído sus padres.

Era un cartón de color marfil en el que se enumeraba con todo detalle lo que la mesa había degustado. Una larga lista de platos, casi dieciocho, se disponían en una columna compuesta de nombres extraños, pero a la vez sugerentes, como los de La Pitonisa o Mimetismo.

—Parece mentira que no sacaseis fotografías de todos los platos. ¡Joder!

—La verdad es que no nos acordamos —se disculpó su padre.

—Tenía que haber ido.

—No te preocupes, si apruebas todo en junio tienes una reserva para dos personas para cenar en el restaurante.

—¿De verdad?

—Sí. Te invito yo.

Alberto siguió mirando el cartón con detalle. Además de los nombres había dibujos con motivos de los platos.

—Los dibuja y los escribe a mano él mismo, ¿no?

—Eso creo. Hay dibujos de esos también en la carta de vinos y en una de las paredes de uno de los reservados. Los vi cuando fui al baño. El sitio es una pasada.

Se sentó al lado de su hijo y ambos miraron la carta.

—El plato de la Pitonisa era un escándalo —exclamó—. La verdad es que no podía imaginarme lo bien que me lo podía pasar... ¡comiendo!

Vicente leía el menú y paró al llegar a uno de los platos, Cristales de cambrón.

Volvió a leerlo: Cristales de cambrón. Estaba escrito a mano y en mayúsculas y la primera palabra le dejó un regusto amargo. La había visto con anterioridad: Cristales. Crist. Y él leyó «Cristian».

La grafía era exactamente la misma. Cogió la carta y la miró más de cerca.

—Veo que cada vez te interesa más la cocina —sonrió su hijo.

—No lo sabes tú bien.

El oficial se levantó y cogió el teléfono para llamar a la comisaría.

Alberto escuchó como su padre reclamaba la presencia del grafólogo.

66

Cuando Vicente llegó al restaurante Filo, Juan Carlos estaba en la puerta, vestido de cocinero y mirando las luces de la entrada. El oficial iba acompañado de dos policías que se quedaron algo retirados.

Cuando le vio aparecer pensó que, como ya habían hecho hacía una semana, venían a preguntar sobre Elena Castaño. Pero él ya estaba preparado.

—Buenos días, oficial.

—Buenos días, señor Zurida.

Sin preámbulos, Vicente comenzó.

—Necesito que venga a la comisaría. Tengo que hacerle unas preguntas.

—¿Ahora?

—Sí, se lo ruego.

Juan Carlos sintió una punzada en el pecho, fueron sólo unos segundos.

—No le robaremos mucho tiempo. Podrá volver a su trabajo a la hora del servicio.

Cuando llegaron a la comisaría, Juan Carlos llevaba puesto un abrigo y debajo una camiseta con el logo de su restaurante. La sala donde Vicente le condujo era fría y sin decoración.

—Juan Carlos, quiero que me hable sobre un amigo...

—Elena y yo sólo tuvimos una relación profesional que acabó mal —interrumpió Juancar—, nada más. Ella era una tía muy rara. Cuando ocurrió el asesinato yo estaba en el restaurante. Tengo muchos testigos. Fue por la noche y yo estaba con mis clientes. Ya se lo conté a un compañero suyo el otro día.

—Espere un momento. No le hablo de Elena Castaño, sino de Cristian José.

La cara del cocinero cambió. El aire de la pequeña habitación se hizo espeso. El nombre de Cristian resonó con fuerza. Con frialdad, Juancar se reclinó sobre la silla.

—Sí, le conocía de cuando estuvimos en la escuela, pero eso fue hace mucho tiempo. Era un buen amigo, ¿le ha pasado algo?

El oficial miró sin disimulo el espejo que había en una de las paredes de la salita; su jefe estaba tras él, observándolo.

—¿Conocía a Sonia Alonso?

El corazón de Juancar latía desbocado. Por un momento pensó que se escucharía en la pequeña estancia. Una gota de sudor resbaló por su frente e intentando que ésta no delatara su nerviosismo se la quitó con rapidez. El oficial registró el gesto.

—No sé quién es.

—¿Está seguro? Trabaja en el hospital, en la unidad de cuidados intensivos. Era enfermera.

—No.

—La hemos encontrado muerta. Al parecer fue violada —mintió el oficial.

—Yo no conozco de nada a esa tal Sonia —repitió Juancar.

El interrogatorio apenas duró cinco minutos. Él negó su relación con la víctima en varias ocasiones.

Cuando Juancar abandonó la comisaria tenía la camiseta empapada de sudor y la mente bloqueada.

67

Parra tenía una reunión con el grafólogo Aitor Peñalba a primera hora. No era policía pero trabajaba para ellos siempre que la ocasión lo requería. Cuando llegó a su despacho el oficial lo encontró enfrascado ante uno de los potentes microscopios. Sólo levantó la vista cuando los nudillos golpearon la puerta abierta.

—Pasa, pasa, Vicente, te estaba esperando.

Sin más preámbulos el oficial preguntó.

—¿Son la misma persona?

—Sí, sin lugar a dudas. El que escribió la carta del restaurante y el autor del nombre escrito en este sobre. Ven, acércate al microscopio y fíjate. La «r» tiene una característica muy marcada, y la «h», y sobre todo la «C» mayúscula. Es la misma persona.

—Gracias, Aitor, era todo lo que necesitaba.

68

Tras hablar con Javier llegaron a la conclusión de que debían actuar. Vicente y el subcomisario, acompañados de dos policías de paisano en un segundo vehículo, se acercaron al domicilio de Juan Carlos Zurida.

Rodrigo abrió la puerta con expresión de extrañeza.

—Somos ertzainas de la brigada de investigación criminal. Necesitamos hablar con...

El atronador ruido de la moto sonó con estrépito mientras aceleraba en el garaje de la casa. Tras unos instantes derrapó al salir a la calle. No pudo ir muy lejos, el segundo coche de policía bloqueaba el acceso.

Cuando llegaron a la comisaría Juan Carlos seguía sin decir nada. Le interrogaron en la misma sala. A pesar del absurdo intento de huida, que él justificaba de manera ridícula diciendo que no les había visto, siguió negándolo todo.

—¿Y sale siempre con semejante ímpetu de su garaje? —le preguntó socarrón el oficial.

—Déjese de chorradas —contestó él desafiante.

El oficial se dio la vuelta y a escasos centímetros de la cara de Juancar le dijo:

—Sabes perfectamente lo que queremos. Y me lo vas a decir ahora mismo porque no pienso irme de aquí hasta que me cuentes la puta verdad de tu relación con Cristian y Sonia.

Bajó la mirada y se enjugó el sudor de la frente.

Él siguió negando toda relación con ambos.

—Llevamos aquí un rato, voy a refrescarte la memoria.

El oficial se dio media vuelta y sacó algo de un cajón.

—Ayer encontramos tu móvil en un bosque cercano. Creo que lo perdiste hace poco.

La cara de Juancar cambiaba, se deshacía. Vicente lanzó con desprecio una Blackberry sobre la mesa.

—Al principio creímos que era el móvil de Sonia. Quiero que me cuentes cosas de Cristian y de Sonia. Y por favor, sé sincero porque tengo un montón de datos de tus amigos.

La palabra *amigo* sonaba cínica en ese contexto. Con voz cansada y la cabeza baja, Juancar respiró y, con la frente apoyada en las manos, comenzó a hablar. El oficial le interrumpió.

—Empieza por el principio porque la parte final la conocemos muy bien. Empieza por contarnos cosas de Alicia Montesinos.

A pesar de ser más de las diez de la noche, la luz y la música de un sirtaki procedente de un chiringuito donde asaban pescado hacían que la noche mágica del solsticio de verano fuera irreal, onírica, reflejada en el calmado mar Mediterráneo. La lancha, propiedad del padre de su mujer, tenía dos motores laterales fuera borda Yamaha de gran tamaño que tapaban casi por completo la popa y una pequeña pero lujosa cabina con dos camarotes para cuatro personas.

Juancar calculó que se encontrarían a una milla y media de la costa de Mikonos. La temperatura rondaba los treinta grados. El mar Egeo estaba en calma plácida. Su mujer, Alicia, se encontraba de pie en el extremo de la proa mirando la costa. Le gustaba estar delante dirigiendo el rumbo de la nave aunque no estuviera a los mandos.

Las vacaciones que estaban disfrutando en la isla eran una segunda luna de miel. Ella y Juancar llevaban ya casados dos años, un tiempo de puro ensueño, una perpetua burbuja de felicidad.

El chapoteo de las olas contra el casco del barco era lo suficientemente suave como para pasar desapercibido entre el traqueteo acompasado de los motores al ralentí.

Juancar sintió que había llegado el momento. Desde el puesto de mando de la embarcación, accionó con violencia los mandos de ambos motores marcha atrás. El movimiento hizo caer a Alicia por la parte delantera.

El chapoteo sonó más débil de lo que hubiera imaginado.

Cambió en un instante la marcha y aceleró hacia adelante. Al pasar por el punto en el que el cuerpo había caído notó un fuerte golpe. Muy seco. Y no pudo ver nada más. Aceleró y se distanció un centenar de metros. Ralentizó el motor y agudizó el oído por si acaso no hubiera logrado su objetivo.

El silencio reinaba en la calurosa noche de bienvenida estival.

—Esto empieza a cuadrar —comentó el oficial con dureza—. ¿Y qué pinta Cristian en toda esta historia?

Juancar tenía la cara desencajada y estaba muy cansado. Desarmado, percibió que su suerte estaba echada. A duras penas y en voz baja respondió.

—Cristian lo sabía, lo intuyó. No tuvo reparos en decírmelo. Se reía de cómo las autoridades de allí me habían dejado salir de rositas. Una muerte así era sospechosa.

»Cristian era mi amigo —continuó—. Estudiamos juntos. Siempre supe que me tenía envidia y me hacía gracia, pero con el éxito de mi restaurante su rabia se multiplicó. Y entonces empezó con el chantaje: mi dinero a cambio de su silencio. A Sonia la conocí en una noche de discoteca, celebrando la máxima distinción al restaurante. Ella podía ser el enlace para acabar con Cristian.

»Nos veíamos a escondidas. Nos acostábamos, parecía muy colgada de mí. Nos hicimos aún más amigos cuando le propuse recuperar el dinero que el hijo puta de Cristian me estaba sacando. Manteníamos una relación extraña y cuando supo que estaba siendo chantajeado por la muerte de mi primera mujer se apartó, tuve que convencerla de que fue un accidente. Después parecía estar más a gusto con Cristian de lo que pensaba y al final supe que lo que en realidad quería era quedarse con el dinero. O eso me pareció. Ya no nos lo podrá decir. Fue un ataque de ira, no quería matarla. Todo el cuidado con el que planeé el asunto de las setas se vino abajo cuando, en un arrebato, maté a Sonia.

»No sé cómo han llegado a saber lo de Cristian.

«El amor de una madre mueve montañas», pensó el oficial, que ya se veía a sí mismo llamando a María Teresa para contarle que su hijo no era una buena persona. Y por un momento vio las lágrimas anticipadas de una madre derrumbándose delante de un relato trágico, con su hijo como protagonista. Podría dulcificarlo, sí, pero no tenía ninguna razón objetiva que fuera a ahorrarle a María Teresa el epílogo de su vida que nunca hubiera deseado oír. Durante unos segundos Vicente se evadió de la habitación de interrogatorios con Juan Carlos. Se había trasladado en compañía de María Teresa a casa de ésta y, cómplice de sus lágrimas, la había consolado por lo que sería, con toda seguridad, la parte más cruda de su vejez. Ver cómo su ser más querido, su hijo, la única referencia que le quedaba, había caído desde la dignidad que ella durante toda su infancia y juventud intentó inculcarle al abismo de la necedad. Y quizá se sentiría culpable por no haber conseguido inculcar en su vástago más criterio y bondad. Y eso te deja un hueco grande en tu cuerpo, con la sensación impotente y casi real de que los paseos con tu hijo no fueron lo fructíferos que deberían haber sido. Que las cenas en su compañía no dieron resultado en forma de hombre cabal. Sabía que ella cargaría con su pequeña parte de culpa como si fuese la carga entera.

Vicente volvió a la realidad con las palabras del derrumbado Juancar.

—Atropellé a mi primera mujer con la barca. Sabía que le gustaba ir en la proa. Necesitaba el dinero para montar el restaurante y mostrar al mundo que tenía algo que decir, hacer mi propia cocina, demostrar quién era. Fue un éxito. Me llamaban para dar conferencias con expertos en medicina. Me codeaba con la gente más importante del planeta. Me ponían jets privados para cocinar en los sitios más increíbles. Yo necesitaba eso, y después de casarme con Alicia vi que no lo iba a tener tan fácil como creía. Pero Alicia no hizo separación de bienes y me quedé con un buen pellizco, más que suficiente para hacer lo que quería hacer. Para ser yo mismo sin depender de nadie más. Para enseñar al mundo que era un artista. Para ser superior a los demás.

El oficial recordó la primera conversación con Sonia. ¡Qué gran actuación! Y aunque no merecía acabar así, el tiempo pone a cada uno en su sitio. Qué difícil escapar de ciertas situaciones y qué fácil caer en ellas.

—Pero ¡cómo coño sabía Cristian toda esta historia!

Juancar calló y, poniéndose las manos en la cara, se inclinó sobre la mesa.

—Tengo todo el tiempo del mundo —dijo el oficial—. Pero la paciencia se me está agotando. ¿Cómo lo sabía Cristian?

—Cristian también estaba en el barco —prosiguió Juancar—. Habíamos ido con la que entonces era su novia, estábamos los cuatro de vacaciones. Él sabía que yo había hecho una maniobra para tirarla por la borda. Estaban dentro de la cabina del barco y no vieron nada, sólo notaron dos movimientos extraños. Pero él me conocía. Cuando empezó el chantaje yo no tenía problemas de dinero y le hacía las entregas a través de un apartado de correos. Hasta que me cansé. No quería perder todo lo que había conseguido.

—¿Dónde conseguiste las setas?

—En un viaje a Asturias me hice con cuatro ejemplares maduros. No fue nada fácil. Sabía que no podría descubrirse si no era mediante una autopsia. Y para eso ya tenía a Sonia en el hospital, que se encargaría de no dejar huella.

—¿Cómo hiciste para que se las comiera?

Juancar dudó.

—Fue una obra de arte —dijo con la mirada perdida—. Una esferificación fría de setas sobre polvo liofilizado de la misma seta. Me quedé con la curiosidad de probarlo. No pude degustar mi obra cumbre. Un plato glorioso. ¿A qué sabe la muerte? ¿Qué aroma tiene?

—Déjate de gilipolleces. ¿Dónde le diste el plato? —preguntó el oficial.

—En una de las citas que tuve con Cristian en el restaurante logré que lo probara. Tuve mucho cuidado: en aquel bocado había suficiente para matar a tres personas como él. Al principio no quería, no sé por qué, pensé que desconfiaba. La había dejado preparada el día antes porque sabía que aquella mañana iba a venir. Mordió el anzuelo. Y el aroma de la muerte, enmascarado con aceite de trufa hecho por mí mismo, le debió de saber a gloria. Él mismo dijo que el aroma que desprendía era embriagador. El plato final tenía sabor de muerte.

La mirada de Juancar, apoyado en el quicio de la mesa, se volvió hacia el oficial. Éste la evitó. El relato había dejado en el aire un sabor rancio.

El aroma del crimen tenía tonos muy amargos. El relato había sido frío y distante. Como el de un pastor abatido contando aburridamente la muerte de una alimaña caída en una de sus trampas. Una historia cruda y desafiante de ambición, de soberbia y de desprecio.

69

El teléfono situado al lado del retrato de su hijo Cristian, muy joven y vestido de cocinero, sonó tres veces.

—¿María Teresa? Soy el oficial Parra, tengo una historia que contarle. Creo que debe escucharla, aunque me temo que no le va a gustar.

—Me imagino que no será fácil, pero, oficial, sea lo que sea, quiero saberlo.

— ¿Le parece bien quedar en su casa?

—Sí, por supuesto. Venga cuanto antes.

Vicente respiró hondo y colgó. Se quedó pensando en las palabras adecuadas.

70

El solsticio de invierno se empeñaba en hacer desaparecer los haces del cielo que, sobre alguna nube, mantenía reflejados los últimos rayos del sol. Sería el día más corto y la noche más larga. Era una premonición. Algún cúmulo denso amagaba descargar en breve.

Todavía se podía observar algo del jaleo de la feria de Santo Tomás en el centro de la ciudad.

Carmen aparcó delante de la puerta del jardín. Miró, como siempre hacía, por encima del seto. No vio a nadie. La casa parecía estar vacía. Dio la vuelta y llegó hasta la caseta del jardinero. También estaba cerrada. Dudaba. De nuevo encaminó sus pasos hacia el punto en el que el seto era más bajo y en esta segunda ocasión sí que vio a alguien. Le hizo señas con la mano.

Samuel abrió la puerta. Vestía ropa de calle y sostenía una bolsa grande. Se había subido el cuello del abrigo y estaba sin afeitar, pero lejos de parecer un desaliñado su aspecto era serio y sobrio.

Cuando la vio no demostró sorpresa.

—¡Buenas noches! —saludó Samuel—. Sabía que vendría.

El saludo no la desconcertó, ella también esperaba encontrarle.

El cielo tenía la oscuridad propia de una escena final. Los árboles desprovistos de hojas realzaban dramáticamente la situación. Las farolas iluminaban algunos puntos.

Apenas había hojas por el suelo. Sólo el manto de césped verde dejaba el color de la esperanza como único elemento de apoyo. La casa, con las persianas subidas como párpados levantados dejando entrever sus ojos bien abiertos y atentos, cogía asiento para no perderse detalle. La mansión sabía que el comienzo del final de la obra estaba tomando forma y había decidido acomodarse para poder observar, desde primera fila, el desenlace final. El seto guardaba celoso el interior del escenario.

—¿Qué necesita? —preguntó Samuel con gesto serio.

—Nada, necesito estar en este jardín. Pasear de nuevo por él.

—¿Quiere que la acompañe?

—Sí.

—Dejaré la bolsa en la caseta.

Regresó dejando la luz encendida. Comenzaron a caminar despacio. Dieron la vuelta a la casa serpenteando entre los árboles. Cuando llegaron al punto de inicio, la oscuridad del cielo era casi completa.

Se acercaron al cobertizo y se detuvieron en la entrada. La puerta abierta lanzaba un haz de luz nítido y rectangular en el césped. Dentro se veían todo tipo de herramientas de jardinería: tijeras, hachas, palas, rastrillos, un cortacésped...

—¿Qué le paso a tu padre? Cuéntamelo.

Samuel, con la mirada perdida, no respondió.

—Algo me imagino pero no se muy bien el qué, y quiero que tú me lo cuentes —insistió.

—Hice lo que tenía que hacer. No podía dejar las cosas como estaban. Mi padre no se lo merecía. Sé que un día vendrán a por mí.

—Yo sólo necesito saber el porqué.

Carmen era consciente de que hablaba con el asesino de Elena y un escalofrío recorrió su espalda. Sabía que había llegado al final del camino, que había descubierto quién había matado a su amiga, y por un momento también pensó que no saldría viva de allí. Recordó su vida y se sintió serena, increíblemente tranquila. Aceptaba que ese individuo se abalanzara sobre ella y no sentía la necesidad de escapar. Al mismo tiempo algo le decía que eso no iba a suceder.

—Se llamaban BP. Bonos Prioritarios —prosiguió Samuel—. Y Fátima me los vendió a mí. Y yo convencí a mi padre de que pusiera los ahorros de toda su vida en ese producto de mierda. Le dije que recordara que era la hermana de la dueña de la casa, a la que él mismo, y yo ahora, había servido durante toda su vida, y que no había razón para dudar. El banco también era de fiar. Pero Fátima era una embaucadora, una persona sin escrúpulos. Si podía venderte algo lo hacía. Venía aquí casi todos los días y yo las oía charlar, y también reír. Eran muy buenas amigas. Se notaba. Elena era su confidente. Por eso maté a su hermana, no a Fátima. Siempre he pensado que matar a la persona que te ha hecho daño no tiene sentido. Ella deja de vivir y punto. El dolor lo sufren las personas que están alrededor. Para ella iba a ser el infierno. Lo sabía y se lo merecía.

»Los BP se vendían como un producto ideal para los pequeños ahorradores. Decían que no tenían riesgos pero era mentira, una patraña para engañar a los más confiados. Eran bonos perpetuos, y eso significaba que el banco no se hacía responsable en el caso de que no hubiera comprador para que el pequeño inversor vendiera y recuperase sus fondos. La entidad se lavaba las manos. Les dejamos el dinero con toda tranquilidad y en apenas dos años mi padre no pudo recuperar los ahorros. No podía disponer de su propio dinero. Él, que había ganado lo que tenía trabajando decentemente durante muchos años, durante muchas mañanas y tardes de sol a sol. Cuarenta mil euros detenidos en una sucursal dirigida por una sinvergüenza protegida por la respetable imagen del banco.

Carmen escuchaba el relato con una mezcla de horror y serenidad.

—Lo pensé mucho y al final me decidí. Lo hice para causarle el mayor daño a Fátima y lo conseguí. Me ayudó recordar a mi padre cuando yo era niño, trabajando primero en la fundición, levantándose a las cinco de la mañana para ir hasta un pueblo cercano, sudando como un cerdo para traer un salario mísero. Vi a mi padre llegar manchado de barro los días de lluvia. Le vi trabajando duro para traer el dinero a casa, sin descanso, para que mi madre tuviera una vejez digna. Pero ella murió antes. No consiguió superarlo y cuando supo del engaño de los BP aquello fue la puntilla. Setenta y cinco años no es una edad para morir.

»Sin dignidad no hay nada. Entre la comida y los gastos de comunidad del piso donde vivía se le iba casi toda la pensión. Y cuando vi la noticia sobre los sueldos de los banqueros y sus condiciones de jubilación no lo pensé más. Mi padre murió con sus ahorros bloqueados porque un banco le había vendido un producto de alto riesgo disfrazado de un fondo a plazo fijo. De los de siempre. Se aprovecharon de su bondad. Se fio de ellos.

»Mi padre necesitaba ese dinero para tener una vejez digna y al no conseguirlo se dio por vencido. Se dejó llevar por su enfermedad, no quería vivir sin dignidad.

Samuel respiró profundamente y continuó.

—Y yo las oía reír a las dos mientras cuidaba el jardín. Despreocupadas. Mi padre necesitaba venganza y me encargué de impartirla. Sé que no está bien lo que hice y ahora ya ve... Mi misión está cumplida. Estoy tranquilo.

»Yo a usted le debía una explicación—prosiguió Samuel—. Sé que usted era buena amiga de Elena y por eso le pido perdón por el horror que he causado. Usted no se lo merecía. Necesitaba contárselo, y me parecería justo que cogiera el teléfono y llamase a la policía. Ahora ya no me importa.

»No le voy a pedir que lo haga, no, pero si lo hace, lo entenderé.

Carmen no quería seguir allí e hizo ademán de marcharse. Él la cogió de la mano. Fue entonces cuando sintió pánico, aunque fue momentáneo. Samuel incitaba más a la compasión que al miedo. Era un hombre rendido a su equivocación, a su propia ruina.

—Hay algo más —añadió Samuel.

Aquello sonó en el interior de Carmen como un mazazo.

«¡Dios mío!, ¿qué más puede haber?» pensó en décimas de segundo.

Los ojos de ella brillaban en la oscuridad sin atreverse a pestañear. Él los miró con una fijeza que asustaba.

—La segunda vez que hablé con la policía les conté la verdad.

—No entiendo, ¿qué verdad? —preguntó Carmen.

—Les conté que el día del asesinato de Elena yo vine a las nueve menos veinte de la noche a la casa a dejarle unas manzanas. Salí cinco minutos después y me quedé al final del callejón dentro de mi coche escuchando los deportes en la radio. A las nueve en punto entró por el callejón un coche que yo conocía muy bien: el de Fátima. Bajó y entró en la mansión. Salió a los diez minutos sosteniendo un cuchillo en su mano derecha. Cerró el coche y se alejó sin darse cuenta de que yo estaba en el interior del mío.

Samuel interrumpió el relato de manera brusca, como quien ha soltado lastre, y se mantuvo callado unos instantes.

—No soy un asesino.

Se levantó y, sin decir nada, se dirigió al interior del cobertizo y se sentó en un taburete. Se puso las manos en la cara y durante unos segundos sollozó.

—Sólo el recuerdo de mi padre me ayudará cuando tenga que ir al juicio y testificar que Fátima estuvo allí entre las nueve y las nueve y diez.

Carmen se retiró sin decir palabra. Él levantó la mirada y observó como se alejaba alumbrada por las luces de las farolas que iluminaban la escena a través de las ramas de los robles.

Carmen salió del jardín y cuando llegó al coche se detuvo un momento. El resplandor de la luz del cobertizo seguía alumbrando el hueco que ocupaba. Arrancó el coche y bloqueó todas las puertas. Sin moverse, sacó el teléfono y rescató de uno de los bolsillos un papel con un número. Era el que le había dado el oficial de la policía Vicente. Comenzó a marcar pero al llegar al último dígito se detuvo.

Durante unos instantes no supo qué pensar.

No terminó de marcar el número completo. Apretó con decisión, pero con muchas dudas, el botón de desconexión del móvil y la luz de la pantalla desapareció. Introdujo el aparato en el bolso y lo cerró.

Su mente se sumió en la incertidumbre.

Pasados un par de minutos el coche empezó a moverse de vuelta por el callejón que daba acceso a la mansión. La lluvia hizo su aparición tímidamente. Pensó en poner en marcha el limpiaparabrisas pero no creyó que fuese necesario. Puso el intermitente, torció a la izquierda y desapareció.

La luz del cobertizo se apagó y de la penumbra salió una figura corpulenta.

Cerró la puerta del jardín y se perdió en la oscuridad.

Agradecimientos aromáticos

Cuando acabé el relato, hubo personas que me ayudaron a hacerlo más agradable y más lógico. A que oliera mejor. Una de ellas fue muy especial, Aitor Imaz, que se encargó de aromatizarlo mientras lo corregía. Lola Campos me dio pistas para fijar olores, Juan Miguel Gutiérrez y Kany Peñalba me ayudaron a dar los puntos de matiz esenciales y Ana Gutiérrez se encargó de soplar donde existía niebla y vaho. Y Aurelio Erdozain dio forma al conjunto.

El médico de la familia, José Antonio Márquez, matizó con bálsamos todas las apreciaciones médicas que salen a lo largo de la historia.

Tomás Lazcano y Román Arrizabalaga me contaron lo justo entre paseos moteros.

Silvia Sesé creyó en la magia de los aromas leídos. Paco Barrera, Miguel Ángel Delgado y Asier Mensuro usaron su cadena de fragancias para llevarme a un destino bien concreto.

Y María Rodríguez y Rosa María Prats me ayudaron a teñir perfumes con fuerza narrativa.